Ein Verzeichnis aller BATTLETECH®-Romane finden Sie am Schluss des Buches.

Randall Bills

Der Weg des Ruhms

Dreiundfünfzigster Band im
BATTLETECH®-Zyklus

Deutsche Erstausgabe

WILHELM HEYNE VERLAG
MÜNCHEN

HEYNE SCIENCE FICTION & FANTASY
Band 06/6253

Titel der amerikanischen Originalausgabe
PATH OF GLORY
Deutsche Übersetzung von
REINHOLD H. MAI

Umwelthinweis:
Dieses Buch wurde auf chlor- und säurefreiem Papier gedruckt.

Redaktion: Joern Rauser

http://www.heyne.de
Printed in Germany 2002
Umschlagbild: FASA Corporation
Umschlaggestaltung: Nele Schütz Design, München
Technische Betreuung: M. Spinola
Satz: Schaber Satz- und Datentechnik, Wels
Druck und Bindung: Elsnerdruck, Berlin

ISBN 3-453-19666-X

Für Virgil, Erde, Tara –
welchen Namen du auch trägst,
du bist mein Lebensatem.
Danke, dass du mit mir
zur Sonne fliegst
und deine Schwingen ansengst.

PROLOG

Jovahochebene, Hort
Kerensky-Sternhaufen, Clan-Raum

13. Mai 3060

Die gigantische Detonation brach wie eine Supernova über der Jovahochebene herein und tauchte das frühmorgendliche Dunkel in eine falsche Dämmerung aus gepeinigten Rot- und wütenden Gelbtönen. Die über das Plateau wogende Schlacht schien einen Augenblick zu stocken, während die furchtbare Gewalt der Explosion sich austobte. Dann verblasste der Lichtschein.

Und es zerriss wieder Kampflärm die Nacht. Das Heulen schnell feuernder Autokanonen begleitete die über den dunklen Himmel jagende Leuchtspurmunition. PPKs spieen todbringende Energieblitze und Laser spuckten Lanzen aus kohärentem Licht in die Finsternis. Staub und Qualm wallten durch die Luft, angeleuchtet vom ununterbrochenen Mündungsfeuer der Geschütze. Der Wahnsinn tobte über das Schlachtfeld.

»Galaxiscommander, war das die *Chronik*?«, drang ein beinahe panischer Schrei über die Kommleitung. Tirill Nostra, der bereits versuchte, das Kriegsschiff über Funk zu erreichen, erkannte die Stimme Sterncolonel Bels.

»Neg«, antwortete er und unterbrach unmittelbar anschließend die Verbindung. Der Gedanke, dass die Explosion, die den Himmel über Hort in Brand gesetzt hatte, den Untergang des Kriegsschiffs der Galaxis Kappa verkündet hatte, war einfach zu furchtbar. Ohne die *Chronik* war die Galaxis dem Untergang geweiht. Sie war überhaupt nur deshalb nicht schon längst überrannt worden, weil die anderen Clans, die seine Truppen verfolgten, sich auch untereinander bekämpften.

»*Chronik* von Galaxiscommander Tirill Nostra, Galaxis Kappa«, rief er zum zwölften Mal. »Meldung, ich wiederhole, Meldung.« Selbst wenn das Kriegsschiff unversehrt war, konnte die Explosion die oberen Atmosphäreschichten ionisiert haben. Das würde für lange Minuten jeden Funkverkehr vereiteln.

Wieder und wieder versuchte er, Kontakt herzustellen, aber ohne Erfolg. Ihm blieb nichts anderes, als weiterzukämpfen, ob das Kriegsschiff noch existierte oder nicht. Wenn seine Galaxis der Novakatzen-Zivilbevölkerung genug Zeit erkaufen konnte, blieb dieser eine Chance, ins All zu flüchten. Unter dem Schutz der *Chronik* würde sie die lange Reise von den Clan-Heimatwelten in die Innere Sphäre antreten.

Das wäre ein Sieg gewesen, für den Tirill Nostra mit Freuden sein Leben gegeben hätte. Er war ein Krieger, durch Genmanipulation gezüchtet und seit der Abnabelung dazu erzogen, dem Clan zu dienen. Er mochte im Kampf sterben, sein Clan aber würde weiterleben.

Dann drang eine andere Stimme aus seinem Ohrhörer. »Die Sternennattern werden ihr Kriegsschiff vermissen, frapos?« Tirill erkannte die begeisterte Stimme Sterncommander Sel Bravos', des Kapitäns der *Chronik*, sofort.

Ein tiefer Seufzer der Erleichterung entrang sich seiner Brust. Die *Chronik* war noch intakt! Es war die *Sternenfeuer* gewesen, die in der Explosion untergegangen war. Die Novakatzen-Zivilisten würden entkommen, selbst wenn dafür alle Krieger Galaxis Kappas das Leben geben mussten.

Als Nächstes meldete sich ein anderer seiner Offiziere. »Galaxiscommander Tirill Nostra, die Höllenrösser haben ebenfalls den Kampf aufgenommen.«

»Savashri«, fluchte Tirill lautstark. Der 12. Panzergrenadiersternhaufen der Höllenrösser war vor fünf Tagen eingetroffen, hatte sich aber bis jetzt zurückgehalten. Ihr Kampfeintritt war möglicherweise eine Bestätigung der Gerüchte über eine Allianz zwischen den Wölfen und den Rössern. Die 1. Wolf-Lanciers hatten Sterncolonel Bels 4. Garnisonssternhaufen bis spät gestern Nacht zugesetzt, und erst Ruhe gegeben, als die 45. Einsatzpartisanen der Gletscherteufel plötzlich *sie* attackiert hatten. Die beiden Clans waren schon seit langem erbitterte Feinde.

Er schüttelte den Kopf und verdrängte die Spekulationen. All das war nebensächlich – verglichen mit dem, was seinem Clan widerfuhr. Die Novakatzen wurden von ihren Heimatwelten vertrieben und Tirill Nostra musste die Zivilisten von Hort beschützen, ungeachtet dessen, was seinen Clan in diese düstere Lage gebracht hatte.

Begonnen hatte das alles sieben Tage zuvor, als die 11. Panzergrenadierschwadron und die 417. Natterwachen der Sternnennattern plötzlich ihre Enklaven verlassen und Galaxis Kappa angegriffen hatten. Bald darauf hatten sich die Gletscherteufel ebenfalls in den Kampf gestürzt, und zwei Tage später waren Einheiten der Clans Wolf und Höllenross auf Hort eingetroffen. In schockierender Missachtung des Zellbrigen, der traditionellen Kriegsregeln, hatten alle angreifenden Clans ihr Geschützfeuer konzentriert. Alle fünfundvierzig Krieger des 49. Garnisonssternhaufens waren unter der überwältigenden Feuerkraft gefallen.

Aus über HPG eintreffenden Berichten wusste er, dass auch die Novakatzen-Enklaven auf Barcella, Circe, Brim, Torwächter und Delios von den anderen Clans angegriffen wurden. Die einzige Ausnahme war Bärentatze. Was dort geschah, wusste niemand, denn alle Versuche, Verbindung aufzunehmen, waren gescheitert. In der Zwischenzeit hatte seine Galaxis hart ums blanke Überleben gekämpft, auch wenn sie immer noch nicht verstanden hatte, warum.

Dann hatte er den Grund erfahren, und der war entsetzlich.

Nach tagelangen Kämpfen, die den 17. Garnisonssternhaufen beinahe zerstört und seinen eigenen 4. Garnisonssternhaufen gefährlich geschwächt hatten, war es Tirill schließlich gelungen, von Sterncolonel Eliza Talasko von der 11. Panzergrenadierschwadron der Sternennattern zu erfahren, was geschehen war. Talasko hatte ihm nichts erspart, und er hatte innerlich gekocht, als er es gehört hatte. Selbst jetzt konnte er kaum fassen, was sie ihm erzählt hatte: Die Novakatzen auf Strana Metschty hatten auf der Seite der Inneren Sphäre gekämpft!

Die Truppen der Inneren Sphäre waren vor einem Monat in den Heimatwelten eingetroffen und hatten die Nebelparder praktisch ausgelöscht. Danach waren sie nach Strana Metschty gezogen, um die restlichen Clans zu einem Widerspruchstest herauszufordern. Bei einer Niederlage mussten die Clans ihre Invasion der Inneren Sphäre beenden.

In einer katastrophalen Schicksalswende waren die Clans besiegt worden und beide Khane der Novakatzen im Kampf gefallen. Talasko hatte ihm mitgeteilt, dass wenige Tage später das Große Konklave zusammengetreten und die Abschwörung der Novakatzen beschlossen hatte. Sie waren verstoßen. Das Konklave hatte ihnen einen Monat Zeit zur Abreise gegeben, aber diese Nachricht hatte die Novakatzen-Enklaven in den übrigen Heimatwelten nie erreicht.

Außer sich über den Verrat der Novakatzen hatten die anderen Clans die Gnadenfrist ignoriert und waren nur Tage nach der Abschwörung zum Angriff übergegangen. Jetzt, eine Woche nach Beginn der Kämpfe auf Hort, konnte Tirill Nostra kaum glauben, dass seine Galaxis dem Zorn der anderen Clans so lange standgehalten hatte. Viel länger würde es ihr nicht gelingen.

Er öffnete einem Kommkanal, um die Befehle zu erteilen, die ohne Zweifel das Schicksal seiner Galaxis besiegeln würden. Tirill Nostra lächelte. Er hatte keine Angst vor dem Tod.

Clan Novakatze würde überleben.

1

Schlachtkreuzer SBS *Severen Leroux*, Zenithsprungpunkt des Irece-Systems, Präfektur Irece, Militärdistrikt Pesht, Draconis-Kombinat

12. Juni 3061

Warnsirenen heulten durch die Korridore des Kriegsschiffs *Severen Leroux*, gut zweieinhalb Milliarden Kilometer von Irece, der Welt, zu deren Schutz es hier im Raum hing. Überrascht sah Sternadmiral Jan Jorgensson von ihrem Schreibtisch auf und stieß auf den Sprechknopf des Interkoms an der Schottwand vor ihr.

»Sterncommodore Antila! Was soll das?«, knurrte sie in das Gerät. Sie hatte keine Bereitschaftsübung befohlen und ihr hochrangiger Gast war noch nicht eingetroffen.

»Unsere Sensoren haben in der Nähe einen Infrarotausbruch geortet, Sternadmiral Jan Jorgensson. Ein anderes Schiff materialisiert.«

»Was? Unser Besucher wird erst in einigen Stunden erwartet.«

»Deshalb hielt ich es für angebracht, alle möglichen Erklärungen in Betracht zu ziehen, Sternadmiral. Die Wahrscheinlichkeit für das Erscheinen des Ankömmlings im Systeminneren liegen zwischen zweiundzwanzig Sekunden und achtzehn Minuten oder mehr. Die Wahrscheinlichkeit für die Achtzehn-Minuten-GAZ liegt bei unter einem Prozent, und es müsste ein Kriegsschiff der *Potemkin*-Klasse mit vollem Landungsschiffkontingent sein. Ich glaube nicht, dass die Diamanthaie sich entschieden haben, mit einer Invasion des Draconis-Kombinats unsere Entschlossenheit auf die Probe zu stellen, franeg?«

»Neg, Sterncommodore. Die Diamanthaie sind seit

der … Abschwörung die einzigen Verbündeten, die uns bei den Clans geblieben sind.« Es war über ein Jahr her, aber Jan Jorgensson musste sich noch immer überwinden, das Wort auszusprechen.

»Es gibt die verschiedensten Gründe, aus denen der Händlerclan entscheiden könnte, unsere Unterwerfung zu betreiben.«

»Das ist zwar möglich, Sterncommodore«, unterbrach sie ihn, »aber nicht wahrscheinlich.« Dies war nicht der richtige Zeitpunkt für eines der üblichen Wortduelle mit Antila, der von einer geradezu pedantischen Genauigkeit war. »Unser Gast befindet sich bereits auf dem Weg hierher, und kein Eindringling wird seinen Empfang stören. Es sind uns keine Schiffe angekündigt worden, und du hattest Recht damit, Alarm zu geben. Lass sofort einen Stern Luft/Raumjäger starten und behalte den Zweiten in Bereitschaft. Starte auch die *Heiliger Ritus* und lass die *Versprochene Vision* für den Start unmittelbar nach Ankunft des unbekannten Schiffes vorbereiten. Ich bin auf dem Weg zur Brücke.«

Jorgensson beeilte sich … so gut das mit den Magnetstiefeln ging, die ihre Füße in der Schwerelosigkeit am Boden hielten. Die Luke schwang mit einem hellen Brummen auf und sie machte sich auf den Weg den langen grauen Korridor hinab zur Brücke. Unter dem Schiff loderte der weißgelbe Gasball der F8-Sonne im Zentrum des Irece-Systems wie ein gigantisches Leuchtfeuer.

Als das geheimnisvolle Schiff exakt zweihundertvierzig Sekunden nach der ersten IR-Ortung in das Einsteinkontinuum eintrat, hatte Jan Jorgensson die Brücke gerade erreicht. In der Leere des Alls – runde zehntausend Meter vor dem Bug der *Severen Leroux* – zerriss die Eintrittswelle des materialisierenden Raumschiffs die Dunkelheit. Ein unscharfer spindelförmiger

Rumpf wurde sichtbar und nahm nach der nahezu augenblicklichen Transition aus einem anderen Sonnensystem Lichtjahre entfernt rasch scharfe Konturen an.

Antila sah herüber. »Unsere Luft/Raumjäger und die *Heiliger Ritus* sind bereits im Anflug auf das Schiff, Sternadmiral.«

Jorgensson teilte den Stolz, der in seiner Stimme mitschwang. Sie und ihre Crew hatten den Stahlvipern das Landungsschiff der *Noruff*-Klasse in einem Besitztest abgenommen, der ein Höhepunkt ihrer Laufbahn gewesen war. Khan Severen Leroux war von diesem schnellen und tödlichen Landungsschiff so begeistert gewesen, dass er Jorgensson gestattet hatte, ihm den neuen Namen zu geben. Die *Heiliger Ritus* war das einzige Schiff seiner Klasse im ganzen Touman der Novakatzen.

»Sehen wir es uns an«, schlug Antila vor und deutete zum Holotank im Zentrum der Brücke.

Jorgensson betrachtete das gestochen scharf über dem Tank hängende dreidimensionale Laserbild eines Sprungschiffs der *Monolith*-Klasse. Ein *Monolith*, die größte Sprungschiffklasse der Clans wie auch der Inneren Sphäre, hatte eine Länge von siebenhundertfünfzig Metern und konnte bis zu neun Landungsschiffe transportieren. Dieses Schiff hatte ohne Zweifel ein schweres Raumgefecht hinter sich. An Pockennarben erinnernde Krater und schwarze, glasig-glatte Furchen von Autokanonen- und Lasertreffern bedeckten nahezu den gesamten Rumpf. Selbst an den Landungsschiffen, die an der Frachtsektion des *Monolith* angedockt waren, sah man die Spuren des Kampfes. Mindestens eines hatte mehrere Decks durch einen Hüllenbruch und die dadurch ausgelöste explosive Dekompression verloren.

Das Schiff beförderte nur acht Landungsschiffe. Der neunte Dockkragen war nur noch eine zerschmolzene

Metallmasse. Noch schockierender war, dass das gesamte Heck des *Monolith* fehlte. Die Sektion, an der sich einige der wichtigsten Aggregate des Schiffes befunden hatten – das Sprungsegel, die Ladungsakkumulatoren, die Stationstriebwerke – war nur noch ein klaffendes Loch. Jorgensson fragte sich unwillkürlich, wie in Kerenskys Namen das Schiff den Sprung überstanden hatte.

»Die Bugspitze vergrößern«, befahl sie, den Blick auf einen Punkt der geschwärzten Panzerung konzentriert, an der sie Insignien bemerkt hatte.

Einer der Techs tippte einen Befehl in die Konsole des Holotanks. Das Geräusch der Tastatur hallte durch die Totenstille der Brücke. Das dreidimensionale Bild des *Monolith* schien auf sie zuzuschießen, und für einen Augenblick hatte sie das Gefühl, ihm entgegenzufallen. Jemand keuchte auf, als eine Rumpfseite scharf wurde. Auch wenn ein Großteil der Bemalung weggebrannt war, blieben die Augen einer aus dem Clanemblem starrenden Novakatze unverkennbar.

Jorgensson war wie erstarrt. »Sterncommodore, lass augenblicklich den zweiten Stern Luft/Raumjäger starten, zusammen mit der *Versprochene Vision* und der *Versprochene Sicht*.« Der Anblick eines derart zugerichteten Novakatzen-Schiffs brachte ihr Blut in Wallung. »Das Schiff besitzt keine Stationstriebwerke mehr. Wir müssen es so schnell wie möglich stabilisieren, bevor es in die Sonne stürzt. Außerdem müssen wir sofort eine Nachricht nach Irece abschicken, damit man sie von dort an die SBS *Getreu* am Nadirsprungpunkt weiterleitet. Informiert sie über die Ankunft des *Monolith* und warnt sie vor dem möglichen Auftauchen feindlicher Schiffe.«

Sie musste unwillkürlich an das im Anflug befindliche Landungsschiff denken. »Die gleiche Botschaft geht auch an die *Novakatze Alpha*.«

Jorgensson wanderte langsam um den Holotank und musterte das verwüstete Sprungschiff. »Haben wir Kontakt zu dem Schiff?«

Der KommTech sah kurz von seiner Konsole auf. »Neg, Sternadmiral. Wenn Sie genau hinsehen, werden Sie feststellen, dass die Antennenphalanx am Bug zerstört ist. Wir werden nichts Näheres herausfinden, bis wir an Bord gehen.«

Sie drehte sich zu Antila um. »Hast du irgendwelche Vermutungen über die Herkunft dieses Schiffes, Sterncommodore?«

»Die habe ich, Sternadmiral«, antwortete er sofort. Wie üblich hatte ihr Stellvertreter die Antwort bereits, bevor sie die Frage stellte. Gelegentlich trieb er sie mit dieser Angewohnheit zur Weißglut, aber sie hatte ihr und dem Rest der Mannschaft schon einige Male das Leben gerettet. »Angesichts der Anzahl angekoppelter Landungsschiffe und der Zeit zwischen dem Infrarotausbruch und der tatsächlichen Materialisation des *Monolith* lässt sich mit fünfundneunzigprozentiger Wahrscheinlichkeit feststellen, dass das Schiff von Outre Volta kommt. Outre Volta liegt in leichter Sprungreichweite dreier verschiedener – derzeit von draconischen Einheiten besetzter – Systeme. Ich will die Möglichkeit nicht ausschließen, dass Kombinatseinheiten das Schiff angegriffen haben, aber ich halte es für wenig wahrscheinlich. Das Tabu gegen die Beschädigung von Sprungschiffen steckt ihnen noch zu tief im Blut. Vielleicht waren es Piraten. Aber keine Kombinatskrieger.«

Jorgensson stimmte Antila zu. Das war nicht das Werk des Kombinats. Aber so kurz vor der Ankunft ihres Besuchers durfte sie kein Risiko eingehen. Der *Monolith* war praktisch zerstört. Wenn das nicht das Kombinat zu verantworten hatte, wer dann? »Wann erreichen unsere Landungsschiffe den *Monolith*?«

Wieder löste ihre Frage hektisches Tastenklappern aus, und mehrere Sekunden vergingen ohne eine Antwort. »Sie müssten in unter fünf Minuten eintreffen«, erklärte der Tech schließlich.

Wieder senkte sich Schweigen über die Brücke. Ihnen blieb nur, zu warten. Mehrere Techs wanderten zwischen den Konsolen hin und her, um den Status des *Monolith* und das Fortkommen der drei Landungsschiffe und zwanzig Luft/Raumjäger der *Severen Leroux* zu verfolgen, die sich dem vor ihnen in der endlosen Schwärze des Weltraums hängenden Raumschiffswrack näherten.

Sterncaptain Lenardon wartete, während das Landungsschiff langsam über den Bug des zerschossenen Sprungschiffs in Position manövrierte. Normalerweise transportierte die *Versprochene Vision* bis zu zwölf Mechs, aber heute war ein Stern aus fünfundzwanzig Elementaren ihre einzige Fracht. In der Leere des riesigen Mechhangars wirkten die Krieger in ihren Gefechtspanzern wie übergroße Insekten mit seltsam verformten Körpern, die auf einen Befehl ihrer Königin warteten.

»Sterncaptain Lenardon«, hörte er die Stimme des Landungsschiffskapitäns aus dem Lautsprecher seines Helms dringen. »Wir sind keine zehn Meter mehr vom Rumpf des *Monolith* entfernt. Näher heran können wir nicht, weil die Dockausleger uns den Weg blockieren. Ihr werdet von hier abspringen müssen. Du hast verstanden, frapos?«

»Pos«, bestätigte Lenardon. Er drehte sich zu seiner Rechten, so dass er durch die V-förmige Sichtscheibe des Helms alle Mitglieder des Sterns erkennen konnte. Er hob einen gepanzerten Arm – den linken, der in einer grausam anmutenden Metallkralle endete – und sagte: »Denkt daran, dass sich das Schiff unter Umständen in feindlicher Hand befindet. Jedes Anzeichen von Aggression oder Widerstand wird mit maximaler Gewalt niedergeschlagen. Wir besetzen das Schiff so schnell wie möglich. Durch den Verlust der Schubtriebwerke ist es bereits aus seiner Ankunftsposition abgetrieben. Wir müssen es stabilisieren und herausfinden, wer der Feind ist, der uns angegriffen hat.«

Mit einer Abwärtsbewegung des Arms drehte Lenardon sich um und marschierte auf das aufgleitende Hangartor zu. Die Elementare hätten ebenso die Türluke in der Rumpfwand neben dem Tor benutzen können, aber das hätte sie gezwungen, einzeln nacheinander abzuspringen. Der Absprung aus dem Hangartor war gefährlicher, gestattete aber dem ganzen Stern, den Rumpf des *Monolith* gleichzeitig zu erreichen und steigerte damit ihre Erfolgsaussichten.

Alle fünfundzwanzig Elementare reihten sich an der Kante des weit klaffenden Tors auf, dann hüpften sie in die eisige Dunkelheit des Weltraums. Mit Hilfe der Schubdüsen in Rückentornister und Beinen ihrer Rüstungen nahmen sie Kurs auf das gigantische Schiff unter ihnen. Jahrelange Einsätze in Schwerelosigkeit hatten sie gelehrt, mit Geschwindigkeit und Eleganz auf dem Sprungschiffsrumpf zu landen.

»Bringt die Sprengladungen an«, befahl Lenardon und brach damit das Schweigen. Mit schnellen, effizienten Bewegungen löste ein Strahl von fünf Elementaren mit den Greifkrallen kleine an den Beinen befestigte Pakete. Während der Rest des Sterns sich verteilte und in Deckung ging, plazierte der Strahl die Ladungen an der Schiffshülle.

»Sprengung erfolgt in fünfzehn Sekunden«, stellte einer der Elementare über die Kommleitung fest, dann machten sie sich davon.

Die Explosion war von erschreckender Wirksamkeit. Die Richtladungen rissen ein Loch in die Außenhülle des Sprungschiffs, und die Druckwellen, die sich durch den Rumpf fortpflanzten, drohten die Magnetstiefel der Elementare loszuschütteln. Diese Methode des Eindringens gefährdete zwar etwaige an Bord des *Monolith* befindliche Novakatzen, war aber die effektivste Art, mögliche Feinde auszuschalten. Glücklicherweise riss die der Sprengung folgende explosive Dekompression nur Metalltrümmer ins All und keine Leichen, vermutlich, weil das Team die Ladungen über einem kaum benutzten Gang angebracht hatte.

Mit den Schubdüsen und der hydraulisch verstärkten Kraft ihrer Rüstungen bewegten sich die Elementare auf der Stelle durch den scharfkantigen Hüllenriss, noch während eine teerartige schwarze Substanz aus Leitungen in den Wänden über die Bresche schoss. Die HarJel genannte Substanz wurde bei Kriegsschiffen und Elementaren eingesetzt, um Wunden und Risse schnell zu versiegeln. Sie war ursprünglich von den Diamanthaien entwickelt worden, mit denen die Novakatzen seit langem enge Handelsbeziehungen pflegten. Dadurch war auch ein Teil der Novakatzen-Sprungschiffe mit diesem Reparaturgel ausgerüstet.

Lenardon stieg als Erster durch das Loch und blickte sich hastig um, während die Reinigungsvorrichtungen seines Helms das HarJel vom Visier entfernten. Auf dem gesamten Gang brannte die Notbeleuchtung, was auf einen Komplettausfall der Stromversorgung schließen ließ. Der Druckverlust hatte in zehn Metern Entfernung in beiden Richtungen Notluken zufallen lassen. Mit dem eleganten Können, das nur genetische Zucht und Jahrzehnte des Einsatzes in einem Gefechtspanzer liefern konnten, bewegte sich Lenardon zur linken Luke, hinter der sich in einhundert Metern Entfernung die Brücke befand.

»Sterncaptain, wir sind alle an Bord«, stellte Strahlcommander Tol über die Kommverbindung fest, als

Lenardon und zwei weitere Elementare an der Luke in Position gingen. Alle drei Krieger hoben den rechten Arm, der in der Mündung eines leichten Lasers endete. Sie zählten leise bis zehn, um dem HarJel Zeit zu geben, den Hüllenbruch vollständig zu versiegeln, dann feuerten die drei Krieger an den entscheidenden Punkten einen schwachen, aber steten Laserstrahl auf die Luke ab, den sie langsam weiterzogen. Das so in das Metall geschnittene Loch fiel wegen des ausladenden Körperbaus der Elementare gewaltig aus, und bevor sie fertig waren, wurden sie von anderen abgelöst, damit der Laser ihres Gefechtspanzers unter der Belastung nicht ausfiel.

Als der Widerschein der Laser erstarb, rammte Lenardon die rechte Schulter gegen die Luke. Mit einem Aufkreischen gequälten Metalls beulte sich die Luke ein, dann riss sie ab, krachte auf das Deck und rutschte ein kurzes Stück davon. Durch die Schneidearbeit hing überall Rauch in der Luft. Lenardon sah, als er die Brücke betrat, mehrere verschwommene Gestalten sich im Nebel bewegen. Eine von ihnen hatte eine Waffe auf ihn gerichtet.

Er schaltete den Außenlautsprecher hastig ein, um einem Angriff zuvorzukommen. »Im Namen Khan Santin Wests und des Clans Novakatze entere ich, Sterncaptain Josef Lenardon, dieses Schiff und fordere Information über seinen Besitzer.«

Mehrere Sekunden vergingen, in denen weitere Elementare durch die Luke strömten und sich in Fächerformation neben ihm aufbauten, bereit, vorzupreschen und jeden Widerstand zu brechen. Langsam kamen die verschwommenen Gestalten näher und entpuppten sich als schockierte, abgemagerte Männer in verdreckten, aber erkennbaren Uniformen ... der Novakatzen. Einer von ihnen schien ein Krieger, die anderen sahen nach Besatzungsmitgliedern der niederen Kasten aus.

»Ich bin Krieger Sal vom Clan der Novakatzen, und dieses Schiff gehört uns«, antwortete der mit dem Gewehr.

»Weshalb ist dieses Schiff so schwer beschädigt?«, fragte Lenardon. »Hat das Draconis-Kombinat plötzlich beschlossen, dass Novakatzen in seinem Raum nicht mehr erwünscht sind?«

Der Krieger antwortete nicht.

»Wer hat euch angegriffen? Waren es Piraten?«, hakte Lenardon nach.

»Ich verstehe die Frage nicht«, erklärte Sal. »Wir haben gerade den Flug aus den Clan-Heimatwelten hinter uns. Die Schäden ...«

»Was?«, bellte Lenardon. »Das ist unmöglich. Die letzten Flüchtlinge sind vor fast zwei Monaten eingetroffen.«

»Wir wurden vom Rest des Konvois in die Innere Sphäre getrennt, als die Schneeraben und Höllenrösser versuchten, uns zu vernichten«, berichtete Sal, und sein Blick wurde leer. Langsam rutschte das Gewehr aus seiner kraftlosen Hand und schepperte zu Boden. Das Geräusch hallte laut durch den Raumschiffkorridor.

Sal sah zu der Waffe hinab, als frage er sich, wie sie dorthin gekommen sei. »Der Konvoi muss uns für vernichtet gehalten haben, aber es ist uns gelungen, nach Circe zu entkommen. Dort nahmen wir an Kriegern und Niederkastlern auf, was wir konnten, bevor wir die Reise zur Inneren Sphäre wiederaufnahmen. Die anderen Clans ... sie waren es, die versuchen, unser Schiff zu zerstören. Das Heck haben wir im letzten Sprung verloren. Es hat die Belastung nicht mehr ausgehalten.«

Langsam sank Sal auf die Knie. Er schien völlig in seinen Erinnerungen gefangen und nichts mehr von seiner realen Umgebung wahrzunehmen.

Lenardon war während der Abschwörung in der Inneren Sphäre gewesen, doch inzwischen wussten alle davon, wie die anderen Clans die Novakatzen aus den Heimatwelten vertrieben und dabei drei komplette Galaxien brutal ausradiert hatten. Aber dies war seine erste unmittelbare Begegnung mit Überlebenden der Flucht.

Er hatte in zahllosen Gefechten auf Welten gekämpft, die tausend Lichtjahre auseinander lagen, aber niemals hätte er geglaubt, ein Novakatzen-Krieger könnte zu einem solchen geistigen und körperlichen Wrack reduziert werden wie Sal. Als er den vor ihm kauernden Krieger anstarrte, fragte Josef Lenardon sich unwillkürlich, wie sein Clan so tief hatte sinken können. War es denkbar, dass der neue Weg der falsche war?

2

**Schlachtkreuzer SBS *Severen Leroux*,
Zenithsprungpunkt des Irece-Systems
Präfektur Irece, Militärdistrikt Pesht,
Draconis-Kombinat**

13. Juni 3061

»Die *Novakatze Alpha* dockt in diesem Moment an, Sternadmiral«, drang Antilas Stimme aus dem Ohrhörer, als Jan Jorgensson sich an den Handgriffen der Gangwände durch den Korridor zog.

Ihre Gäste waren endlich eingetroffen, und gerade, als sie mit den Flüchtlingen von der *Dunkelgrat* alle Hände voll zu tun hatte. Siebzehn Stunden waren inzwischen vergangen, seit das völlig verwüstete Schiff im Irece-System eingetroffen war. *Siebzehn Stunden Chaos*, dachte sie, und schwebte um die letzte Biegung vor der Luke zu Dockkragen Vier.

Mit geübter Leichtigkeit drehte sie sich am Wandgriff, um die Füße auf den Decksboden zu bringen, damit die Magnetstiefel fassen konnten. Unter normalen Umständen wäre sie zu sehr auf ihre Würde bedacht gewesen, um in der Schwerelosigkeit des stationären Sprungschiffs durch die Gänge zu schweben und wäre die Strecke mit Hilfe der Magnetsohlen zu Fuß gegangen, aber die Umstände waren alles andere als normal.

Ihre Besatzung war durch den bevorstehenden Besuch schon verschreckt genug. Jetzt musste sie auch noch den zusätzlichen Schock der Begegnung mit einer Ladung Flüchtlinge verdauen, die in bemitleidenswertem Zustand aus den Clan-Heimatwelten vertrieben worden waren.

Geräusche von der anderen Seite der Schleuse verrieten, dass ihre Besucher bereits an Bord der *Severen*

Leroux kamen. Plötzlich nervös ertappte sie sich, wie sie mit der Hand über die Frontpartie der Uniform strich, eine Geste, die sie sich – bisher erfolglos – abzugewöhnen versuchte. Obwohl sie den weißen Kniemantel und die violette Hose eines Sternenbund-Admirals schon seit einiger Zeit trug, hatte sie sich immer noch nicht ganz an ihre neue Uniform gewöhnt. Insbesondere die in ihren Augen stutzerhafte Mütze behagte ihr absolut nicht.

Unter dem typischen Zischen des Druckausgleichs schwang die Luke auf und ein Hüne trieb über die Schwelle. Mit knapp über zwei Metern war er für einen Elementar klein, aber er hatte die breite Brust und die wuchtigen Arme, wie sie nur das Eugenikprogramm der Clans hervorbrachte. Der weiße Haarschopf und buschige graumelierte Schnauzbart unterstrichen sein beeindruckendes Äußeres noch. Die meisten Krieger wurden nicht alt genug, um zu erleben, wie ihre Haarfarbe sich veränderte.

Er hielt kurz vor Jorgensson mühelos in der Luft an, ein todsicherer Beweis für jahrelange Erfahrung mit Schwerelosigkeit. Santin West, Khan der Novakatzen, strahlte Macht und Autorität aus.

»Ich bin Sternadmiral Jan Jorgensson, Kommandeurin des Sternenbundschiffes *Severen Leroux*, und heiße Sie willkommen an Bord, mein Khan«, begrüßte sie ihn hochformell. »Möge Ihre Vision uns auf dem Weg weiterführen.«

Der Khan beantwortete die rituelle Begrüßung nur mit einem kurzen Nicken. »Bringe mich zu den Kriegern.«

»Hier entlang, mein Khan.« Jorgensson hätte jedem Khan ihres Clans begeistert gehorcht, aber Santin Wests beherrschende Ausstrahlung sorgte dafür, dass sie sich bereits in Bewegung setzte, noch bevor es ihr bewusst wurde.

Auf dem Weg den Gang hinab staunte sie darüber, welche Ehrfurcht sie immer noch vor ihm empfand, obwohl sie einander schon öfter begegnet waren. Als Kommandeurin der gesamten Novakatzen-Flotte stand sie nur zwei Rangstufen unter dem Khan. Trotzdem schien Santin West in einer Welt zu existieren, zu der ihr der Zutritt verwehrt war, geleitet von einer Vision für die Zukunft ihres Clans, die sich ihr nur unvollständig erschloss. Und es war diese Vision weit mehr als irgendein Abstimmungsergebnis des Clankonklave, die ihm seine Autorität verlieh und die meisten Novakatzen-Krieger, sie selbst eingeschlossen, veranlasst hatte, ihm seit der Abschwörung zu folgen.

In der ersten Biegung warf sie einen Blick zurück und sah mehrere andere Krieger durch die Dockschleuse kommen. Ihre unbeholfenen Versuche, in der Schwerelosigkeit Haltung zu bewahren, lieferten einen deutlichen Kontrast zu den sicheren Bewegungen des Khans.

»In deinem letzten Bericht hast du angeführt, dass die *Dunkelgrat* einige tausend Niederkastler an Bord hatte, aber nur eine Handvoll Krieger«, stellte dieser jetzt fest. »Hat eine weitere Durchsuchung des Schiffes etwas daran geändert?«

»Nein, mein Khan. Nach ausgiebiger Suche haben wir insgesamt neunundzwanzig Krieger gefunden ... Überlebende aus allen drei unserer Heimatwelten-Galaxien.« Ihr stockte die Stimme. Der Verlust so vieler Leben und so gewaltiger Mengen Ausrüstung war kaum fassbar.

Während sie schweigend den Weg fortsetzten, ging Jorgensson der gewaltige Weg durch den Kopf, den die Novakatzen als Clan in den letzten Jahren zurückgelegt hatten. Im Großen Widerspruch hatten ihre Khane sich gegen die anderen Clans an die Seite der Inneren Sphäre gestellt, geleitet von Visionen, die das Schicksal der Novakatzen mit dem des neuen Sternenbunds koppelten. Das hatte dazu geführt, dass die anderen Clans sie ausgestoßen und drei Novakatzen-Galaxien niedergemetzelt hatten.

Sie konnte verstehen, warum sich ihre früheren Mit-Clanner verraten fühlten, aber nicht, wie sie eine derartige Verschwendung hatten rechtfertigen können. Der Gründer wäre entsetzt gewesen, hätte er mit angesehen, was aus seiner großen Vision geworden war. Ihr Schritt stockte, als diesem Gedanken unwillkürlich ein anderer folgte. Was hätte Nicholas Kerensky vom Handeln der Novakatzen gehalten? Hätte er sich von ihnen verraten gefühlt? Ihre Hand zuckte zu den heiligen Cameronsternen an ihrem Kragen.

»Ist irgendetwas, Sternadmiral?«, fragte der Khan. Seine tiefe Stimme dröhnte im Gang.

»Neg, mein Khan«, erwiderte sie hastig und verlegen, in seiner Gegenwart bei Tagträumen ertappt worden zu sein. »Wir sind fast da«, sagte sie, als sie um die letzte Biegung kamen. Am Ende des Korridors stand ein riesiger Elementar in vollem Gefechtspanzer neben der Luke zur Arrestkammer. Er reckte sich noch zusätzlich, als er sie sah.

»Warum lässt du die Flüchtlingskrieger bewachen?«, fragte der Khan.

»Es hat eine … Auseinandersetzung zwischen einem der Krieger und meiner Besatzung gegeben.«

»Und das ist Grund genug, achtundzwanzig andere Krieger festzuhalten, franeg? Die Aktionen eines Einzelnen?«

»Neg, mein Khan, aber mir blieb keine andere Wahl.« Jorgensson verstand es selbst kaum. Alle Novakatzen-Krieger waren aggressiv, aber was sie in dem Bericht über diesen Zwischenfall gelesen hatte, war mehr als nur außergewöhnlich. »Den Meldungen meiner Besatzung zufolge war nur ein Krieger körperlich an dem Zwischenfall beteiligt, aber mehr als fünfzehn der Flüchtlingskrieger waren anwesend.«

Der Khan stoppte und drehte sich zu ihr um, als sie die Luke erreichten. »Ein Kreis der Gleichen?«

»Ja. Der Krieger forderte mein Besatzungsmitglied in Gegenwart der anderen zu einem waffenlosen Konflikttest heraus. Mir wurde berichtet, dass beide sich gut geschlagen haben, aber schließlich triumphierte mein Besatzungsmitglied.«

»Ich sehe nicht, was dies mit der Situation zu tun hat, Sternadmiral.«

Jorgensson hatte gehört, dass der Khan ein aufbrausendes Temperament hatte, das ihn zu Wutausbrüchen neigen ließ, die einem Gefechtsabwurf über feindlichem Territorium in Nichts nachstanden, er diese jedoch als Zeichen ernsthafter Schwäche unterdrückte. Sie konnte nur hoffen, dass zumindest Letzteres stimmte.

»Mein Khan«, erklärte sie. »Mehrere andere Krieger haben mein Besatzungsmitglied angegriffen, während es sich noch im Kreis der Gleichen befand.«

»Was?«, bellte Santin West.

Die Berichte hatten sie nicht minder geschockt. Jeder Krieger, der sich persönlich beleidigt fühlte oder der Ansicht war, die Handlungen eines Mitkriegers seien unehrenhaft oder gefährlich für den Clan, konnte einen Konflikttest verlangen. Der Test bestand aus einem direkten Zweikampf und konnte sowohl bewaffnet – je nach Spezialisierung der Beteiligten in Luft/Raumjäger, Mech oder Elementarrüstung – als auch unbewaffnet ausgetragen werden. Er fand immer in einem Kreis der Gleichen statt, dessen Durchmesser von wenigen Metern bis zu Dutzenden Kilometern variieren konnte. Dass unbeteiligte Krieger den Kreis der Gleichen verletzt und ihr Besatzungsmitglied angegriffen hatten, nachdem er den Test gewonnen hatte, war ein unfassbarer Verstoß gegen alle Traditionen.

»Sie haben ihn angegriffen und brutal zusammengeschlagen. Nur das rechtzeitige Eintreffen mehrerer Elementare konnte den Tod meines Besatzungsmitglieds verhindern.«

Santin West stand in dem leeren grauen Korridor gedankenverloren vor ihr. Er starrte an ihr vorbei den Gang hinab ins Leere, durch den sie gerade gekommen waren.

»Dann ist es schlimmer, als ich befürchtet habe«, murmelte er leise. Er drehte sich wieder zur Luke und bedeutete dem Posten mit einer Handbewegung, sie zu entriegeln.

Verwundert folgte Jorgensson ihrem Khan in den Raum.

Zane sah sich in der großen Kabine um, die in den letzten vier Stunden als sein Kerker fungiert hatte. Sie war fünf Meter im Quadrat groß und mit zwei Tischen und mehreren Bänken möbliert, die alle am Boden verankert waren. Es musste eine der Größten an Bord des Kriegsschiffs sein. Im Augenblick wirkte sie allerdings eng und überfüllt, denn er musste sie mit den anderen achtundzwanzig Kriegern teilen, die die achtmonatige Reise an Bord der *Dunkelgrat* mit ihm zurückgelegt hatten. Er kannte und respektierte jeden Einzelnen von ihnen, aber in diesem Augenblick wäre er lieber völlig allein gewesen.

Als er sich umschaute und die entmutigten Mienen der anderen sah, drängten sich düstere Gedanken in sein Bewusstsein, Bilder, die ihn sonst nur in seinen Albträumen quälten. Während der Reise von den Heimatwelten war es ihm gelungen, sie zu unterdrücken, aber der Kontakt zu den Novakatzen der Inneren Sphäre – die er niemals als Clangeschwister akzeptieren würde – hatten sie mit ungeahnter Aggressivität zurückkehren lassen. Er schloss die Augen und konzentrierte sich darauf, den Zorn in Zaum zu halten, den die Bilder auszulösen schienen.

In furchtbarer Düsternis wird die Saat zu strahlendem Glanz gelegt, wiederholte er in Gedanken immer wieder. Es waren die Worte Sandra Rosses, der am höchsten verehrten und mystischsten aller Khane der Novakatzen, und das Mantra half ihm, die Dämonen der Wut und der Traumbilder auf Abstand zu halten. Einige hundert Pulsschläge später öffnete er mit einem letzten, langen Ausatmen wieder die Augen.

Einen Moment später hörte er den Riegel der Luke zurückgleiten, dann öffnete sich der Kabineneingang. Das Nächste, was er sah, war die riesige Gestalt eines Elementars, gefolgt von der Kommandeurin des Schiffes. Die Ankunft der beiden löste ein wütendes Murren unter den Kriegern aus, und Zane spürte, wie seine Wut neu erwachte. Die Rangabzeichen des Elementars hatten sich verändert, aber niemand konnte den Khan der Novakatzen verwechseln.

Noch schockierender als die Insignien war die neue Uniform des Khans. Für Zane war sie eine frevelhafte Verschmelzung der Uniform der Sternenbund-Verteidigungsstreitkräfte mit der traditionellen Uniform seines Clans. Es war der weitere Beweis für die Fäulnis, die seinen Clan ins Verderben zog – und ihn mehr als alles andere wütend machte.

Sein Puls raste, aber Zane weigerte sich, dem Zorn die Oberhand zu lassen. Er schloss kurz die Augen und sang lautlos sein Mantra. Auch wenn er den Weg, den die Novakatzen eingeschlagen hatten, von ganzem Herzen hasste, blieb die Gestalt vor ihm doch sein Khan. Sich ihm jetzt entgegenzustellen, hätte seinen Tod bedeutet. Selbst ohne die bloße Körpergröße und Kraft des Elementars zu berücksichtigen, war Santin

West ein Zane weit überlegener Krieger. Als das Hämmern in seinen Schläfen langsam nachließ, öffnete Zane die Augen.

Der Khan stand gelassen am Eingang und ließ sich keine Reaktion anmerken, selbst als das Murren lauter wurde. Schließlich trat er langsam ein paar Schritte weiter in die Kabine und sprach zu den Kriegern. Seine Stimme klang tief und beeindruckend, verlangte Respekt und Aufmerksamkeit.

»Krieger. Ich bin Khan Santin West von den Novakatzen und heiße euch in der Inneren Sphäre willkommen.« Langsam schwenkte er den Blick über die Gesichter. »Heute ist ein Tag der Freude – darüber, dass ihr, unsere Clangeschwister, euren Weg durch den dunklen Ozean an eine neue Küste gefunden habt. Eine Küste, die uns eine leuchtende Zukunft verspricht.«

Zane erwartete erneutes Murren der anderen Krieger, aber sie blieben stumm. Als er sich hastig umsah, stellte er fest, dass viele von der Gegenwart des Khans wie gebannt waren. Es kam nicht jeden Tag vor, dass ein Krieger seinem Khan begegnete, aber trotzdem konnte Zane ihre willfährige Kapitulation nicht begreifen.

»Ihr habt überlebt, was viele andere das Leben kostete«, sprach Santin West weiter. »Vor Generationen schuf der Gründer zwanzig Clans, auf dass sie eines Tages in die Innere Sphäre zurückkehren und den Sternenbund neu erstehen lassen. Seit jener Zeit wurden fünf der ursprünglichen Clans ausgelöscht, absorbiert oder gespalten. Auch Clan Novakatze hätte so enden können, aber wir haben gelernt, die Vorzeichen kommender Entwicklungen zu deuten. Indem wir uns die Botschaft dieser Omen zu Herzen nehmen, werden wir auf den rechten Weg geführt … einen Weg, der uns gestattet zu gedeihen und all das zu werden, was der Gründer sich erträumte.«

Der Khan machte eine Pause, um die Bedeutung seiner Worte zu unterstreichen.

»Manche von uns mögen bezweifeln, dass wir uns wahrhaftig auf dem Weg befinden, den der Gründer für uns vorgesehen hat. Falls dem so ist, betrachte ich solche Gedanken für eine Novakatze nicht als Verrat. Unsere Khane haben unsere Krieger immer ermutigt, die Wahrheit in sich selbst zu suchen. Die einzige Gefahr besteht darin, dass andere Novakatzen-Krieger versuchen können, eure Zweifel zu benutzen, um euch von unserem jetzigen Weg abzubringen.«

Die Offenheit des Khans schockte Zane. Wie konnte Santin West eine so schwere Uneinigkeit unter den Novakatzen eingestehen? Das war ein Fehler, der die Gegner seiner Entscheidungen nur stärken würde.

Der Khan sprach weiter, mit tiefer, resonanter Stimme. »Ihr folgt mir, weil ich euer Khan bin, aber wichtiger ist, dass ihr mir aus der Überzeugung folgt, dass ich euch auf dem Weg vorangehe, der für unseren Clan der Beste ist. Ihr alle kennt die Zeilen der *Erinnerung*:

> Clansmänner folgen ihrem Khan,
> erwiesenermaßen der Stärkste der Krieger.
> Aber Novakatzen-Krieger folgen nur einem Khan
> voll Überzeugung aus persönlicher Vision.
> Dieser Clan wird alle anderen übertreffen.«

Zane und einige der anderen nickten, als sie die Worte Khanin Sandra Rosses erkannten.

Der Khan öffnete in einer Geste der Offenheit die gewaltigen Arme. »Deshalb erniedrige ich weder euch noch den Weg, auf dem wir gehen, indem ich blinde Gefolgschaft von euch fordere. Stattdessen bitte ich euch, im Visionsritual euren eigenen Weg zu finden, damit ihr euch uns aus freiem Willen anschließen könnt. Bis dahin seid ihr Krieger, und unser Clan benötigt euch zum Schutz gegen unsere Feinde. Der Befehl ist bereits erteilt, in drei Wochen eine neue Galaxis auszuheben: Galaxis Zeta. Sie wird aus den Kriegern bestehen, die die Verwüstung unserer früheren Heimatwelten überlebt haben. Dazu gehört auch ihr. In den nächsten Tagen werdet ihr nach Irece fliegen, um euer Training in der neuen Galaxis aufzunehmen. Eure Visionen leiten euch.«

Mit diesen Worten, der traditionellen Abschiedsformel der Novakatzen, drehte Khan West sich um und verließ die Kabine, gefolgt von Sternadmiral Jorgensson. Als die Luke sich hinter den beiden schloss, brach unter den Kriegern rund um Zane eine hitzige Diskussion aus. Er konnte die Veränderung der Atmosphäre greifen, spürte, wie die Worte ihres neuen Khans die Spannung unter seinen Kameraden gebrochen hatten.

Zane erinnerte sich an den Ausdruck in Santin Wests Augen, während er sprach: einen Ausdruck absoluter Überzeugung, wie ihn nur jene zeigten, die eine Vision gehabt hatten. Aber Zane war nicht so überzeugt. Es war gut und schön für Santin West, dass er sich von seiner Vision leiten ließ, aber wo stand geschrieben, dass es für Zane und den Rest der Novakatzen keinen anderen Weg geben konnte?

3

Neucirce, Yamarovka
Präfektur Irece, Draconis-Kombinat

5. Juli 3062

In wilder Begeisterung stößt MechKrieger Zane den Fahrthebel seines Mechs vor und treibt den *Jenner IIC* die durch den Yalleniwald geschlagene Feuerschneise entlang. Als er die Höchstgeschwindigkeit von über einhundertfünfzig Stundenkilometern erreicht, ist ihm klar: Es ist blanker Wahnsinn, sich auf diesem trügerischen Weg mit derartigem Tempo zu bewegen. Ein falscher Schritt, und er läuft Gefahr, einen Knöchelaktivator zu beschädigen – aber die Bedrohung durch den Verfolger, der ihn hetzt, wiegt dieses Risiko auf. Er kann sich nicht einmal den Sekundenbruchteil Zeit gönnen, um sich mit einem Blick auf die untere Hälfte des Sichtschirms davon zu überzeugen, ob sich der feindliche Mech noch hinter ihm befindet. Er konzentriert sich ganz auf den Boden vor sich und hofft darauf, dass ihn sein Glück und sein Können nicht im Stich lassen. Lange Sekunden verstreichen, ohne dass er Geschützfeuer hört. Die Bäume links und rechts verschwimmen, der unebene Grund der Feuerschneise liegt wie ein flaches braunes Brett vor ihm.

Die Freude darüber, seinen hartnäckigen Verfolger abgeschüttelt zu haben, lässt Zane die Verfärbung des Bodens vor sich übersehen. Mit dem nächsten Schritt sinkt der gewaltige Metallfuß des *Jenner* fast einen halben Meter in weichen Schlamm, statt auf festen Boden zu treffen. Der BattleMech kippt und stolpert, während Zane sich hektisch nach hinten in die Polster wirft und hofft, dass der Neurohelm die Aktion schnell genug an den Kreiselstabilisator im Rumpf des leichten Mechs übertragen kann. Im Innern des Helms befinden sich

Neurorezeptoren, die in der Lage sind, die Signale vom Gleichgewichtssinn im Innenohr des Piloten über den Bordcomputer in Steuerbefehle an das Gyroskop umzusetzen, das die zehn Meter hohe Maschine auf den Beinen und in Bewegung hält.

Aber das kreischende Aufheulen des Gyroskops spricht eine andere Sprache und der Kampfkoloss kracht mit einem hallenden Donnern vornüber zu Boden. Zane wird so heftig nach vorne geschleudert, dass er mit dem Kopf auf die Steuerkonsole schlägt. Der Mech bockt aus wie ein wildes Pferd, als er über den Waldboden schliddert.

Als Zane wieder zu sich kommt, hängt er kopfüber in den Sitzgurten. Er hat keine Ahnung, wie lange er ohnmächtig gewesen ist, und beinahe gerät er in Panik. Er versucht, den gestürzten Mech wieder aufzurichten, aber das ist gar nicht so einfach in einer Maschine, die an Stelle der Arme nur Waffenmodule besitzt. Die meisten Piloten, die armlose Mechs steuern, verbringen eine beträchtliche Trainingszeit allein damit, das Aufrichten gestürzter Maschinen zu üben. Auf dem Schlachtfeld ist ein Mech, der nach einem Sturz nicht wieder aufstehen kann, so hilflos wie eine auf dem Rücken liegende Schildkröte.

»Savashri«, flucht er beim Blick auf die Statusanzeige, als er den *Jenner* endlich wieder auf den Beinen hat. Der ohnehin nur leicht gepanzerte Mech hat bei dem Sturz einigen Schaden einstecken müssen. Der schwere Extremreichweiten-Laser, der die Position des rechten Arms eingenommen hat, ist vollständig abgerissen, Rumpf und Bein auf der rechten Seite haben mehr als die Hälfte der Panzerung verloren. Schlimmer noch als der Panzerungsschaden ist der Verlust der Hauptbewaffnung seines Mechs. Ohne den schweren Laser ist er praktisch hilflos.

So viel zum unbeschadeten Überleben des ersten Feind-

kontakts, denkt Zane verbittert. Wenn er so weitermacht, wird sein Mech ein Schrotthaufen werden, ohne einen einzigen Schuss abgefeuert zu haben. Wütend und enttäuscht hämmert er mit den Fäusten auf die Steuerkonsole. Seine Hände bluten, doch er kann nicht aufhören, will nicht aufhören.

Als sein Zorn sich endlich gelegt hat, starrt er auf seine blutenden, von Quetschungen übersäten Hände. Der Anblick bringt ihn augenblicklich zu Verstand. Ist er noch ganz bei Sinnen? Er wird verfolgt. Dies ist nicht der Zeitpunkt für einen Wutanfall. Er muss herausfinden, wo sein Gegner steckt.

Als hätte er ihm mit diesem Gedanken ein Zeichen gegeben, zuckt ein Energiestrahl an seinem Mech vorbei und bohrt sich rechts von ihm in den Wald. Der erste Baum, den er berührt, explodiert, als der Laserstrahl die im Holz gefangene Feuchtigkeit zu Dampf verkocht. Jahrelanges Training übernimmt die Kontrolle – und Zane reagiert reflexartig. Er stößt mit vor Anstrengung bleichen Fingerknöcheln den Fahrthebel vor.

Ein Blick auf die Taktikanzeige des Sekundärschirms zeigt keine Spur eines Gegners in Waffenreichweite. Aber der Laserstrahl ist nicht aus dem Nichts gekommen. Der Angriffswinkel schließt einen Beschuss aus der Luft durch einen Luft/Raumjäger aus, also muss es ein Bodenangriff gewesen sein.

Noch bevor er wieder auf den Hauptschirm blicken kann, hämmert eine Salve Hochgeschwindigkeitsgranaten aus einer Autokanone um den Mech in den Boden und schleudert geysirartige Dreckfontänen in die Luft. Zane bewegt den *Jenner* instinktiv im Zickzack den Weg hinab, um seinem Gegner das Zielen zu erschweren. Er weiß, ein einziger Treffer würde genügen, eines der Mechbeine vom Rumpf zu reißen.

Ein Näherungsalarm gellt und zieht seinen Blick auf

einen anderen Hilfsbildschirm. Etwa einen Kilometer vor ihm steht eine zweite Einheit auf der Straße … und sie sieht nach einem Mech aus. Bei seiner derzeitigen Geschwindigkeit wird er in wenigen Sekunden in Waffenreichweite sein. Ihm bleibt nur eine einzige Option: eine ebenso verzweifelte wie selbstmörderische Aktion.

Ohne den *Jenner* aus dem Rhythmus kommen zu lassen, tritt er die Sprungdüsenpedale durch und schleudert seinen Kampfkoloss auf einer Flammenzunge aus superheißem Plasma steil in die Höhe. Für einen Außenstehenden wirkt ein springender BattleMech, als flöge er, aber Zane weiß nur zu gut, dass er die Flugeigenschaften eines an ein Düsentriebwerk geschnürten Backsteins hat … im besten Fall schafft er einen kontrollierten Absturz. Der *Jenner IIC* kann bis auf eine Höhe von zweihundertsiebzig Metern aufsteigen, die größte Sprungkapazität, mit der je ein Mech ausgestattet worden ist. Aber einen Fall aus zweihundertsiebzig Metern Höhe zu steuern, ist alles andere als leicht. Nachdem er sich soeben blindlings mit einem bereits beschädigten Mechbein in ein dicht bewaldetes Gebiet geschleudert hat, wird er all sein durch Genmanipulation erschaffenes Können benötigen, um auch nur den Aufprall zu überleben.

Der *Jenner* steigt immer höher, und Zane sieht seine schlimmsten Befürchtungen bestätigt, als sich vor ihm ein einziges lückenloses Blätterdach ausbreitet. Hastig sucht er die Umgebung ab und wählt einen Landeplatz, der halbwegs viel versprechend aussieht. Hofft er.

Als der Mech den Scheitelpunkt des Sprungs erreicht und sich wieder senkt, lässt er die Sprungdüsen aufstottern, um die Maschine so weit wie möglich zu verlangsamen, bevor der Stahlgigant durch die Baumwipfel bricht. Das donnernde Heulen der Schubaggregate dringt selbst durch die Isolation und dicke Panzerung der Pilotenkanzel, als er vergeblich versucht, fünfunddreißig Tonnen Metall, Myomer und Fusionsreaktor abzubremsen.

Auf das Schlimmste vorbereitet, kracht Zane mit dem *Jenner* durch das Walddach. Der Lärm ist ohrenbetäubend, als der Mech durch die Bäume bricht, armdicke Äste pulverisiert und mit seinen Sprungdüsen alles in Brand setzt, was ihre Flammenzungen berühren. Der Sturz durch die Baumwipfel hat dem Mech einen leichten Rechtsdrall gegeben, der Zane zwingt, mit dem rechten Fuß des *Jenner* zuerst aufzusetzen. Selbst unter normalen Umständen würde das zu einem Sturz führen. In seiner jetzigen Situation bedeutet es das Ende.

Zane fühlt, wie der Mech sich aufbäumt, als der gesamte rechte Hüftaktivator unter einer Belastung explodiert, für die er nicht im Entferntesten ausgelegt ist, und der Rest des Beins in einem einzigen gigantischen Trümmerstück vom Rumpf gerissen wird. Er verflucht sein Schicksal, verflucht die Feindphantome, die ihn hetzen, verflucht seinen Clan für das, was aus ihm geworden ist. Er stählt sich für den letzten Aufprall. Tiefes Dunkel stürzt auf ihn ein, als der *Jenner* auf den gnadenlos harten Boden schlägt.

Zane setzte sich kerzengerade auf, schweißgetränkt und zitternd. Mehrere Sekunden saß er nur so da und keuchte. Dann stieg er schwerfällig aus der Koje und schlug auf dem Weg in das kleine Badezimmer auf den Lichtschalter des Quartiers, das ihm vor einem Vierteljahr bei der Aushebung Galaxis Zetas zugeteilt worden war. Eine schwache Leuchtstoffplatte erhellte das spartanische Zimmer mit den weiß getünchten Wänden und der nüchternen Metalleinrichtung aus Bett, Tisch und Stuhl.

Er drückte den Knopf für Kaltwasser und klatschte es sich mit beiden Händen großzügig über Kopf und Brust, in dem Versuch, den Schweiß und die Angst seines Traums abzuwaschen. Als er fertig war, fasste er den Rand des Waschbeckens und legte die Stirn gegen die polierte Metallplatte, die als Spiegel an der Wand darüber hing. Er sang leise vor sich hin, während ihm das Wasser am Körper hinablief und sich zu seinen Füßen in einer Pfütze auf dem Betonboden sammelte.

Er hatte geglaubt, den Traum hinter sich gelassen zu haben, aber in den letzten Tagen hatte er ihn wieder eingeholt. Jede Nacht war es dasselbe. Er saß in seinem Mech, floh im Yalleniwald Bärentatzes vor einem unsichtbaren Feind, genau wie damals vor zwei Jahren, als die Schneeraben und Höllenrösser Galaxis Rho angegriffen hatten.

Weil Bärentatzes Hyperpulsgenerator in Erwartung benötigter Ersatzteile für eine Reparatur außer Betrieb gewesen war, hatte die Galaxis von den Ereignissen im übrigen Clan-Raum nichts bemerkt. Sie hatte keine Ahnung vom Großen Widerspruch oder von dem Verrat, den ihre Khane in der Inneren Sphäre betrieben hatten. Ihr erster Hinweis auf irgendeine Veränderung war der Überraschungsangriff der Schneeraben und Höllenrösser gewesen, bei dem sie jede Achtung vor den ritualisierten Gefechtsregeln über den Haufen geworfen hatten.

Zane war durch den Wald geflohen und als einer von insgesamt nur neun Kriegern von Bärentatze entkommen. Mit ansehen zu müssen, wie seine Kameraden für ein Verbrechen abgeschlachtet worden waren, an dem sie nicht beteiligt gewesen waren, hatte ihn an den Rand der Verzweiflung getrieben. Nur der gezwungene Trost der Kameradschaft und die ruhige Kontemplation auf der langen Reise vom Kerensky-Sternhaufen zur Inneren Sphäre hatte ihm wieder Halt gegeben. Jetzt hatte er keine Ahnung, ob dieser wiederkehrende Albtraum ihn davon oder wie eine Sirene geradewegs in den Tod zog.

So oder so war ihm instinktiv klar, dass dieser Traum, dieser Albdruck mit den Zweifeln und Fragen darüber zusammenhing, wie die Novakatzen jetzt ein Teil der Inneren Sphäre sein konnten, unter einer Decke mit dem Draconis-Kombinat und dem Möchtegern-Sternenbund. Aber das Geheimnis dieses Traums erschloss sich ihm nicht. Vor Bärentatze hätte er den Rat Eidmeisterin Biccon Winters' eingeholt, aber jetzt schaffte er es nicht mehr, sein Vertrauen in sie zu setzen. Sie war zu eng mit der jüngsten Geschichte des Clans verwoben. Er würde selbst eine Antwort finden müssen.

Die Stirn immer noch an den Spiegel gepresst, kehrte Zane allmählich in die Gegenwart zurück, als die gedämpften Geräusche der übrigen Aktivität im Kommandobereich Zeta in sein Bewusstsein drangen. Er hob den Kopf und starrte das breitnasige Gesicht mit dem kurzen, schwarzen Haar an, das ihm aus dem Metall entgegenblickte. Das einzig Bemerkenswerte daran war das leuchtende Grün der Augen. Kein ClanKrieger legte sonderlichen Wert auf sein Äußeres, und Zane sah an seinem Spiegelbild nichts Besonderes. Wie die meisten seiner Kameraden betrachtete er eine erstklassige körperliche Verfassung als selbstverständlich, das Ergebnis eugenischer Zuchtauswahl und lebenslangen Trainings, das die Muskulatur des nahezu fettfreien Leibs gnadenlos gestählt hatte.

Sein einziger Gedanke war, dass heute der Tag war, und es gab nichts, was er hätte tun können, um zu verhindern, was kam.

Vor einigen Wochen hatte Galaxiscommander Tirant Higall bekannt gegeben, dass ein neuer Sternhaufen ausgehoben werden sollte, und einer seiner drei Trinärsterne würde aus Galaxis Zeta stammen. Das war ungewöhnlich. Das Standardverfahren der Novakatzen sah den Abzug einzelner Krieger aus verschiedenen Einheiten vor, um die Belastung für die einzelnen Galaxien und Sternhaufen zu minimieren. Mehrere Tage waren vergangen, in denen die Krieger Zetas sich in wilden Spekulationen darüber ergangen hatten, welchem Trinärstern die Ehre zufallen würde, sich dem neuen Sternhaufen anzuschließen.

Als Zane erfahren hatte, dass seine Einheit, der Kampftrinärstern des 37. Garnisonssternhaufens, ausgewählt worden war, hatte er zum ersten Mal seit langen Monaten wieder Begeisterung empfunden. Neu ausgehobene Sternhaufen wurden grundsätzlich bevorzugt für gefechtsintensive Missionen eingesetzt. Sicher würde er jetzt die Chance erhalten, die Ehre wiederherzustellen, die der Clan seiner Überzeugung nach verloren hatte, als die Novakatzen zur Inneren Sphäre übergelaufen waren.

In der Woche darauf hatte sich die Moral des ganzen Trinärsterns merklich verbessert. Erstmalig seit dem Abflug von Yamarovka hatte Zane wieder Hoffnung geschöpft. Aber dann war die zweite Bekanntmachung des Galaxiscommanders gekommen: Der neue Sternhaufen würde keine ruhmreiche Kampfmission erhalten, einen Überfall auf das Geisterbären-Dominium etwa, oder einen Schlag gegen die arroganten Höllenrösser. Stattdessen wurde der Sternhaufen, der seine Rettung werden sollte, ausgehoben, um zusammen mit einer Einheit des Draconis-Kombinats zu trainieren und Gefechtsübungen abzuhalten.

Stravag-Manöver! Der Gedanke explodierte in seinem Bewusstsein, und er knallte die Faust gegen die Wand. Schlimmer noch, gegen dieselben dreckigen Freigeburten, die seine Novakatzen verführt hatten, das Wesen der Clans zu verraten. Zane hatte schon vier Konflikttests durchgekämpft, um seine Frustration abzubauen.

Er ging zur Duschkabine und riss die Tür auf, was automatisch das Wasser in Gang setzte. Die heißen Wasserstrahlen auf der Haut hatten sonst eine beruhigende Wirkung auf ihn, aber heute war der Tag, an dem er seinen neuen Sterncaptain und den Verbindungsoffizier der Kombinatseinheit kennen lernen würde, mit der sie gekoppelt wurden. Schlimm genug, dass der Khan ihnen befohlen hatte, mit diesen Freigeburten zu trainieren. Dass er sie auch noch zwang, eine *Garnison* mit den 11. Rächern Alshains zu teilen, war nicht mehr nachvollziehbar. Am liebsten hätte er gleich wieder auf die Wand eingedroschen.

Seit die Novakatzen vor zwei Jahren in die Innere Sphäre gekommen waren, lebten sie in Systemen des Draconis-Kombinats, eines Feindes, gegen den sie während der Invasion immer wieder gekämpft hatten. Seit dem Seitenwechsel des Clans waren draconische Einheiten als zusätzliche Garnisonstruppen auf den von den Novakatzen besetzten Welten eingesetzt, und beinahe vom ersten Tag an hatte es Ärger gegeben.

Nach drei voneinander unabhängigen Zwischenfällen, bei denen es auf beiden Seiten Tote gegeben hatte, hatte der draconische Herrscher die Präfektur Irece geschaffen, um den Novakatzen ein eigenes Territorium zuzuteilen, für dessen Schutz sie allein die Verantwortung trugen. Innerhalb seiner Grenzen sollten die Clanner im Namen des Koordinators regieren. Alle Kombinatseinheiten waren von den Welten abgezogen worden, die von Novakatzen-Kriegern bewacht wurden.

Vor diesem Hintergrund war die Provisorische Galaxis Zeta ausgehoben worden. Wie versprochen hatte Khan Santin West der neuen Einheit alle Krieger zugeteilt, die der Vernichtung der Heimatwelten-Galaxien entkommen waren. Aber die meisten von ihnen hatten den neuen Weg der Novakatzen weder verstanden noch akzeptiert. Mangelnde Kampfmoral war ein großes Problem der unterzähligen und unterversorgten neuen Galaxis. Und während die Sternhaufen der meisten Galaxien auf verschiedene Systeme verteilt waren, war die gesamte Galaxis Zeta hier auf Yamarovka stationiert, was das Gefühl noch steigerte, vom eigenen Clan abgeschoben und vergessen worden zu sein.

Wieder schlug Zane gegen die Wand. Dass Santin West bereit war, überhaupt einer Novakatzen-Einheit zu befehlen, sich mit einem ehrlosen Haufen wie den 11. Rächern Alshains abzugeben – der Einheit, die ohne Provokation die 4. Novakatzen-Garde Galaxis Deltas attackiert hatte –, war nur ein weiterer Beweis dafür, wie irregeleitet er war. Eine Einheit der Galaxis Zeta zu diesem Kontakt zu zwingen war nachgerade eine offene Einladung für Ärger. Zane fragte sich ernsthaft, ob der Khan auf die Vernichtung seiner Galaxis aus war.

Hastig trocknete er sich ab und ging zum Spind, um sich anzuziehen. Als er die Tür öffnete und die neue Novakatzen-Uniform im Innern hängen sah, empfand er denselben Abscheu, wie er ihn vom ersten Augenblick an empfunden hatte, als er sie gesehen hatte. Er riss sie vom Bügel und stieg eilig in Hose und Jacke.

Mit einem letzten Zug an der Schärpe machte er sich ohne einen Blick in den Spiegel auf den Weg zur Tür. Er wusste, was er gesehen hätte. Aber etwas an diesem Gedanken ließ ihn stocken, und in einem plötzlichen Augenblick der Erleuchtung erkannte er, dass weder die Uniform noch die Insignien ihn definierten.

Es stimmte, dass jeder Novakatzen-Krieger bei seiner Ehre verpflichtet war, dem Willen seines Khans zu folgen, aber es gab Zeiten, da der Weg eines Kriegers von dem seines Clans abzweigte. Seine Zweifel änderten nichts daran, dass er eine Novakatze war. Seine

Pflicht lag darin, den anderen den Irrtum ihres Weges zu zeigen, damit sie alle zurück zum Wesen der Clans finden konnten. In diesem Moment schwor Zane, dass er genau das erreichen würde, indem er sich zu einem leuchtenden Beispiel eines echten Novakatzen-Kriegers mauserte.

Ein Gedanke beherrschte ihn, als er durch die Tür auf den Gang trat: Heute betrat er einen neuen Weg, einen neuen Weg für alle Novakatzen. Sie wussten es nur noch nicht.

4

Kommandobereich der Provisorischen Galaxis Zeta, Neu-Circe, Yamarovka
Präfektur Irece, Militärdistrikt Pesht, Draconis-Kombinat

5. Juli 3062

Zane marschierte durch die Gänge des Zeta-Kommandobereichs. Die Absätze der Uniformstiefel knallten auf dem Stahlbeton wie Pistolenschüsse. Zu beiden Seiten des Korridors erstreckten sich Reihen von Türen wie Spiegelbilder, die in der Endlosigkeit verschwanden. Das trübe Licht der Deckenbeleuchtung tat nichts dazu, die Trostlosigkeit zu lockern. Man sah keine Farbe, keine Bilder, keine bunten Schilder. Derartige Verzierungen erfüllten keinen sinnvollen Zweck, und für die Clans – über Generationen auf absolute, bedingungslose Zweckmässigkeit konditioniert – waren derartige Annehmlichkeiten Verschwendung. Es war vernünftiger, die verfügbaren Mittel für praktischere Zwecke einzusetzen.

Unterwegs kam er an Mitgliedern niedrigerer Kasten vorbei, aber er ignorierte sie als unter seiner Würde. Wenn ihm ein Krieger begegnete, tauschten sie ein kaum merkliches Kopfnicken aus, ein gegenseitiges Erkennen als Gleichrangige. Am Ende des langen Korridors befand sich eine doppelte Glastür. Schwaches orangerotes Sonnenlicht filterte durch die Glasscheiben, und Staubkörner tanzten in seinem Kegel. Zane bemerkte den Staub, und es überraschte ihn nicht, dass die Freigeburtsarbeiter der Anlage sie nur nachlässig sauber hielten. Er stieß die Türen auf und trat hinaus in den Morgen von Neu-Circe.

Von allen Seiten drang das Lärmen marschierender Truppen und brüllender Soldaten auf ihn ein, das schwere Wummern von Mechschritten, das gespenstische Heulen von Luftkissenfahrzeugen, das Donnern von Verbrennungsmotoren. Die vertraute Lärmkulisse einer Militärbasis, wie er es seit über zehn Jahren nicht anders kannte.

Das lange, quaderförmige Gebäude, das er gerade verlassen hatte, diente den meisten in dieser Anlage stationierten Novakatzen als Kaserne. Eine Reihe überdachter Gehsteige verband es mit der Kommando-, Kontroll- und Kommunikationszentrale, der K^3, die das Nervenzentrum der Provisorischen Galaxis Zeta darstellte. Beide Bauten lagen auf einem flachen Hügel, von dem aus mehrere Stahlbetontreppen auf eine Wiese hinabführten, die sich fünfhundert Meter weit erstreckte.

Momentan war die Wiese voller Krieger und Niederkastler, die hierhin und dorthin unterwegs waren. Kreuz und quer fuhren Fahrzeuge, und ein zwölf Meter hoher OmniMech schritt zielsicher am rechten Außenrand des Felds entlang. Es war der neueste und stärkste OmniMech des Clans und sein erhebender Anblick erfüllte Zane mit Stolz. Ursprünglich war dieser Mechtyp in den Heimatwelten hergestellt worden, aber jetzt lief er auf der neuen Clanzentralwelt Irece vom Band. Die *Novakatze* war vom Geist ihres Namenspatrons beseelt. Mit siebzig Tonnen Masse gehörte sie zwar nicht zu den schwersten Mechs, aber die schlanke Konstruktion war mit einer gewaltigen Feuerkraft bestückt.

Zu beiden Seiten war die Wiese von den gigantischen Bauten der Mechhangar- und Wartungsanlagen Galaxis Zetas und des in der Ausweitung befindlichen Raumhafens eingerahmt. Dessen vielstöckige Gebäude und die scheinbar endlose Weite gehärteten Stahlbetons waren ihrerseits von lückenlosen Kilometern rasiermesserscharfen Stacheldrahts abgezäunt. Hinter dem Raumhafen lag die Stadt, Neu-Circe, die ebenfalls schnell wuchs und ihre ursprünglichen Grenzen sprengte. Bei dem Gedanken an all die Freigeburten und Surats der Inneren Sphäre, die den Ort derart übervölkerten, wurde Zane wütend. Warum ließ sein Clan das zu?

Ein tiefes Wummern sickerte langsam in seine Gedanken, und als er das vertraute Donnern eines anfliegenden Landungsschiffs erkannte, blickte er hoch. Hunderte anderer Augen erhoben sich ebenfalls zum Himmel und bemühten sich, die Markierungen des ankommenden Schiffes auszumachen. Der winzige, auf einer Feuerzunge balancierende weiße Fleck sank schnell tief genug herab, um eine Identifizierung zu ermöglichen, und offenbarte den eiförmigen Rumpf eines Landungsschiffes der *Overlord*-Klasse. Es war einer der größten im allgemeinen Gebrauch befindlichen Militärtransporter und konnte bis zu drei Trinärsterne Mechs aufnehmen.

Zane wusste bereits, dass das Schiff das Emblem des Draconis-Kombinats trug, und es bereitete ihm immer noch Magendrücken, das rote Kreiswappen mit dem sich aufbäumenden Drachen auf Novakatzen-Territorium zu sehen. Seit Monaten war keine Einheit der Vereinigten Soldaten des Draconis-Kombinats in die Präfektur Irece, geschweige denn auf einen ihrer bewohnten Planeten gekommen. Was das Eintreffen dieses speziellen Schiffes jedoch beinahe unverzeihlich machte, war die Tatsache, dass es die 11. Rächer Alshains transportierte.

»Wie ich sehe, Zane, steigt unser illustrer neuer Sterncolonel Jal Steiner gerade auf einem Flammenthron zu uns herab«, ertönte eine laut hallende Stimme hinter ihm, bei deren Klang Zane unwillkürlich verärgert zusammenzuckte. Er drehte sich um und sah Sterncommander Samuel, den Besitzer dieses mächtigen Organs und seinen unmittelbaren Vorgesetzten. Mit knapp zwei Metern und einem Gewicht von 180 Kilogramm war Samuel für einen MechKrieger ein wahrer Riese, und viele Trinärsternmitglieder witzelten, dass er in Wirklichkeit ein Elementar sein musste, der versehentlich in eine MechKrieger-Geschko geraten war.

»Wie *ich* sehe, findest du immer noch eine erheiternde Seite an der Situation«, stellte Zane fest. »Und das, obwohl dort auf unsere eigene Einladung hin der Untergang des Clans eintrifft.«

Samuel setzte ein breites Haifischgrinsen auf, das von einem Ohr zum anderen zu reichen schien. »Und ich sehe, dass du wieder einmal auf der falschen Seite aus der Koje gestiegen bist. Allmählich glaube ich, deine Koje hat gar keine richtige Seite.« Sein Grinsen verblasste keine Sekunde und nahm den Worten die Schärfe.

In den vergangenen Monaten hatte Zane Respekt für Samuel entwickelt. Zum Glück, denn wäre dem nicht so gewesen, hätte diese Beleidigung ein augenblickliches Duell im Kreis der Gleichen erfordert.

Samuel entging der Schatten nicht, der über Zanes Züge huschte. »Müssen wir diese Diskussion jeden Tag aufs Neue führen?«, fragte er. »Es ist ein wundervoller Morgen, mit einem so sonnenklaren Himmel wie selten, und ganz egal, was du davon hältst, wir werden heute einen neuen Sternhaufen formen.«

Das Donnern der Landungsschiffstriebwerke steigerte sich zu einem orkanartigen Crescendo und kündigte die letzte Phase des Landeanflugs an, in der die Besatzung in Vorbereitung des Aufsetzens die Geschwindigkeit des Schiffs auf Null senkte. Der Lärm drang durch Mark und Bein und machte jede Verständigung unmöglich. Zane und Samuel stiegen die Treppe zu dem kantigen *Indra*-Truppentransporter hinab, der am Fuß vorgefahren war. Er würde die Mitglieder des Kampftrinärsterns, die sich jetzt alle auf das Radfahrzeug zubewegten, zum Raumhafen bringen, wo sie ihren neuen Kommandeur und den VSDK-Verbindungsoffizier träfen.

Der *Indra* war für den Transport fünfundzwanzig voll ausgerüsteter Elementare ausgelegt. Dadurch war das Innere des Fahrzeugs für fünfzehn Krieger ohne Ausrüstung sehr komfortabel. Zane und Samuel stiegen schnell die Rampe hinauf und suchten sich zwei Plätze neben Pela, Killian und Geoff, den anderen Mitgliedern ihres Sterns. So sehr es Zane auch ärgerte, das zuzugeben, aber die dunkelhaarige Pela war eine noch bessere *Jenner-IIC*-Pilotin als er und hatte ihn schon bei mehreren Gelegenheiten im Kampf besiegt.

Als der letzte Krieger Platz genommen hatte, setzte der *Indra* sich ruckartig in Bewegung und beschleunigte schnell auf die Höchstgeschwindigkeit von sechsundachtzig Stundenkilometern. Minuten später hatte er den Raumhafen erreicht und lud die Passagiere auf dem Asphalt ab. Das Landungsschiff stand bereits in der Landegrube, als sie eintrafen. Hauptluk Vier öffnete sich, und eine Rampe senkte sich zu Boden. Zane und die vierzehn übrigen Krieger seines Trinärsterns nahmen Aufstellung.

Die Rampe schlug mit einem lauten Scheppern auf, das beinahe die aus dem düsteren Innern des Schiffes dringenden Geräusche übertönt hätte. Aber Zane hatte zu viel Zeit in der Umgebung von Mechs verbracht, um das Sirren der Aktivatoren und die schweren Schritte eines Kampfkolosses nicht zu erkennen. Er hätte nicht erwartet, dass sein neuer Kommandeur im Mech das Landungsschiff verließ, aber was konnte man schon von einem Krieger erwarten, der ursprünglich zum Clan Wolkenkobra gehört hatte?

Die Novakatzen kannten die Macht von Träumen

und Visionen, und dies verlieh ihrer Denkweise eine mystische Prägung. Die Wolkenkobras hingegen hatten ihre Grundsätze zu einer Religion institutionalisiert. Zane hielt es für Dummheit, das Unfassbare beschreiben zu wollen, eine Dummheit, die aus der Stärke ihres Glaubens eine Schwäche machte. Schlimmer noch, er hatte gehört, dass Jal Steiner seine gesamte ehemalige Einheit, die Provisorische Galaxis Xi, zum Klostersystem seines früheren Clans bekehrt hatte. Nur ein weiteres Beispiel der Vergiftung, die am Herzen der Novakatzen nagte.

Eine *Schattenkatze* tauchte am Kopf der Rampe auf. Ein mittelschwerer OmniMech, der besonders in den Frontgalaxien der Novakatzen beliebt war. Er hatte nach hinten abgeknickte Vogelbeine unter einem geduckten, nach vorne ragenden Rumpf, und der Lauf eines riesigen Gaussgeschützes ersetzte den kompletten rechten Mecharm. Die Bemalung der Maschine hätte Zane jedoch fast laut aufkeuchen lassen. Grelle Farben waren allem Anschein nach zufällig auf die Panzerung geklatscht worden, und an den Beinen zogen sich Zeilen von Glyphen herab. Die Vorstellung, sämtliche Mechs der Provisorischen Galaxis Xi könnten so verunstaltet sein, war übelkeiterregend.

Und trotzdem war dieser Schock nichts im Vergleich dazu, was ihm als Nächstes bevorstand. Glänzend weiß lackiert, mit blutroten Akzenten, erschien ein zweiter Mech am Kopf der Rampe und folgte der *Schattenkatze* hinab ins Sonnenlicht Yamarovkas. Zane hatte entsprechende Berichte gehört, aber jetzt sah er zum ersten Mal einen leibhaftigen *Bishamon*.

Es handelte sich um einen vierbeinigen BattleMech, der erst vor kurzem bei den VSDK in Dienst gestellt worden war. Auch die Clans setzten vierbeinige Maschinen ein – in Zanes eigenem Stern steuerte Killian einen *Gletscherfuchs* –, aber dieser Kampfkoloss schien beinahe ein Totemmech. Mit seinem tief hängenden Rumpf und den langen, geknickten Beinen erinnerte er auf erschreckende Weise an eine monströse Spinne. Für seine Größe und offensichtliche Geschwindigkeit musste dieser Mech eine gewaltige Bestückung tragen, und Zane freute sich darauf, ihm im Feld gegenüberzutreten.

Erst nachdem der Kampfkoloss seinen Platz neben der *Schattenkatze* eingenommen hatte, erkannte Zane das apfelgrüne Katakanasymbol für ›2‹ auf der rechten Flanke des *Bishamon*. Das sagte ihm, dass dieser Mech einem Chu-sa gehörte, dem draconischen Gegenstück eines Sterncolonels. Die Cockpitluken beider Maschinen öffneten sich fast gleichzeitig, und ihre Piloten stiegen schnell an ausfahrbaren Leitern zum Boden herab, wo die Novakatzen-Krieger sie erwarteten.

Links erkannte Zane Sterncolonel Jal Steiner. Er war groß für einen Krieger und bewegte sich mit der Sicherheit eines Mannes, der gewohnt war, dass seine Befehle befolgt wurden. Sein mittelblondes Haar war lang und im Nacken zu einem Pferdeschwanz zusammengebunden, was insofern ungewöhnlich war, als die meisten Novakatzen-Krieger das Haar äußerst kurzgeschoren trugen.

Der Mann an seiner Seite war kaum kleiner, was Zane leicht erboste, denn es bedeutete, dass er kleiner war als sein Feind. Abgesehen von seiner Körpergröße besaß der Offizier jedoch alle Charakteristika rein asiatischer Anstammung, einschließlich sehr glatter, kurzer schwarzer Haare. Außerdem strahlte er einen arroganten Stolz aus, der Zane vom ersten Augenblick an übel aufstieß.

Die beiden Offiziere blieben dicht vor den zu ihrem Empfang aufgereihten Kriegern stehen. Zane blickte weiter geradeaus, bewegte die Augen aber gerade genug, um die beiden Männer, in deren Hand sein

Schicksal und das seiner Kameraden lag, im peripheren Blickfeld zu behalten. Er stellte fest, dass beide die gleichen kühlblauen Augen hatten, die den Eindruck erweckten, sie könnten einem Krieger geradewegs in die Seele schauen und abschätzen, was sie dort vorfanden. Es war nur ein beiläufiger Gedanke, aber er jagte Zane einen Schauer über den Rücken.

Als die Sekunden sich zu Minuten dehnten, fragte er sich plötzlich, warum Galaxiscommander Tirant Higall nicht hier war, um diese wichtigen Persönlichkeiten zu begrüßen. Normalerweise hatte er seine Finger in allem, was irgendwie mit Galaxis Zeta zu tun hatte, deshalb konnte Zane sich seine Abwesenheit nur dadurch erklären, dass er aus irgendeinem Grunde den Befehl erhalten hatte, fernzubleiben. Nichts anderes ergab einen Sinn.

Noch weitere Sekunden des Schweigens verstrichen, bis schließlich der Kommandeur von Zanes Trinärstern vortrat und mit lauter, fester Stimme das Wort ergriff. »Ich bin Sterncaptain Kael Nostra vom Kampftrinärstern des 37. Garnisonssternhaufens der Provisorischen Galaxis Zeta, und ich heiße euch auf Yamarovka willkommen. Möge eure Vision uns auf dem Weg weiterführen.« Nachdem er die rituelle Begrüßung beendet hatte, trat er zurück ins Glied.

»Danke, Sterncaptain«, erwiderte Jal Steiner mit sonorer Stimme, die augenblicklich Aufmerksamkeit beanspruchte. Er ging langsam die Reihe der Novakatzen-Krieger ab. »Ich weiss, viele von euch hegen Zweifel an dem Befehl unseres Khans, gemeinsam mit dem draconischen Militär zu trainieren. Und viele von euch, wenn nicht sogar alle, haben etwas dagegen, dass ich den Befehl über euch erhalten habe. Andere sind vermutlich wütend darüber, wie ihr in die Innere Sphäre und auf einen Garnisonsposten auf dieser Welt gekommen seid. Ich bin sicher, in den bevorstehenden Wochen und Monaten werdet ihr mir noch reichlich andere Beschwerden vortragen.«

Zane konnte ihm darin nur beipflichten.

»Aber«, fuhr der Sterncolonel fort, »nichts davon interessiert mich, und ich werde auch nicht zulassen, dass es irgendeine Auswirkung auf meinen neuen Sternhaufen hat.«

Ohne die Hab-Acht-Stellung aufzugeben, konnte Zane nicht sehen, wie die anderen links und rechts neben ihm diese Bemerkung aufnahmen, aber er war sich sicher, dass die anderen Mitglieder des Trinärsterns darüber nicht minder verärgert waren als er selbst. Es schien fast, als versuche Jal Steiner, sie zu provozieren, als wolle er sie auf irgendeine Weise auf die Probe stellen.

Sein neuer Kommandeur schritt die Reihe ab und sprach dabei weiter. »Dafür gibt es zwei Gründe. Erstens und vor allem hat unser Khan uns einen Befehl erteilt, und wir haben zu gehorchen. Er hat unseren Schritten einen neuen Weg gezeigt, und ich werde dafür sorgen, dass nicht einer von uns diesen Weg verlässt. Und zweitens ...« Er machte eine Pause und ließ den Blick noch einmal über die Gesichter der Krieger schwenken. »Ich habe die Gelegenheit erhalten, die Trinärsterne für meinen Sternhaufen selbst auszuwählen, und ich habe euch ausgesucht.«

Zane zuckte vor Überraschung leicht zusammen. Es war bei den Novakatzen nicht üblich, dass ein Kommandeur sich seine Trinärsterne aussuchte, und es war noch unglaublicher, dass Jal Steiner ausgerechnet den seinen ausgewählt hatte. Er musste wissen, dass die miserable Moral Galaxis Zetas Galaxiscommander Tirant Higall endlosen Ärger bereitet hatte, und es sogar so weit gegangen war, dass einzelne Krieger gelegentlich ihre Befehle offen in Frage gestellt hatten.

Fünfzehn Krieger warteten schweigend auf die nächsten Worte ihres Kommandeurs.

»Möglicherweise werdet ihr eines Tages die Gründe für meine Wahl erfahren, aber es sind meine Gründe, und ich sehe keinen Anlass, sie zu erläutern. Es hat euch zu genügen, dass ich euch ausgewählt habe, und ich erwarte von euch, dass ihr meinen Anforderungen Genüge tut, wenn nicht sogar, dass ihr sie übertrefft.«

Mit einer leichten Körperdrehung wies er zu dem wartenden VSDK-Offizier. »Das hier ist Chu-sa Yoshio, Kommandeur des 3. Bataillons der 11. Rächer Alshains. Er ist unserer permanenter Verbindungsoffizier und wird uns beim Beginn der Übungen im nächsten Monat helfen.«

Der draconische Offizier sah die Reihe der Krieger entlang – mit einem Ausdruck der Überlegenheit, der Zane die Galle hoch trieb.

Jal Steiner sprach weiter, als ein fernes Rumoren die Ankunft eines weiteren Landungsschiffs ankündigte. »Das Landungsschiff, das ihr gerade hört, hat den Angriffstrinärstern des 1. Garnisonssternhaufens der Provisorischen Galaxis Xi und die Sturmbinärsupernova des 246. Kampfsternhaufens der Galaxis Sigma an Bord. Gemeinsam mit eurem Kampftrinärstern wird unser neuer Sternhaufen sich sofort an eine ernsthafte Trainingsarbeit machen.« Seine Stimme wurde lauter, um vor dem Donnern des schnell näher kommenden Triebwerkslärms hörbar zu bleiben. »Der neue Sternhaufen hat den Namen 1. Drachenkatzen-Sternhaufen, und wir werden diesen Namen mit Stolz tragen. Morgen früh um exakt 6 Uhr tritt der gesamte Sternhaufen auf dem Übungsgelände an. Bis dahin haben der Chu-sa und ich Galaxiscommander Tirant Higall Bericht zu erstatten. Gesegneter Weg, Krieger.«

Der Sterncolonel und der draconische Verbindungsoffizier entfernten sich schnellen Schritts auf einen wartenden Schweber zu.

Der Trinärstern blieb mehrere Sekunden schweigend stehen, ohne die Formation aufzulösen. ›Gesegneter Weg‹ war ein seltsamer Ausdruck, aber er musste wohl bedeuten, dass die Krieger wegtreten konnten. Zane fragte sich, ob das ebenfalls ein Überbleibsel der Wolkenkobratraditionen Steiners war. Und dazu noch die Besudelung durch einen Namen wie 1. Drachenkatzen-Sternhaufen!

Mit einem tiefen Atemzug schloss er die Augen und sang in Gedanken vor sich hin, um seine Mitte zu finden, damit seine wütenden Gedanken sich beruhigten, bis er sie sich einzeln vornehmen konnte. Dann öffnete er die Augen und sah das herabsinkende Landungsschiff durch die Wolken brechen. Er wusste, es würde weiter herabsinken, bis es auf der Oberfläche Yamarovkas ankam, selbst wenn der Kapitän jetzt noch seine Meinung ändern und die Triebwerke mit Vollschub feuern ließe, um den Sinkflug abzubrechen. Die Schwerkraft des Planeten würde es nicht mehr freigeben.

Während er den Flug beobachtete, traf Zane der Gedanke, dass dieses Schiff, so unaufhaltsam es jetzt auch aus dem Himmel stürzte, später wieder ins All aufsteigen würde. Das war sein Wesen. Er erkannte, dass für die Novakatzen dasselbe galt. Es war nur eine Frage der Zeit. Gleichgültig, ob es Wochen, Monate oder Jahre dauern würde, Zane wusste, er würde einen Weg finden, sich über diese Zeit der Finsternis zu erheben, und sein ganzer Clan würde mit ihm aufsteigen.

5

Friedenspark, Newbury, Dieron
Präfektur Al Na'îr, Militärdistrikt Dieron,
Draconis-Kombinat

8. Juli 3062

Der alte Mann saß friedlich und gedankenversunken auf einer der vielen Bänke, die entlang der ruhigen Gehwege des Parks zum Verweilen einluden. Er saß leicht vorgebeugt und studierte die elfenbeinernen Shogisteine auf dem rotschwarzen Spielplan, der vor ihm auf dem Steintisch aufgebaut war. Obwohl niemand zu sehen war, gegen den er hätte spielen können, musterte er das Brett intensiv und schien bemüht, seinen unsichtbaren Gegner zu besiegen. Gelegentlich strich er über den sorgfältig gestutzten weißen Bart oder wischte sich abwesend eine Strähne des schulterlangen weißen Haars aus den Augen.

Viele Menschen wanderten die Wege entlang, in Gedanken oder ein leises Gespräch mit einem Begleiter vertieft. Überall dehnten sich die Bäume, gepflegten Rasenflächen und sorgsam kultivierten Gärten des Friedensparks aus und lockten die Seele zu stiller Kontemplation. Zusammen mit von liebevoller Hand zu phantastischen Kreaturen geformten Büschen machten sie dies zu einer der berühmtesten Parkanlagen des gesamten Kombinats.

Ein Schatten fiel auf das Brett. Der alte Mann hob den Blick, ließ jedoch kein Anzeichen von Überraschung erkennen.

»Ohaio gozaimasu«, begrüßte ihn der Fremde, mit höflichen Worten, aber vor Verachtung triefender Stimme. »Shibaraku desu ne … O-genki desu ka. Ich habe Sie lange nicht gesehen.«

»Genki desu. Wie geht es Ihnen?« Die starke, tiefe

Stimme des alten Mannes strafte seine zerbrechliche Erscheinung Lügen. »Mir geht es gut, und ja, es ist tatsächlich einige Zeit vergangen, seit wir uns das letzte Mal begegnet sind. Bitte, leisten Sie mir Gesellschaft.«

»Arigato gozaimasu.« Der Fremde setzte sich langsam auf die Bank. Seine Kleidung war unauffällig, aber die Haltung unverwechselbar militärisch.

Der alte Mann wusste, sein Gegenüber würde eher sterben, als Rang und Stellung zu verheimlichen, aber irgendwie hatte er es über sich gebracht, in Zivil zu erscheinen. Auch der alte Mann hatte einmal eine Kommandeursuniform getragen, aber er wusste nur zu gut, dass selbst im Draconis-Kombinat, in dem das Militär fast verehrt wurde, die wichtigsten Gefechte weitab von allen Schlachtfeldern geschlagen wurden. Er konnte nur hoffen, dass dieser Offizier endlich soweit war, diese unsterbliche Wahrheit zu erkennen. Obwohl er nicht wirklich erwartete, unerwünschte Beobachter zu finden, schaute er sich schnell um, da er auf Nummer Sicher gehen wollte. Alte Gewohnheiten ließen sich schwer ablegen.

»Sie haben um dieses Gespräch und diesen Treffpunkt gebeten«, stellte der Fremde fest und sah sich mit verächtlicher Miene um. »Also reden Sie.«

»Was denn, kein höfliches Geplauder, um den Morgen schneller verstreichen zu lassen?« Der alte Mann war amüsiert. »Vielleicht möchten Sie diese Partie Shogi zu Ende spielen. Mein Gegner scheint mir abhanden gekommen zu sein.«

Die Anspannung um die Augen des Offiziers verriet ihn. Beiden war klar, sie waren nicht hier, um sich die Zeit zu vertreiben. Sie hielten beide Positionen von gewaltiger Machtfülle im Kurita-Raum inne, und jedes einzelne Wort des Gesprächs hatte eine Bedeutung, die sich einem zufälligen Beobachter nicht erschloss.

»Ich bevorzuge schon immer Go.«

»Ah, das Strategiespiel für die militärisch Interessierten.« Der alte Mann kicherte. »Ich weiß die unendliche Variationsvielfalt der Taktiken dieses Spiels wohl zu schätzen, aber ich ziehe das intellektuellere Spielvergnügen des Shogi vor. Ich habe festgestellt, dass es mehr Geduld erfordert. Außerdem ist es weit lohnender, seinen Gegner in die Falle der Unvermeidlichkeit zu locken, als ihn festzusetzen, so dass man hernach für ihn verantwortlich bleibt. So ka?«

Der Fremde sah auf das Brett. Es enthielt weit weniger als die zwanzig Standardsteine, die am Anfang jeder Partie im Spiel waren. Der alte Mann hatte seine Kaku-Steine, inzwischen zu einem Drachenpferd befördert, und die Kei-Steine fast in Stellung, um eine Kapitulation des gegnerischen Gyoku zu erzwingen.

»Ich sehe, Sie sind in einer Position, aus der Sie Ihren Gegner zwingen können, zu Ihren Gunsten zu ziehen oder aufzugeben«, sagte er. »Aber Sie sollten einen würdigen Gegner nie unterschätzen, denn das Spiel ist erst vorbei, wenn Schachmatt erklärt wurde. Im Gegensatz zu Ihrer Ansicht gebe ich der Entschiedenheit von Go den Vorzug gegenüber dieser langsamen Verschiebung von Möglichkeiten.«

Es folgte eine Periode des Schweigens, während der sie einander mit kaum verhüllter Animosität musterten. Nur das kurze Zucken der Augen, mit dem sie ab und zu Ausschau nach unerwünschter Gesellschaft hielten, verriet, dass selbst diese beiden, die mehr Macht besaßen, als sich ein gewöhnlicher Sterblicher auch nur erträumt hätte, Furcht kannten.

Der Fremde warf einen weiteren Blick auf das Brett. »Hat sich Ihr Kei bereits bewegt, Kari-udo Akai?«

Ein kurzes Stirnrunzeln zuckte über das Gesicht des alten Mannes. Der Pfeil hatte ins Schwarze getroffen. Seit Jahrzehnten hatte ihn niemand mehr Kari-udo

Akai, Roter Jäger, genannt, und jetzt, wo jeder es hören konnte, warf dieser Narr damit um sich.

Der Blick des alten Mannes bewegte sich an den plätschernden Brunnen und den sich wiegenden Zweigen vorbei und suchte nach dem hohen Gipfel des Tatsuyama, der am Horizont zu erahnen war. Einst, vor langer Zeit, hatte er auf der Schwelle des mächtigen Schwarzen Turms auf Radstadt unter der Nase der gefürchteten ISA seine Intrigen gesponnen, aber heute sandte der Anblick des Mons Tatsuyama ihm einen eisigen Schauder über den Rücken.

Im Innern der Felswände lag der Drachenhorst, das Kommandozentrum des gesamten Militärdistrikts Dieron. Er war das Hauptquartier Tai-shu Isoroku Kuritas, des Kriegsherrn dieses Distrikts und eines Cousins des Koordinators persönlich. Er konnte fast spüren, wie die Macht in riesigen Wellen in alle Richtungen ausstrahlte, noch während er hier im Schatten des Berges seinen Plan schmiedete.

Dann lächelte er bei sich. Er hatte in der Vergangenheit schon weit mehr gewagt als heute, und wenn er dabei auch keinen Erfolg gehabt hatte, so hatte er es doch überlebt. Vielleicht spürte er an diesem Morgen nur langsam das Alter, aber der Augenblick verflog schnell. Dies war erst der Anfang eines sehr langen Weges.

»Hai«, bestätigte er. »Die Arrangements sind getroffen. Die Söldnereinheit Ramilies Räuber hat die Dienste des Magistrats Canopus verlassen und musste feststellen, dass das Leben der Inneren Sphäre äußerst gefährlich sein kann. Wie alle diese Soldkrieger glauben die Räuber, eine großzügige monetäre Vergütung sei die Antwort auf alle Probleme. Sie werden die Aufgabe ausführen, die ich Ihnen gestellt habe, und in weniger als einem Monat wird unser höchst ehrenwerter Gyoku keine andere Wahl haben, als zu reagieren.«

Dann schleuderte der alte Mann seinerseits eine Spitze. »Ich finde es höchst amüsant, dass das 15. Dieron-Regiment wegen seiner Beteiligung an dem fehlgeschlagenen Angriff auf die Davion-Welt Towne in Ungnade gefallen ist. Und doch wird es, ohne es zu ahnen, der Gesellschaft mehr nutzen als es jemals aus freiem Willen zustande gebracht hat. Finden Sie das nicht die perfekte … Verschiebung von Möglichkeiten und die Essenz der Ironie, Tai-shu?«

Die Augen des Offiziers funkelten düster und offenbarten den kaum verhohlenen Hass. »Ich an Ihrer Stelle wäre sehr vorsichtig, was ich sage. Auch wenn Sie die Brosamen einer Gesellschaft zusammengeklaubt haben, der jede Führung gefehlt hat, seit der Teufel Indrahar sie zerschlug, wird das Erreichen unseres gemeinsamen Ziels mich in eine weit bedeutendere Position erheben als Sie. Und Ihre kostbare Organisation ist nicht mehr das, was sie einmal war. Indrahars Brut hat in den letzten zwei Jahren eine Menge blutige Säuberungen vollzogen.«

Der alte Mann streckte den Arm aus und nahm beiläufig mehrere Bauern vom Brett. Er wog sie in der offenen Handfläche. »Sie scheinen zu vergessen, dass jederzeit reichlich Fu-Steine verfügbar sind, Bauern, denen die Richtung nicht behagt, in die unser geliebtes Kombinat sich entwickelt. Und tatsächlich scheint zur Zeit jede Aktion unseres Gyoku weitere solcher Bauern zu erzeugen.«

Von allen Entscheidungen des Koordinators, die geeignet waren, die moralische Kraft des Kombinats zu unterminieren, erschien der Gesellschaft vom Schwarzen Drachen keine so plakativ, wie die Erlaubnis an die Leichte Eridani-Reiterei, eine Kerneinheit des Neuen Sternenbunds, sich in einer soeben erst renovierten Basis hier auf diesem Planeten einzuquartieren. Diese eine Maßnahme hatte mehr Unzufriedenheit in der Bevölkerung hervorgerufen als jede andere in der jüngeren Geschichte.

»Bei dem Versuch, das Kombinat zu retten, sät der Gyoku nur die Saat des Untergangs unseres geliebten Reiches«, fuhr der alte Mann fort. »Er muss aufgehalten werden. Den Feind an den eigenen Herd einzuladen, heißt den Tod herausfordern.«

Der Tai-shu stand plötzlich auf. »Die Würfel sind geworfen, wir werden sehen, wie sie landen. Aber fordern Sie nie wieder meinen Zorn heraus.« Er machte kehrt und stürmte einen anderen Weg hinauf, als den, auf dem er gekommen war. Nach wenigen Sekunden war er außer Sicht.

Keine Sorge, das werde ich nicht, antwortete der alte Mann in Gedanken, während er ihm nachsah. *Nicht, bevor es für dich viel zu spät ist, darauf zu reagieren.*

6

Jarlton, Ko
Lyons-Daumen, Freedom-Theater,
Lyranische Allianz

1. August 3062

Sonnenlicht strömte durch das Bürofenster und brach sich auf Dutzenden von spiegelnden Oberflächen. Es war ein höchst ablenkender Anblick. Mit einem frustrierten Seufzer gab Tai-sa Michael Warner den Versuch auf, sich durch den Stapel militärischer Berichte auf seinem Schreibtisch zu arbeiten. Der Kommandeur des 15. Dieron-Regiments stand auf und ging zum Fenster, um die Jalousie herunterzulassen, aber was er durch das Glas sah, brachte einen weiteren schweren Seufzer hervor.

Die Stadt, die sich unterhalb des Gebäudes ausdehnte, das er als Kommandozentrale requiriert hatte, starb. Von einer Bevölkerung von zehntausend bei der Ankunft seiner Truppen im Lyons-Daumen war nicht einmal mehr die Hälfte geblieben. Und jede Woche kratzten mehr Einheimische genug Geld zusammen, um ihre Habe zusammenzupacken und in ein anderes lyranisches System umzuziehen.

Zudem lag Jarlton in einer Wüstenregion mit weniger als einem Zentimeter Jahresniederschlag und einer durchschnittlichen Sommertemperatur um die 50 °C, was seine Laune auch nicht gerade verbesserte. Warner war jetzt seit fast einem Jahr hier stationiert, aber er hatte sich immer noch nicht an die sengende Hitze gewöhnt, die ungeschützte Haut versengte, in den Augen brannte und bei leichtfertigem Umgang einen Hitzeschlag garantierte … wie so ziemlich alle Mitglieder seiner Einheit früher oder später am eigenen Leib erfahren hatten. Aber vermutlich war all das ein gelinder

Preis dafür, dass er auf seinem vorherigen Posten einen Rückzugsbefehl verweigert hatte.

Das einzig Gute war, dass in Jarlton trockene Hitze herrschte. Schweiß verdunstete innerhalb von Sekunden. Natürlich entzog die Umgebungshitze und minimale Luftfeuchtigkeit dem Körper auch rapide jede Flüssigkeit, so dass man gewaltige Mengen trinken musste, um nicht auszudörren. Und in einer derartigen Hitze einen Mech zu steuern, ähnelte einem Vollbad in glühender Lava.

Er schloss die Jalousie und kehrte an den Schreibtisch zu dem niemals kleiner werdenden Stoß Akten zurück. Er setzte sich, lehnte sich mit geschlossenen Augen zurück. Die drückende Hitze machte ihn äußerst lethargisch.

Vor vier Jahren waren die Einheiten des Draconis-Kombinats unter der neutralen Aufsicht ComStars als Friedenstruppen auf die Welten des Lyons-Daumens gekommen. Aber für die einheimische lyranische Bevölkerung waren sie der Feind ... und der Grund, warum so viele Ko den Rücken kehrten. Die ausdrücklich erklärte Neutralität der Kurita-Truppen konnte drei Jahrhunderte erbitterter Kriegsführung nicht vergessen machen.

Warner lehnte sich vor, setzte die Ellbogen auf die Schreibtischplatte und ließ müde den Kopf in die Hände sinken. Er rieb sich langsam die Augen und ging in Gedanken die Entwicklung durch, die ihn an diesen Punkt seines Lebens geführt hatte. Es war jetzt über fünf Jahre her, dass er den Befehl über das 15. Dieron erhalten hatte, aber er hasste diesen Posten noch immer. Die Einheit hatte den Koordinator verraten, indem sie eigenmächtig die Davion-Welt Towne angegriffen hatte, und Warner sorgte dafür, dass kein Tag verging, ohne dass seine Untergebenen zu spüren bekamen, was er davon hielt, eine derart entehrte Einheit befehligen zu müssen. Aber nicht einmal er konnte diese Verbitterung endlos durchhalten, und inzwischen hatte eine erschöpfte Resignation ihren Platz eingenommen.

Ein kurzes, hartes Klopfen an der Tür ließ ihn hochschrecken. »Hairu«, befahl er mit hochzuckendem Kopf. Chu-sa Robert Jimmu kam herein, sein gedrungener, hässlicher Stellvertreter.

»Sumimasen«, sagte Jimmu mit rauher Stimme. »Aber wir haben ein schnell auf den Planeten zustürzendes feindliches Landungsschiff geortet. In weniger als vierundzwanzig Stunden könnten Truppen abspringen.«

»Was?« Warner explodierte. »Wie ist das möglich? Warum haben wir die Ankunft ihres Sprungschiffs nicht schon vor Tagen entdeckt?«

»Unter normalen Umständen hätten wir das, Tai-sa. Aber es kommen so viele Handelsschiffe durch das System, und der Verkehr der zivilen Landungsschiffe von und zu den Sprungpunkten ist so dicht, dass der Wachoffizier es für ein Zivilschiff gehalten hat.« Jimmu wich dem Blick seines Vorgesetzten nervös aus. »Erst als ihm die konstante Beschleunigung von zwei Gravitationen auffiel, erkannte er seinen Irrtum.«

Warner stand auf und ging um den Schreibtisch herum. »Als Erstes wird dieser Offizier degradiert, und Sie werden ihm für den nächsten Monat die widerlichste Arbeit zuteilen, die Sie finden können. Er kann froh sein, dass ich kein Offizier der alten Schule bin, sonst würde er jetzt sein Todeshaiku schreiben.« Er machte eine lange Pause und zwang Jimmu, ihm in die Augen zu sehen. »Ich weiß, die Stationierung hier schadet der ohnehin schon miserablen Moral der Einheit noch zusätzlich, aber daran kann ich nichts ändern. Ihr vorheriger Kommandeur hat die Leute zu einem Akt des Widerstands gegen den Koordinator geführt, und jetzt erntet das 15. Dieron die Früchte seines Handelns. Vier Jahre Garnisonsdienst auf Al Na'îr hätten Strafe genug sein können, aber anscheinend war Tai-shu Isoroku Kurita nicht dieser Ansicht. Jetzt hat er uns auf diesen wertlosen lyranischen Felsklumpen geschickt. Im Gegensatz zu meinem Vorgänger befolge ich die Befehle, die ich erhalte.«

»Hai, Tai-sa«, bestätigte Jimmu, was Warner genügte, um sich der akuten Bedrohung wieder zuzuwenden.

»Falls die Lyraner planen, ihre eigene Welt anzugreifen, hat ihr Hass auf uns vielleicht endlich die Oberhand über ihren Verstand gewonnen, Jimmu. Auch wenn die Einheimischen unsere Anwesenheit hassen, dienen wir doch unter neutraler Flagge. Die Lyraner wissen, dass es ernste Konsequenzen haben wird, wenn sie uns angreifen.«

»Ich weiß keine Erklärung dafür, warum sie ein so großes Risiko eingehen«, erwiderte Jimmu, »und auch wenn ich nicht viel von den Lyranern halte, hätte selbst ich nicht geglaubt, dass sie zu einer derartigen Idiotie fähig wären. Sie haben zur Zeit mit so großen internen Problemen zu kämpfen, dass sie nicht wirklich glauben können, es könnte für sie von Vorteil sein, den Drachen zu reizen.«

»Was Sie sagen, entspricht der Wahrheit, Jimmu-san. Daran ist nichts zu deuten. Aber wir können kein Risiko eingehen. So sehr uns diese Postierung auch zuwider sein mag, wir sind die Garnison dieses Planeten, und unsere Ehre verpflichtet uns, ihn gegen jede mit feindlichen Absichten anfliegende Militärstreitmacht zu verteidigen.«

Er winkte seinem Stellvertreter, ihn zu begleiten. »Kommen Sie.« Endlich hatte er eine Aufgabe. »Wenn es Invasoren sind, werden wir ihnen zeigen, dass selbst ein entehrtes draconisches Regiment einer Bande lyranischer Kaufleute, die versuchen, sich als Krieger zu gebärden, mehr als gewachsen ist.«

Michael Warner stürmte zur Tür. Jimmu hatte Mühe, mit seinem Kommandeur mitzuhalten, der in den letzten fünf Minuten lebendiger wirkte als in seiner ganzen bisherigen Zeit auf Ko.

Michael Warner steuerte seinen TDS-8T *Todesbote* entschlossen vorwärts, in den stürmischen Wind, der den Wüstensand zu senkrechten Wänden aufpeitschte, die den BattleMech immer wieder sekundenlang völlig einschlossen. Die Hitze war heute besonders gefährlich. Es herrschte eine Außentemperatur von über 55 °C, die jeden Augenblick drohte, die Mechs des Bataillons ausfallen zu lassen. Angeführt von seinem *Todesbote* hatten die übrigen sechsunddreißig Kampfkolosse sich in einer Keilformation über eine kilometerlange Front formiert und kämpften sich durch den fließenden Sand und die erstickende Hitze auf den anrückenden Feind zu.

Es waren in Wirklichkeit zwei feindliche Schiffe der *Overlord*-Klasse gewesen. In einem mutigen, fast selbstmörderischen Manöver waren die beiden Schiffe so dicht nebeneinander geflogen, dass die Ortung sie bis zum Eintritt in die Atmosphäre Kos nicht hatte trennen können. Sie hatten mehrere hundert Kilometer vor Jarlton aufgesetzt.

Warner brachte sein 1. Bataillon in Stellung, in der Hoffnung, die desorganisierten Feindtruppen überrennen zu können. Es war riskant, mit nur einem Bataillon gegen zwei des Feindes anzutreten, aber nur eine Elitetruppe wäre in der Lage gewesen, sich so schnell zur Abwehr eines Angriffs auf die am Boden befindlichen Landungsschiffe zu formieren. Warner wettete darauf, dass dem Gegner diese Qualität nicht eignete. Allerdings besaßen seine Landungsschiffe reichlich Feuerkraft, daher hatte er nicht vor, ihnen zu nahe zu kommen. Seine Einheit hatte den Vorteil, sich in dem Gelände auszukennen, und seit Beginn der Stationierung vor fast einem Jahr in diesem höllischen Klima trainiert zu haben. Das zählte unter Bedingungen wie diesen mehr als die bloße numerische Überlegenheit.

Während Warners Bataillon den Feind frontal anging, hatte er das 2. Bataillon unter dem Schutz des Sandsturms in einer Flankenbewegung eingesetzt. Er hätte auch die Feuerkraft des 3. Bataillons gut gebrauchen können, aber es war nicht möglich gewesen, die Einheit rechtzeitig vom Südkontinent hierher zu verlegen.

Er brach die Funkstille. »Haben die Kundschafter schon Feindkontakt gemeldet, Jimmu?«

»Iie, Tai-sa. Bisher liegt kein Bericht vor. Aber es ist gut möglich, dass sie schon auf die vordersten Elemente des Gegners gestoßen sind und dieser infernalische Sturm ihre Funksignale verschluckt. Unsere Techs haben getan, was sie können, um die Leistung zu erhöhen, aber diese Wüstenstürme sind einfach zu stark.«

»Hai, ich weiß, aber wir müssen mit unseren Mechs auskommen, so gut es eben geht. Es ist schon schwer genug, der Beschaffungsabteilung normalen Nachschub abzuschwatzen.«

Plötzlich schlug ein Blitz durch das Zwielicht des Sandsturms. Zuerst hielt Warner ihn für den Teilchenstrom einer Partikelprojektorkanone, aber dann erkannte er, dass er es mit einer natürlichen Entladung der gewaltigen statischen Elektrizität zu tun hatte, wie sie Stürme dieser Art erzeugten.

Ein besonders wilder Aufwind riss eine Sandfontäne hoch, die vor dem *Todesbote* zu einer Sandhose aufwirbelte. Die Sicht war zuvor schon miserabel gewesen, aber jetzt sah Warner überhaupt nichts mehr. Dann brach der Wind plötzlich ab und er trat in eine Zone relativer Stille. Kurz vor ihm, keine zweihundert Meter entfernt, stand ein *Zeus* – der klassische lyranische überschwere BattleMech. Die linke Rumpfseite war in einem seltsamen blauweißen Schachbrettmuster lackiert, der linke Arm mit der feuerbereiten PPK angehoben. Diesmal war es tatsächlich ein künstlicher Blitzschlag, der über die Ebene zuckte und mehr als eine halbe Tonne Panzerung vom rechten Torso des *Todesbote* schälte.

Warner ignorierte die Sturzbäche von Metallkeramik und stellte sich dem Gegner zum Kampf. Er erfasste das Ziel und löste die eigenen PPKs aus. Drei azurblaue Energiestöße sprangen laut krachend auf den *Zeus* zu.

Eine furchtbare Hitzewelle schlug durch Warners Cockpit, in dem ohnehin schon Saunatemperaturen herrschten. Im Innern des Neurohelms verzweifelt nach Atem ringend beobachtete er, wie die grausame Energie der Partikelstrahlwaffen sich auf dem Rumpf der lyranischen Maschine austobte. Zwei der PPK-Blitze schlugen voll in die Brustpartie des *Zeus* ein, während der Dritte kurz vor ihm auf den Boden traf und eine breite Sandspur in poliertes Glas verwandelte. Warner war stolz auf sich. In einem Sandsturm mit Energiewaffen zu zielen, war alles andere als einfach.

Er manövrierte den *Todesbote* nach rechts und suchte auf dem taktischen Sekundärschirm nach weiteren Feindeinheiten. Über ein Dutzend Mechs befanden sich bereits im Feuergefecht mit seinen allmählich aus dem Sturm auftauchenden Einheiten.

Die Funkverbindung knatterte. »Tai-sa, wir haben Kontakt entlang fast der gesamten Front.« Jimmu meldete nur, was er bereits wusste.

»Haben wir einen SB von Chu-sa Carrols und ihrem 2. Bataillon?«

»Noch nicht. Der Sturm behindert nach wie vor unseren Funkverkehr. Aber angesichts der verstrichenen Zeit wird sie wissen, dass wir in Kontakt mit dem Feind stehen. Sie wird in Kürze eindrehen.«

»Falls sie in diesem verdammten Sturm nicht völlig die Orientierung verloren hat und in die falsche Richtung dreht«, murmelte Warner ärgerlich. Er schwenkte den Torso des *Todesbote* nach links und eröffnete wieder das Feuer. Um den Mech nicht zu überhitzen, setzte er diesmal nur zwei PPKs gegen die Feindmaschine ein.

Im selben Augenblick hob der *Zeus* erneut die Arme und feuerte alle Langstreckenwaffen gleichzeitig ab. Die Energiebahnen der PPK und des schweren Lasers zuckten über die freie Fläche zwischen den beiden Kampfkolossen und verdampften Panzerung auf dem linken Torso und den Arm der draconischen Maschine. Aus der Langstreckenlafette im rechten Arm des überschweren Mechs schoss eine Wand aus Raketen. Aber ein plötzlicher Windstoß und die Geschwindigkeit, mit der Warners Mech sich bewegte, warfen die Geschosse aus dem Kurs – und sie detonierten harmlos in den schnell wandernden Dünen.

Der *Zeus* entkam Warners Feuer nicht so leicht, und ein klaffendes Loch öffnete sich in der Mitte seines Torsos. Warner freute sich über die Treffsicherheit seiner Salven, aber noch weit mehr begeisterte es ihn, endlich wieder an den Kontrollen eines Mechs zu sitzen.

Als der *Zeus* zum Rückzug ansetzte, um eine größere Entfernung und den Sandsturm zwischen sich und den *Todesbote* zu setzen, wurde Warner sich bewusst, dass er noch nicht einmal versucht hatte, seinen Gegner zu identifizieren, so konzentriert war er darauf gewesen, ihn zu besiegen. So hatte ihn die Freude daran gepackt, wieder in den Kampf zu ziehen. Er erhöhte die Vergrößerung des Sichtschirms und machte sich auf die Jagd nach den Insignien, die diesen gesichtslosen Invasoren einen Namen geben konnten.

Was er fand, war eine blaue Faust im Panzerhandschuh vor einem fünfeckigen weißen Wappenschild, das unverwechselbare Symbol der Lyranischen Allianz. Das war keine sonderliche Überraschung. Aber das Emblem darunter erkannte er nicht. Es sah aus wie ein Jagdbogen vor einem gelben Mond, hinter dem ein fünfeckiges Feld mit einer strahlenden Sonne lag. Bis zu diesem Augenblick hätte Warner auf eine entsprechende Frage geantwortet, dass er die Insignien aller Einheiten der Lyranischen Allianz-Streitkräfte kannte.

»Jimmu, das Emblem unter dem Allianzsymbol. Kennen Sie es?«

Ein paar Sekunden hörte er nur das Knistern der Statik, bevor Jimmu antwortete. »Iie, Tai-sa. Es ist mir nicht bekannt.«

»Tai-sa«, unterbrach eine andere Stimme. »Hier spricht Tai-i Akura. Ich erkenne die Insignien. Ich habe sie vor ein paar Monaten in einer lyranischen Nachrichtensendung gesehen. Es ist das Emblem der 1. Skye-Jäger.«

»Was?! Sind sie sicher?«

»Absolut, Tai-sa.«

Warner konnte es nicht fassen. Auf die Implikationen einer Beteiligung dieser speziellen Einheit war er nicht vorbereitet. Als die Mechs seines Bataillons in die Offensive gingen und die Lyraner zurückdrängten, ließ Warner sie vorbeiziehen. Er brauchte ein paar Sekunden, um diese Neuigkeit zu überdenken, und bremste den *Todesbote* ab.

Auch wenn er ihr Emblem nicht erkannt hatte, wusste er nur zu gut, wer die Skye-Jäger waren. Die vor drei Jahren ausgehobenen Jäger bestanden aus fünf Regimentern, die jeweils auf der Zentralwelt einer der fünf lyranischen Provinzen stationiert waren und ihre

Mitglieder ausschließlich aus der betreffenden Provinz rekrutierten. Als Warner von der Gründung der Jäger-Regimenter gehört hatte, war sein erster Gedanke gewesen, sie seien dazu bestimmt, den lyranischen Nationalstolz zu fördern. Er hatte auch gehört, dass die Jäger sich durch eine fanatische Loyalität zu Katherine Steiner-Davion auszeichneten. Dass eines dieser Regimenter die draconischen Friedenstruppen auf Ko angriff, war äußerst beunruhigend. Das konnte nur bedeuten, die Lyraner wollten nicht einfach nur die Verteidigungsanstrengungen des Kombinats erproben, sondern hatten eine groß angelegte Offensive gestartet und griffen möglicherweise in diesem Augenblick auch andere Welten im Lyons-Daumen an.

Der *Todesbote* war fast zum Stillstand gekommen, und wieder schien es, als hätte der Sandsturm ihn verschluckt. Warner wusste, dass er seinen Vorgesetzten augenblicklich von dieser neuen Entwicklung Bericht machen musste. Wie diese Schlacht enden würde, war er sich sicher – doch es schien, als wäre weit Größeres im Busch.

7

Kommandobereich der Provisorischen Galaxis Zeta, Neu-Circe, Yamarovka
Präfektur Irece, Militärdistrikt Pesht, Draconis-Kombinat

1. August 3062

Der Hieb schlug Zanes Kopf nach hinten, und ein Feuerwerk von Schmerzen blendete seinen Geist. Dann schoss ihm ein neuer Schmerz wie eine feurige Lanze das Rückgrat empor, als er hart auf den Boden schlug. Er blieb für einen Moment benommen liegen. Vor seinen Augen tanzten Sterne.

Hastig rollte er nach links. Zu mehr reichte die Zeit nicht, selbst wenn es ihn aus dem Kreis der Gleichen trug. Mehrere Hiebe auf den Kopf – besonders der Letzte, eine vernichtende Gerade – hatten ihm die Sicht genommen. Er zog sich in die Hocke hoch und breitete die Arme aus, damit sein Gegner sie ihm nicht an den Körper pressen konnte. Mit geschlossenen Augen konzentrierte er sich ganz aufs Gehör.

Zunächst gelang es ihm nicht, die verschiedenen Geräusche der Umgebung voneinander zu trennen, aber er zwang sein Hirn, sie zu filtern: Der Lärm des Raumhafens in der Ferne, Fahrzeuge und sich bewegende Mechs viel näher, das Füßescharren und die gedämpften Stimmen seiner Trinärsternkameraden, die den Kreis der Gleichen bildeten. Jede dieser Komponenten identifizierte und verwarf er, während er versuchte, die Bewegungen des Gegners herauszuhören.

Irgendein sechster Sinn warnte ihn. Er tauchte nach links weg und fühlte den auf seinen Kopf gezielten Schwenktritt mehr, als er ihn sah. Hätte der Tritt getroffen, hätte er Zane ohne Zweifel das Bewusstsein gekostet.

Zane öffnete die Augen, aber immer noch sah er nur Sterne. Mehr aus einer Ahnung heraus, als aus irgendeinem Wissen schleuderte er sich wie eine Kanonenkugel aus einem Gaussgeschütz nach vorne. Mit aller Gewalt, die seine muskulösen Beine und die Clanausbildung ihm liefern konnten, warf er sich vor, um seinen Kontrahenten zu Boden zu schleudern.

Stattdessen flog er über den Rand des Kreises und in die Arme mehrerer überraschter Mitglieder seines Trinärsterns. Sie stießen ihn grob beiseite, und Zane brach auf dem Boden zusammen. Er blieb nach Atem ringend liegen.

Unter den zwölf Kriegern brach Gelächter aus, teilweise gutmütig, teilweise gar nicht. Innerhalb weniger Minuten hatte sich die Gruppe aufgelöst. Der Test war vorbei. Wund an Leib und Seele blieb Zane liegen, wo sie ihn fallen gelassen hatten, das Gesicht auf dem Boden, zu beschämt, um ihnen ins Gesicht zu sehen. Er war nur froh, dass Yoshio nicht dabei gewesen war. Seit der Drachenkatzen-Sternhaufen das Training mit den Rächern Alshains aufgenommen hatte, war Zane widerwillig gezwungen, die überlegenen Fähigkeiten des Draconiers an den Kontrollen eines Mechs anzuerkennen. Er steuerte seinen *Bishamon*, als wäre er mit ihm verwachsen, mit einer Eleganz und Geschmeidigkeit, die in Zane den Neid weckte.

»Muss es jedes Mal so enden, Zane?«, fragte Jal Steiner. Er stand über Zane, der nach den Prügeln, die sein Kommandeur ihm erteilt hatte, wie ein Häufchen Elend am Boden lag. »Ich bin ein Clansmann und bereit, für das zu kämpfen, was recht ist, aber nicht immer ist Kampf die Antwort. Die anderen Krieger des Sternhaufens versuchen zumindest, mit den Kombinatskriegern auszukommen, gleichgültig, was sie von ihnen halten. Musst du solche Schwierigkeiten machen? Das war jetzt deine dritte Herausforderung, und jedes Mal habe ich dich im Kreis der Gleichen besiegt. Ich könnte weitere Herausforderungen ablehnen, aber ich werde von diesem Recht keinen Gebrauch machen. Du würdest das nur gegen mich verwenden, mich einen Feigling schimpfen und mich zu einem erneuten Konflikttest herausfordern.«

Zane blieb im Gras liegen und machte sich nicht einmal die Mühe, den Kopf zu heben.

»Ich hoffe, du gibst diese sinnlose Feindseligkeit auf, Zane. Von einer Novakatze zur anderen bitte ich dich erneut, das Visionsritual durchzuführen. Mit einer Vision könntest du ein wahreres Verständnis unseres Wegs erlangen und dich uns aus freien Stücken anschließen.«

Zane bewegte sich immer noch nicht.

»Gesegneter Weg, Zane«, verabschiedete Jal Steiner sich schließlich und ließ Zane allein mit seiner Schande zurück.

Stravag, fluchte er in Gedanken und grub – wütend auf sich selbst – die Finger in den Boden. Durch einen Fehler zu unterliegen war der Gipfel der Schande. Und er fand keinen Trost darin, dass nur Mitglieder seines Trinärsterns den Test gesehen hatten. Sie würden darüber reden, und bald würde der gesamte Drachenkatzen-Sternhaufen von der Blamage erfahren. Wieder einmal!

Er stemmte sich hoch, aber nur bis in die Hocke, um nicht unter den Nachwirkungen der Kopftreffer ohnmächtig zu werden und sich noch weiter zu blamieren.

»Warum kämpfst du gegen alles, was wir hier tun, Zane?« Diesmal gehörte die rauhe Stimme, die ihn ansprach, Samuel. »Zähigkeit ist eine bewundernswerte Tugend, aber nicht wenige hier betrachten dich als starrköpfig und nicht bereit, dich zu ändern. Wir Novakatzen haben gelernt, notwendige Veränderungen anzunehmen, gleichgültig, welchen Preis sie fordern. Wenn es dir, wie du behauptest, darum geht, unserem Clan einen besseren Weg zu zeigen, muss ich dir mitteilen, dass es dir nicht gelungen ist, die zu beeindrucken, die du anführen willst.«

Zane fühlte Wut in sich aufsteigen, aber zugleich bewunderte er Samuel dafür, dass er unter allen Umständen geradeheraus die Wahrheit sagte. Er wollte nicht die einzige Person im ganzen Sternhaufen anfahren, die er möglicherweise als Freund bezeichnen konnte. Er räusperte sich und hatte das Gefühl, einen ganzen Kübel Sand geschluckt zu haben. Vielleicht gelang es ihm diesmal, seinem Freund klar zu machen, was ihn trieb.

»Was wir tun, ist falsch, Samuel. Wohin ich auch sehe, ich sehe, wie unsere Art zu leben, unsere Kultur, unser Erbe, unser Geburtsrecht als Nachfahren des gesegneten Gründers mit Füßen getreten wird, während wir in Ehrfurcht auf die üppigen Welten der Inneren Sphäre starren, die man uns geschenkt hat. Geschenkt!«

Er machte keinen Versuch, den Zorn zu verbergen. Das versuchte er kaum noch. »Wann haben wir jemals Geschenke angenommen, statt uns zu nehmen, was wir brauchen, wie es sich für Krieger gehört? Inzwischen haben wir all die Aufzeichnungen aus dem Großen Konklave nach dem Großen Widerspruch gehört. Ich kann mit Wolf-Kriegern nichts anfangen, aber ich habe Achtung vor dem, was ihr Khan an jenem Tag gesagt hat. Er hat versucht, die anderen davor zu warnen, was es bedeutet, wenn wir den Sieg der Inneren Sphäre akzeptieren. Unsere Technologie wird an das höchste Gebot verschachert werden, unsere Kultur zu einem bloßen Nährboden für Modetrends verkommen. Das wird die größte Schande werden, die es für uns alle nur geben kann. Khan Vladimir Ward versteht, was uns bevorsteht … was hier und jetzt unserem eigenen geliebten Clan widerfährt!«

Die unerwartete Wärme im Nacken sagte ihm, dass die Sonne für einen Augenblick durch die permanente Wolkendecke über Neu-Circe gebrochen war. Vor seinen Augen tanzten keine Lichter mehr, und er konnte den orangenen Feuerball der Sonne in der Ferne hinter den zerklüfteten Lasdenbergen untergehen sehen. Zane fragte sich, ob die Sonnenstrahlen irgendwelche heilenden Kräfte hatten oder er durch reinen Zufall gerade in diesem Moment die Sicht wiedererlangt hatte. Er schnaubte. Wenn ihm ein derartiger Unsinn durch den Kopf ging, hatte er vermutlich eine Gehirnerschütterung davongetragen.

Samuel schüttelte traurig den Kopf. »Zane, unsere *Erinnerung*, alle *Erinnerungen* der Clans ermahnen uns, dass der Gründer die Clans erschaffen hat, damit wir eines Tages in die Innere Sphäre zurückkehren und einen neuen Sternenbund aufbauen. Ist kein neuer Sternenbund entstanden? Haben wir ihn nicht in seiner Aufbauphase genährt und gestärkt, damit seine Macht noch für Generationen wachsen kann? Haben unsere Khane nicht deshalb diesen Weg für uns gewählt?«

Zane sah Samuel an. Wieder beeindruckte ihn das einfache, ehrliche Wesen seines Freunds. Der ernste Ausdruck in Samuels Augen bewies ein echtes Verlangen danach, ihn zu verstehen.

»Aber *wir* haben diesen Sternenbund nicht geschaffen«, erwiderte Zane. »Er wurde nicht gegründet, um ein goldenes Zeitalter der Menschheit einzuleiten, sondern um Krieg zu führen. Dieser sogenannte Sternenbund hat einen ganzen Clan ausgelöscht. Er hat uns in die Irre geleitet und den Rest der Clans zur Untätigkeit verführt. Sieh dir nur an, wie der Erste Lord Liao seine Macht augenblicklich dazu benutzt hat, einen Krieg gegen einen anderen Mitgliedsstaat des Bundes anzuzetteln. Einen Krieg, der immer noch tobt! Das entspricht nicht dem Geist des ursprünglichen Sternenbunds.«

Samuel hockte sich neben Zane. »Du sagst die Wahrheit, Zane, aber das ist nicht die ganze Wahrheit. Dieser Mitgliedsstaat war eine Renegatennation, die sich in einem der vielen Kriege der Inneren Sphäre illegal von der Konföderation Capella abgespalten hatte. Sprichst du dem ursprünglichen Herrscher das Recht ab, um sein eigenes Territorium zu kämpfen? Führen die Clans keine Besitztests um Welten, selbst wenn sie zum Teil seit fast dreihundert Jahren im Besitz des einen oder anderen Clans sind? Außerdem hat auch der alte Sternenbund kurz nach seiner Gründung Krieg geführt.«

Zane stand langsam auf, zuversichtlich, dass er inzwischen wieder stehen konnte, ohne zu wanken. »Das ist nicht dasselbe, Samuel. Der Krieg, von dem du sprichst, basierte auf einer Entscheidung des gesamten Hohen Rats des Sternenbunds. Die Lordräte hatten den Wunsch, die Peripheriestaaten in das Goldene Zeitalter der Menschheit einzuschließen, aber die Peripherie weigerte sich, zuzuhören. Der Sternenbund führte Krieg, um ihnen ein besseres Leben zu ermöglichen. *Dieser* Erste Lord hat nicht den Willen des Hohen Rats ausgeführt, sondern die Macht seiner Position zur Verfolgung persönlicher Ambitionen missbraucht.«

Zane hob die Hand zum Kopf und tastete die Beulen und Platzwunden ab. Die meisten schienen ohne Bedeutung, aber eine besonders große Beule knapp hinter dem Auge und oberhalb der rechten Schläfe schien sehr empfindlich. Er hatte genug Erste-Hilfe-Kentnisse, um zu wissen, dass eine Gehirnerschütterung ziemlich wahrscheinlich war. Kein Krieger legte Wert darauf, als Schwächling eingeschätzt zu werden, aber wenn er im

Cockpit in Ohnmacht fiel, wäre das noch weit schlimmer. Er würde sofort einen MedTech aufsuchen.

Auch Samuel stand auf. »Bevor du gehst und nachsehen lässt, ob dein Schädel noch ganz ist, möchte ich dir einen Gedanken mitgeben. Es stimmt, dass der neue Sternenbund gegründet wurde, um das Ende der Clan-Invasion der Inneren Sphäre herbeizuführen, aber warum sollte ihn diese Tatsache entwerten? Gleichgültig, aus welchem Anlass er gegründet wurde, er *existiert*, auch wenn manche Clans sich weigern, das Unübersehbare anzuerkennen. Du magst Recht haben, wenn du sagst, dass Erster Lord Liao seine Macht missbraucht und der Rat keinen Versuch unternommen hat, ihn aufzuhalten. Aber jetzt ist Theodore Kurita Erster Lord, und er hat seine Position nicht dazu benutzt, seine persönliche Macht auszubauen. Selbst du wirst zugeben müssen, dass er sich ehrenhaft verhalten hat, indem er uns eigene Systeme zugesprochen und die Chance gegeben hat, uns in sein Militär zu integrieren. Und schließlich, Zane, ist es als die wahren Nachkommen der Sternenbund-Verteidigungsstreitkräfte nicht unsere Pflicht, als Beschützer und Paten über die beste Hoffnung für die Menschheit zu wachen? Denke darüber nach, Zane. Mehr verlange ich nicht.«

Samuel wartete lange auf eine Antwort Zanes. Als er keine erhielt, drehte er um und ging in die hereinbrechende Dunkelheit davon.

Zane sah ihm eine Weile nach und zuckte die Achseln. Dann drehte er sich zur Anlage um und machte sich auf den Weg zur Krankenstation. Er würde es nie zugeben, aber Samuel hatte ihm tatsächlich Stoff zum Nachdenken gegeben. Er wünschte, Samuel wäre der Eidmeister der Novakatzen an Stelle der Betrügerin, die diesen Posten jetzt innehatte. Er besaß eine Fähigkeit, die Dinge zu sehen, die Zane trotz ihrer Meinungsunterschiede bewunderte. Wo Zane nur Widersprüche sah, erkannte Samuel Teile eines größeren Ganzen.

Er erreichte die Treppen zur Anlage und ging langsam den Hang hinauf. Am Kopf der Treppen sah er sich ein letztes Mal um, bevor er hinein ging. Die Nacht war angebrochen, und er konnte die Wiese nicht mehr erkennen, auf der er gerade einen weiteren Widerspruchstest verloren und danach mit Samuel gesprochen hatte. Er wusste, dass sie da war. Er konnte sie nur nicht sehen.

8

Yama, Yamarovka
Präfektur Irece, Militärdistrikt Pesht,
Draconis-Kombinat

8. August 3062

Am Tag nach Zanes Kampf gegen Jal Steiner verlegte der Drachenkatzen-Sternhaufen seine Operationsbasis in die Außenbezirke von Yama, einer kleinen Stadt auf einem Hügel etwa zwanzig Kilometer vom Raumhafen entfernt. Einige Drachenkatzen-Krieger hatten sich angewöhnt, in hastig errichteten Feldzelten zu schlafen, Zane war sich nicht sicher warum, aber er nahm an, dass Jal Steiner seinen Sternhaufen vor einer Ansteckung durch die immer miserabler werdende Moral beim Rest der Galaxis Zeta schützen wollte.

Der Sterncolonel hatte am Tag des Umzugs ein Theatergebäude als Hauptquartier requiriert und nutzte den riesigen Vorführsaal als Versammlungsraum, wenn er zum gesamten Sternhaufen sprechen wollte. Die Kuppeldecke war mit Schnitzereien phantastischer Kreaturen verziert, und Dutzende Strebebögen stützten Wände, auf denen prächtige Gemälde mythologischer Gestalten des Orients prangten. Der Saal bot genug Platz für eine Galaxis Krieger, und selbst Zane verspürte angesichts der Größe und fremdartigen Pracht so etwas wie Ehrfurcht. Er fragte sich, ob Jal Steiner ihn ausgesucht hatte, weil er ihn an die Wolkenkobras und deren mystische Klöster erinnerte.

Der gewaltige kreisförmige Saal hatte einen Durchmesser von gut fünfundvierzig Metern und um die große offene Bühne zogen sich aufsteigende Sitzreihen. Momentan enthielt die Bühne einen Holotank, in dem die Aufzeichnung eines Mechgefechts ablief. Selbst von seinem Platz hoch oben in den Rängen konnte

Zane alles genau verfolgen. Die Konstruktion des Saales gestattete von allen Sitzen eine gute Sicht auf die Bühne, und die phänomenale Akustik machte Lautsprecheranlagen überflüssig.

»Dass die gestrige Übung ernsthaft zu wünschen übrig ließ, brauche ich sicher nicht zu unterstreichen«, stellte Jal Steiner fest, und seine kräftige Stimme hallte durch den Theatersaal. Zane hörte nur mit halbem Ohr hin. Er brauchte keine Erinnerung an das Geschehen des vorigen Tages. Seine Einheit, der Kampftrinärstern, war im ersten Manöver mit scharfer Munition auf die Rächer Alshains getroffen und besiegt worden. Jetzt mussten er und der Rest des Trinärsterns eine noch schlimmere Erniedrigung hinnehmen. Jal Steiner hatte die Rächer, die an der Manöverübung beteiligt gewesen waren, gebeten, ebenfalls zu dieser Besprechung zu erscheinen. Zane war sicher, dass sie nur gekommen waren, um sich an ihrem unverdienten Sieg zu weiden.

Die zwölf Mitglieder der 1. Kompanie, 3. Bataillon der 11. Rächer Alshains, verstärkt durch Chu-sa Palmer Yoshios BefehlsLanze, waren zwischen den Novakatzen nicht zu übersehen. Alle trugen dunkelgraue Jacken mit einem schräg über die Brust laufenden roten Streifen und dunkelgraue Hosen mit roten Seitenstreifen an den Beinen, die in wadenlangen schwarzen Stiefeln steckten.

Zane hatte sich fast daran gewöhnt, sie tagtäglich zu sehen, was nur bewies, dass man sich an alles gewöhnen konnte. Aber dass dieselben dreckigen Freigeburten, die seine Einheit besiegt hatten, zuhörten, wie Jal Steiner ihnen dafür die Leviten las, war zu viel.

Die Krieger Galaxis Zetas waren mit den unehrenhaften Taktiken der MechKrieger der Inneren Sphäre vertraut: Sie liefen davon, versteckten sich, konzentrierten ihr Feuer auf einzelne Einheiten, griffen Sprungschiffe und Nachschublager an. Darauf waren sie vorbereitet gewesen, aber nicht auf Gegner, die ihre Stellung hielten und die Abschaltung ihrer Mechs riskierten, indem sie in Einzelduellen alle Waffen einsetzten, die ihre Kampfkolosse besaßen.

Es war nichts weiter als ein weiterer gemeiner Trick der Sphärer, und nicht das erste Mal, dass die Innere Sphäre Clantraditionen missbraucht hatte, um eine Schlacht für sich zu entscheiden. Diesmal hatten sie Zellbrigen, den Ehrenkodex der ClanKrieger, dazu benutzt, sich den Sieg zu sichern, indem sie seinen Trinärstern überrumpelten. Es hatte funktioniert.

Aber mitten in der gestrigen Schlacht hatte Zane etwas Unerklärliches erlebt. An einem Punkt des Gefechts hatte er sich fast eine ganze Minute mit Yoshios *Bishamon* duelliert. Als er sich darüber klar geworden war, dass er es mit dem Kampfkoloss des draconischen Verbindungsoffiziers zu tun hatte, hatte er die alte, wohlvertraute Wut gespürt, während er den Angriff vorbereitete. Er hatte sich vorgestellt, die kühlen blauen Augen des Kombinatskriegers zu sehen, wie sie ihn durch den Qualm fanden und auslachten. Dann war etwas Seltsames geschehen. Sein Zorn war plötzlich zu einer Woge der Euphorie aufgeblüht, einem Gefühl, wie er es nie zuvor erlebt hatte. Plötzlich hatte er mit einem Können weit jenseits von allem gekämpft, was er je zuvor erreicht hatte. Er hatte seine Maschine auf eine Weise kontrolliert, wie er es noch Sekunden zuvor für unmöglich gehalten gehabt hätte. Der Schusswechsel war nur kurz gewesen, aber es war ihm gelungen, dem *Bishamon* erheblichen Schaden beizubringen und Yoshio gleichzeitig die Möglichkeit zu verweigern, es ihm mit gleicher Münze heimzuzahlen.

Dann hatte der Fluss des Kampfgeschehens sie getrennt, und wenig später hatte die Schlacht für Zane ein Ende gefunden, als ein draconischer *No-Dachi* ihn mit einem Nahkampfangriff von hinten überrascht hatte. Das war genau die Art heimtückischer Taktik gewesen, für die Truppen der Inneren Sphäre berüchtigt waren, und sie hatte Zane die Möglichkeit genommen, seinen Gegner im ehrenhaften Zweikampf zu besiegen.

Aber daran biss er sich nicht fest. Er war weit mehr daran interessiert, was gestern ein solches Feuer in ihm entfacht hatte, und ob er es jemals schaffen würde, dieses überlegene Können noch einmal in sich zu finden. Als er über dieses Rätsel nachsann, legte seine Hand sich instinktiv auf den Lederbeutel mit Viniers an seinem Gürtel.

Jeder Novakatzen-Krieger trug einen Vinierbeutel an der Uniform: als würdigen Hinweis auf seine Leistungen als Krieger. Viniers waren Erinnerungen an einen vergangenen Kampf und konnten die unterschiedlichste Form annehmen: ein Panzersplitter, ein erbeuteter feindlicher Aufnäher, ein Stofffetzen. Wichtig war nur, dass es eine wichtige Station im Leben des betreffenden Kriegers repräsentierte. Dieser Gegenstand diente als Fokus, um sich die Gefühle, Eindrücke, Gedanken, Erfahrungen und Reaktionen des Kampfes wieder vor Augen zu holen – Momentaufnahmen der Erinnerung, die festlegten, wer und was ein Krieger war und noch werden konnte.

Für Zane, der bis gestern erst zwei Ereignisse durchlebt hatte, die er eines Viniers für würdig erachtete, besaß dessen Erwerb etwas Sakrales. Er war an die Stelle zurückgekehrt, an der er gegen Yoshio gekämpft hatte, und hatte stundenlang gesucht, bis er ein handtellergroßes Stück Panzerung gefunden hatte, auf dem trotz der Brandspuren noch Überreste einer glänzend weißen Markierung mit blutroten Akzenten zu sehen waren. Die einzigartigen Rasterlinien auf einer Seite des Metalls hatten Zane bestätigt, dass dieser Splitter tatsächlich von dem *Bishamon*-Bein stammte, das er fast vom Rumpf getrennt hatte.

Als er dieses Metallstück in der Hand gehalten hatte, während die Sonne über dem Schlachtfeld unterging, war es wie ein Zeichen gewesen. Es wurde Zeit für das Visionsritual. Der Khan hatte vor über einem Jahr dazu geraten, und Sterncolonel Jal Steiner hatte den Rat in den vergangenen Monaten regelmäßig wiederholt. Immer hatte Zane sich widersetzt, war aus Gründen, die er nicht in Worte fassen konnte, nicht bereit gewesen, diesen Rat zu befolgen. Er hatte die Hand um das scharfe Metallstück geschlossen und gespürt, wie ihm die Kanten in den Handteller schnitten. Morgen würde er Galaxiscommander Tirant Higall um die Erlaubnis bitten, nach Irece zu fliegen und unter der Aufsicht der Eidmeisterin das Visionsritual zu vollziehen.

»Es ist offensichtlich, dass sie euch überrascht haben«, führte Jal Steiner aus, »indem sie Taktiken einsetzten, die mehr den Kampfgebräuchen der Clans als denen der Inneren Sphäre ähnelten. Der Fairness unseren respektierten Gegnern gegenüber muss ich darauf hinweisen, dass auch im Kombinat eine lange Tradition des Zweikampfs besteht. Aber ist Überraschung nicht das Wesen der Schlacht? Zu tun, was der Gegner nicht erwartet und die Begegnung dadurch zu einem schnellen und eindeutigen Ende zu bringen? Genau das ist gestern vorgefallen, und es wird sich nicht wiederholen. Erwartet immer das Unerwartete, und niemand wird euch überraschen können.« Mit einer ausladenden Handbewegung, die den ganzen Sternhaufen einschloss, brachte er die Besprechung wie üblich zu einem jähen Ende. »Morgen tritt die Sturmbinärsupernova gegen die 3. Kompanie der Rächer an. Ihr anderen werdet die Schlacht beobachten und lernen, so wie deren Krieger gestern aus eurem Kampf gelernt haben.«

Als die Versammlung sich auflöste und die Krieger zu den Ausgängen gingen, bemerkte Zane, dass sich Chu-sa Yoshio neben ihm befand. Er spürte, dass der Draconier zu einer Bemerkung ansetzte, vermutlich, um die Niederlage der Novakatzen noch zu unterstreichen. In der Hoffnung, ihn abschütteln zu können, drehte Zane um und nahm schnell Kurs auf einen anderen Ausgang.

»Sumimasen, MechKrieger Zane ... bitte, MechKrieger Zane, entschuldigen Sie, aber ich möchte mit Ihnen reden.« Yoshios starker Akzent war deutlich vernehmbar, als Zane den obersten Treppenabsatz erreichte. Dank der Akustik des Theatersaals waren seine Worte im gesamten Rund zu hören. Zane bemerkte, wie sich mindestens ein Dutzend Novakatzen-Krieger zu ihm umdrehten. Mit einem ärgerlichen Seufzer drehte er sich um und sah Yoshio hinter sich die Treppe hochkommen. Zane unternahm keinen Versuch, seine Irritation zu verheimlichen.

»Ich entschuldige mich für die rüde Art der Kontaktaufnahme«, stellte Yoshio fest, »aber ich möchte mich mit Ihnen unterhalten. Sind Sie irgendwohin unterwegs? Ich möchte Sie nicht länger aufhalten als nötig. Wir können uns im Gehen unterhalten, ja?«

Zane bemerkte, dass Yoshis gleichmäßiger Tonfall zu seiner ausdruckslosen Miene passte. Danach, was er bisher von diesen Kombinatskriegern gesehen hatte, stellten sie ständig eine solche Maske zur Schau, die nur bei seltenen Gelegenheiten ins Wanken geriet. Plötzlich fragte er sich, ob sie den Hass erwiderten, den die Novakatzen für sie empfanden. Die Clans waren ursprünglich in die Innere Sphäre gekommen, um sie zu erobern, und viele Sphärenkrieger waren im Kampf gegen sie gefallen. Zane hasste Yoshio als Barbaren, der alles entweihte, was den Novakatzen heilig war. Möglicherweise hasste Yoshio Zane ebenso als einen Invasor, der gekommen war, um seine Heimat zu verwüsten.

Der Gedanke war so überraschend, dass er dem Draconier antwortete, ohne es zu wollen. »Ich bin auf dem Weg zum Kommandobereich Zetas, um mit Galaxiscommander Tirant Higall zu sprechen.«

»Dann werde ich Sie begleiten, wenn Sie nichts dagegen haben.«

Zane nickte, sagte aber nichts. Er ging weiter zum Ausgang, in Gesellschaft seines unwillkommenen Begleiters. Als sie das Gebäude verließen, war der Himmel wie üblich trüb und bedeckt. Das schlechte Wetter herrschte erst seit ein paar Tagen, aber es war so bedrückend, dass es sich anfühlte wie Wochen, wenn nicht sogar Monate. Mehrere Minuten vergingen in beiderseitigem Schweigen, und Zane fing an, sich zu fragen, ob der Chu-sa es sich anders überlegt hatte.

»Ich war sehr beeindruckt von Ihrer Leistung in der gestrigen Übung«, begann Yoshio unvermittelt das Gespräch. »Verzeihen Sie mir, falls ich überheblich klinge, aber ich hatte nicht erwartet, dass irgendjemand außer Ihrem Sterncolonel mir im Feld gleichkommen könnte. Und trotzdem haben Sie mich ausmanövriert und mir schweren Schaden zugefügt. Es stimmt, dass Ihr Mech schneller ist als meiner, aber das hat sich nie zuvor als ein solcher Nachteil erwiesen.«

Zane starrte Yoshio an, ohne etwas zu sagen. Er konnte kaum glauben, was er hörte.

Yoshio neigte leicht den Kopf. »Bitte verzeihen Sie, falls meine Frage zu aufdringlich ist, aber die Neugierde überwältigt mich. Wie ist es möglich, dass ein Krieger Ihres Könnens nur MechKrieger ist? Auch wenn Sie nach draconischen Maßstäben noch jung sind, hätten Sie es mit solchen Fähigkeiten inzwischen zumindest zum Chu-i gebracht, wenn nicht bereits zum Tai-i. Ich bin noch nicht vertraut mit den Gebräuchen Ihres Clans, aber ist es möglich, dass die Novakatzen über so viele fähige Krieger verfügen, dass sie sich erlauben, sie ohne Führungsposition zu lassen? Bedeutet das, alle Novakatzen besitzen Ihr Können?«

Die Frage traf Zane dermaßen unvorbereitet, dass er Yoshio immer noch nur stumm anstarrte. Er war sprachlos.

»Ich habe Sie beleidigt«, stellte Yoshio fest. »Ich entschuldige mich. Das war nicht meine Absicht.«

»Neg, das hast du nicht. Wir Novakatzen sind bekannt für unseren Mystizismus, aber wir wissen auch klare Worte zu schätzen. Deine Frage kommt nur unerwartet. Das ist alles.« Zane verstummte. Dieser Krieger, dieser Feind, war gekommen, um sein Können zu loben. Das Problem war, dass Zane selbst nicht wusste, was gestern auf dem Schlachtfeld über ihn gekommen war. Und er hatte nicht vor, Yoshio zu antworten, er sei weniger fähig, als der Draconier glaubte. »Ich verstehe nicht, wovon du überrascht bist«, sagte er grob. »Ich bin ein ClanKrieger, genetisch zu überlegener Kampfleistung gezüchtet.«

Yoshio war einen Augenblick still, dann nickte er leicht. »Hai, MechKrieger Zane. Sumimasen.« Als sie den *Indra*-Transporter erreichten, der Zane zurück zum Zeta-Kommandobereich bringen sollte, nickte der Chu-i wieder leicht. »Ich entschuldige mich noch einmal. Wir werden nicht mehr darüber reden, und ich bitte für meine Aufdringlichkeit um Verzeihung.«

»Das ist nicht notwendig«, erwiderte Zane grob. »Wir dürfen alle Fragen stellen, auch wenn es auf manche davon keine Antwort gibt.«

Er wollte gerade an Bord des Transporters steigen, dann drehte er sich im letzten Moment noch einmal um. Er dachte an sein Visionsritual und sagte: »Ich werde dich ein paar Wochen lang nicht sehen. Möglicherweise habe ich danach eine Antwort, die uns beide zufrieden stellt.«

Yoshio sah ihn mit kühlen blauen Augen an. Dann nickte er. »Bis dahin, MechKrieger Zane.«

Zane wandte sich wieder um und stieg an Bord des *Indra*. Irgendwie beunruhigte ihn dieses Gespräch, aber im Augenblick konnte er es sich nicht leisten, darüber nachzugrübeln. Er musste sich auf die Begegnung mit Galaxiscommander Tirant Higall vorbereiten.

Kalter Regen setzte ein, als Palmer Yoshio den langen, gedrungenen *Indra* davonrollen sah. Der Regen wurde heftiger. Er zog die Schultern hoch und stellte den Kragen auf, während er die Straße hinablief und nach seinem eigenen Transporter suchte. Er versuchte, auf der windgeschützten Seite der Gebäude zu bleiben, um nicht völlig durchnässt zu werden, aber der Wind änderte ständig die Richtung und trieb den Regen mal hierhin, mal dorthin.

Er dachte über das Gespräch mit Zane nach und fand, der junge Mann passte nicht wirklich zum Stereotyp des Barbaren. Selbst in einer Kriegergesellschaft, in der Kampf die grundlegende Konstante war, die das Leben jeden Tag von neuem bestimmte, gab es immer wieder Ausnahmen.

Als er um die Ecke lief, heulte der Wind auf und trieb den harten Regen beinahe waagerecht auf ihn zu. Fast hätte er Yoshio von den Beinen gerissen, aber er konnte sich gerade noch an einer Straßenlaterne festhalten. Er gab jede Hoffnung auf, noch einen Fetzen trockene Kleidung am Leib zu behalten, und kämpfte sich weiter durch den Wolkenbruch. In Gedanken ging er eine Debatte durch, die er seit Monaten, wenn nicht schon seit Jahren mit sich selbst führte.

Wie konnte er die Novakatzen hassen, wenn sie Krieger waren wie er, ehrenhaft in ihren Aktionen und mit Respekt vor den Mächten des Unsichtbaren? Er hatte sich diese Frage schon Dutzende Male gestellt und immer dieselbe brutale Antwort gefunden. Er hasste sie, weil sie draconische Welten verwüstet hatten … Alshain-Welten! Welten, die Yoshio zu schützen geschworen hatte. Welten, die heute noch unter der Herrschaft der Clans standen.

Die Rückeroberung der von den Clans besetzten Systeme des Distrikts Alshain war so wichtig, dass die Alshain-Regimenter ihre Regimentsbezeichnung in Rächer Alshains geändert hatten, um ihre Entschlossenheit zu unterstreichen, genau das zu tun. Der Hass auf die Clans war ihnen in Fleisch und Blut übergegangen. Yoshio wusste sehr wohl, dass Theodore Kurita, dem er absoluten Gehorsam schuldete, einen Teil dieser Welten offiziell den Novakatzen zugesprochen hatte. Aber er würde niemals verstehen, wie der Koordinator Kombinatsgebiet an die Clan-Barbaren übergeben, wie der Drache selbst sein Volk in die Hände des Feindes geben konnte.

Im Laufe der Zeit hatte Yoshio entdeckt, dass noch andere diese Zweifel und Fragen hegten. Sie nannten sich die Gesellschaft vom Schwarzen Drachen, eine Geheimgruppierung, die gerüchteweise hinter dem jüngsten Attentatsversuch auf den Koordinator stecken sollte. Zu Anfang hatten sie keine Forderungen an Yoshio gestellt, und er war in der Lage gewesen, seine Verzweiflung und Besorgnis in ihrer Gesellschaft auszudrücken. Dann hatten sie ihn allmählich um aktive Mithilfe gebeten, auch wenn ihre Bitten zunächst harmlos genug geklungen hatten. Inzwischen war Yoshio fest in die Gesellschaft eingebunden. Die wahre Probe seiner Loyalität stand jedoch noch bevor.

Und jetzt war er hier, trainierte neben verhassten Clannern, und fragte sich, was seine Schwarzer-Drache-Kameraden wohl von seinem knospenden Respekt für den Feind halten mochten.

In diesem Augenblick donnerte ein Laster vorbei, mitten durch eine riesige Pfütze. Yoshio sah ihn erst, als es schon zu spät war, um noch beiseite zu springen. Die Wasserwand durchnässte ihn innerhalb von Sekunden von der Hüfte abwärts ganz und gar. Auch in die Stiefel lief das Wasser.

Nass bis auf die Haut stand Yoshio im unvermindert heftig fallenden Regen und erkannte, dass er ebensowenig etwas gegen diese widersprüchlichen Empfindungen unternehmen konnte wie gegen diesen Wolkenbruch. Er akzeptierte die Gefühle, aber letztlich wusste er, dass nur seine Taten zählten. Ninjo und Giri waren die beiden Leitpfeiler eines Kriegers … Mitgefühl und Pflicht. Nicht mehr, nicht weniger. Was das Mitgefühl betraf, hatten sich Samurai seit Jahrtausenden dieselbe Frage gestellt: Wer hatte es verdient? Auf den Punkt gebracht wusste Yoshio, was von ihm erwartet wurde. Sein Weg war klar, und er würde ihn nicht verlassen.

9

Einheitspalast, Imperial City, Luthien
Präfektur Kagoshima, Militärdistrikt Pesht,
Draconis-Kombinat

11. August 3062

Theodore Kurita, Koordinator des Draconis-Kombinats, Erster Lord des Sternenbunds, Herzog von Luthien, Vereiniger der Welten, unangefochtener Herrscher über dreihundertvierzehn bewohnte Sonnensysteme und noch weit mehr unbewohnte – in einem Gebiet von fast fünfhundert Lichtjahren Durchmesser –, saß im Schwarzen Raum tief im Innern des Einheitspalastes in Luthiens Imperial City, dem sichersten Raum im ganzen Draconis-Kombinat, abgeschirmt gegen alle der Menschheit bekannten Abhörtechniken und bewacht von fünf Eliteregimentern fanatischer Soldaten, und fühlte sich hilflos.

Er starrte auf das Datenterminal vor sich und ließ die Informationen noch einmal über den Bildschirm laufen. Sie waren die reine Wahrheit, so sehr er sich auch gewünscht hätte, dass dem nicht so wäre. Der Bericht beschrieb Angriffe durch mehrere lyranische Regimenter auf die Planeten Ko, Imbros III und Yorii im Lyons-Daumen. Auf allen dreien befanden sich draconische Friedenstruppen unter der neutralen Ägide ComStars. Verpflichtet, ihre Garnisonswelten zu verteidigen, hatten die Kombinatseinheiten sich zum Kampf gestellt. Es war ihnen gelungen, die Invasoren zurückzuschlagen, aber sie hatten Federn lassen müssen, ganz besonders auf Ko.

Es war nicht der erste Angriff auf die Systeme des Lyons-Daumen in den vier Jahren seit der Stationierung draconischer Truppen. Schon früher war es zu kleinen Strafexpeditionen gekommen, auch wenn kein

Bericht über diese Zwischenfälle je bis auf seinen Schreibtisch vorgedrungen war. Seine Untergebenen waren bei reichlich Angelegenheiten der Ansicht, dass sie die Aufmerksamkeit des Drachen nicht verdiente ... und genau die waren es, über die er sich besonders aufmerksam informierte.

Aber dieser Angriff stand auf einem anderen Blatt. Das war eine ausgewachsene Offensive. Angesichts der jahrhundertealten Feindschaft zwischen seinem Reich und den Lyranern, und insbesondere den Lyranern der Skye-Region, überraschte ihn weniger die Aggression als solche, wohl aber die Stärke und Direktheit des Angriffs. Theodore ließ sich nicht gerne überrumpeln, und es geschah auch genug.

Er wollte wissen, wer dafür verantwortlich zeichnete. Katherine Steiner-Davion war eine Politikerin, keine Kriegerin. Sie hatte sich als die wahre Erbin der Verschlagenheit ihres Vaters erwiesen und war viel zu geschickt im Umschiffen der politischen Untiefen der Inneren Sphäre, um sich einen derartigen Ausrutscher zu gestatten. Mehr als jeder andere war sie sich bewusst, dass ihr Reich am Rande des Bürgerkriegs stand. Ein Krieg gegen das Draconis-Kombinat konnte ihr unter den jetzigen Umständen überhaupt nichts nutzen.

Er drehte sich zur einzigen anderen Person im Raum um, einem rothaarigen, ganz in Schwarz gekleideten Mann: Ninyu Kerai-Indrahar, der Direktor der Internen Sicherheitsagentur, begleitete ihn seit frühesten Kriegertagen. Theodore Kurita war der mächtigste Mann des Draconis-Kombinats, aber Ninyu war der gefürchtetste. Aus seiner Feder stammte der beunruhigende Bericht auf Theodores Computerschirm.

Der Koordinator zog die linke Augenbraue hoch und sah Ninyu schweigend an.

»Iie, Tomo, Katherine würde keinen derartigen Fehler begehen«, antwortete Ninyu leise auf Theodores unausgesprochene Frage. Die beiden kannten einander seit mehr als dreißig Jahren. Sie hatten zusammen gekämpft und zusammen bei den Söhnen des Drachen gedient. Es gab nur wenige Menschen, die Theodore so gut kannten. Ninyu ahnte, was Theodore fragen wollte, ohne dass dieser es in Worte zu fassen brauchte. »Sie hätte möglicherweise angreifen können, als die draconischen Truppen in Stellung gingen, obwohl selbst das zweifelhaft ist. Aber jetzt? Nein, dazu ist sie viel zu schlau. Die Art, wie sie ihrem Bruder Victor den Thron gestohlen hat, ohne dass auch nur ein einziger Schuss fiel, beweist, wo ihre Talente liegen. Wie ich in meinem Bericht ausgeführt habe, gibt es nur zwei mögliche Erklärungen.«

»Die Isle of Skye oder die Gesellschaft vom Schwarzen Drachen.«

Ninyu nickte. »Die Systeme des Lyons-Daumens sind Teil der Provinz Skye, und die Skye-Radikalen sind besessen von dem Verlangen, unsere Truppen von ihrem Boden zu vertreiben. Der junge Herzog Robert Steiner ist ein Heißsporn und vom Drang beseelt, die Sache seines Vaters weiterzuführen. Wie Katherine hat auch er das Talent seines Vaters für die Politik geerbt, aber im Gegensatz zu ihr ist er noch unerfahren genug auf diesem Gebiet, um sich genau so einen Patzer zu erlauben.« Ninyu gestikulierte in Richtung Bildschirm. »Wir haben die Bestätigung, dass es sich bei der Einheit, die Ko attackiert hat, um die 1. Skye-Jäger handelte. Wie schwer wäre es wohl gewesen, ein Regiment von Skye-Patrioten zu überzeugen, es sei an der Zeit, für ihre Heimat in den Kampf zu ziehen? Und welchen besseren Zeitpunkt hätte es dafür geben können, als während der Archon außer Landes ist und sich um den Thron auf New Avalon kümmert? Darüber hinaus haben wir glaubwürdige Indizien dafür, dass General Richard Steiner, der Kommandeur des Cavanaugh-Theaters, den jungen Robert unterstützt. Mit einer solchen Schlagkraft und dem Prestige eines zweiten Steiners im Rücken könnte Robert zu dem Schluss gekommen sein, dass er stark genug ist, um zur Tat zu schreiten.«

»Eine beeindruckende Argumentation«, stellte Theodore fest. »Aber so jung Robert auch ist, er muss wissen, wie labil der Zustand des Vereinigten Commonwealth derzeit ist. Seine Aktion könnte der Funken sein, der einen Flächenbrand auslöst.«

Ein gelindes Lächeln spielte um Ninyus Mundwinkel, erreichte aber nicht die Augen. »Seit wann kümmern sich die Mächtigen um die Folgen eines Krieges? Besonders, wenn sie glauben, selbst davon profitieren zu können?«

Theodore nickte kurz, zur Bestätigung dieser Einsicht, die so alt war wie die Menschheit. »Und die Kokurya-kai?«

Nur Ninyus kaum merklich verengte Augen ließen erkennen, dass dieses Thema ihn persönlich betraf. »Mein Vater hat sein Leben gegeben, um die Führung des Schwarzen Drachen zu vernichten, und die von mir befohlenen Säuberungen haben die meisten ihrer Anhänger aus dem Weg geräumt.«

Theodore nickte. »Aber kann man sie jemals ganz auslöschen, solange ich Reformen betreibe, gegen die meine eigenen Adligen opponieren? Dein vorheriger Bericht hat nachdrücklich betont, dass wir die Fähigkeit der Gesellschaft, selbst unsere härtesten Gegenmaßnahmen zu überleben, nicht unterschätzen dürfen. Dass ich den Novakatzen die Präfektur Irece überlassen habe, wird ihre Gegnerschaft nur noch weiter angeheizt haben.«

»Hai, mein Fürst, so ist es. Mein Instinkt sagt mir,

dass sie immer noch irgendwo dort draußen lauern und nur auf eine Gelegenheit warten.«

In einem Bruch mit der Tradition, der drohte, die Harmonie der Unterredung zu stören, stand Theodore langsam auf und ging im Zimmer auf und ab. Natürlich zeigte das Ninyu, wie besorgt er war, aber das wusste der Chef der gnadenlosen Internen Sicherheitsagentur ohnehin schon. »Du hast jede bekannte und vermutete Zelle ausradiert, und die Stimme des Drachen hat unsere Propagandamaschinerie auf Hochtouren gebracht, um mein Volk ununterbrochen aufzuklären. Die Menschen müssen begreifen, dass die Novakatzen mithelfen, unsere Grenzen vor den Geisterbären zu schützen, und dass das Kombinat seine Kräfte sammeln und wiederaufbauen muss, statt einen neuen Krieg vom Zaum zu brechen. Ich bin sicher, du und alle anderen, die loyal zum Drachen stehen, habt alles getan, was in eurer Macht liegt. Warum sollten wir weiter spekulieren, was die Kokurya-kai als Nächstes unternehmen könnte? Solange wir alles Menschenmögliche getan haben, um sie aufzuhalten, brauchen wir uns nicht wegen des fehlenden Erfolgs zu quälen.«

Ninyu schüttelte den Kopf. »Denkt nach, Tomo. Wie viele Opfer habt Ihr in Eurem Leben für das Wohl des Kombinats gebracht? Ihr habt Freunde und Kameraden im Kampf verloren, jahrelang Eure Frau und Kinder versteckt, Angriffe auf Euer Leben durchgestanden, seid Bündnisse mit Abschaum und verhassten Feinden eingegangen, habt den Tod Eures Vaters ertragen. Wachsamkeit ist der beste Schutz gegen die Schwarzen Drachen.«

Theodore blieb stehen. Wurde er alt? Verlor er etwa die Nerven? Ganz sicher hätte er noch wenige Jahre zuvor nicht so reagiert.

»Ihr habt viel für das Kombinat erreicht, Tomo, und

heute tragt Ihr den Mantel des Ersten Lords des Sternenbunds und versucht die Innere Sphäre davon abzuhalten, sich selbst zu zerfleischen. Ihr habt alles für diesen Augenblick geopfert, und die Schwarzen Drachen sind entschlossen, alles niederzureißen, was Ihr aufgebaut habt. Es ist nicht überraschend, dass Ihr besorgt seid.« Ninyu machte eine kurze Pause und sein Ton wurde sanfter. »Nur zeigt solche Schwäche nicht dem einfachen Volk. Ich glaube nicht, dass es den Anblick des Drachen überleben könnte, wie er vom Gelben Vogel in die Knie gezwungen wird.«

Theodore spannte sich. Der Hinweis auf die einzige Kreatur, die dem Drachen gefährlich werden konnte, und die Andeutung, dass der Koordinator geschwächt war, machten ihn unwillkürlich wütend. Er beruhigte sich und erkannte, dass er seinem alten Freund diese Gefühle nicht verheimlichen konnte. Den Versuch hatte er schon vor Jahrzehnten aufgegeben.

»Und, glaubst du, dass die Kokurya-kai für diese Aktion verantwortlich sind?«

Ninya sagte mehrere Sekunden gar nichts, dann antwortete er mit betonter Entschiedenheit: »Nein.«

»Dann sind wir uns einig. Der Angriff ist entweder das Werk Herzog Roberts oder anderer radikaler Elemente in der Isle of Skye?«

»Ja.«

»Die Kombinatstruppen auf diesen Welten sind unter neutraler Flagge dort stationiert. Diese Aggression ist eine offene Kriegserklärung.«

»Hai, mein Fürst.«

»Unser Giri ist klar.«

Theodore trat zurück an den Tisch und drückte einen Knopf, der eine dreidimensionale Holoprojektion des Lyons-Daumens aufrief. Die Sonnen von Ko, Imbros III, Yorii, Lambrecht, Dyev, Moore, Sabik und

Atria hingen über der Tischplatte in der Luft. Dieser offene Angriff ließ ihm keine andere Wahl. Schon bald würde auf all diesen Welten die draconische Flagge wehen.

»Ich werde heute noch die Befehle aufsetzen und persönlich die Mitteilung für den Hohen Rat des Sternenbunds formulieren. Meine Pflicht ist deutlich. Um die Interessen meines Reiches und meines Volkes zu beschützen, wird das Draconis-Kombinat die Systeme des Lyons-Daumens offiziell annektieren.«

»Hai, Tomo«, bestätigte Ninyu, das Gesicht ausdruckslos wie immer.

Nach mehreren Sekunden des Zögerns drückte Theodore den Knopf des Holoprojektors erneut, und die dreidimensionale Projektion verwandelte sich in eine Darstellung der gesamten Grenze des Draconis-Kombinats zum Vereinigten Commonwealth. Ein leises Grunzen hinter ihm bestätigte, dass Ninyus Überlegungen sich entlang derselben Bahnen bewegten.

»Wie ist die Situation unserer Truppen entlang der Grenzen der Militärdistrikte Dieron, Benjamin und Galedon zum Vereinigten Commonwealth?«, fragte Theodore. Er kannte die Antwort bereits, denn immerhin hatte er die Truppen persönlich dort aufgestellt. Aber er wollte hören, was sein gewiefter Ratgeber darüber dachte.

»Wir sind dünn gestreut«, stellte Ninyu fest. »Die Nichtangriffsvereinbarung zwischen Euch und den Davions hat uns gestattet, die VerCom-Grenze bis auf ein Minimum an Einheiten zu reduzieren. Wir haben andere Einheiten freigestellt, seit wir die von den Nebelpardern besetzten Systeme zurückerobert haben. Dank der Sicherung eines Teils unserer Grenze durch die Novakatzen und der relativen Zurückhaltung der Geisterbären konnten wir einige Einheiten von dieser Grenze verlegen. Diese Umstellungen waren nötig, seit

Katherine den Thron des Vereinigten Commonwealth an sich gerissen hat. Aber selbst mit diesen zusätzlichen Truppen ist die VerCom-Grenze immer noch gefährlich schwach.«

»Hai, Ninyu-san. Ich sehe es genauso. Meine Kriegsherren haben mich alle über ihre Meinung zu diesem Thema in Kenntnis gesetzt, ebenso wie meine sonstigen Ratgeber – aber du hast bis jetzt darauf verzichtet. Ich weiß es zu schätzen, dass du über eine so wichtige Angelegenheit wie den nebenan drohenden Bürgerkrieg keine voreiligen Urteile abgeben willst. Aber jetzt ist es an der Zeit, mir mit deinem Rat zu helfen. Wann, glaubst du, wird der Krieg losbrechen?«

Die Sekunden des Schweigens dehnten sich zu Minuten, und Theodore wandte sich wieder der Betrachtung der fast fünfhundert Lichtjahre langen Grenze zu. Einer Grenze, die in dem beinahe unvermeidlich scheinenden VerCom-Bürgerkrieg mit Leichtigkeit verletzt werden konnte. Im Chaos des Krieges mochten manche radikalen Gruppierungen auf eigene Faust die Gelegenheit nutzen, gegen das ihnen verhasste Draconis-Kombinat aktiv zu werden.

»Bald«, sagte Ninyu.

Theodore wartete geduldig auf weitere Ausführungen. Wenn Ninyu in dieser Stimmung war, konnte eine Kompanie BattleMechs ihn nicht antreiben. Er würde seine Erklärungen liefern, wann immer es ihm richtig erschien.

»Ich bin ein Gegner Victor Davions auf Grund der Position, die er innehat, aber ich halte ihn für einen Ehrenmann. Er hat erklärt, dass er sein Volk nicht in einen Krieg gegen uns treiben wird, und ich glaube ihm. Aber wir können nicht vorhersagen, was geschieht, wenn Katherine Victor zum Handeln zwingt. Ihr habt alle Berichte gelesen. Das Vereinigte Commonwealth ist im Aufruhr. Auf zahlreichen Welten kommt es zu Demonstrationen gegen die Archon-Prinzessin. Nur die skrupellose Effizienz ihrer Propagandamaschinerie hat den Aufstand so lange auf kleiner Flamme gehalten.«

Ninyu trat neben Theodore, und die beiden sahen gemeinsam zu der über dem Tisch schwebenden Hologrammkarte hoch.

»Die jüngste Mobilisation der Mark-Capella-Milizen und Hasek-Davions geheime Überfälle auf die Konföderation zeigen, wie wenig Katherine die Lage noch im Griff hat. Ihre Fähigkeit, alle Aspekte der Situation unter Kontrolle zu halten, lässt nach. Ich bin überzeugt, sie wird noch vor Jahresende einen Weg finden, Victor zu den Waffen zu zwingen und einen Krieg vom Zaum zu brechen, den sie, ihrer persönlichen Überzeugung nach, gewinnen wird.«

»Das darf nicht geschehen«, stellte Theodore leise, aber mit einer über Jahrzehnte aufgebauten Autorität fest. »Wenn es ihr gelingt, Victor zu bezwingen und aus den Gedanken des Volkes zu verbannen, wird das ihre Herrschaft über das Vereinigte Commonwealth zementieren und ihr möglicherweise gestatten, die beiden Reichshälften wieder zu vereinigen. Ich brauche dir nicht zu erklären, welche enorme Gefahr das für das Kombinat bedeuten würde. Es wäre ebenso katastrophal für uns wie für den Rest der Inneren Sphäre.«

Ninyu sagte nichts, und Theodore hatte auch keinen Kommentar erwartet. Wenn überhaupt, dann war diese Darstellung der Bedrohung noch untertrieben.

»Aber als Erster Lord des Sternenbunds kann ich nicht offen auf Victors Seite intervenieren.«

»Die Geisterregimenter?«, fragte Ninyu, dann wartete er, wie auf eine Erlaubnis.

Theodore nickte ihm zu.

»Wir können einem gefährlichen Gegner wie den

Geisterbären nicht den Rücken kehren, aber sie scheinen es zufrieden, ihre Grenzen zu sichern und ihre Stellung in der Inneren Sphäre auszubauen. Außerdem gibt es Berichte, denen zufolge sie sich im Kampf mit dem neu eingetroffenen Clan an ihrer gegenüberliegenden Grenze befinden, den Höllenrössern. Ich halte es für vertretbar, alle unsere Geisterregimenter von der Geisterbärengrenze abzuziehen und an die VerCom-Grenze zu verlegen. Die Anonymität der Geisterregimenter ist Teil ihrer Stärke, und wir haben ihre Bewegungen immer verheimlicht. Diese Verlegung würde sich in Nichts von den vorherigen Verlegungen dieser Einheiten unterscheiden und bei einer Entdeckung keinerlei Verdacht erregen. Sie können zur Verteidigung der Militärdistrikte Benjamin, Galedon und Dieron eingesetzt werden, falls irgendwelche Mark-Draconis-Einheiten zu dem Schluss kommen, der Bürgerkrieg wäre die perfekte Gelegenheit, die Niederlagen der vergangenen Jahrhunderte zu rächen und unsere Grenze anzugreifen. Gleichzeitig wären sie greifbar, um Euch einen Kader für den Angriff auf sich unverhofft anbietende Ziele zu liefern. Offiziell abstreitbare Überraschungsangriffe über die Grenze gegen Katherine-freundliche Einheiten würden Verwirrung stiften und Victor den Ansatzpunkt bieten, den er brauchen wird, um seinen Thron wieder zu besteigen.«

Theodore lächelte Ninyu an. Er schien wahrhaftig ein wahrer Sohn Indrahar Kerais, auch wenn er nicht dessen Fleisch und Blut war. »Wie immer beweist du mehr als jeder andere meiner Ratgeber deinen Wert für das Kombinat und machst deinem Vater alle Ehre.«

»Domo arigato gozaimasu kunshu.«

»Do itashimashite, Ninyu-san. Im Übrigen schulde ich dir seit Jahren Dank, und ich bezweifle, dass sich daran so bald etwas ändern wird. Zusammen mit dem Befehl, den Lyons-Daumen zu annektieren, werde ich den Befehl für die sofortige Verlegung der Geisterregimenter erteilen. Sorge dafür, dass ihre Bewegungen so geheim wie möglich bleiben. Wie du schon sagtest, wir werden sie noch vor Jahresende benötigen.«

Theodore seufzte leise, als er sich wieder der Karte seines Reiches zuwandte. Sein Giri verlangte, dass er Volk und Staat beschützte, und trotzdem war sein Herz angesichts der Unvermeidlichkeit des Krieges schwer.

10

***Sichtweisen*-Park, Neu-Barcella, Irece**
Präfektur Irece, Militärdistrikt Pesht,
Draconis-Kombinat

21. August 3062

»Seyla!«

Der Klang des Schwurs aus Hunderten von Kehlen stieg mit Urgewalt in den kristallklaren kobaltblauen Himmel und antwortete Khan Santin West auf die Eröffnung des Eidmeister-Gestampfes. Das Ritual, eines der wichtigsten des Clans, fand alljährlich am längsten Tag des Jahres statt. Auf Irece, der neuen Zentralwelt der Novakatzen, war das heute, am einundzwanzigsten August.

Im dichten Gedränge der Krieger, die um den Kreis der Gleichen versammelt waren, in dem der erste Test stattfand, verspürte Zane eine enorme Ehrfurcht bei dem Gedanken, dass er kurz davorstand, ein Ritual zu verfolgen, von dem er sein ganzes Leben nur hatte reden hören. Der heutige Test war der erste von zweien, die darüber entscheiden würden, wer der nächste Eidmeister des Clans wurde. Jede Novakatze konnte den Kreis der Gleichen betreten und sich bewaffnet oder unbewaffnet zum Kampf stellen, in einem ebenso freien Duell wie bei jedem Konflikttest. Aber nur ein Teilnehmer mit überlegenen kämpferischen Fähigkeiten hatte eine Hoffnung, als Sieger hervorzugehen, so dass nur Mitglieder der Kriegerkaste das jemals geschafft hatten.

Aber die Position erforderte sehr viel mehr als nur körperliche Leistungsfähigkeit. Der Eidmeister, dessen Weisheit von niemandem in Frage gestellt wurde, war der wichtigste Ratgeber des Khans … und damit des ganzen Clans … bei der Entscheidung, in welche Richtung der Clan sich entwickelte. Um diese Fähigkeit zu testen, musste der Sieger des Gestampfes anschließend das Forum des Gesetzes durchlaufen. Dort hatte er den Khan und alle seine Gegner aus dem Kreis der Gleichen davon zu überzeugen, dass kein Zweifel an seinem Wissen über die Novakatzen-*Erinnerung*, Clan-Gesetze, Novakatzen-Traditionen und die zahlreichen Ausnahmen von diesen Vorschriften und Gebräuchen möglich war. Erst damit bestätigte der Kandidat seine Würdigkeit für das Amt des Eidmeisters der Novakatzen.

Gelang ihm dies nicht, hatte der letzte Gegner, den er im Kreis der Gleichen bezwungen hatte, das Recht, seinerseits in das Forum des Gesetzes zu treten und sich der Prüfung zu stellen. Versagte auch dieser Bewerber, blieb der gegenwärtige Eidmeister im Amt. Biccon Winters hatte das Amt inne, seit Zane sich dessen Bedeutung im Leben der Novakatzen bewusst war. Aber nun hatte sie den ganzen Clan geschockt und Zane zur Weißglut getrieben, indem sie ihren Rücktritt von der Position der Eidmeisterin erklärt hatte. Falls Zane noch irgendeinen Beweis gebraucht hätte, dass die Novakatzen von innen heraus zerfielen, dann hatte ihn dies geliefert. In einer in Zanes Augen besonders angemessenen Form der Bestrafung hatte Khan Santin West sie mit der Aufgabe betraut, die neuen Sternenbund-Verteidigungsstreitkräfte zu hüten. Sie war jetzt ein Mitglied des persönlichen Stabs des Befehlshabenden Generals, so dass zumindest eine echte Kriegerin als Babysitter für ihren kostbaren Sternenbund zur Hand war.

Zane hatte sein Visionsritual bis nach der Wahl eines neuen Eidmeisters zurückgestellt. Dann hatte Biccon Winters in einer weiteren erschütternden Erklärung verkündet, dass ein neuer Eidmeister gewählt werden würde, gleichgültig, wie viele Kandidaten im Forum des Gesetzes durchfielen. Für Zane war das ein noch schwererer Verstoß gegen die Novakatzen-Traditionen als ihr Rücktritt.

Sichtweisen lag ein kurzes Stück nördlich des Rosse-Raumhafens und war ein als heiligster Boden der Novakatzen geweihtes Stück Grund. Umgeben von einer hohen Mauer enthielt er, was den Novakatzen heilig war. Während Zane zwischen den anderen Clannern stand und auf den Beginn des Gestampfes wartete, dachte er über alles nach, was er seit der Ankunft auf Irece gesehen hatte. Als die Novakatzen den Planeten 3051 erobert hatten, hatten sie eine unbedeutende draconische Stadt mit einem kleinen Raumhafen für sich requiriert und in Neu-Barcella umgetauft. Seitdem war deren Bevölkerung auf fünf Millionen angewachsen, zum überwiegenden Teil Novakatzen der niederen Kasten. Die Stadt besaß inzwischen einen ultramodernen Raumhafen von hundert Quadratkilometern Fläche, eine gigantische Mechfabrik, zwei Haupttrainingsinstallationen und Militäranlagen für die komplette Galaxis Alpha.

Der krönende Abschluss war das Primäre Genetische Archiv, das die Stelle der Anlage eingenommen hatte, die sie in den Clan-Heimatwelten hatten zurücklassen müssen. Zane hatte von dessen Existenz gewusst, bevor er auf Irece eingetroffen war, und er verstand sehr wohl, dass dies die einzige Möglichkeit für die Novakatzen war, ihre Eugenik- und Geschkoprogramme fortzusetzen. Aber als er gesehen hatte, was hier geschehen war, hatte ihn das erst recht davon überzeugt, wie weit sein Clan vom rechten Weg abgekommen war.

Etwa fünfhundert Meter links von Zane erhob sich das neue Genetische Archiv der Novakatzen. Das kreisrunde, neogothische Gebäude reckte sich mit Strebebögen, frei stehenden Außenpfeilern, Triforium und

Kuppeldach fast dreihundert Meter hoch dem Himmel entgegen. Es war aus einer Kombination einheimischen Steins mit modernsten molekularverdichteten Baumaterialien erstellt und glänzte tiefschwarz im Schein der Morgensonne. Es repräsentierte als stummes Mahnmal die Verbindung von Tradition und Zukunft ... das Markenzeichen der Novakatzen.

Das beeindruckende Genetische Archiv war umgeben von insgesamt elf Kapellen von der Größe gewöhnlicher Wohnhäuser. Sie waren aus Kalkstein aus den Bergen auf Ireces Südkontinent gebaut, und ihre glatten, glänzenden Mauern ließen erkennen, wie jung sie noch waren.

Zane konnte nur den Kopf schütteln über die Frechheit seines Clans, denn die Kapellen waren Nachbauten der Blutnamenskapellen auf Strana Metschty, die ebenfalls aus Kalkstein erbaut die Halle der Khane umgaben. Jede der Kapellen war mit prächtigen Friesen verziert, auf denen die Taten des jeweiligen Blutnamensahnen und seiner oder ihrer berühmten Nachfahren abgebildet waren. Die Kapellen waren lebende Kunstwerke, die um einen neuen Fries erweitert wurden, wann immer sich ein würdiges Objekt für eine solche Verewigung fand. Jede Kapelle repräsentierte ein Blutnamenshaus und beherbergte die DNS aller Mitglieder des Hauses, der lebenden ebenso wie der toten. Es gab nichts Heiligeres für die Clans als diese Kapellen.

Dass die Novakatzen neue Blutnamenskapellen für die elf Novakatzen-Blutnamen gebaut hatten, war eine Beleidigung all dessen, was die Clans ausmachte. Obwohl Zane die Beweggründe dafür verstand, war er sich sicher: Die Folgen, sollten die anderen Clans jemals etwas davon erfahren, würden furchtbar sein.

Hinter dem Archiv erstreckte sich ein majestätischer und bewusst verwilderter Wald. Er diente als Heimat für eine kleine Population von Novakatzen, die von Dagda im Pentagon hierher gebracht worden war. Wie Zane gehört hatte, hatten sie sich so gut auf Irece eingelebt, dass die meisten in zwei Jahren freigelassen werden sollten. Der Rest würde bleiben, um die Heiligkeit dieses Ortes zu erhalten.

Die Erregung der Menge nahm zu, und Zane wandte sich wieder dem großen Feld mit der hüfthohen Hecke zu, die einen perfekten Kreis von gut zweihundert Metern Durchmesser formte. Dies war der Austragungsort für das Eidmeister-Gestampfe und alle sonstigen Rituale, die der Eidmeister als dieses Ortes für würdig erachtete.

Jemand rempelte ihn von hinten an. Zane drehte sich um, und augenblicklich waren alle Gedanken an die Vergangenheit, diesen Park und die bedeutenden Ereignisse, die unmittelbar bevorstanden, wie weggefegt.

»Sumimasen, MechKrieger Zane«, entschuldigte Chusa Yoshio sich. »Es sind so viele Leute hier.« Der starke Akzent erregte noch mehr Aufsehen als seine VSDK-Uniform. In Sekundenschnelle hatte Yoshio mehr Freiraum, denn die Novakatzen-Krieger wichen ihm aus.

Zanes Puls hämmerte vor Wut in den Schläfen. Er wusste seit vierundzwanzig Stunden, dass Khan Santin West dem Draconier die Erlaubnis erteilt hatte, dieser Zeremonie beizuwohnen, um einen besseren Einblick in das Wesen der Novakatzen zu gewinnen, aber er hatte alles in seiner Macht Stehende getan, um dem Kombinatsoffizier aus dem Weg zu gehen.

Als Zane auf dem Weg nach Irece auf dem Raumhafen Yamarovkas eingetroffen war, hatte Yoshio ihn mit einer von Galaxiscommander Tirant Higall unterschriebenen Genehmigung erwartet, ihn auf die Zentralwelt zu begleiten. Anscheinend hatte die Stellung als Verbindungsoffizier ihm den Zutritt zu Clan-Ritualen ermöglicht, bei denen er sonst niemals geduldet worden wäre. Die Reise hatte den Einsatz der Lithium-Fusionsbatterien des Sprungschiffs zu einem Doppelsprung in ein namenloses System erfordert, in dem ein anderes Sprungschiff das Landungsschiff für die letzte Etappe nach Irece übernommen hatte. Während der zweiwöchigen Reise hatte Zane sich bemüht, Yoshio zu meiden, wenn auch nicht immer mit Erfolg.

»Sie sind verärgert, das kann ich erkennen. Bitte, vergeben Sie mir die Störung.« Yoshio verbeugte sich tief vor Zane, um sich zu entschuldigen. »Wenn Sie möchten, dass ich mich zurückziehe, werde ich es nicht als Beleidigung auffassen. Aber da Sie der Einzige auf diesem ganzen Planeten sind, den ich kenne, würde ich gerne hier bei Ihnen bleiben. Ich bin sehr interessiert an Ihren Traditionen, und Ihre Erklärungen könnten für mein Verständnis eine unschätzbare Hilfe sein.«

Zane schloss die Augen, um den draconischen Offizier nicht mehr sehen zu müssen und die Wut unter Kontrolle zu bringen. Er konnte nichts gewinnen, wenn er Yoshio für die Störung eines Novakatzen-Rituals zu einem Konflikttest forderte. Mit diesem Gedanken gelang es ihm, sich weit genug zu beruhigen, um die Augen wieder zu öffnen. »Ich weiß, dass du alles gelesen hast, was dir auf Irece über unsere Traditionen zur Verfügung steht. Ich bezweifle, dass du Bedarf hast, irgendwelche Antworten zu hören, die ich dir geben könnte.« Dann fügte er mit gespielter Nonchalance hinzu: »Vielleicht hast du die Gerüchte über das heutige Ereignis gehört.«

Yoshio schien kurz zu überlegen. »Ja, das habe ich. Nach allem, was ich erfahren habe, handelt es sich um ein besonderes Eidmeister-Gestampfe. Biccon Winters ist, glaube ich, von diesem Posten zurückgetreten. Etwas Derartiges ist in der Geschichte der Novakatzen noch nie dagewesen, honto desu ka?«

»Ja, das stimmt. Aber es gibt Gerüchte, dass sich heute noch etwas Anderes, noch Bedeutenderes ereignen könnte. Sage mir, hast du jemals einen Adligen deines Hauses gesehen?«

Ein langsames Blinzeln war das einzige Anzeichen, dass Yoshio Zane gehört hatte.

Der Clanner fragte sich, ob alle Draconier so verschlossen waren. Wenn man Yoshio eine Frage stellte, schien es regelmäßig, als spräche man gegen eine Wand.

»Nein, ich hatte noch nie das Vergnügen, mit jemandem von so hoher Geburt zu sprechen.«

Zane war klar, dass Yoshio seine Worte gut überlegt hatte. ›Sehen‹ und ›sprechen‹ waren zwei grundverschiedene Dinge.

»Wie kommen Sie auf diese Frage?«, fragte Yoshio unverblümt.

»Du scheinst so neugierig auf unseren Clan zu sein, dass ich mir erlaubt habe, eine gewisse eigene Neugierde zu befriedigen. Immerhin teilen wir jetzt unsere Systeme, frapos?«

Bevor sich der Wortwechsel fortsetzen konnte, verwandelte sich das leise Raunen der Menge plötzlich in ein lautes Gemurmel, und einzelne Krieger, die auf dem Fußweg standen, der durch die Versammlung zum Kreis der Gleichen führte, ließen laute Rufe erschallen.

Beide Männer drehten sich, um den Grund für die Unruhe festzustellen, und drängten sich durch die Menge. Zane hätte es normalerweise niemals durch das dicht gepackte Gedränge geschafft, aber viele Krieger wichen von sich aus zur Seite, als sie die Stimme des draconischen Offiziers hörten, der sich bei jedem entschuldigte, der ihm im Weg stand.

Als er die vorderste Reihe der Menge erreichte, sah Zane eine Gruppe von Personen, die sich dem Kreis der Gleichen näherten. Die meisten von ihnen waren Krieger, zum Teil offensichtlich Freigeburten, zu beiden Seiten von einer Menge zeremoniell gekleideter Krieger eingerahmt, die lauthals höhnten und spotteten. Zane suchte nach dem Grund der Erregung und bemerkte, dass Yoshios Miene so maskenhaft war, wie er sie noch nie zuvor erlebt hatte. Er folgte dem Blick des Draconiers, und dann sah er es. Den endgültigen Tod seines Clans. Den Anfang vom Ende alles dessen, woran er jemals geglaubt hatte. Ein Avatar des Untergangs, der selbstbewusst auf ein Schicksal zuging, an dessen Ausgang Zane nichts ändern konnte.

Allein, weil keiner der anderen Krieger etwas mit ihm zu tun haben wollte, ging ein schlanker asiatischer Mann von Mitte dreißig auf den Kreis der Gleichen zu. In der zeremoniellen Lederkluft der Novakatzen, mit einem Stirnband, das den roten Drachen seiner Herkunft trug, trat Minoru Novakatze, jüngster Sohn des Koordinators des Draconis-Kombinats, in das Eidmeister-Gestampfe, offenkundig in der Absicht, der nächste Eidmeister der Novakatzen zu werden.

11

Sichtweisen-Park, Neu-Barcella, Irece
Präfektur Irece, Militärdistrikt Pesht,
Draconis-Kombinat

21. August 3062

Eine leichte Brise strich durch die Baumwipfel, als der Elementar aus dem Kreis der Gleichen trat. Er hatte seinen letzten Gegner bezwungen und die erste Phase auf dem Weg zum Titel des Eidmeisters bewältigt. Eine derartige Leistung war bewundernswert – genug, ihm ein oder zwei Zeilen in der *Erinnerung* zu sichern –, und die Menge hätte einen Krieger solchen Könnens mit Stolz vorbeigehen sehen müssen. Aber stattdessen ruhten alle Augen auf seinem letzten Gegner, Minoru Novakatze, der gerade wieder auf die Beine kam. Falls der Elementar im Forum des Gesetzes scheiterte, würde der schwer angeschlagene, aber noch wache Minoru, erst vor kurzem als Krieger in den Clan aufgenommen, als Nächster zur Prüfung antreten. Hinter Minoru lagen die anderen besiegten Krieger. Die meisten von ihnen waren noch bewusstlos.

Die Menge war mucksmäuschenstill. Das einzige Geräusch war das schwere Atmen der beiden blutenden Krieger.

Angewidert von dem Spektakel hatte Zane nur einen Gedanken: Weg von hier, so schnell die Füße ihn trugen. Es war ihm gleichgültig, dass Minoru sich im Kreis der Gleichen als Krieger von überragenden Qualitäten erwiesen hatte. Er sah nur, dass eine dreckige Sphären-Freigeburt einen gewaltigen Schritt näher daran war, sein Eidmeister zu werden.

Minoru hatte bis auf diesen letzten Elementar alle Kontrahenten dominiert, teilweise mehrere Angreifer gleichzeitig mit einer Schnelligkeit und Kraft abgewehrt, die übermenschlich schien. Alle ClanKrieger waren in den verschiedensten Kampfsportarten ausgebildet, aber Zane hatte noch nie jemanden die fliegenden Tritte, vernichtenden Schläge und explosiven Blocks auf eine solche Weise ausführen sehen. Er konnte einen widerwilligen Respekt nicht unterdrücken, aber der ging schnell in der Empörung unter.

Nur Clan Wolf hatte jemals einem Krieger aus der Inneren Sphäre gestattet, einen hohen Rang in der Clanhierarchie zu erreichen, und jeder wusste, welche Folgen das gehabt hatte. Die Wölfe hatten zu Beginn der Invasion Phelan Kell als Leibeigenen genommen, ihn später als Krieger adoptiert und ihm sogar gestattet, zum saKhan des Clans aufzusteigen. Wenig später waren die Wölfe zerbrochen. Eine Seite des Clans war abgezogen, um sich auf die Seite der Inneren Sphäre zu schlagen, während die andere gezwungen war, sich mit ihren verhasstesten Gegnern zu verbünden, nur um zu überleben.

Zane ertrug es nicht, dass die Novakatzen denselben Weg eingeschlagen zu haben schienen. Als er sich einen Weg durch die Menge bahnte, sah er andere, die nicht weniger wütend wirkten, aber auf die meisten traf das nicht zu. Hunderte hatten heute zugesehen, und kaum jemand hatte protestiert. Wie konnten seine Eidgeschwister so blind sein?

Zane rannte auf das Tor in der den *Sichtweisen*-Park einschließenden Mauer zu. Er wollte nur noch dieser Travestie aller Clan-Traditionen entkommen. Minuten später hatte er den Park hinter sich gelassen und den Asphalt des Rosse-Raumhafens erreicht.

In diesem Augenblick wurde Zane eines klar. Wenn er davon ausgehen musste, dass Minoru der Eidmeister sein würde, der am Ende seines Visionsrituals wartete, um ihm bei der Interpretation zu helfen, würde er sich niemals dazu überwinden können. Er musste das

Ritual jetzt oder nie durchführen. Und er brauchte eine Vision. Alles, was die Novakatzen einst ausgemacht hatte, zerfiel um ihn herum zu Trümmern. Nur eine Vision konnte ihm die Kraft geben weiterzumachen. Ohne eine innere Leitschnur würde auch er vom rechten Weg abkommen.

Er würde einen Flug zurück zum Hauptquartier von Galaxis Alpha nehmen, wo seine Ausrüstung verstaut war, und losziehen. Das Wichtigste war in diesem Augenblick die geistige und spirituelle Vorbereitung auf die bevorstehende Prüfung.

Er war erschöpft bis über alle Vorstellung hinaus. Seine Muskeln waren unkontrollierbar verkrampft. Zane hing an der Bergwand, der rechte Fuß hatte kaum nennenswerten Halt auf einem winzigen Felsvorsprung. Der eisige Wind heulte und peitschte ihm übers Gesicht, als er das Gewicht geringfügig verlagerte, um die Last vom Fuß zu nehmen. Er lehnte den Kopf an die Felswand und fühlte seine Gedanken abschweifen … ein sicheres Zeichen, dass die sechsundfünfzig Stunden ohne Schlaf Wirkung zeigten. Wie schon einige Male in den letzten vier Stunden sah Zane nach unten. Er wusste, dass dieser Anblick genug Adrenalin in den Kreislauf pumpen würde, um ihn wieder klar werden zu lassen.

Unter ihm fiel der Fels fast einen Kilometer senkrecht ab, eine Steilklippe, die so glatt schien wie die Oberfläche eines spiegelnden Sees. Und dort unten, jenseits der glasigen Oberfläche, brach der Berg in einer weiteren Achtzig-Grad-Neigung weiter ab, zu zerklüfteten Felsen und tückischen Couloirs.

Auf dieser Höhe hatte Zane einen unvergleichlichen Ausblick auf die unter ihm liegende Welt. Keine Wolke behinderte den Blick auf das Gebirge, das Vorgebirge und die endlos wogenden Hügel, die er vor zwei Tagen durchquert hatte. Er konnte selbst Neu-Barcella und den Rosse-Raumhafen sehen, beides mehr als hundert Kilometer entfernt.

Nachdem er seine Ausrüstung hastig eingesammelt und seine Abreise gemeldet hatte, war er fast zwei Tage unterwegs gewesen, um den Fuß dieses Berges zu erreichen, den die Einheimischen Tengoku nannten. Zane hatte gehört, der Name bedeute Himmel, und er verstand, warum. Sein Gipfel lag auf einer unfassbaren Höhe von 9,7 Kilometern, in der Stratosphäre Ireces. Obwohl er nur einen kleinen Teil dieser gewaltigen Höhe bezwungen hatte, war er stolz auf seine Leistung. Vorausgesetzt, hieß das, er schaffte auch den Rest des Weges. Er sah hoch und schätzte, dass er nur noch wenige Meter zu klettern brauchte, um das schmale Plateau dieser Wand zu erreichen.

Er war zwei ganze Tage geklettert und hatte nur nachts ein paar Stunden Halt gemacht, um sich auszuruhen … aber ohne zu schlafen. Außerdem fastete er, auch wenn er auf halber Strecke hatte einsehen müssen, dass er Flüssigkeit brauchte, wenn er überleben wollte. Und auf dieser Klettertour zu sterben, gehörte nicht zum Plan.

Er studierte die Felswand und suchte nach der besten Stelle für die nächste Sicherung. Mit einer Hand hängte er einen Karabiner in die Öse des Kletterhakens. Mit der anderen bediente er den elektrischen Hammer, um den Haken in den Fels zu versenken. Er bevorzugte das unmittelbare Gefühl der Kraftanstrengung, wenn er die Haken selbst mit dem Hammer in die Wand trieb. Auf halber Höhe aber war ihm keine andere Wahl mehr geblieben, als auf das Pneumatikgerät umzusteigen.

Er hängte es zurück an den Haken des Klettergurts, dann tastete er nach den Karabinerhaken. Er nahm eines der länglichen Metallteile vom Gurt und schob das Seil durch den Schnapper an dessen Seite. Er klinkte den Sicherheitshaken in den Karabiner und schraubte den Verschlussmechanismus fest, der den Schnapper sicherte. Mit mehrmaligem festem Zerren am Seil vergewisserte er sich halbwegs, dass es gut befestigt war.

Angst vor einem Ausrüstungsfehler brauchte er keine zu haben. Nur ein Fehler in der Wahl der Stelle, an der er die Kletterhaken in die Wand trieb, konnte katastrophale Folgen haben. Karabiner- und Sicherheitshaken bestanden aus Alufibrit, demselben Material, aus dem auch Clan-OmniJäger gebaut wurden. Es war extrem leicht und in der Lage, den enormen Fliehkraftbelastungen standzuhalten, denen ein Luft/Raumjäger im Kampf ausgesetzt war. Zane hatte keinen Zweifel, dass sie sein vergleichsweise geringes Gewicht tragen konnten. Für die meisten Clanner wäre es undenkbar gewesen, ein so teures Material für eine Kletterausrüstung zu verwenden, eine Verschwendung kostbarer Rohstoffe. Aber Zane war seit Jahren klar gewesen: Wenn er irgendwann soweit war, das Visionsritual zu beginnen, käme seine Leidenschaft fürs Bergsteigen ins Spiel.

Was das Seil betraf, hatte er noch nie davon gehört, dass ein Seil dieses Typs unter Belastung gerissen wäre. Es war zwar nur wenige Millimeter dick, aber der Kern bestand aus mehreren tausend Alufribritdrähten, jeder nur einen Bruchteil so dick wie ein Menschenhaar. Umhüllt war dieser Kern von einem Mantel aus Myonylon, einem Polymer, bei dessen Herstellung das Nylon mit mikroskopisch kleinen Myomerfasern durchsetzt wurde. Ursprünglich hatte Clan Goliathskorpion dieses Seil zum Einsatz bei der Ausbeutung der gewaltigen Mineralvorkommen der riesigen Hochgebirge Dagdas entwickelt. Diese Expeditionen hatten nahezu unzerstörbares Material erfordert, und die Wissenschaftlerkaste der Skorpione hatte es geliefert.

Nachdem er sich lange genug ausgeruht hatte, um die zuckenden Muskeln wieder halbwegs unter Kontrolle zu bringen, ignorierte Zane den nach seinem Leben heulenden Wind und suchte nach der nächsten Möglichkeit, die Hand zu platzieren, dann den Fuß, die Hand, den Fuß, und immer so weiter. Wie der Kampf erforderte auch das Bergsteigen eine Kombination aus Voraussicht und intensiver Konzentration auf das Hier und Jetzt. Was auf den ersten Blick wie eine viel versprechende Route schien, konnte bald darauf in einer Sackgasse enden, oder ein Stück, das aufwärts durchaus zu bewältigen war, konnte den Bergsteiger beim Abstieg vor ein unlösbares Problem stellen, und falls er die Gefahr nicht rechtzeitig erkannte, saß er in der Falle.

Zane konzentrierte sich darauf, seine Erschöpfung durch tiefes Atmen zu verscheuchen, und bald verlor er sich in der reinen Begeisterung am Klettern, bei dem Geist und Körper eins wurden. Eine Stunde später zog er sich über die Kante auf das Plateau, das er auf den Satellitenkarten entdeckt hatte. Der mehrere hundert Meter breite Sims neigte sich sanft aufwärts, bis er an einer steilen Wand endete, die weiter hinauf zum hoch über ihm aufragenden Gipfel führte. Einheimische Krüppelbäume wuchsen auf der Ebene und versprachen genug Holz für das Feuer, das er angesichts der schnell hereinbrechenden Nacht würde entzünden müssen. Außerdem stellte er erfreut fest, dass auf der abgelegenen Seite des Plateaus weitere Pflanzen wuchsen, was auf eine Quelle hindeutete.

Zane drehte sich zum Klippenrand und hob die Arme zum Himmel. Er atmete tief durch. Das Gefühl des Erfolgs war fast so süß wie das, wenn man an den Kontrollen eines Mechs saß. Vor Euphorie wäre er am liebsten auf die Knie gesunken, und er fühlte, wie ihm Tränen in die Augen stiegen. Das war die beste Klettertour seines Lebens gewesen, eine Tour, die ihn gereinigt und für eine Vision bereit gemacht hatte, die ihm den Weg in die Zukunft weisen würde. Die Begeisterung war so berauschend, dass er sich vorsah, der Klippe nicht zu nahe zu kommen, aus Angst, ihm könnte schwindlig werden. Die Ironie, die in der Vorstellung lag, es bis hier herauf geschafft zu haben, nur um dann umzukippen und abzustürzen, ließ Zane leise lachen. Immer noch grinsend, machte er kehrt und ging hinüber zur Quelle.

Er badete im eiskalten Wasser und versuchte, sich nicht zu beeilen. Als er fertig war, ging er zurück zum Rucksack. Mit langsamen, bedächtigen Bewegungen holte er die einzelnen Teile der zeremoniellen Kleidung heraus. Mit derselben Würde zog er sich an und nutzte die vertrauten Bewegungen, um seinen Geist noch weiter zu öffnen. Er rezitierte seine Lieblingspassagen der *Erinnerung*, während er zu dem Reisigstapel ging, den er vor dem Bad gesammelt hatte. Er hatte verschiedene moderne Möglichkeiten, Feuer zu machen, zur Hand, aber dies war sein erstes Visionsritual, und es verlangte eine schlichtere Vorgehensweise. Er ging bei mehreren Werkzeugen in die Hocke, die er selbst dafür hergestellt hatte.

Auf einem Bein kniend, legte er einen großen Ast flach vor sich hin. Dann schnitzte er eine flache Mulde in das Holz und achtete darauf, die Späne in der Vertiefung zu lassen. Als Nächstes nahm er einen langen, geraden Stock, den er an einem Ende angespitzt hatte. Die andere Hand führte einen Bogen, den er aus einem frischen, von einem der Bäume geschnittenen Zweig und einem Stück Draht aus seinem Rucksack angefertigt hatte – dem einzigen modernen Material, das er bei dieser Arbeit benutzte. Er legte den Draht als Schlaufe um den Stock und setzte diesen mit der Spitze in die Mulde des Astes, dann legte er ein zweites Stück Holz auf das obere Ende des Stocks. Während er mit seinem Körpergewicht auf den Stock drückte, bewegte er den

Bogen schnell vor und zurück, wodurch sich der Stock in der Mulde drehte. In weniger als einer Minute reichte die so erzeugte Reibungshitze aus, um die Holzspäne zu entzünden. Zane blies vorsichtig in die Glut, schirmte sie mit den Händen vor dem Wind ab und wedelte den züngelnden Flammen Luft zu. Dann schob er den Ast vorsichtig unter den Reisigstapel und blies weiter. Minuten später knallte und knisterte das Lagerfeuer unter dem explodierenden Harz und sprühte Funken in den dunklen Nachthimmel.

Er legte eine Ledermatte neben das Feuer und kniete sich darauf, um die Viniers aus dem Rucksack zu holen. Wie oft hatte er sich diesen Augenblick ausgemalt. Wie oft hatte er sich gefragt, was ihn erwartete. Jetzt schon übertraf das Erlebnis alle Erwartungen.

Er sang Passagen der *Erinnerung* und starrte ins Feuer, ließ die Hitze über sich zusammenschlagen und die letzten Reste der Kälte vertreiben. Dann gab er seinen Blick frei, damit seine Augen sehen konnten, was immer sich zeigte. Der Wind peitschte die Flammen. Der wirbelnde Rauch stieg in alle Richtungen auf, brannte ihm in den Augen – und Tränen liefen ihm übers Gesicht. Doch er weigerte sich, die Augen zu schließen.

Minuten vergingen. Die einzigen Geräusche waren das Knistern des Feuers und das Peitschen des Windes. Ohne einen bewussten Gedanken hob Zane das Metallstück auf, das er von Yoshios *Bishamon* eingesammelt hatte. Er hielt es in der Hand, ließ sich von ihm zurück zu den begeisternden Augenblicken tragen, als er den Mann, den er als erbitterten Feind betrachtete, ausmanövriert und niedergekämpft hatte. Er hielt das Vinier über das Feuer, streckte die Hand bis an den Rand der Flammen, dann ließ er es in die Glut fallen. Er verbrannte sich die Hand, möglicherweise schwer, aber Zane bemerkte es kaum. Er war von derartigen körperlichen Empfindungen bereits zu weit entfernt.

Die Zeit verging. Ob Minuten oder Stunden, konnte Zane später nie sagen. Jetzt hielt er ein anderes Vinier, einen Schulteraufnäher mit dem gelbroten Sonnenabzeichen eines Novakatzen-Galaxiscommanders. Zane hatte ihn von der Uniform Tol Losseys, des Kommandeurs der Galaxis Rho, geschnitten, nachdem er ihn auf Bärentatze hatte sterben sehen. Mit dem Schwur, so etwas nie wieder zuzulassen, hatte er den Aufnäher als Vinier mitgenommen. Wieder streckte er die Hand ins Feuer und ließ den Aufnäher auf das Panzerstück fallen.

Im Gegensatz zu der Metallkeramik, die noch keine Reaktion auf die Hitze zeigte, ging der Aufnäher sofort in Flammen auf. Zane spürte nichts, als die Haut seines Handtellers Blasen warf und das Feuer die Härchen auf Handrücken und Unterarm abbrannte.

Leise singend rezitierte er ein paar Zeilen Sandra Rosses aus den *Sichtweisen*:

Weit geschlossenen Augen
Gewähren Flammen Sicht
Visionen öffnen sich
In gereinigten Seelen

Während er leise vor sich hin sang, formte sich in den tanzenden Flammen ein Bild. Er versuchte nicht, es zu forcieren. Das hätte es möglicherweise vertrieben. Stattdessen wartete er, offen für was auch immer jetzt kam. In den Hitzeschlieren des Feuers erschien allmählich ein granatroter Drache. Hinter ihm konnte Zane etwas ausmachen, das wie eine Novakatze aussah.

Mehrere Sekunden blieb das Bild unverändert. Dann nahm ein zweiter Drache Gestalt an, identisch mit dem Ersten – bis auf die ebenholzschwarze Farbe. Der granatrote Drache bewegte sich in den Flammen hin und her, so als wisse er um die Gegenwart des Ebenholzdrachen, könnte ihn aber nicht finden. Einige lange Sekunden regte der schwarze Drache sich nicht. Dann sprang er mit erschreckender Geschwindigkeit. Aber er sprang nicht den Granatdrachen an! Stattdessen flog er aus Zanes Sichtfeld. Einen Augenblick später schoss eine verschwommene weiße Gestalt mit einer Fahne, auf der ein Hundekopf prangte, zurück ins Feuer und packte den roten Drachen und die Novakatze. Blut spritzte in alle Richtungen.

Die Vision löste sich in einem Funkenregen auf, als der Reisigstoß zusammenbrach. Zane kippte nach vorne und fiel auf die Hände, als seine körperlichen Empfindungen in einer gewaltigen Flutwelle zurückkehrten: Hunger, Müdigkeit, Erschöpfung, Schmerzen von der versengten Hand. Er rang nach Luft, wurde sich plötzlich bewusst, dass er seit einiger Zeit den Atem angehalten hatte. Über allem aber lag die Frage: *Was war das?* Es war keinesfalls das gewesen, was er erwartet hatte. War das auf der Fahne ein Wolfskopf gewesen? Was hatten die Wölfe damit zu tun?

Er hörte leise Schritte hinter sich und wurde wütend, dass jemand es wagte, den heiligsten Augenblick seines Lebens zu stören.

Dann wurde ihm klar, dass er unterbewusst schon vor einer Weile das Schlagen von Hubschrauberblättern gehört hatte, das Geräusch aber nicht zu ihm durchgedrungen war. Zane bereitete sich auf eine weitere Vision vor, einen Anblick, den er aber gar nicht herbeiwünschte. Langsam hob er den Kopf.

Auf der anderen Seite des Lagerfeuers, in Ledermontur, die heilige Maske aufgesetzt, deren Lackbemalung den Kopf einer trotzig brüllenden Novakatze zeigte, stand Minoru.

Während der langen Kletterpartie den Berg hinauf hatte Zane gewusst, dass er darauf vorbereitet sein musste, aber er hatte sich nicht gestattet, daran zu denken. Er wusste, der Eidmeister würde ihn aufsuchen, um ihm bei der Interpretation seiner Vision zu helfen, und der neue Eidmeister würde möglicherweise keine echte Novakatze sein. Auch wenn Zane selbst gesehen hatte, wie Minoru sich als Krieger erwiesen hatte, und er sicher war, dass Biccon Winters niemals ihr Amt an einen Anwärter übergeben hätte, der die Lehren und Traditionen der Novakatzen nicht gemeistert hatte. Trotzdem trieb der Anblick Minorus in der zeremoniellen Maske Zane in seinem geschwächten Zustand die Tränen in die Augen.

Er senkte hastig den Kopf, um sich dem Feind nicht geschwächt zu zeigen.

»Du hast eine Vision erhalten«, sagte Minoru. Zane war überrascht, dass die leise Stimme nur die Andeutung eines Akzents besaß. Wahrscheinlich nur noch ein schmutziger Trick, um sich zu tarnen, während er den Zielen seines Vaters zuarbeitete.

Zane brachte es nicht über sich, vor ihm zu knien. Er überwand die Taubheit seiner Beine und stand auf, mit dem Rücken zum Feuer. Er setzte zu einer Antwort an, aber seine Stimme versagte. Er versuchte es noch einmal und quetschte ein ›Vielleicht‹ hervor. Zane würde die Heiligkeit dieses Ortes nicht durch offene Feindseligkeit verletzen, aber er musste nichts von dem offenbaren, was er gesehen hatte.

»Du hast eine Vision erhalten«, wiederholte Minoru. »Viele Krieger versuchen, einen Blick in die Zukunft zu werfen. Eine Vision, die sie reinigt und ihnen Wissen schenkt, das dem Clan eine Hilfe ist. Aber nur sehr wenige erreichen eine wahre Vision.«

Minoru bewegte sich langsam um das Feuer herum, und die Geschmeidigkeit seiner Gestalt und die tanzenden Schatten verwandelten ihn von einem Menschen in einen gestaltgewordenen Avatar der Novakatze. Zane wollte vor der Kraft seines Blicks zurückweichen, aber es gelang ihm nicht.

»Ich sehe es dir an … es liegt wie eine Aura über dir. Du bist berührt worden … wie Khan Santin West, Biccon Winter, andere … ich selbst.« Das Letzte sagte er so leise, dass es fast im Knistern der Flammen unterging.

»Du verachtest mich, Krieger Zane, so wie viele andere dieses Clans. Es ist unübersehbar, auch wenn du dich bemühst, es zu verbergen. Meine Worte werden dir nichts bedeuten, aber ich sage es trotzdem, hier, an diesem Ort, in der Hoffnung, dass du eines Tages ihre Wahrheit bestätigst. Ich bin nicht mehr der, der ich einmal war. Ich wurde in den Kurita-Clan des Draconis-Kombinats geboren und folgte all seinen Traditionen, aber ich habe jenes Leben hinter mir gelassen und bin ein Krieger des Clans Novakatze geworden. Der Weg, dem ich heute folge, ist breit genug, dass Novakatzen und Draconis-Kombinat ihn nebeneinander durch ein Universum im Aufruhr gehen können, in dem alle Hände drohend erhoben sind. Brüder finden sich, wo niemand es erwartet. Du hast eine Vision erhalten, aber ich verlange nicht von dir, dass du sie mir beschreibst.«

Minoru trat unmittelbar vor Zane. Im Gegenlicht des Feuers, sein Gesicht im Schatten, wurde er zur Silhouette eines Novakatzen-Kriegers.

»Denke nach über die Vision, die du erlebt hast«, forderte Minoru ihn auf. »Suche nach ihrer Bedeutung und denke daran, dass ich als Hüter dieses Rituals und Bewahrer des Clanschwurs bereit bin, dir dabei zu helfen, wenn du nur darum bittest.«

Zane wandte sich ab. Ihm zitterten die Hände unter den Nachwirkungen des Erlebten. Er rannte zum wartenden Hubschrauber, aber Minorus Stimme folgte ihm. »Denke über meine Worte nach, und wenn die Zukunft sich offenbart, frage dich, ob ich nicht Recht habe.«

12

Basis der 8. Rächer Alshains, Taki, Pikhua
Präfektur Buckminster, Militärdistrikt Benjamin, Draconis-Kombinat

1. September 3062

Tai-shu Toshimichi Uchida, Kriegsherr des Militärdistrikts Alshain in Abwesenheit, öffnete die Tür seines Privatbüros und erstarrte beim Anblick des großen, weißhaarigen Mannes, der im Innern des Zimmers saß. Auf den Schreck folgte ein Aufblitzen von Hass, das er nicht verbergen konnte. Uchida brachte seine Miene hastig wieder unter Kontrolle, trat ins Zimmer und schloss die Tür hinter sich.

Sein Besucher ließ sich nicht anmerken, dass er Uchidas Gefühlsausbruch bemerkt hatte. Er schaute sich ungerührt weiter im Innern des Raums um und nickte beim Anblick der zahlreichen Gemälde, die allesamt Kriegsszenen im traditionellen japanischen Stil zeigten, beifällig.

»Sie haben ein so erhabenes Büro, Tai-shu. Ganz und gar nicht, was ich von Ihnen erwartet hätte«, stellte der weißhaarige Mann ruhig fest und zupfte geistesabwesend an seinem Bart.

»Warum nicht?«, fragte Uchida und setzte sich. Dies war sein Büro und sein Schreibtisch, und von hier aus war er der Meister seiner Umgebung. Das unerwartete Auftauchen des alten Mannes hatte ihn so entgeistert, dass er für diese Konfrontation alle Kraft brauchte, die ihm sein Büro gab.

»Ich stelle fest, dass wir auf die traditionelle höfliche Konversation verzichten«, sagte der Mann.

»Höfliche Konversation ist etwas für Leute, die den Wunsch haben, einander höflich zu begegnen, ohne Rücksicht auf persönliche Gefühle. Wir beide haben weder Bedarf noch Verlangen danach. Deshalb können wir solche Traditionen an der Garderobe lassen.«

Mit einem leisen Lachen lehnte der weißhaarige Mann sich im Sessel zurück. »Ah, Ihre Ehrlichkeit ist wirklich erfrischend, Uchida-san. Ich stehe im Stolz auf meine Herkunft niemandem nach, aber ich finde gezwungenes Geplapper eine Plage. Möglicherweise liegt es daran, dass ich alt werde und nicht mehr die Zeit habe, mich mit Unwichtigem abzugeben. Was meinen Sie?«

»Hai.«

»Ah, kurz und direkt. Wir unterhalten uns noch keine Minute, und schon haben Sie meinen Tag gerettet. Vielleicht sollte ich Sie häufiger besuchen.« Die gespielte Freundlichkeit konnte die enthaltene Drohung nicht verbergen.

»Sie haben hier nicht einmal jetzt etwas verloren, alter Mann«, bellte Uchida und wieder konnte er seine Wut nicht verbergen. Er atmete tief durch und beruhigte sich. Er hatte eine höhere Stellung als sein Besucher, aber trotzdem konnte der alte Mann ihm das Leben schwer machen, wenn er es darauf anlegte. Und wer wusste, wie viele Freunde er unter den Herzögen der anderen Distrikte hatte? Der Gedanke ernüchterte ihn schlagartig.

»Was für eine Feindseligkeit einem alten Mann gegenüber. Was ist nur aus der jungen Generation geworden?«

»Unsere Generation, alter Mann, wurde von der Ihren fehlgeleitet«, stellte Uchida fest. »Wie könnten wir etwas anderes sein als das, wozu Sie uns gemacht haben?«

»Welche Weisheit … Darauf können Sie stolz sein«, erhielt er leicht spöttisch zur Antwort.

»Was wollen Sie hier, alter Mann? Unsere letzte Begegnung war gefährlich genug. Wozu das Risiko eines

Gesprächs hier?« Wie immer hatte Uchida keine Geduld für Wortspielereien. Sie hassten einander – wozu es verbrämen? Natürlich konnten sie nicht zu offen reden. Die Wände hatten Ohren, das galt hier so wie überall.

Der alte Mann machte eine träge Handbewegung. »Ich bin nur auf der Durchreise durch dieses System und habe mich entschlossen, einen alten Freund zu besuchen, um alte Erinnerungen aufzufrischen. Haben Sie gehört, dass meine … Investitionen die Ausgaben mehr als wert waren?«

Der alte Mann konnte einen Anflug von Stolz nicht verbergen, und Uchida hasste ihn dafür umso mehr. »Kein VSDK-Offizier, schon gar kein Tai-shu könnte von dem Angriff auf den Lyons-Daumen nichts gehört haben. Inzwischen hat das Draconis-Kombinat das gesamte Gebiet annektiert. Aber Sie sind nicht nur ›auf der Durchreise‹, um mich danach zu fragen.«

»Sehr gut, Uchida-san. Sie beweisen mehr und mehr, warum unser geliebter Koordinator Sie zum Kriegsherrn des Militärdistrikts Alshain ernannt hat … *in Abwesenheit*.«

Bei dem sarkastischen Tonfall dieser Feststellung sah Uchida rot, aber er weigerte sich, vor diesem Greis noch einmal die Beherrschung zu verlieren.

»Gibt es Singvögel auf diesem Planeten?«

Uchida verstand die Frage richtig. Sein Gegenüber wollte wissen, ob es in seinem Büro Abhörgeräte gab.

»Hai, natürlich gibt es die. Hat nicht jede Welt Singvögel? Aber ich versuche, sie aus der Nähe des Hauptquartiers zu vertreiben, weil sie Lärm machen und das Gelände verschmutzen. Ich habe schon seit Monaten keine Ausscheidungen mehr gesehen.«

Der alte Mann nickte. »Ich hörte, dass die unsichtbaren Regimenter verlegt werden.« Er wechselte das Thema ohne wahrnehmbare Veränderung des Tonfalls.

Uchida setzte sich leicht schockiert zurück. Die Quellen des alten Mannes waren bisher immer korrekt gewesen, auch wenn sie arge Mühe hatten, ihren Wert unter Beweis zu stellen. Er hatte keinen Zweifel an der Richtigkeit ihrer Informationen, war aber überrascht, dass er selbst noch nichts davon gehört hatte. »Sie sind in Bewegung … fort von der Grenze zum Geisterbären-Dominium?«

»Hai. Meine Quellen konnten mir nicht sagen, wohin sie unterwegs sind, aber ich habe meine Vermutungen. Das wird unsere Pläne erleichtern, und wir sollten den Zeitplan vorziehen.«

Uchida ließ sich nichts anmerken, obwohl er kaum seinen Ohren traute. »Sie wollen den Zeitplan ändern? Warum?«

»Weil wir Erfolg hatten«, erklärte der alte Mann entschieden und beugte sich plötzlich vor. Von der lockeren Art war nichts mehr zu sehen, und die Energie eines jungen Mannes strahlte aus den klaren Augen, als er Uchida fixierte. »Wir hatten einen Erfolg, wie er in der Geschichte der Gesellschaft möglicherweise noch nie dagewesen ist, und das verschafft uns einen Schub, den wir nicht verschwenden dürfen. Die Bewegung der unsichtbaren Einheiten wird helfen, die geheimen Bewegungen unserer Kräfte zu verschleiern. Und die Manöver der 11. Rächer Alshains gegen die verfluchten Novakatzen auf Irece platzieren sie in der bestmöglichen Position, wenn die Zeit gekommen ist. Ich bin sicher, sie werden uns nicht enttäuschen.«

»Das weiß ich«, bellte Uchida, wütend über die bloße Andeutung des alten Mannes, eine seiner Einheiten könnte seinen Anweisungen nicht augenblicklich gehorchen. Er hatte die letzten zwei Jahre mit diesen Regimentern gearbeitet. Sie würden ihn niemals enttäuschen.

»Der Zeitplan braucht nur um fünf Monate vorgezogen zu werden. Die notwendige Logistik steht bereits, da unsere Reserveplanung schon seit sechs Monaten die jederzeitige Einsatzbereitschaft aller Truppen vorausgesetzt hat. Tatsächlich wäre es nicht weiter schwierig, eine Verlegung der 8. nach Kiamba zu erbitten. Das System wird derzeit nur von einer planetaren Miliz verteidigt. Möglicherweise können die übrigen Alshain-Einheiten sich unter dem Deckmantel einer Grenzverstärkung nach Abzug der Geisterregimenter auch neu aufstellen.«

Uchida wandte sich von dem alten Mann ab. Sein Blick wanderte über die Holos an einer der Bürowände, auf denen er selbst und die Befehlsstäbe seiner vier Alshain-Regimenter abgebildet waren. Obwohl er keineswegs zu Sentimentalität neigte, konnte er einen gewissen Stolz auf diese Krieger nicht verhehlen, deren Hingabe für den Schutz des Kombinats kein Wanken kannte. *Eine Hingabe, die zu vielen anderen abhanden gekommen ist*, dachte er ärgerlich.

»Hai, Sie haben Recht. Wir sollten den Schub, den Sie erwähnt haben, dazu nutzen, die Moral unserer Truppen zu stärken. Ich werde in der nächsten Woche die notwendigen Befehle erteilen. Auch wenn es in der unmittelbaren Umgebung keine Singvögel gibt, könnte ein so heftiger Einsatz des Hyperpulsgenerators Verdacht erregen. Wie dem auch sei, Operation Batsu wird in siebzig Tagen anlaufen.«

Uchida war überrascht und seltsam berührt, als der alte Mann langsam aufstand und sich förmlich vor ihm verbeugte.

»Domo arigato gozaimasu«, sagte der alte Mann.

Obwohl Uchida den alten Mann immer noch hasste, konnte er nicht anders, als aufstehen und die Geste erwidern, nachdem der Rote Jäger ihm dermaßen Respekt gezollt hatte.

»Do itashimashite«, bedankte er sich. *Es war mir ein Vergnügen, Herzog Hassid Alexander Ricol.*

13

Sprungschiff *Far Star*, am Nadirsprungpunkt des Caripare-Systems
Präfektur Irece, Militärdistrikt Pesht, Draconis-Kombinat

1. September 3062

»Solange Minoru den Titel ehrlich gewonnen hat, spielt es da wirklich eine Rolle, dass er kein geborener Clanner ist?«, fragte Yoshio möglicherweise zum hundertsten Mal.

»Natürlich tut es das«, sagte Zane gereizt. »Warum kannst du nicht erkennen, was dir geradewegs ins Gesicht starrt? Vielleicht weil es dir gefällt zu wissen, dass dein Prinz jetzt der Eidmeister der Novakatzen ist und dein Koordinator damit praktisch die Kontrolle über unseren Clan erhält.« Er konnte die Wut in seiner Stimme nicht unterdrücken. Warum redete er überhaupt mit Yoshio?

Zane machte kehrt und ging zum Sichtschirm des Offizierssalons. Er setzte jeden Schritt mit Bedacht, um nicht den Kontakt der Magnetstiefel zum Deck zu verlieren und in der Beinahe-Schwerelosigkeit der *Mystische Sphären* abzutreiben. Momentan war das Landungsschiff an die *Far Star* angedockt, ein Sprungschiff der *Starlord*-Klasse, das am Nadirpunkt des Caripare-Systems die Sprungtriebwerke auflud. Seinen Berechnungen nach musste in wenigen Minuten die Warnsirene aufheulen, die den nächsten Hyperraumsprung ankündigte.

Er sah hinaus in die Weite des Alls. Er schätzte den Blick in die unvorstellbaren Weiten, der möglich wurde, weil die Schiffe hoch über der Elliptik des Sonnensystems hingen und die Planeten dieses Sterns außerhalb seines Sichtfelds lagen. Er brauchte eine Erholung von dieser ermüdenden Konversation mit dem Draconier. Es fiel ihm schwer, an irgendetwas anderes als an das Visionsritual zu denken, das inzwischen eine Woche zurücklag.

»Ich glaube nicht, dass Ihre Einschätzung meiner Gefühle fair ist«, stellte Yoshio nach mehreren Minuten der Stille fest. »Sie wissen nichts über meine persönlichen Ansichten diese Situation betreffend.«

»Das stimmt«, bestätigte Zane und drehte sich wieder um. »Ich weiß es wirklich nicht. Ich bin einfach davon ausgegangen, dass jeder Sphärer, erst recht jemand aus demselben Clan oder Haus wie Minoru, begeistert darüber wäre, wenn der Sohn des Koordinators eine so hohe Position innerhalb der Novakatzen erreicht. Ein weiteres Joch, um einen Barbarenclan zu zähmen.«

»Sie haben uns Sphärer …«, Yoshio schien den Begriff amüsant zu finden, »… gut genug kennen gelernt, um zu wissen, dass ihre Einschätzung stimmt. Der größte Teil des Kombinats, der größte Teil der Inneren Sphäre betrachtet Minorus Aufstieg als eine glorreiche Leistung und einen weiteren Zaum für einen der Clans, wenn auch einen, der den Sternenbund angenommen und sogar an unserer Seite gegen die anderen Clans gekämpft hat. Die meisten werden es als ein Ereignis ähnlich der Geschehnisse um Phelan und den Clan der Wölfe betrachten.«

Zane nickte. Er war überrascht zu hören, wie Yoshio beinahe wörtlich seine Gedanken am Tag des Eidmeister-Gestampfes formulierte.

»Aber solch ein … Schutz hat immer auch einen Preis«, fuhr Yoshio fort. »Was hat das Kombinat in Kauf nehmen müssen, um einen derartigen Erfolg zu erzielen?«

Die minimale Veränderung in Yoshios Tonfall erregte Zanes Aufmerksamkeit. Er verstand nicht, was los war, aber er bemerkte einen seltsamen Ausdruck auf den Zügen des Draconiers.

»Ich weiß nicht, wohin dieses Gespräch abdriftet, Yoshio. Wir Novakatzen schätzen klare Worte, selbst wenn das nicht den Kurita-Sitten entspricht. Ebenso wie ich dein Volk kennen gelernt habe, kennst du das meine gut genug, um das zu wissen.«

»Ich bitte um Verzeihung, falls ich Sie beleidigt habe«, antwortete der Chu-sa mit einer jener höflichen Verbeugungen, die Zane so irritierten. Er hatte ihn schon mindestens ein Dutzend Mal gebeten, das zu lassen, aber die Geste schien ihm so in Fleisch und Blut übergegangen zu sein, dass sie sich jeder bewussten Kontrolle entzog.

»Was ich sagen wollte, war, indem wir das Kombinat sichern und die Novakatzen an uns binden, haben wir uns unsererseits an die Novakatzen gebunden. Minoru Kurita existiert nicht mehr, und seinen Platz hat Minoru Novakatze eingenommen. Nach Ihrem Abflug von Yamarovka erhielt ich die Erlaubnis, das Forum des Gesetzes aufzusuchen, und ich wurde Zeuge der Rezitationen und Kommentare. Für mich war deutlich, dass er nicht mehr der Sohn unseres Koordinators ist. Das Kombinat hat die Unterstützung der Novakatzen gewonnen, dabei haben wir aber zugelassen, dass der Spross des Drachen selbst unwiderruflich pervertiert wurde. Wie könnte ich darüber Freude empfinden?« Der Schmerz in seinem Blick war klar zu sehen.

Zane starrte Yoshio erstaunt an. Die Worte waren andere, aber wieder waren die Gefühle ein Spiegelbild seiner Überlegungen. Wie Zane erlebte auch Yoshio die Entweihung all dessen, was ihm heilig war. Sie steckten beide in der Haut des anderen, tobten gegen dasselbe Schicksal, wenn auch nicht gegen exakt dieselben Umstände. Der Gedanke war ihm unangenehm. Er erkannte, dass er in diesem Augenblick, im freien Fall neunzig Millionen Kilometer über einem lodernden Gasball irgendwo im Weltraum, tatsächlich Mitgefühl für den Mann verspürte, den er wochenlang als seinen Feind betrachtet hatte.

»Dann muss ich mich auch entschuldigen«, stellte Zane fest und konnte selbst kaum fassen, was er sagte. »Vielleicht sind wir uns ähnlicher, als ich mir je hätte vorstellen können. Seit dem Großen Widerspruch kämpfe ich für den Erhalt unseres Clans – unverdorben von der Inneren Sphäre. Welchen Sinn hat unser Überleben, wenn wir dafür unsere Identität aufgeben müssen? Die Nebelparder waren Narren, aber sie haben verstanden, dass die Wahrung ihrer Reinheit der Alternative vorzuziehen war, selbst wenn das ihren Untergang bedeutete.«

Er und Yoshio standen sich gegenüber und sahen einander an, und das Schweigen zwischen ihnen dehnte sich.

Die Vision, die Zane auf dem Berg gehabt hatte, kam ihm in den Sinn. Granatdrache, Ebenholzdrache, Novakatze, weißer Schemen, Hundekopf. Der Granatdrache musste für das Draconis-Kombinat stehen, und die Novakatze repräsentierte natürlich seinen Clan. Er war sich nicht sicher, aber der weiße Schemen konnte möglicherweise ComStar sein, der halbreligiöse Orden, der die interstellaren Kommunikationswege der Inneren Sphäre verwaltete. Während der Invasion hatte Eidmeisterin Biccon Winters eine Vision gehabt, in der ComStar von einem weißen Pfad dargestellt worden war. Es war denkbar, dass die Organisation in irgendeine Heimtücke gegen das Kombinat verwickelt war, obwohl das unwahrscheinlich schien, wenn man bedachte, dass Victor Davion das ComStar-Militär befehligte. Der ehemalige Prinz des Vereinigten Commonwealth war zu eng mit dem Herrscherhaus der Kuritas befreundet. Was den schwarzen Drachen betraf, hatte

Zane keine Ahnung, für wen oder was er stehen konnte. Schlimmer noch, er hatte das Gefühl, die Vision möglicherweise selbst dann nicht verstehen zu können, wenn er es wusste.

Die Worte kamen ohne sein Zutun. »Yoshio, was ist ein ebenholzschwarzer Drache?«

Yoshio erbleichte. Zane hatte seine normalerweise unerschütterliche Maske noch nie so deutlich bröckeln sehen.

»Was haben Sie gesagt?«, fragte der Draconier mit seltsamer Stimme.

»Was ist ein Ebenholzdrache?«, wiederholte Zane und fragte sich, warum die Frage Yoshio so erschreckte. Er wusste, dass die Einwohner des Kombinats Drachen zu verehren schienen.

Yoshio hatte wieder sein Pokerface aufgesetzt, aber inzwischen kannte Zane ihn gut genug, um die Verwirrung in seinem Blick zu erkennen.

»Ich verstehe Ihre Frage nicht«, antwortete der Verbindungsoffizier.

»Es ist nichts. Nur ein Ausdruck, den ich auf Irece gehört habe, und ich dachte, du könntest seine Bedeutung kennen. Schließlich ist der Drache deinem Volk heilig, frapos?«

»Hai, Zane, wir ehren den Drachen. Die Person des Koordinators ist der Drache des Kurita-Clans und des ganzen Draconis-Kombinats. Aber ich muss zugeben, ich habe den Ausdruck ›Ebenholzdrache‹ noch nie gehört.«

Zane war sich nicht sicher, wieso er den Eindruck hatte, dass Yoshio ihm auswich, gleichzeitig die Wahrheit sagte und log.

»Sprung in fünf Minuten«, verkündete die Stimme des Bordcomputers aus dem Lautsprecher an der Schottwand und ließ beide Männer zusammenzucken.

»Vielleicht sollten wir uns für den Sprung in die Kabinen zurückziehen«, schlug Yoshio vor und deutete mit dem Kopf zur Luke.

Zane nickte. Es war deutlich, dass der Draconier ihm etwas verheimlichte, aber er war sich nicht sicher, was – oder warum. Außerdem zog er es ebenfalls vor, die Transition durch den Hyperraum im Liegen zu erleben. Es gab Menschen, auf die ein derartiger Sprung keinerlei Auswirkung hatte, aber Zane gehörte nicht zu diesen Glücklichen. »Vielleicht fällt dir auf dem Rest des Fluges noch etwas ein.«

Die Art, wie Yoshio nur ein wenig die Schultern hochzog, schien anzudeuten, dass damit nicht zu rechnen war. Aber falls der Mann die Wahrheit sagte, warum reagierte er dann so heftig? Eine weitere Frage für die lange Liste, die Zanes Reise nach Irece ihm eingebracht hatte.

Gedankenverloren ging er den Korridor hinunter zu seinem Quartier und sann über seine seltsame Unterhaltung mit Yoshio nach.

14

Rossebenen, Neu-Circe, Yamarovka
Präfektur Irece, Militärdistrikt Pesht,
Draconis-Kombinat

14. September 3062

Zane schob mit der Linken den Knüppel vor und erhöhte die Geschwindigkeit des Mechs, während er versuchte, auf den Hilfsbildschirmen seinen Feind zu finden. Der *Jenner IIC* rannte mit weiten Schritten über die scheinbar friedliche Prärie. Aber Zane wusste, dabei handelte es sich um eine Illusion. Sie hatten schon früher hier gekämpft, und diese Prärie war alles andere als eben. Sanft wogende Hügel erzeugten Senken, die einen kauernden BattleMech leicht verstecken konnten. Er musste sich vorsehen. Er ging die verschiedenen Ortungssysteme des *Jenner* durch, fand aber nichts Verdächtiges. Der Mech schien für einen Klick in alle Richtungen das einzige sich bewegende Objekt. Das bereitete ihm Sorgen. Große Sorgen.

Bei seiner Rückkehr nach Yamarovka mehrere Tage zuvor hatte Zane mit Erstaunen festgestellt, dass das gesamte Regiment der 11. Rächer Alshains auf dem Planeten eingetroffen war. Anscheinend war man vom Erfolg der Manöver so beeindruckt, dass der Prozess beschleunigt worden war. Momentan trug der 1. Drachenkatzen-Sternhaufen ein Scheingefecht gegen das 1. und 2. Bataillon der Rächer aus. Möglicherweise noch beunruhigender war die Tatsache, dass ein 2. Drachenkatzen-Sternhaufen ausgehoben wurde.

Zane war immer noch verärgert darüber, dass er an diesen Übungen mit den Draconiern teilnehmen musste, ganz besonders mit den Rächern Alshains. Er hatte sich gerade erst mit der Notwendigkeit abgefunden, Chu-sa Yoshio und das 3. Bataillon der Rächer zu ertragen. Das alles widerte ihn an, aber Zane erinnerte sich daran, dass es ein Langstreckenrennen war. Es konnte Jahre dauern, bis er auf eine Position aufgestiegen war, die es ihm ermöglichte, den Weg der Novakatzen wirklich zu beeinflussen. Bis dahin durfte er sich nicht in einem täglichen Kleinkrieg gegen die Sphärer aufreiben.

Aber manchmal übermannte ihn plötzlich die Wut. Heute erst hätte sie ihn fast überwältigt, hätte die schiere Freude darüber, nach Wochen wieder an den Kontrollen des *Jenner* zu sitzen, ihn nicht dagegen abgeschirmt. Er genoss das Gefühl der Maschine unter sich, die Kraft, die er beherrschte!

Besser noch, heute wurden die Novakatzen einmal mehr nicht von der Notwendigkeit behindert, moderne Computeranlagen und sperrige Mechgeschirre zur Simulation von Gefechtsschäden zu verwenden, wie in den meisten der früheren Übungen. Diesmal wurde scharf geschossen. Das war bei Clan-Übungen grundsätzlich üblich, aber bisher waren die Drachenkatzen meist gezwungen gewesen, sich an die Gebräuche der Inneren Sphäre zu halten. Zane spürte, wie das Adrenalin bei dem Gedanken durch seine Adern rauschte, die Mechs der Inneren Sphäre mit der vollen Gewalt seiner Waffensysteme zum Kampf zu stellen.

Unter dem Befehl Sterncommander Samuels verfolgten die Angriffssterne Bravo und Cäsar von Zanes Trinärstern die 3. Kompanie, 2. Bataillon der 11. Rächer. Bis jetzt war es ihnen gelungen, ihm zu entkommen, was Zane ziemlich beunruhigte. Der Binärstern konnte es sich nicht erlauben, den Novakatzen Schande zu machen, indem er den ersten Kampf des Sternhaufens gegen das 2. Bataillon verlor. Alles, nur das nicht. Außerdem, wenn er jemals befördert werden wollte, musste er bei jeder sich bietenden Gelegenheit am Steuer seines Mechs einen guten Eindruck machen.

Mit dem rechten Steuerknüpel drehte er den Torso des *Jenner* nach links und rechts, versuchte, auf dem Sichtschirm zu entdecken, was die Ortung nicht fand. Irgendwo dort draußen war der Feind!

»Stern Eins, Strahl Fünnef, hast du den Feind gefunden?«, drang knisternd Samuels Stimme aus Zanes Kopfhörern. Stern Eins bezog sich auf Angriffsstern Bravo, seinen Stern in dem für diese Übung aufgestellten Binärstern. Strahl Fünf war seine Position in der Einheit.

»Negativ, Strahl Eins. Ich zeichne keinerlei Ortung, und das Gelände zeigt keine Spuren einer Bewegung.«

»Verstanden, Strahl Fünnef. Strahlen Drei und Vier sind auf Kurs, um deine Position bei deiner jetzigen Geschwindigkeit in drei Minuten zu passieren. Du hast dich weit von unserer Formation entfernt. Gehe nicht allein weiter. Schließe dich deinen Sternkameraden an, damit ihr über ausreichend Feuerkraft verfügt, falls der Feind euch überrascht. Frapos?«

»Pos«, bestätigte Zane die Anweisung seines Kommandeurs mit der traditionellen Antwortfloskel.

Die Minuten verstrichen ereignislos, und kurz darauf sah er die beiden Novakatzen-Mechs näher kommen. Von links bewegte sich Killian in ihrem vierbeinigen *Gletscherfuchs* heran. Er war nur leicht bewaffnet, aber selbst verglichen mit der beachtlichen Geschwindigkeit des *Jenner IIC* blitzschnell. Trotzdem war sich Zane nicht sicher, ob er es über sich gebracht hätte, einen solchen Mech zu steuern. Einen Vierbeiner?

Als er nach rechts schaute, sah er Geoff in seinem *Polarwolf*, einem neuen Mechtyp. Mit den nach hinten geknickten Beinen, den hochgezogenen Schultern und dem abgesenkten Kopf wirkte die Maschine ausgesprochen merkwürdig. Aber er strotzte vor Abschussrohren für Kurzstreckenraketen, insgesamt über vierzig an Rumpf und Armen, und war im Kampf ein tödlicher Gegner.

Als Zane zum ersten Mal von einem *Polarwolf* im Touman erfahren hatte, hatte ihn die Mitteilung schockiert, denn dieser Mech war eine Entwicklung der Exilwölfe. Wie konnten die Novakatzen sich mit diesen erbärmlichen Ausgestoßenen abgeben? Inzwischen, nur Wochen, nachdem Geoff den Mech zugeteilt bekommen hatte, war Zane an den Anblick gewöhnt. In einer Welt, die jeden Augenblick eine neue erstaunliche Wendung und erschreckende Entwicklung bereithielt, drang der Anblick des *Polarwolf* im Novakatzen-Touman nicht mehr bis in sein Bewusstsein vor.

»Strahl Fünnef, ich habe Sichtkontakt«, gab Geoff durch. Er drehte auf Zanes Kurs ein und bewegte sich etwa fünfzig Meter rechts von ihm in derselben Richtung weiter.

»Ich habe auch Sichtkontakt, Strahl Fünnef.« Das war Killian, knapp und direkt wie immer. Ein Blick auf den Schirm bestätigte Zane, dass ihr *Gletscherfuchs* rund siebzig Meter links von ihm eingeschwenkt war. In Anbetracht der relativen Geschwindigkeiten ihrer drei Mechs waren sie in guter Position.

Zane öffnete die Funkverbindung zu Samuel. »Strahl Eins, ich habe Sichtkontakt mit Strahlen Drei und Vier. Wir befinden uns jetzt etwa zwo Komma drei Kilometer nordöstlich deiner Position. Wir suchen das Gelände vor unserem momentanen Kurs ab und geben in zwo-null Minuten Bericht.«

»Pos«, bestätigte Samuel.

Die drei Mechs beschleunigten jetzt und donnerten mit der Höchstgeschwindigkeit ihrer langsamsten Einheit, des *Polarwolf*, über die Prärie. Das Gelände flog mit fast einhundertzwanzig Stundenkilometern vorbei. In einer weiten Rechtskurve liefen sie einen steilen Abhang hinauf.

Zane war einen Augenblick konsterniert, als er den *Polarwolf* in das kobaltblaue Licht einer PPK-Entladung gebadet sah. Fast wäre sein Mech ins Stolpern gekommen – bei diesen Geschwindigkeiten ein katastrophaler Fehler. Schnell aktivierte er die Sprungdüsen und stieg mit dem *Jenner* senkrecht in die Höhe, um die Herkunft des Feindfeuers zu erkunden.

Der *Jenner IIC* stieg hoch genug, um Zane klare Sicht auf die feindliche Kompanie zu geben, die sich hinter der Hügelkuppe versteckt hatte. Er warf einen schnellen Blick auf die Hilfsmonitore, sah aber keinerlei Infrarotortung der Maschinen. Vermutlich hatten sie die Mechs weit heruntergefahren und betrieben die Reaktoren mit dem absoluten Minimum an Leistung. In der sicheren Deckung der Hügel hatten die Rächer sich darauf verlassen, dass die Scoutpiloten der Clanner die Geduld verlieren und geradewegs in ihre sorgfältig vorbereitete Falle stürmen würden. Die vier feindlichen Mechs hatten sich halb in die Hügelkuppe eingegraben. So wurden sie vom Hang verdeckt, bis es zu spät war.

Zane nahm hastig Kontakt mit Samuel auf. »Strahl Eins, wir haben Feindkontakt. Ich wiederhole, wir haben Feindkontakt an Raster Alpha eins Komma vier.« Er hielt den *Jenner* in Bewegung, während er die Meldung durchgab, und steuerte ihn an eine Position außerhalb des feindlichen Schussfelds. Noch in der Luft sah er entsetzt, wie eine Lichtsalve den bereits schwer angeschlagenen *Polarwolf* traf. Unmittelbar darauf peitschte ein PPK-Blitz über den Rumpf, dann ein Hagel smaragdgrüner Impulslaserbolzen, dann die rubinrote Energielanze eines schweren Lasers.

Für einen 40-t-Mech verfügte der *Polarwolf* über eine ausgezeichnete Geschwindigkeit und herausragende Feuerkraft, aber all das ging zu Lasten der Panzerung. Schon der vorhergegangene Feuerschlag hatte ihn tödlich verwundet, und dieses Bombardement fegte die Überreste des Panzerschutzes beiseite wie Reispapier. Der sterbende Kampfkoloss kippte hart nach rechts, während in seinem Innern Explosionen aufzuckten, ein sicheres Zeichen für einen beschädigten oder sogar ganz zertrümmerten Kreiselstabilisator. Die beschädigte Panzerung war wirkungslos gegen die links und rechts im Torso detonierenden eigenen Kurzstreckenraketen. Zwar war der *Polarwolf* mit einem zellularen CASE-Munitionslager ausgerüstet, das den Piloten gegen die katastrophalen Auswirkungen interner Munitionsexplosionen schützen sollte, indem es die Wucht der Detonationen durch den Rücken der Maschine ins Freie ableitete, aber in diesem Fall war es zu wenig und zu spät. Der mittelschwere Mech brach vor Zanes Augen auseinander. Jeder ClanKrieger hoffte auf einen ehrenhaften Tod in der Schlacht, aber Zane konnte nur hoffen, dass es Geoff nicht in diesem Scheingefecht erwischt hatte.

Er fuhr die Energie der Sprungdüsen zurück und stürzte dem Boden entgegen. Warnlichter flammten auf der Konsole auf, als die feindlichen Mechs die Reaktoren hochfuhren. Ein schneller Blick bestätigte Zane, dass keine der Maschinen es mit seiner oder Killians Geschwindigkeit aufnehmen konnte, doch er war Realist genug, um sich einzugestehen, dass sie trotzdem in enormen Schwierigkeiten steckten. Geoffs *Polarwolf* war ausgefallen, ohne einen einzigen Schuss abfeuern zu können, und jetzt standen sie einer klaren Übermacht gegenüber. Und als ob das noch nicht genug gewesen wäre, waren die meisten der gegnerischen Maschinen unbeschädigt und erheblich schwerer als ihre eigenen.

»Strahl Drei, wo bist du?«, fragte Zane über die Funkverbindung. Bei den Manövern der letzten Sekunden hatte er Killian von Sichtschirm und Ortungsanzeige verloren.

Keine Antwort.

»Strahl Drei, Position bestätigen«, wiederholte er, aber plötzlich war ihm klar, dass er keine Antwort bekommen würde. Wie hatte es so schnell so weit kommen können? Er hämmerte wütend mit der Faust auf die Steuerkonsole, bis seine Hand blutete.

Zane bemühte sich, seine Wut zu bändigen, denn unter diesen Umständen konnte sie ihm nur schaden. Er schaltete wieder auf den Befehlskanal. »Strahl Eins, ich habe Sichtbestätigung der Vernichtung von Strahl Vier und kann Strahl Drei nicht lokalisieren. Angesichts der Anzahl der Feindeinheiten gehe ich davon aus, dass auch Strahl Drei zerstört ist. Soll ich mich zu einem Rendezvous mit deinem Stern zurückziehen und versuchen, den Feind zu behindern?«

»Strahl Fünnef, ich bestätige deine Meldung des möglichen Verlusts von Sternkameraden. Kehre so schnell wie möglich zurück. Wenn wir in dieser Lage noch einen Sieg retten wollen, brauchen wir deine Feuerkraft hier.«

»Pos, Sterncommander. Ich bin unterwegs.« Mit diesen Worten konzentrierte sich Zane darauf, den Graben zwischen zwei Hügeln hinabzulaufen. Er hätte gerne die Sprungdüsen noch einmal eingesetzt, um nachzusehen, was der Feind tat, aber das wagte er nicht. Ohne Zweifel war inzwischen die gesamte Kompanie aus zwölf BattleMechs aktiv und im Anmarsch auf seine letzte bekannte Position. Ihr seinen Mech auf dem Präsentierteller anzubieten erschien ihm wenig ratsam.

Ein *Quasimodo* kam etwas rechts von Zanes momentaner Position und fast einhundert Meter voraus über den Kamm in Sicht. Mit einer Masse von fünfzig Tonnen und einer – bis auf den sperrigen Kasten auf der rechten Schulter – humanoiden Konstruktion war er nicht sonderlich geeignet für den Kampf mit einem

Jenner, dessen Geschwindigkeit ihn auf Dauer außer Reichweite des gedrungenen *Quasimodo* halten konnte. Unglücklicherweise war Zanes Mech im Augenblick jedoch bereits in Reichweite der riesigen 120-mm-Autokanone auf der rechten Schulter des draconischen Kampfkolosses. Ihre Mündung spie einen Strom Hochgeschwindigkeitsgranaten aus abgereichertem Uran aus. Ihre Einschlagsspur riss den Boden auf und raste geradewegs auf Zanes Mechbeine zu.

Er aktivierte die MASC des *Jenner IIC*, die einzige Möglichkeit auszuweichen, die ihm abgesehen von den Sprungdüsen blieb. Die Myomerakzelerator-Signalcodierung war eine Spezialausrüstung, mit der die Steuersignale an die künstliche Myomermuskulatur der Mechbeine verstärkt wurden, so dass diese sich schneller an- und entspannte. Das ermöglichte dem Mech einen rasanten Geschwindigkeitsstoß, der ihn schnell genug weiterstürmen ließ, um der Autokanonensalve des *Quasimodo* zu entgehen. Allerdings war es riskant, die Steuersignale derart zu verstärken. Es bestand eine reelle Gefahr, dass die künstliche Muskulatur unter der Belastung komplett ausfiel, der Mech von der Hüfte abwärts erstarrte und der *Jenner* so hilflos mitten im Gelände strandete wie ein Baby frisch aus dem Kanister. Aber die MASC funktionierte, und Zane atmete erleichtert auf.

Er drehte den Torso nach rechts und stieß den Daumen auf den Feuerknopf des schweren Extremreichweiten-Lasers. Die Strahlbahn bohrte sich hoch am linken Torso des *Quasimodo* in den Rumpf und zog eine tiefe Schmelzspur durch die Panzerung. Der draconische Pilot versuchte zwar, Zane mit der Autokanone zu folgen, aber der *Jenner* war einfach zu schnell für ihn.

Nicht weit vor ihm konnte Zane das Ende des Hohlwegs sehen, an dem die Hügel zu beiden Seiten abbrachen.

Plötzlich ruckte der *Jenner IIC* nach vorne, als habe ihn ein Donnerkeil getroffen. Nur dank langer Erfahrung konnte Zane die Maschine nach dem Einschlag einer so gewaltigen Menge kinetischer Energie aufrecht halten. Alarmsirenen heulten auf und rote Warnlichter blinkten auf mehreren Bereichen der Statusanzeige. Die rechte hintere Torsopanzerung war durchschlagen. Das war übel. Auf dieser Seite lagerte die Munition für die 5er-LSR-Lafette. Der Schaden hatte in diesem Bereich fast die komplette interne Struktur zerstört, und er lief ernsthaft Gefahr, die gesamte rechte Rumpfseite zu verlieren. Zane versuchte, sich durch einen Zickzackkurs vor einem weiteren Treffer zu retten. Für einen erneuten MASC-Einsatz war es noch zu früh. Ein schneller Blick auf die untere Hälfte des Sichtschirms zeigte ihm, womit er es zu tun hatte.

Jetzt standen drei Mechs hinter ihm auf dem Hügelkamm: der *Quasimodo*, ein *Großdracon* und eine *Banshee*. Zane war in ernsten Schwierigkeiten. Der *Großdracon* und die *Banshee* waren mit PPKs bestückt, für die er noch mindestens zehn Sekunden in Reichweite war. Seine einzige Hoffnung bestand in der Flucht. Er schlug den MASC-Knopf in die Konsole. Im selben Augenblick feuerten die beiden feindlichen Mechs ihre PPKs ab, und die künstlichen Blitzschläge zuckten hinter Zane her.

Nur einer der beiden Schüsse traf, der andere verwandelte einen breiten Streifen Präriegras zu Asche. Aber ein Treffer war mehr als genug. Der PPK-Strahl brach durch das vom vorangegangenen Schuss aufgerissene Loch im Rücken des *Jenner*, zerkochte die letzten Reste der internen Struktur und fraß sich weiter durch den Rumpf der Maschine. Überraschenderweise löste die Flutwelle elektrischer Energie keine Detonation der Raketenmunition aus. Aber noch während das MASC-Signal in die Beinmuskulatur des *Jenner* schoss, schnitt die Partikelsalve dessen rechte Rumpfhälfte mitsamt Arm glatt ab. Der Mech verlor fast ein Viertel seiner Masse im selben Augenblick, in dem er plötzlich beschleunigte. Zane versuchte verzweifelt, den hart nach links ausbrechenden Kampfkoloss unter Kontrolle zu behalten, aber die zerbrechlichen Beine des leichten Clan-Mechs rissen sich buchstäblich vom Rumpf los, und der Mech krachte der Länge nach in den Dreck.

Als der *Jenner* zu Boden ging, tobte Zane innerlich, weil er wieder von Kriegern der Inneren Sphäre besiegt worden war, wenn auch nur in einer Gefechtsübung. Er wurde nach vorne geschleudert, und sein Kopf schlug hart auf die Konsole. Sein letzter Gedanke, bevor ihn die Dunkelheit umfing, war, dass er ihnen nie wieder gestatten würde, ihn zu überwältigen. Nie wieder!

15

Cauntaa, Neu-Circe, Yamarovka
Präfektur Irece, Militärdistrikt Pesht,
Draconis-Kombinat

15. September 3062

In der hinteren Ecke der Kneipe, deren Leuchtschrift an der Außenmauer sie nur in roten japanischen Kana als ›Baru‹ kenntlich machte, saß Chu-sa Palmer Yoshio und nippte gelassen an seinem Sake. Sein Tisch war der einzig belegte des Etablissements, und nur die blinkenden Lichter einer alten Jukebox beleuchteten den Schankraum. Die beiden anderen klapprigen Tische standen zwischen ihm und der Tür und blockierten fast den Weg. Die Theke zog sich an der ganzen rechten Wand entlang, zwei Billardtische nahmen die linke ein. An der beleuchteten Bar saßen zwei andere Männer, die sich vor der Nacht hierher geflüchtet hatten. Beide waren schon erheblich angetrunkener als er.

Yoshio fragte sich zum wiederholten Mal, warum sein Kontakt ausgerechnet dieses Rattenloch als Treffpunkt gewählt hatte. Es verstand sich von selbst, dass er kein Aufsehen erregen wollte, aber an einem Ort wie diesem war es schlichtweg unmöglich, als draconischer Offizier nicht aufzufallen. Selbst in ziviler Alltagskleidung fühlte er sich wie im Rampenlicht. Falls jemand ihn fragte, was er hier wollte, würde er sagen, er sei absichtlich aus seinem gewohnten Umfeld hierher gekommen, um sich hoffnungslos zu besaufen. Er wünschte sich nur, er hätte sich besaufen können! Nach allem, was heute bereits vorgefallen war, weckte das bevorstehende Treffen in ihm den entschiedenen Wunsch, den beiden anderen Kunden der Bar ins vom Alkohol beduselte Vergessen zu folgen.

An diesem Morgen hatte er Zane nur gefragt, wie es ihm nach der Vernichtung des *Jenner IIC* in der gestrigen Gefechtsübung ergangen war. Der Krieger hatte ihn mit einer Wut angefahren, die unter den draconischen Militärs inzwischen berüchtigt war. Konnte Zane nicht sehen, dass er sich unter Yoshios Männern mit derartigen Aktionen nur Feinde schuf? Andererseits legte er es möglicherweise genau darauf an. In den Wochen, seit sie sich kennen gelernt hatten, hatte Yoshio einiges über den jungen Krieger in Erfahrung gebracht. Darunter auch, dass er einen tiefen Hass auf die Innere Sphäre und all das hegte, was er als Fäulnis im Herzen seines Clans betrachtete, seit der zu einem Teil der Inneren Sphäre geworden war.

Yoshio trank noch einen Schluck und konnte sich ein leichtes Lächeln nicht verkneifen. Er und Zane waren einander sehr ähnlich, trotz der unterschiedlichen Umstände ihres Lebens. Zane war sich dessen ebenfalls bewusst, und es irritierte ihn. Ironischerweise waren sie beide vom selben Gefühl der Schande motiviert. Yoshio für seinen Teil empfand das Kombinat als besudelt. Der Koordinator hatte seinen eigenen Sohn in die Sklaverei verkauft, um sich politischen Spielraum zu verschaffen. Für einen so kleinen Gewinn so viel aufzugeben, war monströs.

Als er die kleine Porzellanschale wieder auf den Tisch stellte, kam ihm eine weitere Gemeinsamkeit in den Sinn: Zane hatte erklärt, persönlich versuchen zu wollen, seinen Clan wieder auf den Weg zurück zu dessen traditionellem Wesen zu führen. Genau wie Yoshio als Mitglied der Schwarzen Drachen es für das Kombinat geschworen hatte. Er empfand unwillkürlich eine gewisse Sympathie für Zane.

Er sah auf, als sich die Tür öffnete und ein Schwall kühler Luft zwei Männern vorausging. Beide schienen reine Japaner zu sein und waren in Zivil gekleidet. Sie musterten den Barmann und die übrigen Gäste mit schnellem Blick und schätzten ihre Gefährlichkeit ab. In Verbindung mit ihrem selbstsicheren Auftreten wies das auf eine militärische Ausbildung hin. Yoshio war nicht überrascht, dass er keinen der beiden je zuvor gesehen hatte. Sie kamen an seinen Tisch.

»Komban wa«, sagte der eine leise und wartete höflich auf die Einladung, Platz zu nehmen.

»Komban wa. Suwatte kudasai.«

Die Stühle kratzten über das rissige Linoleum, als die Männer sich setzten. Die drei saßen sich schweigend gegenüber. Es war ein Geduldsspiel.

Der Mann, den Yoshio in Gedanken als Nummer Eins gekennzeichnet hatte, gab zuerst auf. »Ich hoffe, Sie empfinden die Umgebung nicht als beleidigend, aber wir halten sie für notwendig«, sagte er. Das verriet Yoshio, dass der zweite Mann nur für den Fall mitgekommen war, dass es Schwierigkeiten gab.

»Hai. Ich finde sie tatsächlich erbärmlich, und auch wenn Sie mir versichern, dies sei notwendig, bin ich mir da nicht sicher. Aber wie dem auch sei, jetzt sind wir hier, und es ist schon spät. Wenn ich zu lange außerhalb der Anlage bleibe, wird man mich vermissen. Reden Sie.« Yoshio wusste, dass er unhöflich war – aber spielte das unter diesen Umständen eine Rolle?

»Der Zeitplan ist vorgezogen worden«, sagte Nummer Eins. Er senkte leicht den Kopf, ließ sich aber ansonsten nicht anmerken, ob er Yoshios Unhöflichkeit bemerkt hatte.

Der Chu-sa setzte sich plötzlich auf. Dabei stieß er an den Tisch und verschüttete den Rest des Sake über die schmierige, rissige Tischplatte.

»Was?«, zischte er, und machte sich nicht die Mühe, seine Wut zu verbergen. »Sie können nicht einfach ein Treffen ausmachen und mir mitteilen, dass der Zeitpunkt vorverlegt wird. Wir haben Jahre auf diese Sache hingearbeitet. Übereilte Aktionen können den Erfolg nur gefährden.«

Die Männer sahen Yoshio gelassen an, und er starrte wütend zurück. Nummer Eins ergriff wieder das Wort. »Es handelt sich weder um meine Entscheidung noch um Ihre«, sagte er, und Yoshio reagierte mit einem Knurren auf diese Erinnerung an seine Stellung in der Organisation. »Der Kommandeur persönlich hat diese Anordnung erteilt, und eine Befehlsverweigerung kommt nicht in Frage.«

Yoshio hätte sich die beiden Männer am liebsten zur Brust genommen, aber ihm war klar, dass sie nur Boten waren. »Ich respektiere den geschätzten Kommandeur und habe nicht den Wunsch, beleidigend zu werden. Aber er hat mich nie in der Schlacht befehligt. Ich weise noch einmal darauf hin, dass eine derartige Angelegenheit nicht übereilt betrieben werden darf. Ich weiß, dass die Ausweichplanung ein früheres Datum vorsah, aber das war nur als Notfallösung gedacht, falls es keinen anderen Ausweg gibt. Es hat sich nichts derart verändert, dass wir gezwungen wären, auf das Ausweichszenarium zurückzugreifen.«

»Auch der Kriegsherr hat dieser Änderung zugestimmt«, sagte Nummer Eins.

Das überraschte Yoshio. Obwohl er die Entscheidung immer noch für einen Fehler hielt, blieb ihm keine andere Wahl mehr, als zustimmend zu nicken. Gerade genug, um die Männer wissen zu lassen, dass er den Empfang ihrer Botschaft bestätigte.

Nummer Eins zog eine kleine Computerdiskette aus der Seitentasche. »Sie finden alles, was Sie brauchen, auf dieser Diskette. Ich brauche Sie nicht daran zu erinnern, dass sie nicht in die falschen Hände fallen darf.«

Am liebsten wäre Yoshio aufgesprungen und hätte

diesen unverschämten Narren ausgepeitscht – für die Anmaßung, einen draconischen Offizier belehren zu wollen. Aber Nummer Zweis Hände waren nicht zu sehen, und Yoshio hatte keine Waffe dabei. Er nickte nur noch einmal.

Ohne ein weiteres Wort standen die beiden Männer auf und gingen zur Tür. Sie ließen einen wütenden und verwirrten Mann zurück, die einzige bewusste Seele im Innern der dunklen Kneipe.

16

**Kommandobereich der Provisorischen Galaxis Zeta, Neu-Circe, Yamarovka
Präfektur Irece, Militärdistrikt Pesht, Draconis-Kombinat**

17. September 3062

Immer wenn er durch den Mechhangar ging, hatte Zane das Gefühl, aus der Alltagswelt in ein Reich der Riesen versetzt worden zu sein … nur bestanden diese Riesen aus Metall. Die Decke hing fünfzehn Meter über seinem Kopf, und titanische Nischen säumten beide Seiten des Hangars. Er hatte diesen Anblick schon Hunderte, wenn nicht Tausende Male genossen, aber trotzdem beeindruckte er ihn jedes Mal aufs Neue. Ein Spaziergang durch eine Halle wie diese – und alle Zweifel am Sinn seiner Existenz verflogen. Er war zum MechKrieger geboren, zum Inbegriff einer Kultur, die seit gengezüchteten Generationen auf die Erschaffung des ultimativen Kriegers hinarbeitete.

Als er zum hinteren Ende des Hangars ging, wo die Mechs der Provisorischen Galaxis Zeta untergebracht waren, drehten sich seine Gedanken um das letzte Manöver gegen die Rächer. Die neu eingetroffene Alshain-Einheit hatte ihre beiden Sterne abgeschossen. Schon schlimm genug, aber dass sein *Jenner IIC* als Totalverlust enden könnte, hätte er sich niemals träumen lassen.

Dass auch Geoffs *Polarwolf* vernichtet worden war, schenkte ihm wenig Trost. Zane hatte von MechKriegern der Inneren Sphäre gehört, die man Entrechtete nannte, Krieger ohne Mech, aber das war ein Konzept, das er nicht wirklich begreifen konnte. Es war für einen ClanKrieger undenkbar, jemals keinen Mech zur Verfügung zu haben. Er und Geoff würden neue Maschinen zugeteilt bekommen. Die Vorstellung, niemals wieder einen Mech steuern zu können, jagte eisige Schauer Zanes Rückgrat hinab. Er wäre lieber gestorben!

Er kam an einem vierbeinigen *Gletscherfuchs* vorbei, über dessen Rumpf Mitglieder der Technikerkaste schwärmten, und Zane erkannte Killians Maschine. Aus der gestrigen Nachbesprechung wusste er, dass der Mech verglichen mit dem *Polarwolf* und seinem *Jenner* nur leichte Schäden davongetragen hatte, die ihn aber nichtsdestoweniger kampfunfähig gemacht hatten. Nur konnte der *Gletscherfuchs* repariert werden und würde vermutlich vor Ende der Woche wieder einsatzbereit sein.

Er fragte sich, ob die Krieger der Rächer jetzt gerade irgendwo herumsaßen, ihren Sake schlürften und sich über die jämmerliche Leistung der Novakatzen amüsierten. Der Gedanke erinnerte ihn an seine seltsame Beziehung zu Chu-sa Yoshio. In mancher Hinsicht waren sie einander sehr ähnlich, und doch standen sie auf den entgegengesetzen Seiten der Linie, die sie beide zu halten versuchten.

In einem Augenblick, der Zane für den Rest seines Lebens erstaunen sollte, sah er plötzlich einen Spiegel von den Ausmaßen der Galaxis vor sich, mit sich selbst auf einer Seite und Yoshio auf der anderen. Beide trugen sie exakt dieselbe Kleidung und drückten auf exakt dieselbe Weise aufeinander ein. Es war weder ein Gedankenspiel noch eine Fantasie, sondern Realität, die er mit eigenen Augen sah.

Völlig überrascht blieb er sofort stehen. Das Bild flog wirbelnd davon und zersprang in Tausende von Splittern. »Was bedeutet das?«, murmelte er bei sich.

»Was?«, fragte jemand.

Er schaute hastig hoch und sah einen Techniker, der

seine Worte aufgeschnappt hatte und geglaubt haben musste, sie wären an ihn gerichtet gewesen.

»Nichts, Freigeburt«, murmelte er abwesend. Der unerklärliche Wachtraum brachte seine Gedanken unwillkürlich zurück zu seiner Vision auf dem Berg, an die er, wie ihm plötzlich klar wurde, seit zwei vollen Tagen nicht mehr gedacht hatte. Die Vernichtung seines Mechs musste ihn mehr mitgenommen haben, als ihm bewusst gewesen war.

Ein Granatdrache, ein Ebenholzdrache, eine Novakatze und ein weißer Schemen, der eine Fahne mit einem Hundekopf hielt. Wohl zum Tausendsten Mal ging er die Bilder durch. Es war zum Steinerweichen! Den Tagtraum schien er besser zu verstehen als die Vision, die er während des Rituals erhalten hatte.

Die Bedeutung des Granatdrachen war klar, und an der Novakatze war auch nichts Mysteriöses. Daraus, wie Yoshio auf der Rückreise von Irece auf Zanes Frage reagiert hatte, schloss er immer noch, dass der Draconier irgendetwas über den Ebenholzdrachen wusste. Vielleicht hätte er ihn auch nach dem weißen Schemen oder der Fahne mit dem Hundeemblem fragen sollen. Er nahm sich vor, Yoshio bei ihrer nächsten Begegnung weiter auszufragen.

Inzwischen näherte er sich dem Bereich, wo sein Ersatzmech stehen sollte. Galaxiscommander Tirant Higall hatte ihm bereits mitgeteilt, er würde keinen neuen *Jenner IIC* erhalten, da zur Zeit keiner verfügbar war. Zane nahm an, dass er einen anderen leichten, beweglichen Mech zugeteilt bekommen würde, der zu seiner üblichen Kundschafterrolle passte, auch wenn kein anderer Mech so schnell wie der *Jenner IIC* sein konnte.

Theoretisch konnte ein MechKrieger jeden BattleMech steuern, aber die Eigenheiten der verschiedenen Konstruktionen, verstärkt durch die Unterschiede in Gewicht, Geschwindigkeit, Sprungfähigkeit, Panzerung und Bewaffnung, machten die Maschinen in Wahrheit so verschieden wie ihre Piloten. Die meisten MechKrieger entwickelten ziemlich bald eine Vorliebe für ein oder zwei Typen und eine generelle Fähigkeit, andere mit ähnlichem Gewichts- und Bewegungsprofil zu beherrschen. Darüber hinaus kannte ein MechKrieger zwar die Grundlagen, die ihm erlaubten, einen Mech von A nach B zu steuern und möglicherweise sogar, seine Waffen einzusetzen, aber in einem Gefecht hätte er sich nicht lange halten können.

Zane hielt schließlich bei den letzten vier Kokons an, in denen jeweils ein leichter Mech mit dem Emblem des Drachenkatzen-Sternhaufens stand. Links ragten ein *Uhu* und ein *Incubus* auf, beides humanoide Mechs von fünfunddreißig respektive vierzig Tonnen. Rechts sah er einen *Hermes* aus der Sternenbundära und einen weiteren Mech, den er nicht erkannte. Bis zu diesem Augenblick hätte Zane damit geprahlt, jede bekannte Mechkonstruktion der Inneren Sphäre oder der Clans auf einen Blick identifizieren zu können. Er hatte sogar die grobkörnige Photographie eines *Tessen* studiert, eines neuen ComStar-Mechs, der im Draconis-Kombinat gebaut wurde und erst seit weniger als einem Jahr in Dienst war.

Aber der BattleMech, vor dem er hier stand, gehörte keinem Typ an, den er jemals zu Gesicht bekommen hatte. Die Maschine war knappe neun Meter hoch, mit einem schlanken Rumpf und Armen, die in krallenartigen Händen endeten. Ihre Beine schienen mit in den Unterschenkel integrierten außenliegenden Stoßdämpfern ausgestattet zu sein. Zane nahm an, sie sollten den Landeaufprall einer besonders hohen Sprungreichweite auffangen. Was die Bewaffnung betraf, ragte über der rechten Schulter ein riesiges Geschütz hervor, das nach einer Partikelprojektorkanone aussah. Die

Reichweite und Schlagkraft einer PPK kombiniert mit der wahrscheinlichen Geschwindigkeit dieses Mechs war beeindruckend.

»Wie ich sehe, haben Sie unsere neueste Errungenschaft entdeckt«, stellte eine näselnde Stimme hinter ihm fest.

Zane drehte sich langsam um und sah einen Tech, dessen Gesicht und Erscheinungsbild so durchschnittlich waren, dass er beinahe mit dem Hintergrund zu verschmelzen schien. Nur der weiße Kittel verhinderte, dass er völlig unsichtbar wurde.

»Ja, es ist ein schlankes und elegantes Design«, sagte Zane. »Es macht den Eindruck, für ausgedehnte Einzeleinsätze entwickelt zu sein, ohne dabei auf munitionsabhängige Waffen angewiesen zu bleiben.«

Er verging fast vor Neugierde und verspürte einen unbändigen Drang zu fragen, woher der Mech stammte und welcher Clan ihn hergestellt hatte, aber er wollte vor einer Freigeburt keine Unwissenheit zugeben.

Der Mann nahm einen Compblock und rief eine ganze Serie von Datenseiten ab. »Nur Krieger, die einen neuen Mech zugeteilt bekommen, verirren sich jemals so tief in die Höhle, also sind Sie hier, um Ihren abzuholen.«

Die Bezeichnung ›Höhle‹ bezog sich vermutlich auf diese Anlage, dachte Zane. Bis hierher drang absolut kein Tageslicht.

»Wie heißen Sie, MechKrieger?«, fragte der Techniker, und die einzige Andeutung von Unterwürfigkeit in der Frage bestand darin, dass er Zane siezte. Zane hätte jedes Recht gehabt, ihn wegen des respektlosen Tonfalls zurechtzuweisen, aber er verzichtete darauf. Er hatte im Augenblick Wichtigeres zu tun, als sich mit einer Freigeburt zu streiten.

»Ich bin MechKrieger Zane.«

»Einen Moment bitte, MechKrieger Zane.«

Fast eine Minute verstrich, bis der Techniker fand, wonach er gesucht hatte. Dann schüttelte er den Kopf und fing wieder von vorne an. Fast, als wolle er nicht glauben, was sein Compblock ihm mitteilte.

Er schüttelte wieder ungläubig den Kopf, dann sagte er: »Wie es scheint, MechKrieger, hat man Ihnen den *Rudeljäger* zugeteilt.«

Zanes Kopf flog zu der seltsamen Maschine hinter ihm herum, und unwillkürlich ging ihm durch den Kopf, dass dieser wilde Name perfekt zu ihr passte. Er ging zu dem Mech … seinem Mech … hinüber und legte die Hände auf das kalte, glatte Metall des riesigen rechten Fußes. Er hatte sehr an seinem *Jenner* gehangen und hätte niemals geglaubt, ihn so schnell vergessen zu können. Erst recht, noch bevor er auch nur an den Kontrollen des *Rudeljäger* gesessen und dessen Reaktor hochgefahren hatte. Aber irgendwie wusste er mit derselben Gewissheit, mit der er den morgigen Sonnenaufgang erwartete, dass er *seinen* Mech gefunden hatte, den Kampfkoloss, der ihn zu wahrer Größe tragen würde.

»Eine feine Maschine, Zane. Ein Mech, der noch besser zu deiner Einzelgängernatur passt als dein verlorener *Jenner*«, hallte eine tiefe Bassstimme über den Lärm des Hangars. Zane war ganz und gar nicht erfreut über diese Störung … irgendwie schien es, als würde jeder reine Augenblick, der ihm vergönnt war, durch die Aufdringlichkeit anderer besudelt …, aber Samuel hatte sich zu einem guten Freund entwickelt, und nicht einmal Zane wollte ihn vertreiben.

Er drehte sich um und sah Samuels hünenhafte Gestalt in respektvoller Entfernung warten. Die Diskrepanz zwischen dem Respekt vor Zanes Privatsphäre, die Samuel durch diese körperliche Distanz zeigte, und seiner unüberhörbar donnernden Stimme rang Zane ein leichtes Lächeln ab.

»Ein Lächeln«, rief Samuel, breitete weit die Arme aus und sah sich nach beiden Seiten um. »Und ich habe keine Zeugen. Das werden mir unsere Sternkameraden niemals glauben.«

Zane war klar, dass Samuel einen Witz machen wollte, und verkniff sich eine bissige Entgegnung, weil er seinem Kameraden nicht die Laune verderben wollte. Er drehte sich wieder zu dem *Rudeljäger* um und winkte Samuel näher, damit er ihn sich ebenfalls anschauen konnte.

»Ich werde ihm einen Namen geben«, stellte er leise fest.

»Du überraschst mich, Zane. All die Zeit, in der du deinen *Jenner IIC* gesteuert hast, hast du diese Tradition verworfen.«

»Du hast Recht, Samuel, aber ich spüre, dass dieser Mech einen Namen verlangt.« Es stand weder in den *Sichtweisen,* noch war es in irgendeiner Schrift der Novakatzen-Eidmeister zu finden, aber immer mehr Novakatzen-Krieger gaben ihren Mechs Namen. Immer noch nicht mehr als einer von vieren, aber noch vor fünfzig Jahren hatte es im ganzen Clan nur eine Handvoll benamter Mechs gegeben.

Zane trat langsam zurück, bis er den ganzen Mech sehen konnte. Namen gingen ihm durch den Kopf und wurden augenblicklich geprüft und verworfen. Dann stockte er und sprach laut aus, was sich plötzlich in sein Bewusstsein drängte: »Ebenholzdrache«, sagte er, zu seinem eigenen Erstaunen.

»Schwarzer Drache«, meinte Samuel. »Ein prächtiger Name, Zane. Heute überraschst du mich ständig aufs Neue. Möglicherweise hat dein Visionsritual dich mehr verändert, als ich gedacht hätte. Einen Namen zu wählen, der so an das Draconis-Kombinat gebunden ist ...« Seine Stimme verklang unsicher.

Zane drehte sich erstaunt zu ihm um. Statt Ebenholzdrache hatte Samuel Schwarzer Drache gesagt. Als hätte sich plötzlich eine bis dahin verriegelte Tür in seinem Geist geöffnet, traf Zane die Erkenntnis. Er hatte Yoshio nach dem *Ebenholz*drachen gefragt, nicht nach dem *Schwarzen* Drachen. Als Yoshio ihm geantwortet hatte, er habe noch nie etwas von einem Ebenholzdrachen gehört, hatte er die Wahrheit gesagt. Aber hätte Zane seine Frage anders formuliert …

Plötzlich drängte es ihn, loszurennen und nach Yoshio zu suchen, um von ihm eine rückhaltlose Aufklärung über den Schwarzen Drachen zu verlangen. Aber das war Irrsinn. Zane hatte einen neuen Mech zu prüfen. Er würde Yoshio morgen stellen und herausfinden, was sein Traum bedeutete. In diesem Augenblick war der Drang, ins Cockpit des *Rudeljäger* zu steigen und seinen Ebenholzdrachen zu steuern, stärker als alles andere. Immerhin war er ein MechKrieger.

Er schlug Samuel auf die Schulter und vergaß alle Verärgerung, die Samuels Worte in ihm geweckt hatten. »Es scheint mir einfach der richtige Name, Samuel. Er hat keine Verbindung zum Draconis-Kombinat, ganz egal, was du oder irgendwer sonst glaubt. Vielleicht ist der schwarze Drache, wie du es ausdrückst, der Feind des roten Drachen Haus Kuritas und wird zum Agenten seiner Vernichtung werden.«

17

Kommandobereich der Provisorischen Galaxis Zeta, Neu-Circe, Yamarovka
Präfektur Irece, Militärdistrikt Pesht, Draconis-Kombinat

17. September 3062

Zane kletterte ans obere Ende des Wartungsgerüsts, auf gleiche Höhe mit dem Kopf des *Rudeljäger*. Dann ging er über die linke Mechschulter zur Cockpitluke. Das auf der rechten Schulter der Maschine montierte Geschütz hätte es unnötig erschwert, den Mech von der anderen Seite zu besteigen oder zu verlassen.

Durch die relativ geringe Größe wirkte der *Rudeljäger* eher wie ein Zwanzigtonner als der 30-t-Mech, der er in Wirklichkeit war. Die Luke nahm praktisch die komplette Rückseite des Kopfes ein. Als Zane sich durch die Öffnung schob, überlegte er, dass die geringe Größe wohl dazu gedacht war, das Zielprofil der Maschine im Kampf zu reduzieren. Einmal im Innern, setzte Zane sich zum ersten Mal an die Kontrollen seines *Ebenholzdrache*.

Augenblicklich hatte er das Gefühl, nach Hause gekommen zu sein. Er verriegelte die Luke und sah sich nach dem Hauptschalter des Fusionsreaktors um. Er fasste den schweren roten Hebel mit beiden Händen und zog ihn nach unten, bis er einrastete. Das tiefe Wummern des Reaktors tief im Herzen des BattleMechs erfüllte ihn mit einem Gefühl der Befriedigung, als der *Rudeljäger* zum Leben erwachte. Dann schnallte er sich in das 5-Punkt-Gurtgeschirr, das ihn auf der Pilotenliege halten würde, gleichgültig, wie schwer der Mech beschädigt wurde.

Er öffnete eine Klappe in der rechten Armstütze der Liege und zog Drähte und medizinische Sensorpflaster heraus. Die Sensoren klebte er sich an die Schultern und die Innenseiten der Oberschenkel. Danach befestigte er die Drahtenden an den Pflastern und zog die freien Enden durch die dafür vorgesehenen Schlaufen der Kühlweste.

In einer Bewegung, die für Zane natürlicher und automatischer war als das Gehen, zog er ein Kabel aus der rechten Seite der Kühlweste und steckte es in eine Buchse der Pilotenliege. Das aktivierte die Kühlweste, und das Gefühl, eine Horde kalter Maden würde ihm über die Brust kriechen, bestätigte ihm die einwandfreie Funktion des Systems, eine Information von höchster Wichtigkeit.

Da die Anforderungen der Bewegung von zig Tonnen Metall und des Einsatzes ihrer leistungsstarken Waffen dem Reaktor riesige Energiemengen abverlangten, produzierten alle Mechs gewaltige Mengen Abwärme. Zwar waren sie zugleich mit gigantischen Kühlaggregaten, so genannten Wärmetauschern, ausgerüstet, um diese Aufheizung zu bekämpfen, aber die meisten Mechs konnten weit mehr Hitze erzeugen als ableiten. Für den nicht allzu hoch über dem Reaktor sitzenden Piloten konnte dieser Hitzestau unangenehm bis sogar tödlich werden. Die Weste, in der zwischen einer Dermatexschicht auf der Innenseite und dem ballistischen Tuch der Außenseite Schläuche verliefen, in denen ständig Kühlflüssigkeit zirkulierte, half, die Körpertemperatur des Mechpiloten im vertretbaren Rahmen zu halten und gestattete ihm, die Hitzewellen zu überleben, die ihn im Kampf erwarteten.

Als Nächstes griff Zane nach oben und zog den Neurohelm aus der Halterung hinter seinem Kopf, um ihn fest aufzusetzen. Der Helm war kleiner und leichter als die entsprechenden Geräte in den Mechs der Inneren Sphäre, erfüllte aber dieselbe Funktion: Neurorezeptoren im Innern des Helms koppelten sein natürliches Gleichgewichtsempfinden mit dem gigantischen Kreiselstabilisator im Torso des Mechs. In der Öffentlichkeit war der Mythos verbreitet, dass ein MechKrieger Teil der Maschine wurde, wenn er ins Cockpit stieg. Das war nicht wirklich der Fall, aber durch die Neurohelmschaltkreise konnte der Metallriese sich mit der gleichen Geschmeidigkeit bewegen wie sein Pilot. Es war möglich, einen Mech ohne Neurohelm zu steuern, doch dabei riskierte der Pilot mit jedem Schritt einen Sturz. Zane schloss den Kinnriemen und stöpselte die Leitungen der medizinischen Sensoren in die Buchsen an der vorderen Unterkante des Helms.

Dann streckte er die Hand aus und drückte den Knopf, der die Identifikationssequenz aufrief. BattleMechs stellten eine so phänomenale Investition an Zeit, Geld und Rohstoffen dar, dass sie gegen die Möglichkeit eines Diebstahls gesichert werden mussten. Das war bei den Clans zwar selten, gelegentlich kam es aber doch vor, dass ein Mitglied der ausgestoßenen Banditenkaste einen Kampfkoloss entwendete. Bei den Novakatzen war zum Schutz gegen derartige Versuche ein zweifaches Sicherungssystem in Gebrauch.

Als erste Sicherung waren alle Neurohelme auf das Hirnwellenmuster eines Piloten geeicht. Jedem Piloten, der versuchte, eine Maschine zu steuern, für die er nicht zugelassen war, drohten schwerste Kopfschmerzen, wenn nicht sogar Ohnmacht oder im schlimmsten Fall der Tod durch die Biofeedbackschleife, wenn der Helm Kontakt mit einem Hirnwellenmuster aufnahm, für das er nicht angelegt war. Aber diese Sicherung ließ sich umgehen. Es war möglich, mit verbotenen Codebrechern zufällige Muster aufzurufen, bis das Richtige gefunden war. Das kostete zwar Zeit, garantierte aber früher oder später den Erfolg. In Zanes Fall hatten die Techs die abgespeicherten Daten aus dem zerstörten *Jenner* in seinen neuen Mech übertragen, so dass der langwierige Prozess der Kalibration entfiel.

Die zweite Sicherung war beinahe narrensicher: die Identifikationssequenz. Im ersten Teil der Sequenz glich der Bordcomputer das Stimmmuster des Piloten mit den Daten der eingetragenen Benutzer ab, was in der Regel nur den dem Mech zugeteilten Piloten und seinen Tech umfasste. Im zweiten Teil wurde ein Kennsatz abgefragt, der nur dem Piloten bekannt war. Der Tech konnte den Mech mit Hilfe der Stimmidentifikation starten, aber er hatte nur Zugriff auf die Funktionen, die zu Wartung und Reparatur der Maschine notwendig waren. Die volle Kontrolle über die Steuerung einschließlich freier Bewegung und Einsatz der Waffensysteme war nur mit dem Kennsatz möglich.

Eine Computerstimme drang aus dem Lautsprecher des Neurohelms. »*Rudeljäger* 35WCSiTE3 aktiv. Start der Stimmidentifikation.«

Etwas an der Seriennummer des Mechs störte ihn, aber er war zu aufgeregt, um sich darüber Gedanken zu machen. »MechKrieger Zane Novakatze.«

»Stimmmusterabgleichung erfolgt. Bitte warten.«

Zane musste einen neuen Kennsatz eingeben und bestätigen. Er war mit diesem Gedanken schlafen gegangen und im Morgengrauen mit der Gewissheit aufgewacht, dass es nur eine Möglichkeit gab.

»Kennsatz eingeben.«

»In gereinigten Seelen.« Der Satz stammte aus seiner Lieblingspassage der *Sichtweisen* und drückte den Kerngedanken all seiner Ambitionen aus. Obwohl er sich nur schemenhaft erinnerte, war er sich ziemlich sicher, dass es diese Worte gewesen waren, die seine Vision ausgelöst hatten.

»Kennsatz bestätigen.«

»In gereinigten Seelen.«

»Bestätigt. Willkommen an Bord. Volle Kontrolle wird freigegeben.«

Zane lächelte, als der Computer Energie auf die Waffensysteme leitete. Gleichzeitig erwachten Sichtschirm und Hilfsmonitore zum Leben, und die Statusanzeige füllte sich mit den Leistungsanzeigen des *Rudeljäger*. Was er sah, war eine freudige Überraschung.

Der *Rudeljäger* war nicht ganz so rasant wie der *Jenner IIC*, aber immer noch erstaunlich flink. Mit einer Höchstgeschwindigkeit von fast einhundertzwanzig Stundenkilometern und einer maximalen Sprungweite von über zweihundert Metern war er beweglicher als die meisten Gegner, denen Zane im Gefecht begegnen konnte.

Er hatte auch die Bewaffnung korrekt eingeschätzt: die einzelne PPK stellte die komplette Bestückung seines Mechs dar. Das schränkte ihn zwar etwas ein, aber die Reichweite und Durchschlagskraft der Partikelprojektorkanone machten sie zur tödlichsten Waffe im Arsenal der Clans und allem weit überlegen, was die Innere Sphäre zu bieten hatte. Der Mech war ein idealer Kundschafter und in der Lage, erheblich schwereren Mechs standzuhalten. Natürlich immer unter der Voraussetzung, dass der richtige Pilot den *Rudeljäger* steuerte, und in seinem Fall hatte er daran nicht den Hauch eines Zweifels.

Was ihn allerdings überraschte, war die relativ leichte Panzerung für einen Mech dieser Größe. Es dauerte einen Moment, bis Zane den Grund dafür fand: Diese Maschine verfügte über keinen extraleichten Reaktor. Eine weitere Überraschung.

Die Clans produzierten zwei Klassen von Mechs: OmniMechs und BattleMechs der Garnisonsklasse. OmniMechs waren modular aufgebaut, was im Feld den schnellen Austausch von Waffensystemen ermöglichte. Sie stellten den Gipfel der Clantechnologie dar und waren das Rückgrat der Frontklasse-Galaxien. Die meisten Wahrgeborenen weigerten sich, als Elite des Clans irgendwelche anderen Maschinen zu steuern, und der Clan scheute keine Mühe, sie mit der modernsten Technologie zu versorgen. Zane war entschlossen, sich als erstklassiger Krieger zu beweisen und die Versetzung aus der Provisorischen Galaxis in eine Frontklasse-Galaxis zu erreichen, wo er ebenfalls die Chance erhalten würde, einen OmniMech zu steuern.

Nichtmodulare BattleMechs der Garnisonsklasse wurden nur Garnisons- oder Provisorischen Galaxien zugeteilt, die als unbedeutender und von geringerem Wert galten. Deshalb wurden für sie altmodischere Technologien eingesetzt, was die Kosten senkte. Wozu einem zweitklassigen Krieger eine erstklassige Maschine anvertrauen? Zane machte sich nur in Ausnahmefällen darüber Gedanken, aber trotzdem ärgerte es ihn. Schließlich war auch er ein Wahrgeborener!

Im Laufe des letzten Jahrhunderts waren einige Clans dazu übergegangen, auch bei BattleMechs modernste Technologie einzusetzen, die der eines OmniMechs kaum nachstand. Nur die Vielseitigkeit der Omnis verhinderte, dass sie von diesen Maschinen überflügelt wurden.

Bei diesem Mech waren keine solche Vorreitertechnologien eingesetzt worden, was ihn eigentlich als jahrhundertealte Konstruktion hätte kennzeichnen müssen, als leicht erkennbare Baureihe. Dennoch hatte Zane noch nie von einem Mech dieses Typs gehört. Er war fasziniert und neugierig, stellte aber noch immer keine Fragen. Außerdem drängte das Verlangen, den *Rudeljäger* auf der Stelle auszuprobieren, alle anderen Überlegungen weit in den Hintergrund.

Er öffnete einen Funkkanal, und in seiner Stimme lag unverhohlene Erregung. »Hier spricht MechKrieger Zane. Auf Anweisung Sterncolonel Jal Steiners erbitte ich die Erlaubnis, diesen Mech aus der Anlage zu entfernen.« Novakatzen-MechKrieger waren zwar nicht verpflichtet, eine derartige Erlaubnis einzuholen, aber sie verstanden die Bedeutung der Techniker für die Wartung der Maschinen des Toumans und achteten darauf, diese Formalitäten einzuhalten.

Der näselnde Ton des Techs überstand die Digitalisierung absolut intakt. »Erlaubnis erteilt. Gute Jagd.«

Mit Hilfe der Pedale steuerte Zane die Maschine aus ihrem Kokon, wobei er sorgfältig darauf achtete, ob jemand so unvorsichtig war, dem Metallgiganten in den Weg zu laufen. Er drehte sich zu den offenen Toren am anderen Ende der Halle und legte die Entfernung in kurzer Zeit zurück. Dann hatte er die Hangartore hinter sich und stand im Licht der Morgensonne. Mit Hilfe der Steuerknüppel an den Enden der Armstützen seiner Pilotenliege hob er die Arme des *Rudeljäger* hoch in die Luft, als genösse die Maschine die Wärme der Sonne auf ihrer Metallhaut. Heute war ein guter Tag, um diese Maschine zu erproben.

Mit einem lauten Lachen – etwas, das Zane schon so lange nicht mehr von sich gegeben hatte, dass er fast glaubte, vergessen zu haben, wie es ging – steuerte er den Mech am Wartungshangar entlang. Dann beschleunigte er zum Trab, dann zum Galopp und schließlich mit bis zum Anschlag nach vorne geschobenem Steuerknüppel zum Spurt. Die riesigen Metallfüße rissen tiefe Furchen in den Boden, als der *Rudeljäger* über das Gelände auf den Austragungsort der heutigen Manöverübung sprintete. Noch bevor er dort ankam, wusste Zane: Heute war der Tag, an dem er seinen Sterncolonel besiegen würde.

18

Nahe Neu-Circe, Yamarovka
Präfektur Irece, Militärdistrikt Pesht,
Draconis-Kombinat

17. September 3062

Das war einfach zu knapp, dachte Zane, als er seinen *Rudeljäger* durch ein besonders dicht bewachsenes Stück Wald steuerte. Der etwa fünfzig Kilometer nördlich von Neu-Circe gelegene Wald erstreckte sich noch mehrere hundert Kilometer gen Norden. Er war bis in seine Tiefen vorgedrungen, hatte Äste zerschmettert und Bäume entwurzelt, die seit Jahrhunderten hier gestanden hatten, als er sich einen Weg durch das Dickicht brach.

Er erreichte den Rand des Waldes, an dem das Grasland der sanft wogenden Hügel rings um Neu-Circe und den Zeta-Kommandobereich in Gestrüpp überging, und machte sich erneut auf die Suche nach seinem Ziel. Nicht, um dessen Piloten zu einem traditionellen Clan-Duell zu fordern, sondern um zuzuschlagen und den Gegner zu vernichten, noch bevor der wusste, wie ihm geschah.

Er schüttelte den Kopf und fragte sich, wie tief er gesunken war, auf derart ehrlose Weise zu kämpfen. Aber er hatte keine Wahl. Er handelte auf direkten Befehl seines Sterncolonels. Einer der Hauptgründe für die Existenz des Drachenkatzen-Sternhaufens bestand darin, seine Mitglieder gegen die Rächer Alshains im Einsatz neuer Gefechtstaktiken auszubilden.

Auf Irece hatte Zane gehört, dass auch Galaxis Tau ausgiebig die Kampftaktiken der Inneren Sphäre trainierte. Es widerte ihn an, dass eine ganze Galaxis Novakatzen-Krieger lernte, mit Heimtücke zu kämpfen statt im furchtlosen Zweikampf. Er hatte auch gehört, dass Galaxis Tau in den St. Ives-Pakt verlegt worden war, um beim Widerstand gegen die Aggression der benachbarten Konföderation Capella zu helfen. Aber beide Staaten waren Mitglieder des Sternenbunds. Wie war es möglich, dass Truppen der Sternenbund-Verteidigungsstreitkräfte von einem Mitgliedsstaat gegen einen anderen eingesetzt wurden? Bewies das nicht, welch ein Betrug dieser Neue Sternenbund war?

Derartige Gedanken lenkten ihn nur ab und hatten ihm bereits eine unangenehme Überraschung eingebracht, als Sterncolonel Jal Steiner seinen *Rudeljäger* überrascht hatte. Mit seiner *Schattenkatze*, einem der verbreitetsten mittelschweren OmniMechs im Touman der Novakatzen, hatte er sich in einem besonders dichten Waldstück versteckt und mit dem Angriff gewartet, bis Zane auf hundert Meter heran war.

Der Sterncolonel hatte sich für die Alpha-Konfiguration des Omnis entschieden, die zwei schwere Extremreichweiten-Laser mit einer sechsrohrigen Blitz-KSR-Lafette kombinierte, und eigentlich hätte er sein Ziel nicht verfehlen dürfen. Die flimmernden rubinroten Energielanzen waren nur Millimeter an der Frontpanzerung des *Rudeljäger* vorbeigezuckt und hatten mehrere ganz in der Nähe stehende Bäume zerfetzt. Nur die enorme Feuchtigkeit der gesamten Vegetation – aufgrund der in dieser Jahreszeit täglichen Regenschauer – hatte den Ausbruch eines Waldbrands verhindert. Der plötzliche Angriff in Verbindung mit dem Schrapnellregen aus Holzsplittern und Laub hatte Zane jede Orientierung genommen, und ohne feststellen zu können, von wo die Schüsse gekommen waren, hatte er das Einzige getan, was ihm eingefallen war: Er hatte die Sprungdüsen aktiviert.

Er erinnerte sich an seinen Albtraum, in dem er im Cockpit des *Jenner* auf das dicht bewaldete Gelände hinabstürzte, aber hier, in der Wirklichkeit, war das

Manöver ohne Probleme abgelaufen. Zane hatte den Vorteil, den die Sprungfähigkeit des *Rudeljäger* ihm gegenüber Jal Steiners Mech verschaffte, voll ausgeschöpft und war dem Angreifer entkommen.

Jetzt, gute fünf Minuten später, versuchte er vorsichtig, sich zurück zum Schauplatz des Hinterhalts zu arbeiten, in der Hoffnung, die Falle ins Gegenteil zu verkehren. Natürlich bestand die Gefahr, dass Jal Steiner ein solches Manöver erwartete und bereits wieder auf Lauer lag. Aber Zane hoffte, seinen Kommandeur zu überraschen, indem er entlang der exakt selben Route zurückkehrte – wie zuvor. Ganz sicher würde der Sterncolonel nicht glauben, er könnte so dumm sein. Er grinste. Er zählte auf die hohe Meinung seines kommandierenden Offiziers von ihm.

Zane hatte die Stelle, an der er angegriffen worden war, jetzt beinahe wieder erreicht. Er bewegte den Mech nur noch im Schneckentempo weiter und ließ den Blick nicht von den Ortungsanzeigen. Ohne die Hilfsmonitore aus den Augen zu lassen, auf denen die Anzeigen der Radarsysteme und Magnetischen Anomaliedetektoren zu sehen waren, schaltete er den Sichtschirm auf Infrarot um. Die Hitzesensoren zeigten deutlich den Weg, den er erst Minuten zuvor gegangen war, und das stellte sicher, dass er nicht über einen tief hängenden Ast oder umgestürzten Baumstamm stolperte und einen Knöchelaktivator ruinierte. Außerdem hatte er mit Hilfe der Infrarotoptik eine größere Chance, die *Schattenkatze* zu finden, bevor er sie mit bloßem Auge zwischen den Bäumen entdecken konnte. Er rechnete damit, dass Jal Steiners Aufmerksamkeit auf eine andere Richtung konzentriert war, so dass Zane sich unbemerkt näher schleichen konnte.

Das war eine der Ironien des Mechkampfes auf den Schlachtfeldern des 31. Jahrhunderts. Die Sensorausstattung eines BattleMechs deckte das komplette

Spektrum der verfügbaren Ortungssysteme ab: Radar, MAD, Infrarot, Seismische Sensoren und so weiter. Zusätzlich zeigte der Sichtschirm eine vom Bordcomputer erzeugte 360°-Rundumsicht der Umgebung. Theoretisch war es völlig unmöglich, sich unbemerkt an einen anderen Mech anzuschleichen. Aber auch nach jahrelangem Training blieben Mechpiloten nur Menschen mit allen dazugehörigen Schwächen, und es kam immer wieder vor, dass sie von der bloßen Fülle der auf sie einstürmenden Ortungsdaten erschlagen wurden.

Aus eben diesem Grund trainierten Zane und seine Clankameraden unablässig. Und eben darum machte Zane hier und jetzt, in diesem fremdartigen Wald auf einer Welt, die für ihn kein Zuhause darstellte, Jagd auf seinen eigenen Kommandeur. Es ging darum, Training in Erfahrung und im nächsten Schritt Erfahrung in Instinkt zu verwandeln. Nur Krieger, denen es gelang, ihre Fähigkeiten so weit zu schärfen, dass sie ihnen zur zweiten Natur wurden, hatten die Chance, an die Spitze des Clans aufzusteigen, Sterncolonel, Galaxiscommander oder sogar einer der beiden Khane zu werden. Nur durch überlegene Fähigkeiten konnte ein Krieger das Recht erwerben, sich an einem Blutrecht um einen der ursprünglichen achthundert Familiennamen der ersten ClanKrieger zu beteiligen. Zane war fest entschlossen, sich das Recht zum Steuern eines OmniMechs zu verdienen, einen Blutnamen zu gewinnen und weit genug auszusteigen, um seinen Clan zurück auf den wahren Weg des Ruhms zu führen.

Eine Lanze aus kirschroter Lichtenergie schoss aus demselben Stück Wald, in dem die *Schattenkatze* sich zuvor versteckt gehalten hatte, und fand ihr Ziel. Der Energiestrahl traf den rechten Arm des *Rudeljäger* und verflüssigte die Panzerung bis auf den allerletzten

Rest. Die übrige Energie reichte noch aus, einen Teil der Internen Struktur zu schwärzen und zu beschädigen.

»Nein!«, brüllte Zane, außer sich vor Wut, dass er sich an genau derselben Stelle noch einmal hatte erwischen lassen – und das aus genau demselben Grund. Er hatte sich in Träumereien über die Zukunft verloren, statt sich auf das Hier und Jetzt zu konzentrieren. Er unterdrückte den Drang, erneut auf die Pedale zu steigen und seinen Mech in die Luft zu schleudern. Stattdessen zog er den *Rudeljäger* hastig nach hinten und schaltete den Sichtschirm von Infrarot zurück auf Normaloptik. Er drehte den Mechtorso nach rechts und feuerte einen PPK-Schuss in den Wald. Der elektrisch blaue, künstliche Blitzschlag überbrückte die hundert Meter innerhalb eines Sekundenbruchteils. Bäume explodierten und erzeugten einen Tornado aus Laub und Ästen. Er konnte nicht sagen, ob er sein Ziel getroffen hatte.

Auf Distanz bleiben zu wollen war sinnlos, da die Waffen der *Schattenkatze* die größere Reichweite hatten. Also bog Zane nach rechts und lief auf seinen Gegner zu. Er stieß den Fahrthebel nach vorne, obwohl ihm klar war, dass er ein gewaltiges Risiko einging, wenn er sich in so dichtem Wald mit einer derartigen Geschwindigkeit fortbewegte.

Aber nach ein paar Dutzend Metern bewies sein neuer Kampfkoloss auf beeindruckende Weise seinen Wert. Die leichte Bauweise und geringe Größe des *Rudeljäger* erlaubten ihm eine Schnelligkeit durch das Unterholz, die Zane in einem solchen Dickicht für unmöglich gehalten hätte.

Er schaltete wieder auf Infrarot und sah auf der linken Seite des Sichtschirms einen roten Lichtblitz, genau, wo er ihn erwartet hatte. Er schloss auf und behielt das Ziel im Fadenkreuz, wartete nur darauf, dass sich der Wald für einen klaren Schuss weit genug lichtete. Dann löste er die PPK aus, und sie schleuderte eine blaue Lanze aus purer Energie aus ihrem Lauf.

Zane konnte sich einen Jubelschrei nicht verkneifen, als die Sensoren einen Volltreffer am linken Unterschenkel der *Schattenkatze* meldeten. Mit einer Kombination aus kinetischer und Hitzeenergie, die kaum noch messbar war, bohrte sich der Partikelstrahl in das Mechbein und verdampfte fast eine Tonne Panzerung zu gräulichem Metalldunst.

Mit neuer Selbstsicherheit stampfte er auf die Pedale und zog den *Rudeljäger* auf zwei Flammenzungen himmelwärts, die ihn weit fort von der *Schattenkatze* trugen, die sich vergeblich verrenkte, um ihre schweren Laser zum Tragen zu bringen. Die Zeit arbeitete gegen Zane, und er schaltete die Düsen ab, lange bevor er die maximale Sprunghöhe erreicht hatte. Der Mech stürzte nahezu senkrecht nach unten, und Zane aktivierte die Sprungdüsen erst im letzten Moment: um ihn abzubremsen, bevor er zerschellen konnte. Rubinrote Lichtspeere schossen über den Kopf des stürzenden Kampfkolosses hinweg.

Hastig vergrößerte er die Distanz zu Jal Steiner, bevor er sich wieder auf den Rückweg machte. Zu seiner Überraschung meldete sich sein Kommandeur über Funk. In den vergangenen Wochen war es üblich gewesen, auf Funkverkehr zwischen den Kontrahenten zu verzichten, um die Manöver realistischer zu gestalten.

»Meinen Glückwunsch, Zane. Ich habe dich zweimal überrascht, aber du hast die Situation gerettet und es geschafft, mich ebenfalls zu überraschen. Und das in einer Maschine, die du bis heute noch nie gesteuert hast. Höchst eindrucksvoll.«

Jal Steiner war eigentlich kein Mann vieler Worte. Diese plötzliche Redseligkeit machte Zane augenblicklich misstrauisch. Er sagte nichts und wartete ab, um herauszufinden, was der Sterncolonel plante.

»Als Galaxiscommander Tirant Higall mir mitteilte, dass der Sternhaufen einen *Rudeljäger* zugeteilt bekäme, genügte ein Blick auf den Bauplan, um mir klar zu werden, dass nur du ihn steuern konntest. Ich muss sagen, bis jetzt übertriffst du sogar meine Erwartungen.«

Während er Steiner zuhörte, steuerte Zane nach rechts. Noch einmal würde er nicht denselben Fehler begehen. Er würde noch ein paar hundert Meter in diese Richtung gehen und dann seine eigene Spur zurückverfolgen, bis er wieder auf dessen linker Seite war. Wer weiß, vielleicht würde das ungewohnte Geplauder seines Kommandeurs ihm sogar eine Hilfe sein.

»Nachdem ich mich vergewissert habe, dass du und der *Rudeljäger* tatsächlich wie füreinander geschaffen seid, sollten wir möglicherweise ein Dankeschön abschicken, frapos?«

Obwohl er sich vorgenommen hatte, nichts zu sagen, konnte Zane diese Bemerkung nicht unkommentiert lassen. »Wie meinst du das? Warum sollten wir irgendjemanden für einen Mech danken, den wir in einem Besitztest gewonnen haben?« Zane konnte sich keine andere Möglichkeit vorstellen, wie die Novakatzen an diese Maschine hätten kommen können. Dann erinnerte er sich an sein Unbehagen angesichts der Seriennummer des Mechs, und plötzlich ahnte er, was Jal Steiner mit dieser Unterhaltung bezwecken mochte. Ein Gefühl drohenden Unheils ergriff von ihm Besitz.

»In einem Besitztest?«, fragte Steiner. »Nein, Zane, so haben wir den *Rudeljäger* nicht erworben. Wir haben ihn im Tausch für eine *Novakatze* erhalten. Du steuerst einen Mech, den unsere Khane für wichtig genug erachtet haben, um ihn für den Stolz unseres Toumans einzutauschen.«

Zane konnte kaum glauben, was er da hörte. Ein Austausch von Mechtechnologie war unter den Clans zwar nicht völlig unerhört, aber doch selten. Außerdem hatten die Novakatzen dem Clan-Raum abgeschworen, sie waren zu Ausgestoßenen gemacht worden. Wie konnten sie jetzt noch mit einem anderen Clan Handel treiben? Zugegeben, MechKrieger Anton der Sturmbinärsupernova der Drachenkatzen steuerte einen *Ha Otoko*, aber das war eine Konstruktion der Diamanthaie. In einer geradezu perversen Verhöhnung der Clanphilosophie besaß die Händlerkaste der Diamanthaie beinahe ebenso viel Macht wie die Krieger. Es konnte niemanden überraschen, dass Clan Diamanthai eine Abschwörung ignorierte.

Dann erinnerte er sich, dass auch der *Ursus*, ein neuer Garnisonsklasse-Mech, den die Geisterbären in der Inneren Sphäre entwickelt hatten, inzwischen im Novakatzen-Touman aufgetaucht war. Bis jetzt hatte Zane angenommen, dass er ebenfalls der Preis eines erfolgreichen Besitztests gewesen war. Jetzt fragte er sich, ob die Geisterbären etwa Kontakt mit den Novakatzen aufgenommen hatten. Die Bären waren selbst nur knapp einer Abschwörung entgangen, als sie sich bis auf ihre Gebiete auf Arcadia und Strana Metschty ganz aus den Heimatwelten zurückgezogen und ihre gesamte Bevölkerung in die Innere Sphäre umgesiedelt hatten.

Plötzlich wusste Zane ohne jeden Zweifel, woher der *Rudeljäger* stammte. Schockiert hielt er den Mech an und sackte auf der Pilotenliege zusammen. Bis jetzt hatte er die Tatsache ignoriert, dass MechKrieger Geoff – seines eigenen Sterns – einen Mech steuerte, der nur aus einer einzigen Quelle stammen konnte: Clan Wolf im Exil.

»Komm schon, Zane«, hörte er Jal Steiner sagen. »Sicher hast du inzwischen erraten, woher dein Mech stammt. Ich bin sicher, Khan Santin West wäre gerne bereit, Khan Phelan Kell einen kurzen Dankesbrief für den *Rudeljäger* zu senden und ihn wissen zu lassen, wie sehr MechKrieger Zane sich über die Maschine freut.«

Zane ballte die Fäuste so fest, dass seine Hände schmerzten, und kämpfte mit aller Macht gegen die weiß glühende Wut an, die aus dem Innersten seines Herzens brach. Er war hereingelegt worden, absichtlich hinters Licht geführt. Es war allgemein bekannt, wie er über Nicht-Clan-Mechs dachte. Er hatte Geoff wegen des *Polarwolf* genug aufgezogen. Zane hatte sich geschworen, ein so reiner Clansmann zu bleiben, wie nur möglich, um andere durch sein Beispiel daran zu erinnern, wer sie waren. Wie war es möglich, dass er in einem Mech saß, den die Exilwölfe gebaut hatten?

In Zanes Augen trugen sie zumindest teilweise die Schuld für den traurigen Zustand der Novakatzen. Sie hatten ihren Clan zerschlagen und sich in die Innere Sphäre abgesetzt. Ganz sicher hatte das auf die vorherigen Novakatzen-Khane einen solchen Eindruck gemacht, dass sie es als Präzedenzfall für ein Bündnis mit der Inneren Sphäre gegen ihre Mit-Clans betrachtet hatten. Die Exilwölfe waren auf dem Weg vorangeprescht, dem sein Clan blindlings gefolgt war.

Und jetzt saß er in einem Mech, der das Werk ihrer minderwertigen Hände war. Er fühlte sich besudelt. Was das Ganze noch schlimmer machte, Zane wusste selbst – genau wie sein Kommandeur –, dass er diesen Mech nicht aufgeben konnte. Noch nie hatte er sich von einer Maschine so angezogen gefühlt. Nach nicht einmal zwei Stunden im Cockpit hatte er entschieden, niemals einen anderen Mechtyp zu steuern. Es war eine Falle, die ihm sein Kommandeur mit äußerster Sorgfalt gestellt hatte, um Zane an die Innere Sphäre zu binden.

Wer konnte ihn jetzt noch ernst nehmen, wissend, dass er einen Mech steuerte, den die Exilwölfe gebaut hatten?

Zane versuchte, sich mit tiefen, langsamen Atemzügen zu beruhigen, aber er hatte das Gefühl, überhaupt keine Luft mehr zu bekommen. Er musste seine Wut bezwingen, durfte sich nicht vom Zorn überwältigen lassen und das Duell mit seinem Kommandeur verlieren. Sein Verstand klammerte sich an diesen Gedanken, und er war fest genug, ihn wie ein Anker im Hier und Jetzt zu halten.

Er musste gewinnen. Er musste als Sieger aus dieser Begegnung hervorgehen, oder der gesamte Krieg war verloren. Er ließ seine Wut, seinen Hass, seinen Zorn von sich abfallen, und an deren Stelle trat ein Gefühl der Euphorie. Es war dieselbe Empfindung, die er Wochen zuvor im Kampf gegen Chu-sa Yoshio erlebt hatte.

Alle Anspannung verließ seinen Körper, und er warf gelassen einen Blick auf die Hilfsschirme, um sein Ziel zu lokalisieren. Dann schob er den Fahrthebel nach vorne – in der absoluten Gewissheit des Sieges.

19

Kommandobereich der Provisorischen Galaxis Zeta, Neu-Circe, Yamarovka
Präfektur Irece, Militärdistrikt Pesht, Draconis-Kombinat

18. September 3062

»Habt ihr Chu-sa Yoshio gesehen?«, fragte Zane höflich, und versuchte, sich den Widerwillen beim Anblick einer ganzen Kaserne voller Kombinats-Krieger nicht anmerken zu lassen. Er war der einzige Nicht-Draconier im ganzen Gebäude.

Über dreißig Augenpaare wandten sich ihm zu, und das Geplapper auf Japanisch brach sofort ab. Die Maske, von der Zane inzwischen klar war, dass sie Fremden vorbehalten war, fiel augenblicklich an ihren Platz, und er starrte in Dutzende leerer Mienen. Nichts davon überraschte ihn, aber nachdem er die gesamte Anlage vergeblich nach Yoshio abgesucht hatte, war die Kaserne der Rächer Alshains der letzte Ort, an dem der Draconier sich noch aufhalten konnte. Mit einem Gefühl, als stiege er in eine Schlangengrube hinab, war Zane durch die Flure gegangen, bis er lautes Stimmengewirr aus diesem Raum gehört hatte. Die Sprache war eine andere, aber das Bild unterschied sich nicht wesentlich von dem einer Gruppe ClanKrieger in ihrem Quartier.

Die Stille hielt an, aber Zane dachte nicht daran, sich abschrecken zu lassen. Seit gestern war der Drang, mit Yoshio zu sprechen, nur noch stärker geworden. Der Kampf gegen Jal Steiner hatte ihn kurz abgelenkt, aber das hatte nicht lange vorgehalten.

Er regte sich nicht und begegnete ihrem Schweigen mit seinem eigenen. Die Minuten verstrichen. Inzwischen wussten sie wahrscheinlich, wer er war und was er vom Kombinat hielt.

»Sumimasen«, sagte er schließlich, als ihm klar wurde, dass keiner der Draconier von sich aus das Schweigen brechen würde. »Chu-sa Yoshio ... Kare wa doko ni imasu ka?« Einige der Männer sahen ihn überrascht an, als sie Zanes von einem grauenhaften Akzent entstelltes, sonst aber akzeptables Japanisch hörten.

Zane hasste es, seine wachsenden Kenntnisse der Sprache offenbaren zu müssen, aber er vermutete, dass dies seine einzige Möglichkeit war, sie zum Reden zu bringen. Er hatte kurz nach der Ankunft auf Yamarovka begonnen, heimlich Japanisch zu lernen, weil er es für geboten hielt, den Feind zu studieren und nach dessen Schwachpunkt zu suchen. Ohne einen Lehrer oder sonderlich umfangreiches Studienmaterial hatte er nur ein begrenztes Vokabular aufgebaut, aber er verstand schon eine ganze Menge. Es wurmte ihn gewaltig, dieses Wissen jetzt preisgeben zu müssen, weil er genau wusste, dass die meisten dieser Krieger Anglik beherrschten.

»Chu-sa Yoshio ist nicht hier«, sagte der Soldat, der Zane am nächsten saß. »Er ist heute Morgen früh aufgebrochen und hat nicht gesagt, wohin er wollte.«

Verärgert, dass er Recht gehabt hatte, was die Sprachkenntnisse der Draconier betraf, rang Zane sich ein mürrisches Danke ab. Mit einem knappen Nicken drehte er um und ging.

Er versuchte, langsam zu gehen, als er die Kaserne auf demselben Weg verließ, auf dem er sie betreten hatte. Er mochte diese draconischen Krieger nicht, aber es wäre ein Eingeständnis der Schwäche gewesen, ihnen zu zeigen, wie tief diese Abneigung war. Aus demselben Grund hatte er sich nichts anmerken lassen, als er erfuhr, dass Yoshio ein Nachname war, eine Tatsache, die ihn zutiefst schockiert hatte. Bei den Clans waren die einzigen wahren Nachnamen die streng limitierten Blutnamen. Das Recht darauf war den besten Kriegern vorbehalten, die zahlreiche andere Bewerber um denselben Namen im Kampf gestellt und besiegt hatten. Um seine Ignoranz, was die Gebräuche der Inneren Sphäre betraf, nicht zu zeigen, hatte Zane den Chu-sa weiter mit Yoshio angesprochen.

Er verließ das Gebäude und trat hinaus unter die geschlossene Wolkendecke der Monsunsaison Neu-Circes. Er sah zum bleigrauen Himmel hoch und beschleunigte seine Schritte. Es würde bald regnen.

»Zane«, rief jemand, und er erkannte Samuels Stimme. Ohne langsamer zu werden, drehte er sich um und sah den Hünen auf sich zutrotten. Samuel hatte ihn bald eingeholt und passte seine raumgreifenden Schritte Zanes Gang an.

»Ich wollte dir gestern nach der Übung schon zu deinem Sieg gratulieren, aber ich habe dich nicht gefunden. Und heute Morgen warst du schon fort.« Er warf einen Blick über die Schulter zur Kaserne und zog leicht fragend die Augenbrauen hoch.

»Danke«, erwiderte Zane. Er hatte kein Bedürfnis zu erklären, was er im draconischen Gebiet gesucht hatte.

»Sterncolonel Jal Steiner in einem Mechduell zu besiegen, und dazu noch in einem Mech, der seiner *Schattenkatze* unterlegen ist ...« Samuels Stimme verklang ehrfürchtig. »Also, das ist eine Leistung, die wirklich Anerkennung verdient.«

Auch Zane war stolz auf seinen Sieg. Er hatte sich gestern entschlossen, Jal Steiner zu besiegen, und gegen alle Wahrscheinlichkeit war es ihm gelungen.

»Nur eine Handvoll Krieger im gesamten Sternhaufen haben ihn je besiegt, auch wenn die meisten von uns es schon versucht haben. Natürlich war ich ein wenig überrascht, dass er überhaupt an den Manövern teilgenommen hat, aber inzwischen glaube ich, den Grund dafür zu kennen. Inzwischen respektiert ihn der gesamte Sternhaufen, selbst die Krieger, die seine Einstellung nicht teilen.«

Diese letzte Bemerkung galt natürlich Zane. Auch er musste gestehen, dass er die Leistungen des Sterncolonels respektierte, aber wie konnte ein so feiner Krieger diesen Schein-Sternenbund unterstützen?

»Ich habe dir gestern erklärt, dass der *Rudeljäger* sich ... besonders anfühlte.« Zane standen nicht die Worte zur Verfügung, um zu erklären, was er sagen wollte. »Deshalb habe ich ihm einen Namen gegeben.« Dann fragte er sich, ob Samuel die ganze Zeit von der Herkunft des *Rudeljäger* gewusst hatte. Selbst wenn nicht, wussten er und der ganze Rest des Sternhaufen es inzwischen mit Sicherheit.

Er erinnerte sich an den Augenblick, als Jal Steiners *Schattenkatze* gestürzt war. Der elegante OmniMech hatte sich plötzlich in ein sperriges, unbeholfenes Monstrum verwandelt, als Zane ihm das Gyroskop zerschossen hatte. *Ebenholzdrache* hatte den kompletten rechten Arm verloren und an mehreren Stellen Schäden an der Internen Struktur davongetragen, aber der Sieg über Jal Steiner reichte aus, Zane darüber hinwegzutrösten. Es war beinahe genug, um den moralischen Sieg seines Kommandeurs wettzumachen.

»Du hast gut gekämpft. Ich gratuliere dir noch einmal.«

Zane war überrascht, einen Hauch von Neid in der Stimme seines Freundes zu hören. Aber natürlich, Samuels Niederlage gegen den Sterncolonel musste ein harter Schlag für ihn gewesen sein. Immerhin steuerte Samuel eine neunzig Tonnen schwere *Supernova,* einen der schwersten Mechs im ganzen Drachenkatzen-Sternhaufen.

Mit einer schier unglaublichen Panzerung und einer unerhörten Bestückung von sechs schweren Extremreichweiten-Lasern war die *Supernova* auf Langstreckenfeuer ausgelegt und diente dazu, die anderen Sternmitglieder mit ihrem Beschuss auf eindrucksvolle Weise zu unterstützen. Samuel war ein erstklassiger MechKrieger, der schon in der zweiten Phase der Clan-Invasion gekämpft hatte, nachdem die Novakatzen zu den Invasions-Clans gestoßen waren. Und es war zugleich eine Erinnerung daran gewesen, warum Sterncolonel Jal Steiner einen OmniMech steuerte.

Auch Samuel hatte sich nach Jal Steiners Sieg laut gefragt, warum der Mann nicht in einer Frontklasse-Galaxis Dienst tat. Er besaß das Talent dazu und hatte sogar schon einen Blutnamen gewonnen, was nur eine Handvoll Krieger im ganzen Sternhaufen von sich sagen konnten.

»Ich bin gekommen, um dich einzuladen, mir heute Abend in einem Restaurant in Neu-Circe Gesellschaft zu leisten, auch wenn du mir ständig Vorwürfe machst, weil ich dorthin gehe.« Samuels Stimme hatte ihren vertraut gutmütigen Ton wiedergefunden.

Mit einem Kopfschütteln wollte Zane bereits ablehnen, wie er es schon oft genug zuvor getan hatte. Er hatte keinen Bedarf danach, in einem Raum voller Freigeburten zu essen und zu trinken. Aber Samuels nächste Bemerkung stoppte ihn, bevor er antworten konnte.

»Möglicherweise findest du sogar die Person, nach der du suchst.«

Der Kommentar überraschte Zane, aber sein Freund konnte durchaus Recht haben. Er hatte Yoshio erwähnen hören, dass er häufig in Neu-Circe aß. Außerdem schien es Zane, dass er nicht viel tiefer sinken konnte, als in die Kaserne der Rächer zu gehen und auf Japanisch mit ihnen zu reden.

»Na schön, Samuel, ich komme gerne mit«, sagte er.

»Ausgezeichnet, mein Freund. Ich bin sicher, es wird dir gefallen. Ich werde dich um achtzehn Uhr in Yama erwarten. Jetzt muss ich dich verlassen, um mit meinem Techniker zu reden. Meine *Supernova* muss bis morgen repariert sein.«

Zane nickte und Samuel wurde wieder schneller. Seine langen Schritte verschlangen die Strecke bis zum Mechhangar.

Zane verbrachte noch eine Stunde mit dem Versuch, Yoshio zu finden oder in Erfahrung zu bringen, wohin er gegangen war, hatte aber keinen Erfolg. Yoshio schien sich in Luft aufgelöst zu haben. Frustriert kehrte er zurück nach Yama und zum Hauptquartier des Drachenkatzen-Sternhaufens.

»Domo, Tai-i«, beendete Chu-sa Palmer Yoshio das Gespräch. Er fragte sich unwillkürlich, warum Zane nach ihm suchte. Die Nachricht, dass er nicht nur die draconische Kaserne betreten, sondern dort auch in rudimentärem Japanisch nach ihm gefragt hatte, war eine bemerkenswerte Überraschung. Der Mann blieb ihm ein Rätsel.

Er bedankte sich bei dem KommOffizier und durchquerte die Brücke der *Tsuyosa*, um zurück zur Luke zu gelangen. Bevor er hindurchtrat, bedankte er sich auch noch einmal beim Kapitän des Landungsschiffs für die Erlaubnis, dessen Funkanlage benutzen zu dürfen.

Die *Tsuyosa* befand sich zur Zeit in etwas mehr als einhunderttausend Kilometern Entfernung von Yamarovka, auf dem Weg zum noch immer einige Millionen Kilometer entfernten Nadirsprungpunkt des Systems. Der Flug zum Sprungpunkt und zurück würde etwa zweihundertvierzig Stunden dauern – etwas über zehn Tage.

Yoshios offizieller Grund für die Reise war der Empfang eines draconischen Sprungschiffs und die Überwachung des Transfers von Truppen und Material zwischen den 11. Rächern und einem anderen Alshains-Regiment. Der wahre Grund war ein Geheimtreffen. Es würde zu einem Austausch von Leuten und Nachschub kommen, aber an Bord des erwarteten Sprungschiffs würde sich auch ein Besucher befinden, der Kontakt zu Yoshio aufnehmen sollte.

Die Diskette, die er mehrere Tage zuvor erhalten hatte, hatte die Änderungen in der Planung für Operation Batsu und die Anweisung enthalten, sich am Sprungpunkt für eine Unterredung mit jemandem einzufinden, der weitere Informationen besaß. Alle Kenncodes hatten gestimmt, also hielt er sich an diese Anordnungen.

Auf dem Weg den Landungsschiffskorridor entlang fragte er sich, warum sein Untergebener Zanes Besuch für wichtig genug erachtet hatte, ihn zu informieren. Sein Aufenthaltsort war zwar nicht unbedingt geheim, aber er hatte den Flug auch nicht an die große Glocke gehängt. Die planmäßige Ankunft des erwarteten Schiffes war schon vor Wochen mit den Novakatzen abgesprochen worden, doch es blieb ungewöhnlich, dass ein Bataillonskommandeur eine solche Routineoperation persönlich überwachte. Der Tai-i wusste, wie wichtig dieses Treffen war.

Yoshio hatte keine Sekunde länger als nötig über eine ungesicherte Leitung sprechen wollen. Was auch immer Zane wollte, es konnte warten. Wenn Yoshio mit seiner Vermutung, wen er in vier Tagen treffen würde, Recht hatte, brauchte er einen wachen und klaren Verstand.

20

›Das Drachenhaus‹, Neu-Circe, Yamarovka Präfektur Irece, Militärdistrikt Pesht, Draconis-Kombinat

20. September 3062

Es war Zanes dritter Abend hintereinander in dem Restaurant namens ›Das Drachenhaus‹, wobei er sich nicht sicher war, was ihn immer wieder hierher nach Neu-Circe zog. In Anbetracht der Tatsache, dass er Samuels Einladungen monatelang abgeschlagen hatte, überraschte ihn dieser plötzliche Meinungsumschwung selbst.

Die beiden teilten einen kleinen Tisch, und selbst im Sitzen überragte Samuel ihn bei weitem. Zane sah sich in dem geschäftigen Lokal um und staunte über die in seinen Augen erschlagende Pracht der Einrichtung. Samuel hatte ihm erklärt, dass sie für ein Etablissement dieser Art keineswegs ungewöhnlich war, aber Zane konnte die Vorstellung nicht wirklich fassen, dass solcher Reichtum auf einen Raum verschwendet wurde, der nur dazu diente, Nahrung aufzunehmen.

Von ihrem Tisch aus konnte Zane die obere Etage des Restaurants einsehen. An einer Wand erstreckte sich eine halbkreisförmige Bar, und eine Reihe mit Spielautomaten – Maschinen, die ihn bei seinem ersten Besuch völlig entgeistert hatten – zog sich an der gegenüberliegenden Seite hin. Eine von Säulen gesäumte Treppe führte zum Erdgeschoss des Restaurants hinunter, dessen zwanzig Tische zum größten Teil besetzt waren. Die Decke war aus poliertem Holz mit geschwungenen Balken, und an unfassbar dünnen Drähten hingen vier Kristallleuchter herab.

Bei seinem ersten Besuch hatte Zane Erstaunen über den Anblick von zwei Novakatzen-Kriegern in einer

Einrichtung der niederen Kasten erwartet. Aber abgesehen von vereinzelten scheuen Blicken und dem Gefühl, dass die anderen Gäste ihre Gespräche mit gedämpfterer Stimme fortsetzten, hatte niemand den Eindruck erweckt, irgendetwas Ungewöhnliches zu bemerken. Er hatte sich das damit erklärt, dass viele Novakatzen-Krieger diesen Ort aufsuchten und ihre Anwesenheit üblich geworden war.

Der Dienstbote, der ihre Bestellung aufgenommen hatte, war höflich gewesen und schien ebenfalls nichts Ungewöhnliches an ihrer Gegenwart zu finden. An jenem ersten Abend hatte Zane Samuel gestattet, für ihn zu bestellen, und versucht, sich zu entspannen, nachdem er sich vergewissert hatte, dass sich Yoshio nicht im Lokal befand. *Vielleicht morgen*, hatte er gedacht, während er die exotischen Speisen mit ihren fremdartigen Düften und Geschmacksrichtungen genossen hatte. Als er und Samuel aufgestanden waren, um zu gehen, hatte er bemerkt, dass ihr Tisch ein wenig abseits der anderen stand. *Der Novakatzen-Tisch.*

Am zweiten Abend hatte er sich eingeredet, es sei die Neuheit der Erfahrung, die ihn zurückgelockt hatte.

Am dritten Abend verfing diese Rationalisierung nicht mehr. So sehr ihm das Essen auch schmeckte, dies war für ihn nicht Grund genug, seine Zeit unter einem Rudel niederklassiger Freigeburten der Inneren Sphäre zu verbringen.

Als er sich unter den übrigen Gästen umsah, bemerkte er ihre Gesten und Gesichtsausdrücke, selbst während des Essens. Irgendetwas an diesem Ort berührte ihn, aber er konnte es nicht beschreiben. Es war genau dieselbe Art von Gefühl, die ihn sich fragen ließ, ob sein Visionsritual möglicherweise ein Fehler gewesen war.

Er war eine Novakatze, und Visionen waren ein integraler Bestandteil seines Clans, doch seit seinem Visionsritual wurde er von fremdartigen neuen Gefühlen, die ihn hierin und dorthin zerrten, geradezu bombardiert. Die Beziehung, die er augenblicklich zu seinem *Rudeljäger* aufgebaut hatte; dieser zwingende Drang, mit Chu-sa Yoshio zu sprechen; das Gefühl, das dieses Restaurant in ihm auslöste. Was geschah mit ihm? In der vergangenen Nacht war er schweißgebadet aufgewacht, und im Licht des wachen Bewusstseins waren die Spuren eines schrecklichen Albtraums verblasst und hatten ihn nur mit der Erinnerung an ein Versagen zurückgelassen. Einen kurzen Moment, während er auf eine Nudel starrte, die sich auf seiner Gabel beinahe wie lebendig krümmte, fragte er sich, ob er den Verstand verlor.

Ihm gegenüber saßen zwei Männer, beide von japanischer Abstammung, beide in passgenau geschneiderten Anzügen. Sie aßen langsam und unterhielten sich leise, vermutlich über irgendein Geschäft, das sie für wichtig hielten.

Zu seiner Linken saß ein junges Pärchen, sie offensichtlich aus einer japanischen Familie, er eher von kaukasischem Schlag, mit schmutzig blondem Haar, aber einem überraschend roten Bart. Auch sie unterhielten sich im Flüsterton. Ihre Hände berührten sich fast auf dem Tisch, und sie aßen nur wenig. Obwohl Liebe in der Kriegerkaste, die für derartige Verwicklungen keinerlei Bedarf hatte, eine Seltenheit war, existierte sie in den niederen Kasten, und Zane war über das Konzept informiert. Als er diese beiden betrachtete, wurde ihm klar, dass es vermutlich Liebe war, die sie einander so kuhäugig anglotzen ließ. Soweit es ihn betraf, musste es sich um eine Art Geisteskrankheit handeln, wenn sie eine derartig unsinnige Verhaltensänderung hervorrief.

An einem anderen Tisch bemerkte er eine Gruppe

von vier Personen, die wohl das darstellten, was man eine Familie nannte. Die Eltern und zwei halbwüchsige Knaben schienen sehr zufrieden, während sie aßen und sich unterhielten. Zane dachte daran, wie anders sein Leben im Alter dieser Jungen gewesen war. Er hatte zwar noch in der Geschko gelebt, doch er hatte bereits einen Mech gesteuert, und sein ganzes Leben war darauf ausgerichtet gewesen, ein Krieger zu werden. Er fing Gesprächsfetzen über Leben, Schule, Arbeit von ihrem Tisch auf. Es schien alles so friedlich.

Zane widmete sich wieder seiner Mahlzeit und stopfte sich eine weitere Gabel Nudeln in den Mund.

»Du wirkst nervöser als üblich«, stellte Samuel mit hörbarer Besorgnis fest. »Kann ich irgendetwas tun, um dir zu helfen?«

Zane fing mit der Serviette etwas Soße auf, die auf sein Kinn getropft war, und räusperte sich. »Neg, Samuel, das kannst du nicht. Aber ich werde dir trotzdem erklären, was in mir vorgeht, da du vorher so oder so keine Ruhe geben wirst.«

Samuel lächelte kurz, und Zane sprach weiter.

»Du weisst so gut wie ich, wie seltsam es für mich ist, drei Nächte hintereinander hierher zu kommen.« Er griff nach dem Wasserglas und nahm einen langen Schluck, um die letzten Reste des gepfefferten Rindfleischs vom Gaumen zu spülen. »Das Essen schmeckt mir, es ist eine interessante Erfahrung. Ich gebe sogar zu, dass ich entgegen aller Erwartungen keinen Widerwillen verspüre. Aber das ist es nicht.«

Samuel lehnte sich zurück und sah sich langsam im Restaurant um, so wie Zane es auch gerade getan hatte. Dann drehte er sich wieder zu Zane um. »Was siehst du, wenn du dich umschaust?«, fragte er ihn.

Zane entschloss sich mitzuspielen. Immerhin hatten seltsame Gespräche wie dieses mit seinem weisen Freund Zane ihn schon für vieles die Augen geöffnet.

»Ich sehe Niederkastler und ein paar draconische Krieger beim Essen. Es sind keine Novakatzen darunter, vermutlich, weil die Niederkastenbevölkerung auf Yamarovka sehr klein ist.«

»Du nennst sie automatisch Niederkastler, obwohl sie keine Clanner sind. Warum?«

»Weil sie das sind ... Freigeburten. Es spielt keine Rolle, dass sie nicht den Clans angehören. Sie können niemals dieselbe Position erreichen wie wir, also können sie nur von niederer Kaste sein. Wie sollte ich sie sonst nennen?«

»Ja«, bestätigte Samuel, »nach deiner Definition sind sie von niederer Kaste. Doch in Wahrheit sind sie keine Niederkastler, weder von Geburt noch durch Zugehörigkeit zu einem Clan. Aber trotzdem siehst du sie so, nicht einfach als Menschen der Inneren Sphäre.« Samuel öffnete mit einer weiten Geste die Arme und schloss den ganzen Raum darin ein.

Zane sah sich noch einmal um und bemerkte, dass die Gäste an einigen der näheren Tische herüberschauten, in den meisten Fällen diskret. Zum ersten Mal schien irgendjemand sie zur Kenntnis zu nehmen, aber er und Samuel unterhielten sich heute Abend auch mehr als üblich. Und die Neigung seines Begleiters zu übertriebener Gestik war auch nicht gerade hilfreich.

»Sieh noch einmal hin«, forderte Samuel ihn auf.

Zane tat ihm den Gefallen, sah einigen von denen, die offen herüberblickten, sogar direkt in die Augen, und dachte weiter über seine Antwort nach. Natürlich gehörten sie zur niederen Kaste. Warum sollten sie etwas anderes sein? Außerdem wurde ihm unter den Blicken der Gäste in ihrer Umgebung zunehmend unangenehm. Kein Mitglied der niederen Novakatzen-Kasten hätte ihn und Samuel jemals so herausfordernd angestarrt.

Er erstarrte, als dieser Gedanke ihn an den Rand einer Erkenntnis trug. Niedere Novakatzen-Kasten … Dann, ohne jede Vorwarnung, sah er es. Die Erkenntnis wusch über ihn, als sich in seinem Geist ein Schleusentor zu öffnen schien, und plötzlich begriff er, was ihn hierher zog.

Die Leute sahen anders aus, trugen ungewohnte Kleidung, aßen fremdartige Gerichte … aber sie erinnerten ihn an die Menschen seines eigenen Clans. Körperlich unterschieden sie sich ebenso deutlich von Zane wie die Philosophie der Bewahrer von den Prinzipien der Kreuzritter, und trotzdem schienen sie ihm ebenso vertraut wie alle Freigeborenen, die Zane hier oder in den Heimatwelten je getroffen hatte.

Samuel ließ ihn nicht aus den Augen. »Möglicherweise hast du es morgen bereits geschafft, die Erinnerung an diesen Abend zu verdrängen«, stellte er fest. »Aber sie wird es dir nicht leicht machen. Auch viele andere Novakatzen-Krieger haben sich dieser Erkenntnis geöffnet, die ich schon vor Jahren zum ersten Mal erfuhr. Und obwohl wir versuchen, es unseren Brüdern und Schwestern zu erklären, die es noch nicht gesehen haben, weigern sich manche, zuzuhören oder sich unseren Worten zu öffnen.« Mit einer erneuten Armbewegung, die das ganze Restaurant einschloss, sprach Samuel weiter. »Nach dreihundert Jahren der Trennung unterscheiden wir uns natürlich. Aber zugleich sind wir uns noch immer ähnlich. Jeder hier hat seine eigenen Hoffnungen, Ängste und Träume, so wie du und ich.«

Zane schloss die Augen, blockte alles ab. Er wollte diese Menschen nicht in diesem Licht sehen. Er war ein Novakatzen-Krieger, bestimmt, das Schicksal seines Clans zu verändern. Dieses neue Verständnis untergrub seine absolute Gewissheit, dass die Novakatzen den falschen Weg eingeschlagen hatten.

Samuel tippte ihm auf den Arm. »Zane, hat der Große Vater nicht gesagt:

Doch der Ruhm bringt Verantwortung.
Ohne reine Seele können wir kein Licht
in ihre blinden Augen tragen,
nur uns selbst auch blenden wie sie.

Viele ClanKrieger sind blind geworden für die Tatsache, dass die Völker der Inneren Sphäre ebenfalls Menschen sind, weil wir sie nur als einen Feind wahrnehmen, den es zu erobern gilt. Aber sie sind unseresgleichen – und wir sollten sie willkommen heißen und führen. Wenn ...«

»Halt!«, stieß Zane aus und schnitt Samuel das Wort ab. So lange hatte er seinen Hass auf die Innere Sphäre genährt. Hell hatte dieses Feuer in ihm gelodert, hatte seine Entschlossenheit gespeist, zu ändern, was viele für unabänderlich hielten. Aber die Ereignisse der vergangenen Monate hatten den hellen Funken gekühlt, der sie am Leben hielt.

Seine seltsame Beziehung zu einem verhassten draconischen Offizier. Sein Respekt für einen Kurita-Krieger, der die Heiligkeit der Novakatzen-Traditionen entweiht hatte, indem er Eidmeister geworden war. Sein Visionsritual, das so vielen fremden Empfindungen die Tür geöffnet hatte. Dieses bescheidene kleine Restaurant, in dem er erkannt hatte, wie ähnlich sich die Novakatzen und das Kombinat waren. All das drohte, ihn zu überwältigen. Und dann hatte Samuel die Worte des Großen Vaters zitiert: dass mit Blindheit geschlagen war, wer keine reine Seele hatte. Eine ›gereinigte Seele‹ war Zanes größter Wunsch. Er hatte es sogar zum Kennsatz für *Ebenholzdrache* gemacht. Die Worte stammten aus seiner Lieblingspassage der *Erinnerung*, hatten seine Vision ausgelöst.

Er stand abrupt auf, so plötzlich, dass er seinen Stuhl umwarf. Er hielt nicht an, um ihn aufzuheben. Seine ganze Welt, die Welt, an die er sich so verbissen klammerte, seit er in die Innere Sphäre ins Exil getrieben worden war, stand vor dem Zusammenbruch. Er musste weg von hier.

Gereinigte Seelen ... die Worte hallten durch seine Gedanken. War es möglich, dass er sich die ganze Zeit geirrt hatte? Er hatte geglaubt, die Worte wären eine Ermahnung an ihn, seine Seele zu reinigen, um die Novakatzen zurück zum wahren Wesen der Clans zu führen. Jetzt fragte er sich, ob sie nicht das Gegenteil bedeuteten. Waren sie die Aufforderung, seine Seele von dem Hass zu reinigen, der ihn daran hinderte, den Menschen der Inneren Sphäre den Weg zurück zu einem wahreren Wesen zu weisen?

Zane stürzte hinaus auf die dunkle, regengepeitschte Straße, verfolgt von einem Wissen, das er nicht wollte, und stolperte durch die Nacht davon.

21

Landungsschiff *Tsuyosa*,
Nadirsprungpunkt des Yamarovka-Systems
Präfektur Irece, Militärdistrikt Pesht,
Draconis-Kombinat

22. September 3062

Die *Tsuyosa* hatte schon vor fast vier Stunden an dem Sprungschiff der *Invasor*-Klasse angedockt, und Yoshio wartete immer noch. Nach vier endlos scheinenden Tagen im Transit konnte er es nicht mehr abwarten, den geheimen Gesandten zu treffen. Wenn er noch einen Augenblick länger gezwungen war, die Wände der Besprechungskabine anzustarren, befürchtete er, den Verstand zu verlieren.

Zum Glück für seine geistige Gesundheit öffnete sich die Luke und ein alter Mann trat ein. Er war eingefallen und zerknittert, mit schlohweißem Haar und Bart. Yoshio konnte seine Überraschung kaum verbergen. Das war nicht Toshimichi Uchida, Kriegsherr des Militärdistrikts Alshain und Kommandeur der Rächer Alshains.

Der Fremde schien die Beinahe-Schwerelosigkeit des Schiffes nicht zu vertragen. Er bewegte sich mühsam auf einen Stuhl zu, dann blieb er stehen und lehnte sich an den Tisch, wie um Atem zu schöpfen.

Yoshio war verärgert. Konnten auf diesem Schiff irgendwelche Tattergreise ungehindert umherwandern und in jede beliebige Kabine platzen? Das war für ihn ein ebensolches Rätsel wie die Tatsache, was dieser Kerl, der keinen erkennbaren militärischen Rang besaß, überhaupt auf einem Raumschiff zu suchen hatte.

»Sumimasen, ehrenwerter Greis, ich möchte nicht unhöflich erscheinen, doch ich habe den Eindruck, Sie haben sich verirrt. Wenn Sie so freundlich wären, mir zu sagen, wohin Sie möchten, wäre es mir eine Ehre, Ihnen den Weg zu erklären.« Yoshio hatte gelernt, immer höflich zu bleiben, selbst im Zorn.

Der alte Mann richtete sich sofort auf, und der abwesende Gesichtsausdruck verflüchtigte sich so schnell von seinen Zügen, dass Yoshio fast erwartete, der weiße Bart würde mit verschwinden. Der Mann war alt, aber in den Schultern steckte noch immer Kraft, und die Augen leuchteten vor Intelligenz und Macht. Yoshio war froh, dass die Magnetstiefel ihn am Fleck hielten. Die Veränderung war so drastisch, dass er fast unwillkürlich einen Schritt zurückgewichen wäre.

»Ah, wie es scheint, hatte der Tai-shu Unrecht ... es gibt noch Höflichkeit in der jüngeren Generation«, stellte der Fremde fest, und die kräftige Stimme bestätigte seine Vitalität. Er lächelte Yoshio mit einer Spur von Grausamkeit an.

»Sumimasen, Vater. Ich erkenne Sie nicht, aber Sie scheinen mich zu kennen.« Der alte Mann hatte vom Tai-shu gesprochen und vermutlich Kriegsherr Uchida damit gemeint. Er würde sich vorsehen müssen. Yoshio wusste, dass die Interne Sicherheitsagentur des Draconis-Kombinats ihren Ruf als einer der effektivsten und brutalsten Geheimdienste der Inneren Sphäre wohl verdiente.

Der alte Mann grinste breit. »Natürlich weiß ich, wer Sie sind. Im Gegensatz zu früheren Narren, denen ihre Ignoranz den Tod brachte, bin ich sehr vorsichtig. Und die Klugheit gebietet, alles über Personen in Erfahrung zu bringen, die einen Einfluss auf die eigenen Pläne haben könnten. In Ihrer Position besteht daran kein Zweifel. Sie sind immerhin ein Bataillonsführer.«

Es lag ein Funkeln in seinem Blick, aber Yoshio ließ sich nicht davon täuschen. Er setzte sich an den Tisch und schnallte sich an. So bestand keine Gefahr, dass er aus dem Stuhl schwebte, selbst wenn die Magnetstiefel versagten.

Der Tonfall des alten Mannes war irritierend, aber er musste der Gesandte sein, den Yoshio hier treffen sollte. Und er machte den Eindruck, eine gewisse Macht innerhalb der Schwarzen Drachen zu besitzen. Yoshio hatte immer angenommen, die Yakuza würden mit der Hilfe Tai-shu Uchidas die Organisation kontrollieren.

Andererseits wusste er nicht viel über die höheren Etagen der Gesellschaft. In dieser Hinsicht ging es ihm wie den meisten ihrer Mitglieder. Es war eine Vorsichtsmaßnahme gegen Deserteure oder eine Gefangennahme durch die gefürchtete ISA.

»Man hat mir gesagt, ich würde Informationen von Tai-shu Uchida erhalten, die nur einem Offizier von mindestens dem Rang eines Bataillonsführers anvertraut werden können«, stellte Yoshio entschieden fest. »Tai-sa Miyazaki konnte das Regiment nicht so lange allein lassen, deshalb wurde ich delegiert. Haben Sie diese Informationen?«

»Ah. Sie sind vorsichtig. Das gefällt mir. Aber gelegentlich ist es notwendig, auf Vorsicht zu verzichten, um Missverständnisse zu vermeiden. Mein Besuch ist ein Beispiel dafür. Ich habe viel riskiert und bis auf eine alle Welten besucht, auf denen Rächer Alshains stationiert sind, um ihnen letzte Instruktionen zu geben, die wir keiner anderen Kommunikationsmethode anzuvertrauen wagen.« Der alte Mann beobachtete Yoshio mit Argusaugen, möglicherweise, um ihn bei mangelnder Aufmerksamkeit zu erwischen.

Glaubte er ernsthaft, Yoshio fiele jetzt noch um? Nachdem er sich so fest an die Gesellschaft gebunden hatte?

Der alte Mann sprach weiter. »Auch das ist etwas, das die alten, toten Narren nicht verstanden haben. Untergebene müssen ihre Führer zu Gesicht bekommen, müssen einen Blick auf die Mächte erhaschen, denen sie folgen, sonst besteht die Gefahr, dass sie im Sturm einknicken. Jahrelang habe ich eine äußerst prunkvolle Uniform getragen, mit der ich die schwachen Geister unter meinem Befehl sehr beeindrucken konnte.« Er machte eine kurze Pause und zupfte sich am Bart. »Jetzt hat das Alter mir ein anderes Aussehen verliehen, aber eines, das in unserer Kultur ebenfalls Respekt fordert.« Er lachte leise, und diesmal glaubte Yoshio eine Andeutung ehrlicher Belustigung herauszuhören.

Er nickte ergeben. »Ich höre Ihre Worte und weiß sie zu schätzen, doch sie beantworten meine ursprüngliche Frage nicht. Wer sind Sie – und welche Nachrichten bringen Sie von Tai-shu Uchida?«

»Ah, das ist die Ungeduld der Jugend! Im Augenblick besteht für Sie keine Notwendigkeit, meine Identität zu erfahren, aber Sie können mich den Roten Jäger nennen.« Der alte Mann beobachtete Yoshio weiter aufmerksam, dann schüttelte er den Kopf, als er keine Reaktion feststellte. Einen Augenblick lang dachte Yoshio, sein Gegenüber könnte enttäuscht darüber sein, nicht erkannt zu werden. Aber dann entschied er aus Gründen, die er nicht hätte erklären können, dass dem nicht so sein konnte. Der Fremde schien über derartige Eitelkeiten erhaben.

»Bis jetzt kannten Sie das volle Ausmaß Operation Batsus nicht, aber manche Instruktionen müssen warten, bis der richtige Zeitpunkt kommt. Dies geschieht zum Schutz der ganzen Organisation. Jetzt ist dieser Zeitpunkt da. Sie wissen bereits, dass der Zeitplan vorgezogen wurde. Aber noch immer kennen Sie unser Ziel nicht. Dieses Ziel lautet …«

Plötzlich fielen die Teile des Puzzles in Yoshios Gedanken an ihren Platz. »Alshain«, flüsterte er ehrfürchtig.

Der Jäger verstummte, und schlagartig erkannte Yoshio, dass sein bodenloser Blick erst jetzt seine volle Macht offenbarte. Sekunden wurden zu Minuten. Keiner der beiden Männer bewegte sich. Yoshio wartete, wagte kaum zu atmen.

Als der Fremde kurz zur Seite schaute, war es, als habe er ein Paar Halogensuchscheinwerfer abgeblendet. Yoshio konnte sich wieder bewegen. Der alte Mann blickte ihn noch einmal an, und nun war die Kraft seines Blicks wieder verhüllt. Er neigte leicht den Kopf. »Sie können stolz auf sich sein, wobei ich darauf vertraue, dass Sie diese Einsicht mit niemandem geteilt haben.«

Intuitiv erkannte Yoshio, dass dieser Mann, der sich Roter Jäger nannte, ein Adliger war, möglicherweise jemand von beträchtlicher Macht. Die leichte Neigung des Kopfes war die Geste des Höherstehenden einem Untergebenen gegenüber, der sich in seinen Diensten bewiesen hatte. Sein Ärger verflog augenblicklich, als ihm klar wurde, dass dieser Mann eine Machtfigur innerhalb der Schwarzen Drachen war und Yoshio zerquetschen konnte, ohne einen Finger zu rühren. Die in seinem Lob enthaltene Drohung war offensichtlich. Es wäre schneller und schmerzloser gewesen, ohne Raumanzug aus der Luftschleuse zu springen, als diesen Mann zu verärgern.

Er verneigte sich tief. »Ihr Lob macht mich verlegen. Die Einsicht traf mich erst, als ich Ihre Worte hörte. Die Hinweise sind vorhanden, aber der Wagemut dieses Vorhabens wird verhindern, dass irgendjemand Verdacht schöpft. Ich glaube nicht, dass Sie sich sorgen müssen, die Pläne könnten kompromittiert sein.«

Ein wissender Ausdruck zuckte über das Gesicht des alten Mannes, als er die Veränderung in Yoshios Verhalten sah. Mit einem dünnen Lächeln antwortete er:

»Das wollte ich hören. Sie können sich die Anstrengungen nicht vorstellen, die diesem Augenblick vorausgingen. Im Gegensatz zum Tod der früheren Anführer der Gesellschaft, allesamt Narren, könnte eine Aufdeckung dieses Unternehmens sehr wohl zum Untergang der gesamten Organisation führen. Ich habe alle unsere Möglichkeiten ausgeschöpft, um Operation Batsu möglich zu machen, und ich wäre nicht erfreut, müsste ich feststellen, dass sie so knapp vor dem Ziel gefährdet wäre.«

Yoshio unterdrückte ein Zittern. »Ich bin nur hier, um der Sache des Kombinats zu dienen.«

»Wie dem auch sein sollte.« Der alte Mann verlagerte das Gewicht auf dem Stuhl. »Gut, das Hauptziel unseres Vorstoßes ist Alshain. Allen Berichten zufolge ist er schwer verteidigt, aber es ist von äußerster Wichtigkeit, dass wir diesen Planeten erobern.«

»Hai! Er ist unsere Zentralwelt.«

»Ja, die Zentralwelt des Militärdistrikts Alshain, den unser Koordinator zurückzuerobern schwor, als er Uchida vor zehn Jahren zum Kriegsherrn des Distrikts Alshain ernannte. Und so widerwärtig der Gedanke auch war, Seite an Seite mit den Sternenbundkräften zu kämpfen, es hat uns die verhassten Nebelparder vom Hals geschafft und viele unserer Systeme befreit. Aber der größte Teil des Distrikts, einschließlich der Zentralwelt, befindet sich noch immer in der Hand eines Barbarenclans. Unsere Krieger wären Theodore bereitwillig gegen die Geisterbären gefolgt. Er hätte sich nur an ihre Spitze setzen müssen.« Die Stimme des alten Mannes klang bitter. »Es wäre ein hart erkämpfter Sieg geworden – die Geisterbären sind ein mächtiger Clan –, aber nichtsdestotrotz ein Sieg, und danach hätte wieder auf allen unseren Welten das Drachenbanner geweht. Vielleicht hätte ein solcher Sieg es für den Koordinator unnötig gemacht, draconische

Systeme dadurch zu entwerten, dass er sie den Novakatzen überschreibt.«

Ein Ausdruck reinsten Abscheus begleitete diese Anspielung auf die Gründung der Präfektur Irece. Nur ein Jahr zuvor hatte Yoshio dasselbe empfunden. Aber jetzt hatte er Monate im Training mit Novakatzen-Kriegern zugebracht. Obwohl der Clan viele draconische Systeme erobert und Tausende Kombinatsbürger getötet hatte, konnte er einen wachsenden Respekt vor den Clannern nicht leugnen.

Sein Schweigen veranlasste den alten Mann, ihn genau zu mustern, und Yoshio bot ihm eine Miene äußerster Gelassenheit. Er wollte diesem Mann keine Gefühlsregung offenbaren. Das, so viel war ihm klar, wäre äußerst gefährlich gewesen.

Nach längerer Pause ergriff der Jäger wieder das Wort. »Sagen Sie mir, junger Mann: Was, glauben Sie, wird die Konsequenz unseres Handelns sein?«

Die Frage kam so unerwartet, dass Yoshio für einen Augenblick unsicher wurde, und vor allem spürte er, dass man es ihm ansah. Das wiederum schien dem alten Mann zu gefallen, was Yoshios Eindruck bestätigte, er habe es genau darauf angelegt. Hastig ordnete er seine Gedanken.

»Erstens: Wir werden Erfolg haben. Dadurch wird nicht nur bei den Alshain-Regimentern Stolz auf unsere Aktionen aufkommen, sondern bei allen Kriegern des Kombinats. Ein Stolz, den der Koordinator nicht wagen wird zu entwerten oder zu zerschlagen. Ihm wird keine andere Wahl bleiben, als uns zu unterstützen. Damit werden wir die Verstärkungen erhalten, die wir brauchen, um Alshain zu halten, gleichgültig, was die Geisterbären uns entgegenwerfen.

Zweitens: Es besteht die Möglichkeit einer Vergeltung durch die Geisterbären, aber ich glaube nicht, dass viel daraus werden wird. Sie scheinen in ihrer neuen Heimat sehr zufrieden, und nach einem Jahrzehnt der Ruhe ist es unwahrscheinlich, dass unsere Aktion sie sonderlich aufregen wird.

Drittens: Ein anderer Clan könnte versuchen, den Geisterbären zu Hilfe zu kommen, aber auch das ist unwahrscheinlich. Niemand hat eingegriffen, um die Nebelparder vor dem Untergang zu bewahren.

Viertens: Auch wenn das möglicherweise nicht relevant ist: Es besteht die Möglichkeit, dass es zu Gegenmaßnahmen des Hohen Sternenbundrats kommen wird. Aber derartige Gegenmaßnahmen können sich nur auf Worte beschränken. Was kümmern uns Worte, wenn unsere Taten für uns sprechen?«

Mehrere Sekunden vergingen, dann lächelte der Jäger erneut mit einem leichten Neigen des Kopfes. »Wieder beweisen Sie außergewöhnliche Intelligenz. Sie haben nur ein paar kleinere Punkte übersehen.« Er pausierte, wie um zu überlegen, ob er weitersprechen solle. »Ich bin zuversichtlich, dass Sie es noch weit bringen werden, und ich bin stolz auf meine Menschenkenntnis. Daher wird Ihnen das, was ich jetzt sage, sowohl unsere Entschlossenheit wie auch mein Vertrauen in Sie persönlich demonstrieren.«

Einen Moment lang wollte Yoshio den alten Mann daran hindern, weiterzusprechen, wollte die Hände auf die Ohren legen und abblocken, was auch immer noch kam. Er war bereits fest ins Netz der Organisation integriert, aber er befürchtete, was der alte Mann zu sagen plante, würde ihm für immer die Möglichkeit nehmen, sich aus ihr zu lösen. Operation Batsu mochte morgen abgeblasen werden, und falls es geschah, würde Yoshios Beteiligung daran keinerlei irgendwie geartete Konsequenzen mit sich bringen. Aber der nächste Satz drohte, den einzigen Ausgang aus der Gesellschaft vom Schwarzen Drachen für ihn zu vernageln. Er stählte sich im Gedanken an seinen Glauben, es ginge um die Reinheit des Drachen, und dieser Glaube half ihm, sich wieder zu beruhigen.

»Die größte Bedrohung für unsere Pläne von Seiten der Geisterbären sind deren Kriegsschiffe. Unsere Kenntnisse über ihre Bewegungen sind lückenhaft, aber die Clanner scheinen ihre Schiffe regelmäßig zu verlegen und keines permanent irgendwo zu stationieren. Wir gehen jedoch davon aus, dass wir uns im Alshain-System mindestens einem Kriegsschiff gegenübersehen werden.«

Der Gedanke, nur mit ihren Landungsschiffen und Luft/Raumjägern gegen ein Geisterbären-Kriegsschiff in den Kampf zu ziehen, jagte Yoshio einen kalten Schauder über den Rücken. Er hatte angenommen, die Rächer-Regimenter würden das System Alshains an einem Piratensprungpunkt betreten. Da Schwerkraftfelder einen Hyperraumsprung stören und ein materialisierendes Sprungschiff leicht zerreissen konnten, fand der größte Teil des interstellaren Raumschiffsverkehrs an den Zenith- und Nadirpunkten über den Polen des Zentralgestirns eines Systems statt, weit genug oberhalb der Elliptik, um Schwerkrafteinflüsse effektiv zu neutralisieren. Es existierten jedoch innerhalb jedes Sonnensystems wandernde Punkte gravitativen Gleichgewichts. Durch die komplexen Interaktionen der planetaren Schwerkraftfelder waren diese neutralen Punkte ständig in Bewegung, verschwanden und tauchten wieder auf. Die einzige Möglichkeit, einen Piratensprungpunkt zu berechnen, setzte eine detaillierte und absolut fehlerfreie Karte aller Himmelskörper eines Systems voraus … über die das Kombinat verfügte, da es das Alshain-System über Jahrhunderte regiert hatte. Ohne detaillierte Karten dieser Art war der Versuch, einen Piratenpunkt anzuspringen, nichts weniger als eine besonders aufwendige Art des Massenselbstmords.

Jetzt aber wollte der alte Mann wohl andeuten, sie würden auf ein Kriegsschiff stoßen, selbst wenn Operation Batsu einen Piratensprungpunkt benutzte, um die Flugzeit zur Zielwelt abzukürzen. Und es war allgemein bekannt, dass gegen ein Kriegsschiff nur ein Kriegsschiff half. Als ihm klar wurde, was das bedeutete, riss er erstaunt die Augen auf.

»Ich entnehme Ihrem Gesichtsausdruck, dass Sie mich verstanden haben«, stellte der Jäger fest. »Die meisten würden das als unmöglich abtun. Aber nichts ist unmöglich, wenn man nur den richtigen Hebel ansetzt. Und mit dem richtigen Hebel lassen sich Welten aus den Angeln heben. Oder in diesem Fall Kriegsschiffe.«

Die Implikationen dieser Eröffnung ließen Yoshio schwindlig werden. Die Kriegsflotte der Kombinatsadmiralität war noch sehr klein, aber ohne Zweifel hatte das Kriegsschiffsprogramm höchste militärische Priorität, und es war kein Geheimnis, dass die Schiffe der Flotte ihre Befehle derzeit direkt vom Oberkommando erhielten statt von der DKA. Dass Tai-shu Uchida und dieser Mann ein Kriegsschiff unter Kontrolle gebracht haben könnten … Yoshio konnte nur ungläubig den Kopf schütteln.

Der Rote Jäger lächelte mit sichtlichem Stolz und schlug plötzlich einen eingebildeten Ton an, als imitiere er einen hohen Beamten der Beschaffungsabteilung, die in den Augen der meisten draconischen Soldaten ein einziger schlechter Witz war. »Für die Sicherheit des Reiches und zum Schutz der Grenzen des Drachen gegen mögliche Überfälle aus dem Geisterbären-Dominium erhalten Sie, Tai-shu Uchida, Kriegsherr des Militärdistrikts Alshain, den operativen Befehl über die *Letzte Träne des Drachen*, ein Kriegsschiff der *Tatsumaki*-Klasse, den Stolz der draconischen Flotte. Nutzen Sie das Schiff mit Bedacht.« Es blieb kein Zweifel, was er von Schreibtischsoldaten hielt.

Yoshio hatte Gerüchte über die Existenz der Zerstörer der *Tatsumaki*-Klasse gehört, aber seines Wissens war bisher nur ein Schiff dieser Klasse in Dienst, die *Höhle mächtiger Echsen*. Und diese Informationen hatte er über so viele Ecken erhalten, dass er sie als ganz und gar unzuverlässig eingestuft hatte. Jetzt zu erfahren, dass Operation Batsu sich beim Kampf gegen die Geisterbären auf eine derart mächtige Waffe stützen konnte, erfüllte ihn mit Genugtuung. Er reckte sich, und voller Stolz schwoll seine Brust.

»Sie verstehen also«, sagte der alte Mann, »sie ist der Schlüssel zu unserem Erfolg. Zehn lange Jahre haben wir auf ein einziges Ziel hin trainiert. Wenn alle vier Regimenter der Rächer Alshains im Schutz der *Letzte Träne des Drachen* über Alshain abspringen, wird sich uns nichts in den Weg stellen können. Zum neuen Jahr wird der Militärdistrikt Alshain auferstehen und zurückkehren, wohin er gehört, ins Reich des Drachen.«

Yoshio verneigte sich vor dem Roten Jäger. Er hätte ihm nicht umfassender zustimmen können.

22

Kommandobereich der Provisorischen Galaxis Zeta, Neu-Circe, Yamarovka
Präfektur Irece, Militärdistrikt Pesht, Draconis-Kombinat

28. September 3062

»Ich bin mir dessen bewusst, Techniker, und ich sage dir, es ist keine Verschwendung der Mittel unseres Clans.« Zane versuchte, seine Stimme im Zaum zu halten, während er ihr gleichzeitig genug Nachdruck verlieh, um den Tech daran zu erinnern, wo sein Platz war. »Der Verlust dieses Mechs und der Tod seines Piloten wäre die größere Verschwendung. Du hast Recht, die Arbeit wird Zeit kosten, aber solches Handeln in der Gegenwart wird unserem Clan in der Zukunft zugute kommen. Frapos, Tech?«

Zane wollte den Mann eigentlich gar nicht anherrschen, aber er wusste, dass er Recht hatte. Und wenn die einzige Möglichkeit, ihn dazu zu bringen, die Modifikation vorzunehmen, darin bestand, ihn daran zu erinnern, dass Zane ein Krieger war und Anspruch auf Gehorsam hatte, musste das eben sein.

»Pos«, bestätigte der Tech, und seine ganze Haltung veränderte sich. Zane fragte sich, ob er den Mann möglicherweise zu hart angefahren hatte. Obwohl er erst seit kurzem sein Tech war, hatte er sich nach Kräften bemüht, *Ebenholzdrache* in bestmöglicher Verfassung zu halten. In der Vergangenheit hätte Zane keinen Gedanken darauf verschwendet, aber das war vor seiner Erfahrung im ›Das Drachenhaus‹ gewesen. Wieder fühlte er sich den Veränderungen, die ihm widerfuhren, machtlos ausgeliefert.

»Deine Hingabe an Pflicht und Clan ist bewundernswert«, fügte er hinzu.

Obwohl der Tech versuchte, sich nichts anmerken zu lassen, war er von dem Lob sichtlich überrascht. Dann breitete sich Stolz über seine Miene aus. »Wenn Sie einen Augenblick warten möchten, MechKrieger Zane, werde ich die Genehmigung holen, damit Sie sie abzeichnen können.«

Zane nickte, und der Mann machte sich eilends auf den Weg, das Formular zu holen. Wie immer, wenn er im Mechhangar stand, fühlte Zane eine tiefe Freude über die Nähe so vieler gewaltiger BattleMechs. Sein *Rudeljäger* stand noch immer am hintersten Ende der Anlage, und er genoss den langen Weg durch die ganze Anlage jedes Mal aufs Neue.

Obwohl der *Rudeljäger* eine hervorragende Konstruktion war – das ließ sich nicht bestreiten, so sehr Zane es auch hasste, den Exilwölfen diese Anerkennung zukommen zu lassen –, besaß der Mech ein paar Schwachpunkte, die er korrigieren wollte. Zum Beispiel verfügte er über keine moderne Ferrofibritpanzerung, die bei geringerem Gewicht als Standardpanzerung einen höheren Schutz bot. Der Austausch der vorhandenen Panzerung war mit einem hohen Zeit- und Kostenaufwand verbunden, doch er würde den Panzerschutz um gute zehn Prozent erhöhen. Bei einem leichten Mech konnte das den Unterschied zwischen Leben und Tod bedeuten.

Sein Tech hatte versucht, ihm zu erklären, die Modifikation wäre die Zeit und Kosten nicht wert, ein Ausdruck der ewigen Clan-Abneigung gegen jede Art von Verschwendung. Aber Zane hatte darauf bestanden und würde die Autorisation unterschreiben, die den Tech vor möglichen Strafmaßnahmen seiner Vorgesetzten bis hinauf zum MeisterTechniker persönlich beschützte. Falls jemand Protest gegen die Arbeit erheben wollte, würde Zane die Entscheidung verteidigen, nicht sein Tech.

Er sah zu der Maschine hoch, klopfte ihr mit einiger Zuneigung aufs Bein und sagte: »Wir verdienen allen Schutz, den wir bekommen können, Schwarzer Drache.«

Er hatte leise gesprochen, trotzdem aber hörte Zane hinter sich jemanden überrascht aufkeuchen. Sein Kopf flog herum, und er sah einen Tech, der stocksteif stehen geblieben war. Er verspürte einen Anflug von Wut darüber, belauscht worden zu sein. Dann fiel ihm auf, dass er ausgeprägte asiatische Züge hatte. Möglicherweise war der Mann ein als Isorla, Kriegsbeute, in den Clan aufgenommener Draconier. Er hatte als Leibeigener seinen Wert bewiesen und war in die Technikerkaste aufgenommen worden. Möglicherweise war er nur überrascht, einen MechKrieger mit seinem Kampfkoloss sprechen zu hören, aber Zane vermutete, dass die Reaktion mehr mit den Worten ›Schwarzer Drache‹ zu tun hatte.

»Du, komm her«, rief er im besten Befehlston. Der Mann schrumpfte förmlich und näherte sich so langsam, als müsste er durch schnell trocknenden Zement waten.

»Hast du mich gerade gehört?«, fragte er. Der Tech schien starr vor Angst, stand nur mit weit aufgerissenen Augen vor ihm und starrte ihn an.

Zane fühlte die alte Wut in sich aufkeimen, aber diesmal beherrschte er sich. Er atmete tief durch und versuchte es noch einmal.

»Meine Worte haben dich schockiert, frapos? Ich will wissen, warum.« Er beobachtete den Mann sorgfältig, in der Hoffnung, den Versuch einer Lüge zu erkennen. »Antworte, Tech«, befahl er.

»Ja … will sagen, pos, ich war überrascht. Ich hätte nicht gedacht, diese Worte jemals in meinem neuen … Clan zu hören, und das hat mich … sumimasen, bitte, ich bitte Sie um Verzeihung für die Störung.« Seine

Worte waren höflich, und obwohl sein Stocken bestätigte, dass er dem Clan erst kurze Zeit angehörte, bemerkte Zane keine Anzeichen für irgendwelche Arglist.

»Du brauchst dich nicht zu entschuldigen, da es sich offensichtlich um einen Zufall handelte. Aber was von dem, was ich sagte, hat dich so überrascht?«

»Nur Gerüchte und Hörensagen, MechKrieger, nichts, was Ihre Zeit wert wäre.«

Zanes Augen wurden schmal. »Ich entscheide selbst, was meine Zeit wert ist.«

Der Mann wirkte verängstigt, wusste aber, dass er gehorchen musste. »Wie gesagt, es ist nur ein Gerücht, doch jeder weiß, dass der Schwarze Drache eine …« Er verstummte mitten im Satz, als ihm klar wurde, was er da sagte. Er schluckte mehrmals und ihm trat der Schweiß auf die Stirn. »Ich meine, es heißt, dass die Gesellschaft vom Schwarzen Drachen gegen das Kombinat und den Koordinator arbeitet. In Kneipen und dunklen Gassen findet man Leute, die versuchen, Mitglieder anzuwerben, indem sie verbreiten, das Kombinat habe seine Reinheit verloren, wir hätten Feinde in unsere Mitte gelassen und sie gefährlich dicht an unsere ungeschützte Kehle gelassen. Prinz Victors Besuch auf Luthien, seine Beziehung zur ehrenwerten Omi, die Hilfe der Sternenbund-Truppen bei der Vertreibung der Nebelparder, die …« Wieder verstummte er. Er rang buchstäblich die Hände, und der Schweiß strömte ihm übers Gesicht.

Zane hatte keinen Zweifel daran, was der Mann hatte sagen wollen. »Sprich weiter«, forderte er ihn auf, ohne darauf einzugehen.

»Ich habe so etwas nie geglaubt, MechKrieger. Ich meine, bevor ich zu meinem neuen Clan kam, habe ich dergleichen nie geglaubt und war nie bereit, mir derartig verräterisches, gegen den Koordinator gerichtetes

Gerede anzuhören. Gegen den Drachen persönlich … wie konnten sie das wagen?«

Zane nickte. Wieder spürte er, dass der Mann die Wahrheit sagte. Und die Information passte ins Bild, lieferte ihm eine neue Einsicht in seine Vision.

Er entließ den Tech mit einer Handbewegung. Seine Gedanken waren bereits in Bewegung. Hatte Yoshio geglaubt, Zane spräche von der Gesellschaft vom Schwarzen Drachen, als er ihn nach dem Ebenholzdrachen gefragt hatte? Falls Yoshio ein Mitglied dieser draconischen Faktion war, der es darum ging, das Kombinat zurück zu den Praktiken zu führen, denen es über Jahrhunderte gefolgt war, konnte er unmöglich ignorieren, wie sehr dies Zanes eigenes tiefes Verlangen widerspiegelte, die Novakatzen auf ihren wahren Weg zurückzuführen.

So lange hatte ihn dieser Gedanke angetrieben, aber glaubte er tatsächlich noch daran? Er schaute sich um, betrachtete die gut versorgten Mechs in ihren Kokons und erinnerte sich an die Schönheit Neu-Barcellas und den *Sichtweisen*-Park auf Irece. Er konnte nicht abstreiten, dass es den Novakatzen in der Inneren Sphäre gut ging. Und auch wenn sein Clan sich in Richtungen bewegte, die früher undenkbar gewesen wären, war das tatsächlich so furchtbar? Er schaffte es einfach nicht mehr, mit wirklicher Überzeugung daran zu glauben.

Er lehnte sich an seinen Mech und dachte weiter über die Schwarzen Drachen nach. Wenn sie eine Verrätergruppe im Draconis-Kombinat waren, erklärte das einen Teil seiner Vision. Es lieferte den Grund dafür, warum der Granatdrache den Ebenholzdrachen jagte, aber wohin war der Schwarze verschwunden – und warum? Einen Augenblick lang schien es Zane, als stünde er an der Schwelle eines jener Momente plötzlicher Eingebung, doch der Augenblick verging und ließ sich nicht zurückholen.

Er fragte sich, welche Beziehung Chu-sa Yoshio zu dieser subversiven Gruppe hatte. Ging es ihm wie dem Techniker, hatte er einfach nur von ihnen gehört und war überrascht gewesen, den Namen der Schwarzen Drachen aus dem Mund einer Novakatze zu hören? Oder steckte mehr dahinter?

Es erstaunte ihn enorm, wie ein zufälliger Versprecher im richtigen Moment ihm geholfen hatte, seine Vision besser zu verstehen, aber noch war er weit davon entfernt, ihre ganze Bedeutung zu erfassen.

In wenigen Tagen würde der gesamte Drachenkatzen-Sternhaufen zum ersten Mal gegen das komplette Regiment der 11. Rächer Alshains kämpfen. Entsprechend alter Novakatzen-Tradition würde der Sternhaufen in der Nacht vor dem Kampf ein Schlachtritual abhalten, um den Sieg zu beschwören. Bei den hektischen Tänzen kam es immer wieder zu Visionen, und es war nicht ausgeschlossen, dass auch Zane eine solche erlebte. Vielleicht würde ihm das helfen, endlich die Wahrheit zu erkennen.

23

Rossebenen, Neu-Circe, Yamarovka
Präfektur Irece, Militärdistrikt Pesht,
Draconis-Kombinat

30. September 3062

Zwanzig tiefe Trommelschläge dröhnten über die Ebene und zollten den zwanzig Clans Tribut, die der Gründer gestiftet hatte: Blutgeist, Coyote, Diamanthai ehemals Seefuchs, Felsengräber, Feuermandrill, Geisterbär, Gletscherteufel, Goliathskorpion, Höllenross, Jadefalke, Mungo, Nebelparder, Novakatze, Schneerabe, Sternennatter, Witwenmacher, Wolf, Wolkenkobra und der ungenannte Clan. Als das Echo der donnernden Trommelhiebe allmählich verklang, war es eine ernüchternde Erinnerung daran, wie viele der Clans seit ihrer Gründung vor fast dreihundert Jahren bereits untergegangen waren. Der ungenannte Clan und die Nebelparder ausgelöscht, die Witwenmacher, Mungos und Felsengräber von anderen Clans absorbiert, der Wolfsclan gespalten und die Novakatzen abgeschworen. Tückisch waren die Wasser der Zukunft und tödlich für den, der die nötige Vorsicht vermissen ließ.

Die Novakatzen, von der Gesellschaft ausgestoßen, die sie mitgestaltet hatten, waren von der Strömung weit abgeschwemmt worden. Jetzt standen die stolzen Krieger des 1. Drachenkatzen-Sternhaufens der Provisorischen Galaxis Zeta Clan Novakatzes auf den Rossebenen, eingeschworene Mitglieder der Sternenbund-Verteidigungsstreitkräfte einer geeinten Inneren Sphäre und verpflichtet, diesen Planeten des Draconis-Kombinats gegen alle Angriffe zu verteidigen. Die Zukunft konnte wirklich bizarr sein.

In den zeremoniellen Ledermonturen standen die Krieger um einen großen Scheiterhaufen und warteten schweigend, während Sterncolonel Jal Steiner zu der hölzernen Plattform hinaufstieg, die hoch über die Versammlung aufragte. Er schritt ins Zentrum der Plattform, und die grellen Flammen warfen gespenstische Schatten über sein Gesicht. Als er die Arme hob, war das einzige Geräusch das Knistern und Krachen der Flammen.

Er sprach zu ihnen, mit tiefer Stimme, die jeden Krieger im Kreis leicht erreichte. »Und der Novakatzen-Krieger erhielt eine Vision. Und in dieser Vision lauerten Blitz und Tod auf die Clans. Und er fragte den Eidmeister: Was können wir tun? Der Avatar des Todes ist gegen die Clans aufgestanden, und sie wissen es nicht.«

Zane, der zwischen den anderen im Kreis stand, schwankte mit ihnen leicht von einer Seite zur anderen, als das Feuer und die Dunkelheit und die Worte des Sterncolonels sie in ihren Bann zogen. Bis heute hatten sie noch bei keiner Schlachtenchronik eine derart archaische Ansprache gehört, aber die Stimme Jal Steiners besaß hypnotische Qualität.

»Und der Eidmeister befahl ihm, den Weg zu suchen, der unseren Clan zurück ins Paradies führte. Und der Krieger wusste, es würde für unseren Clan Leiden ohne Maß bringen, doch er stählte sich in seiner Entschlossenheit, denn er wusste auch: Eine Rückkehr ins Paradies verlangte Opfer. Das Universum würde brennen, doch mit solchen Opfern konnte ein Rest seines Clans gerettet werden. Und einem anderen Krieger zeigte er seine Vision, und auch dieser glaubte und gab seine Kraft für das, was kommen sollte.«

Langsam bewegte Jal Steiner in einem komplexen Muster die Arme, während seine Stimme allmählich lauter wurde. »Und so traten mit dem Mut eines Sternhaufens zwei Krieger vor das Große Kurultai aller Khane aller Clans des Gründers, Nicholas Kerensky.

Aber die anderen weigerten sich, auf ihre Worte zu hören, und verwarfen die Warnung. Und der Tag kam, und die beiden Krieger hielten das Haupt hoch erhoben im Wissen um die Wahrheit. Und diese beiden folgten dem Weg und schlossen sich dem Rest der Menschheit an, um die niederzuwerfen, die sich die Kreuzritter-Clans nannten. Denn die Visionen hatten ihnen gezeigt, dass nur mit der Unterstützung eines Clans verhindert werden konnte, dass der Avatar des Todes alle dahinraffte!«

Als er die letzten Worte gesprochen hatte, fiel Jal Steiner auf die Knie und bedeckte das Gesicht mit den Händen. Dann strich er sich mit den Händen über den Schädel und danach zu beiden Seiten am Körper hinab, als wasche er sich. Seine Stimme wurde leiser, aber irgendwie hallte sie jetzt noch deutlicher durch Flammen und Dunkelheit. »Und indem sie ihr Lebensblut vergossen, besiegelten sie ihr Martyrium und wiesen uns den Weg zur wahren Hingabe. Den Weg heim ins Paradies. Severen Leroux. Lucian Cairns. Erinnert euch! Gesegneter Weg, Krieger!« Seine Stimme schien die Luft zum Klingen zu bringen, als er über den Kriegern stand, das Gesicht zum Nachthimmel gehoben. Dann gab er mit einem schnellen Handzeichen das Signal.

Ein donnerndes Trommeln füllte die Nacht. Die Trommelrhythmen erzeugten Luftwirbel, die durch die Flammen peitschten, so dass Funken und Rauch in die Höhe stiegen. Ihr Donnern war beinahe körperlich, niemand konnte seinen Krallen entkommen, und ihre Herzen schlugen seinen Rhythmus. Das Trommeln steigerte sich zu einer Lautstärke, die den Boden unter den Füßen der Krieger vibrieren ließ, und es war, als würde ein einziges, gewaltiges Herz in ihnen schlagen, der Rhythmus und der Puls durch einen einzigen Körper strömen.

Und gerade als es schien, niemand könnte eine solche Gewalt des pulsierenden Blutstroms mehr ertragen, erschien für einen Augenblick eine sichtbare Inkarnation der Gewalt dieses Klanges in der Luft über den Flammen, und die ganze Versammlung brüllte auf. Es war ein reines, rohes Aufheulen von Wildheit, Stolz und Macht, das in dem hämmernden Rhythmus aufging und über die wogenden Gräser jagte. Es war noch fast zehn Kilometer entfernt in Neu-Circe zu hören.

Das Trommeln wurde schlagartig leiser, und die Krieger erinnerten sich wieder daran, jeder für sich zu atmen. Zane, ganz im Bann der Ekstase des Rituals der Schlacht, sah in die vertrauten Gesichter, die ihn umgaben, und musste lachen. Es war ihm egal, dass Samuel ihn mit seiner übertriebenen Ernsthaftigkeit aufzog. Diese Nacht war dazu da, die Vergangenheit zu feiern und die Zukunft für den Sieg über ihre Feinde zu salben. Nichts anderes zählte.

Die versammelten Krieger standen in einem gut dreißig Meter messenden Kreis, der von einem flachen Graben markiert war. Er war speziell ausgehoben worden, um den heiligen Boden für die Zeremonien dieser Nacht abzugrenzen. Links von Zane, knapp außerhalb des Kreises, standen drei Trommeln von zunehmender Größe. Seines Wissens hatten die beim Schlachtenritual benutzten Trommeln nie eine besondere Bedeutung gehabt. Aber für den Drachenkatzen-Sternhaufen hatte sich das für immer geändert.

Unter der Anleitung Jal Steiners hatten seine drei Sterncaptains die Arbeit von Dutzenden von Arbeitern tief im Wald nördlich ihrer Basis in Yama beaufsichtigt. Nach mehreren Tagen hatten die Arbeiter drei verschiedene Bäume gefällt und zurück nach Yama transportiert. Der Sterncolonel hatte nur zwei von ihnen akzeptiert und ein weiteres Team beinahe tausend Kilometer nach Norden geschickt, wo ein fast noch unberührter Nadelwald mit einheimischen Bäumen von wahrhaft gigantischen Ausmaßen lag. Nichts Derartiges hatte es bei den Novakatzen je zuvor gegeben, und Zane fragte sich, ob das ein Nachhall der Wolkenkobra-Vergangenheit Jal Steiners war.

Nachdem er einen dritten Baum gefunden hatte, den er für akzeptabel hielt, hatte der Sterncolonel befohlen, alle drei Stämme vom Fußende aus vier Meter tief auszuhöhlen. Zane hatte geglaubt, die Stämme würden zusammenfallen, wenn sie so viel Innenleben verloren, aber Jal Steiner hatte ihm versichert, die Baumwände würden halten, solange sie nicht übermäßig strapaziert wurden. Außerdem hatte er ihm erklärt, innere Stützen würden die Akustik des Instruments grundlegend ändern. Zane hatte ihn nur verständnislos angestarrt.

Schließlich waren die ausgehöhlten Baumstämme mit Rindsleder bespannt worden. Noch vom Kälken und Gerben nasse Häute waren vernäht und an einer Seite über die Öffnung gezogen worden. Das Leder war durch kleine, in regelmäßigen Abständen in das Holz gebohrte Öffnungen fest verzurrt worden, bevor es trocknen durfte. Die Bäume hatte man in riesige Trommeln verwandelt, um die Kraft und Festigkeit des Drachenkatzen-Sternhaufens zu symbolisieren.

Zane entschied, dass es gleichgültig war, woher diese Tradition stammte. Ihre Wirkung auf die Drachenkatzen-Krieger, die sich unter dem Klang der Trommeln noch enger vereinten, war elektrisierend, in der Beobachtung und in der eigenen Erfahrung. Er hatte gegen die Aushebung dieses Sternhaufens gewütet, aber jetzt verspürte er nichts mehr davon. Dies war seine Einheit, und diese Krieger waren seine Kameraden.

Auf der rechten Seite des Kreises stand ein Dutzend Leibeigener in weißen, losen Kleidungsstücken auf einer zweiten Plattform und spielte auf verschiedenen Holz- und Blechblasinstrumenten. In Verbindung mit dem hypnotischen Klang der Trommeln lieferten sie eine sinnliche, urtümliche Musik, die in die Beine ging.

Viele Krieger lösten sich bereits vom Feuer, so dass eine offene Fläche um den Scheiterhaufen entstand. Zane beobachtete einige Krieger, wie sie auf diese Fläche traten und zu einem langsamen, komplexen Tanz ansetzten. Dies war erst der Anfang, und es würde noch Stunden so weitergehen, mit einer ständigen Steigerung der Geschwindigkeit, bis alle Anwesenden mit in diesem Tanz aufgingen. Es war eine Ekstase aus Klang und Bewegung, in der viele Krieger Visionen in den Flammen sahen, während sie zur Feier vergangener und zukünftiger Siege um das Feuer tanzten.

Zane hatte sich dem Tanz noch nicht angeschlossen. Ein Teil seines Bewusstseins beschäftigte sich noch damit, wie Jal Steiner das Ritual eröffnet hatte. Er hatte keine traditionelle Schlachtenchronik vorgetragen, wie sie monatlich um Mitternacht zu denselben zwanzig Clan-Salut-Trommelschlägen um den Scheiterhaufen stattfand. Das wäre eine rituelle Erzählung vergangener Schlachten und Siege von Novakatzen-Kriegern gewesen, mit dem Ziel, die Zuhörer zu ähnlichen Großtaten zu inspirieren.

Jal Steiner hatte mit dieser Tradition radikal gebrochen und das Ritual stattdessen dazu benutzt, die beiden Novakatzen-Khane zu lobpreisen und zu rühmen, die den Clan auf die Seite der Inneren Sphäre geführt hatten. Vor nicht allzulanger Zeit hätte das in Zane ohne jeden Zweifel eine Wut entfacht, die mindestens so heiß gelodert hätte wie der Scheiterhaufen, um den sie heute versammelt waren. Aber nichts dergleichen war geschehen. Stattdessen hatte er Dankbarkeit und

Bewunderung für die Khane Leroux und Cairns empfunden, während er Jal Steiners Worten gelauscht hatte, obwohl die beiden bis heute verachtenswerte Verräter für ihn gewesen waren, die seinen Clan ins Verderben geführt hatten. Er ballte die Fäuste und versuchte, die Wut anzufachen, die ihn so lange angetrieben hatte, aber sie war verschwunden.

Zane stand in der Nacht, den Rücken der kühlen Dunkelheit der Ebene zugekehrt, die Vorderseite des Körpers vom Feuer gewärmt, und erkannte, dass er die Wut nicht mehr nötig hatte, um seine Existenz zu rechtfertigen. Er war in die Innere Sphäre gekommen – besessen von dem wilden Hass auf die Sphärer, der so vielen Clannern von Geburt an eingeflößt wurde, und hatte geschworen, den Weg zu korrigieren, den sein Clan eingeschlagen hatte. Er war blind gewesen, unfähig zu sehen, dass das, was er wollte, was er zu brauchen glaubte, nicht im besten Interesse der Novakatzen lag. Visionen zeigten die Wahrheit und lieferten in den seltensten Fällen das, was man sehen wollte. Stattdessen zeigten sie einem, was man sehen musste. Danach konnte der Krieger aus freiem Willen entscheiden, ob er dieser Wahrheit folgen wollte.

Jetzt stand er in der Nacht da und erkannte, dass alle Wege zu dem einen Weg führen mussten, der es als Einziger wert war, ihm zu folgen: der Weg, der den Clan wahrhaft erhielt. Mit ruhiger Gelassenheit, einem Frieden, wie er ihn nie zuvor gekannt hatte, verstand Zane, wie viel Zeit er in den letzten Jahren damit verschwendet hatte, eine Sackgasse hinabzugehen. Ohne Bedauern – denn er hatte Lektionen gelernt, die ihm sonst möglicherweise entgangen wären – trat Zane in den Kreis der tanzenden Krieger und ergab sich dem Rhythmus. Welche Berggipfel oder dunklen Täler auch noch auf dem jetzt eingeschlagenen Weg seines Clans lagen, er würde sie mit ihm bezwingen.

Seine Füße hoben und senkten sich, als er um die hüpfenden Flammen tanzte, und er bewegte die Arme in den komplexen Mustern, die so alt waren wie sein Clan. Er fühlte die Vergangenheit von sich abfallen, und er öffnete die Augen und schaute in eine helle Zukunft, in der er kämpfen würde, um seinen Clan zu stärken, statt sich gegen ihn zu stemmen.

Als er mit dem Rest seiner Kameraden unter dem sternenklaren Himmel das Feuer umrundete, drängte sich ein seltsamer Gedanke in seinen Geist, ein Gedanke, der so weit von allem entfernt war, was hier und jetzt geschah, dass es ihn fast aus dem Kreis der Tänzer geworfen hätte.

Er fing sich, bevor er tatsächlich stürzen konnte, aber warum, in Kerenskys Namen, er in diesem heiligen Augenblick ausgerechnet an die Geisterbären denken musste, konnte Zane nicht einmal ahnen. Es war äußerst seltsam, aber andererseits auch nicht erstaunlicher als viele der anderen Dinge, die ihm in dieser Nacht schon widerfahren waren. Er dachte nicht weiter darüber nach.

Seine Füße hatten den Rhythmus der Trommeln nicht verloren. Sie hoben und senkten sich im Takt, und Zane kreiste mit all den anderen Kriegern des Drachenkatzen-Sternhaufens um das Feuer – mit unbeirrt sicherem Schritt.

24

Rossebenen, Neu-Circe, Yamarovka
Präfektur Irece, Militärdistrikt Pesht,
Draconis-Kombinat

1. Oktober 3062

»Was soll das heißen, das Manöver ist abgebrochen?«, fragte Zane hitzig über die Kommleitung. Es hatte überhaupt noch nicht begonnen.

»So lautet der Befehl, den ich erhalten habe«, gab Samuel zurück und klang um nichts weniger wütend. »Sterncolonel Jal Steiner hat den Befehl soeben erhalten und weitergegeben. Außerdem hat er einen seltsamen Bericht vom Zeta-Kommandobereich erhalten und versucht gerade, ihn zu verifizieren.«

Die Worte sandten Zane einen kalten Schauder den Rücken hinab. Er kannte dieses Gefühl. Es war derselbe Schauer einer bevorstehenden Erkenntnis, das Gefühl, auf der Schwelle einer Tür zu stehen und in einen dunklen Raum zu blicken.

»Was soll das bedeuten, Samuel? Was geht da vor? Hat es etwas mit den Rächern zu tun?«

»Er hat mir nichts Näheres gesagt. Wie kommst du darauf, Zane?«

Zane wusste es selbst kaum zu sagen. »Ich bin mir nicht sicher. Wo ist der Sterncolonel jetzt? Ich muss mit ihm reden.«

»Soweit ich weiß, ist er zum Kommandobereich zurückgekehrt und hat seinen Mech wahrscheinlich schon verlassen. Wir können ihn nicht mehr erreichen.«

Zane probierte es trotzdem. Über eine Stunde versuchte er auf allen Frequenzen, die ihm einfielen, Jal Steiner zu erreichen. Nach einer scheinbaren Ewigkeit gelang es ihm endlich, eine Verbindung herzustellen.

»Sterncolonel, besitzt du Informationen darüber, was die Rächer gerade tun?«, sprudelte es aus Zane heraus.

»Das ist eine seltsame Frage, MechKrieger Zane. Wie kommst du darauf?«

»Eine Vision, Sterncolonel«, erwiderte Zane hastig. Erst, als die Worte bereits ausgesprochen waren, verstand er, wie dringend sein Verlangen war, eine Antwort zu erhalten. Seine Vision – und all die Fragen, die sich darum herum aufgebaut hatten – fielen an ihren Platz, und er wusste mit absoluter Gewissheit, dass die Rächer etwas mit diesem Rätsel zu tun hatten.

Eine kurze Pause zeugte von Jal Steiners Überraschung, aber bei den Novakatzen wurden Visionen niemals leichtfertig abgetan. »Nach allem, was mir Chu-sa Yoshio gesagt hat, wurden die Rächer vom VSDK-Oberkommando kurzfristig verlegt. Sie haben Befehl, Yamarovka sofort zu verlassen. Eine andere Einheit wird in einer Woche ihren Platz einnehmen. Sie hatten bereits Aufstellung für das geplante Manöver genommen, als der Befehl eintraf. Es wird sie den größten Teil des Tages kosten, zum Raumhafen zurückzukehren, aber ihre Landungsschiffe bereiten sich schon auf den Abflug vor.«

Die Erkenntnis durchzuckte Zanes Geist wie ein Blitzschlag und drang bis in die düstersten Winkel vor. Aus welchem Grund auch immer, es war die Erwähnung Yoshios, die das auslösende Moment gewesen war. Bruchstückhafte Informationen flossen zusammen und formten ein komplettes Bild, das vor seinem geistigen Auge immer konkreter wurde. Es war, als verwandle sich eine hastige Bleistiftskizze plötzlich in ein farbenprächtiges Gemälde, und Zane war sprachlos, als er sah, was seine Vision ihm gezeigt hatte.

»Zane, was ist los?«

Die insistierende Stimme seines Kommandeurs riss ihn aus dem Wirbel der Gedanken. Wie sollte er Jal

Steiner davon überzeugen, was er wusste? Sicher, die Novakatzen legten Wert auf Visionen, aber das? Selbst mit den Hinweisen, die Zane gesammelt hatte, hatte es ihn soeben einen gewaltigen Satz dorthin gekostet, wohin seine Vision führte. Nur der Glaube an diese Vision gestattete ihm zu akzeptieren, dass die Rächer ernsthaft einen derartigen Selbstmord planten.

»Sterncolonel, ich kann dir keine komplexe Erklärung liefern, nur einfache Worte. Ich glaube, die Rächer werden auf Befehle hin verlegt, die *nicht* vom Oberkommando des Draconis-Kombinats stammen, und dass sie nach dem Aufbruch von Yamarovka die Grenze zum Geisterbären-Dominium überschreiten und einen direkten Angriff auf Alshain starten werden.« Ihm versagte bei den letzten Worten fast die Stimme, so bewusst war ihm, wie unglaublich das klingen musste.

Wieder folgte eine lange Pause, als Jal Steiner versuchte, diese Mitteilung zu verdauen. »Das ist unwahrscheinlich, MechKrieger Zane«, antwortete er schließlich.

»Dessen bin ich mir bewusst, obKhan«, stellte Zane fest und versuchte, durch eine formelle Wortwahl zu unterstreichen, wie ernst es ihm war. »Aber ich hatte während meines Rituals eine Vision, die Eidmeister Minoru verifiziert hat. Und in den letzten Wochen ist mir ihre Bedeutung allmählich klar geworden. Erst vor Sekunden habe ich ihren vollen Sinn erkannt und gesehen, welche Gefahr für die Novakatzen sie enthält.«

»Aber es gibt keine Möglichkeit, deine Vision zu bestätigen.« Jal Steiner klang ärgerlich. »Ich kann nicht einfach das Wort eines Verbündeten in Zweifel ziehen. Und ich kann auch nicht einfach eine HPG-Nachricht an Khan Santin West schicken und ihn bitten, die Legitimität der Rächer-Befehle zu überprüfen.«

Mehrere Sekunden vergingen in Schweigen, während Zane auf der Pilotenliege hin- und herrutschte und sich sehr bewusst war, welche Büchse der Pandora er geöffnet hatte. Aber hatte er eine Wahl? Wenn die Rächer wirklich auf dem Weg zu einem Angriff auf die Geisterbären waren, konnte das verheerende Folgen für die Novakatzen und das Kombinat haben. Und da Yamarovka nur einen Sprung von der Geisterbären-Grenze entfernt lag, würde Galaxis Zeta in vorderster Front des sicheren Gegenangriffs liegen.

»Wir müssen sie am Abflug hindern, Sterncolonel«, insistierte er.

»Ach ja, wir informieren unsere geschätzten Verbündeten einfach, dass wir nicht glauben, sie hätten einen legitimen Abmarschbefehl erhalten, und wir ihnen nicht gestatten werden abzufliegen, bis wir ihre Behauptung überprüft haben?« Die Frage triefte förmlich vor Sarkasmus.

»Pos, Sterncolonel. Ich weiß, es klingt lächerlich. Aber ich weiß auch, was geschehen wird. Selbst wenn wir ihre Landungsschiffe beschlagnahmen müssen, um sie aufzuhalten, wir dürfen sie nicht abfliegen lassen.«

»Du würdest ihre Landungsschiffe angreifen?«, fragte Jal Steiner leise, als könne er seinen Ohren nicht trauen.

»Pos. Ich weiß, es ist nicht Teil der Standardgefechtsdoktrin des Clans, gegnerische Landungsschiffe anzugreifen. Aber ich wiederhole: Ich *weiß*, dass das, was ich in meiner Vision gesehen habe, bereits angelaufen ist. Wenn wir ihre Landungsschiffe beschlagnahmen, und meine Vision erweist sich als falsch, haben wir nur politische Schwierigkeiten ausgelöst, die Khan Santin West mit dem draconischen Oberkommando wird bereinigen müssen. Doch falls ich Recht habe, werden die Rächer uns angreifen. Ich bin sicher, ihr Zeitplan sieht keine Verzögerung durch uns vor.«

»Du unterschätzt die ›politischen Schwierigkeiten‹, wie du es ausdrückst, ganz gewaltig. Die Folgen wären katastrophal, da der Sinn und Zweck dieses ganzen Sternhaufens darin besteht, zusammen mit draconischen Truppen zu trainieren, damit beide Seiten lernen können, einander zu vertrauen und zu respektieren. Falls dieses Programm scheitert, wird es unsere Integration um Jahre zurückwerfen. Wenn wir in der Inneren Sphäre überleben wollen, ist es von höchster Wichtigkeit, dass dieses Programm Erfolg hat.«

»Sterncolonel, ich verstehe die Bedeutung unserer Beziehung zum Kombinat, und ich bin bereit, für ihren Fortbestand mein Leben zu geben. Aber ich kann meine Vision nicht ignorieren.«

Das Schweigen in der Kommleitung dehnte sich diesmal länger als eine Minute. Zane war klar, dass sein Kommandeur erhebliche Probleme hatte, die Überraschungen zu verarbeiten, die dieser Morgen ihm bescherte.

»Ich werde mit Galaxiscommander Tirant Higall reden und persönlich für deine Vision bürgen«, sagte Jal Steiner schließlich. Dann unterbrach er die Verbindung.

Zane war überrascht, wie schnell es gegangen war, aber möglicherweise lag das daran, dass sein Kommandeur wusste, wie entschieden Zane den momentanen Kurs der Novakatzen abgelehnt hatte. Über Monate war er Jal Steiners unerbittliche Nemesis gewesen. Dass Zane jetzt eine derart abrupte politische Einhundertachtzig-Grad-Wende durchgeführt hatte, musste seinen Worten, so lächerlich sie auch klangen, eine Glaubwürdigkeit verliehen haben, die sich nicht einfach ignorieren ließ.

Er öffnete eine Verbindung zu Samuel und machte sich daran, ihm alles zu erklären.

»Chu-sa Yoshio, unsere Landungsschiffe melden starke Mechaktivitäten im Zeta-Kommandobereich.« Aus dem tragbaren Kommunikator drang die Stimme Tai-i Logans.

Überrascht sah Yoshio von den Informationen auf, die er sich auf dem Bildschirm des Geräts angesehen hatte. Der größte Teil seines Bataillons war bereits auf dem Weg zurück zu den auf dem Raumhafen wartenden Landungsschiffen, kurz vor den beiden anderen. Die Schiffe zu erreichen, würde den größten Teil des Tages in Anspruch nehmen, weil er gezwungen gewesen war, das gesamte 11. Alshain-Regiment nördlich der Rossebenen in Stellung gehen zu lassen, obwohl er gewusst hatte, dass die Kampfübung gegen die Novakatzen nicht stattfinden würde. Nur so hatte er verhindern können, dass die Clanner die Wahrheit herausfanden. Aber jetzt, nach all den Monaten der Planung, war Operation Batsu angelaufen, und niemand konnte das himmlische Strafgericht für die Geisterbären noch aufhalten.

Natürlich war die Operation mit Risiken verbunden. Falls die Geisterbären sich zu einem Gegenschlag entschlossen, würden die von den Katzen besetzten Grenzwelten mit Sicherheit zu ihren ersten Angriffszielen gehören. Yoshios Respekt für Zane belastete sein Gewissen, aber er wusste derartige Gefühle abzublocken. Er musste seine Reinheit erhalten, wie hoch der Preis dafür auch ausfiel, erinnerte er sich nachdrücklich.

»Machen Sie sich keine Sorgen deswegen, Tai-i. Sie wissen von nichts.«

»Hai, Chu-sa. Ich hätte es gar nicht erwähnt, aber die Basis meldet, dass ein steter Strom von Novakatzen-Mechs ihren BattleMechhangar verlässt. Der diensthabende Offizier hielt eine Aktivität dieser Größenordnung für zu ungewöhnlich, um sie zu ignorieren.«

Yoshio fühlte, wie sich seine Nackenhaare sträubten. Das musste ein Zufall sein. Die Novakatzen hatten keinen Anlass, misstrauisch zu sein, keine Möglichkeit, die Wahrheit zu erkennen. Und selbst wenn doch, würde es sie mehr als einen Tag kosten, wegen der Verlegung des Regiments beim draconischen Oberkommando nachzufragen. Bis die Antwort eintraf, würden die 11. Rächer Alshains längst abgeflogen sein.

Er verwarf seine Besorgnis. »Es hat nichts zu bedeuten, Tai-i«, wiederholte er. »Kümmern Sie sich nicht darum.«

Er drehte sich um und packte den Rest der Ausrüstung seiner Feldkommandostelle ein. Es wurde Zeit für ihn, ins Cockpit seines *Bishamon* zu steigen und aufzubrechen.

25

Rossebenen, Neu-Circe, Yamarovka
Präfektur Irece, Militärdistrikt Pesht,
Draconis-Kombinat

1. Oktober 3062

»Du musst seine Position verstehen, Zane. Galaxiscommander Tirant Higall balanciert in den Beziehungen zum Kombinat auf einem schmalen Grat. Ein Fehler könnte furchtbare Konsequenzen nach sich ziehen. Vorerst wird er die Galaxis nicht mobilisieren. Das verstehst du, frapos?«

Zane hatte sich auf den Rossebenen mit Jal Steiner getroffen. Ihre Mechs standen etwas abseits.

»Pos, Sterncolonel.« Er verstand es, aber das hieß nicht, dass es ihm behagte. Der Galaxiscommander hatte entschieden, dass er dem Drachenkatzen-Sternhaufen gegen die Rächer in keinster Weise zu Hilfe kommen, sie aber auch nicht behindern würde. Dadurch würde der politische Schaden, falls die Novakatzen den Raumhafen unter ihre Kontrolle brachten, die Draconier daraufhin jedoch nicht zum Angriff übergingen, nur die Drachenkatzen treffen, nicht die ganze Galaxis Zeta. Und selbst wenn die Rächer sie angriffen, musste das nicht im Zusammenhang mit irgendeinem subversiven Geheimbund stehen. Es wäre nicht das erste Mal gewesen, dass eine Einheit der Rächer Alshains ohne Provokation Truppen der Novakatzen attackiert hätte, und die Beschlagnahmung der Landungsschiffe mochte ihre Wut nur noch anheizen. So oder so würde Galaxis Zeta nur ihre Basis verteidigen und sich sonst aus allem heraushalten. Zane konnte ein Gefühl des Abscheus darüber nicht unterdrücken, dass sein Galaxiscommander sich für die sichere Alternative entschieden hatte.

»Gut«, stellte Jal Steiner fest. »Dann gehen wir vor wie besprochen.« Er blickte hinaus auf die Rossebenen, die sich in Kürze mit Rächer-Mechs füllen würden. »Ich vertraue auf deine Vision, Zane, und dasselbe gilt für die anderen Krieger des Sternhaufens. So schwer es auch wird, es muss sein. Gesegneter Weg, Krieger.« Damit drehte er um und machte sich auf den Weg zu seiner *Schattenkatze*.

Zane blieb einen Moment stehen und sah ihm nach. Die Worte des Sterncolonels überraschten und berührten ihn. Dann wandte er sich zu seinem eigenen Mech um und spürte im Innersten, dass er die richtige Wahl getroffen hatte, als er zu seinem Clan und dessen Führung zurückgefunden hatte.

Auf dem Weg zu seinem *Rudeljäger* konnte er fast einen Kilometer entfernt den Raumhafen erkennen. In dem Wissen, dass die massierte Feuerkraft der zwölf dort wartenden Rächer-Landungsschiffe den Sternhaufen ausradieren konnte, bevor seine Mechs Gelegenheit hatten, sich zu verteidigen, hatte der Galaxiscommander einem Plan zugestimmt, der ihn nicht verpflichtete anzugreifen.

Die acht Landungsschiffe der Provisorischen Galaxis Zeta standen auf der gegenüberliegenden Seite des Raumhafenfelds von den Schiffen der Draconier. Mit aktivierten und auf die Rächer-Schiffe gerichteten Bordgeschützen hatte der Novakatzen-Kommandeur seinen Gegenpart angefunkt und ihm die Wahl zwischen gegenseitiger Vernichtung und einer Nichteinmischung in den bevorstehenden Kampf gelassen. Es war überlebenswichtig, dass der Drachenkatzen-Sternhaufen nicht mit dem Rücken zu feindlichen Schiffsgeschützen kämpfen musste. Eine angespannte Stunde war verstrichen, bis der draconische Kommandeur sich bereit erklärt hatte, die Waffen zu deaktivieren. Falls die Rächer ihre Landungsschiffe erreichten, würden die Novakatzen-Schiffe sie nicht am Abflug hindern. Aber bis dahin blieben die draconischen Schiffe unbeteiligte Zuschauer des bevorstehenden Dramas.

Ein Blitz zuckte über den düsteren Himmel, dicht gefolgt von einem langen, rollenden Donnergrollen. Zane sah überrascht hoch. Das war erheblich näher gewesen als noch vor ein paar Minuten. Eine Gewitterfront zog rasch näher. Wenn es zu einem Kampf kam, würde der mitten in einem Wolkenbruch stattfinden. Bei dem Gedanken an die verringerte Sichtweite musste Zane grinsen.

Normalerweise hätte die überlegene Reichweite der Clanwaffen den Novakatzen gestattet, den Feind anzugreifen, bevor der Gelegenheit hatte, das Feuer zu erwidern. Aber in diesem Fall waren die Rächer dem Sternhaufen zahlenmäßig um mehr als das Doppelte überlegen, was den Reichweitenvorteil neutralisierte. Durch das schnell näher kommende Gewitter würden die Novakatzen jetzt nur eine kleine Zahl von Alshain-Mechs auf einmal abwehren müssen. Danach würden sie ihre höhere Geschwindigkeit nutzen, um weiterzuziehen, bevor der Rest der draconischen Streitmacht zum Tragen kam. Das Beste aber war, dass sie Dank des Gewitters den waghalsigsten Teil ihres Planes durchziehen konnten: Der Drachenkatzen-Sternhaufen würde zuerst angreifen. Galaxiscommander Tirant Higall hatte Jal Steiner zwar befohlen, erst das Feuer zu eröffnen, wenn die draconischen Truppen ihn angriffen, aber ihre einzige Chance, einen Sieg zu erringen, bestand darin, die Initiative zu ergreifen und zu behalten.

Zane erreichte *Ebenholzdrache* und stieg die ausfahrbare Leiter zum Cockpit hinauf, als die ersten warmen Regentropfen fielen. Sein Haar war triefnass und Wasser rann ihm den Rücken hinab, bevor er ins Cockpit klettern und die Luke hinter sich schließen konnte. Das unerwartete Bild eines Regens aus Blut trat vor sein inneres Auge. *Ja*, dachte er, *heute wird Blut fließen.*

»Was?«, brüllte Yoshio ins Funkmikro. Er war so außer sich vor Wut, dass seine Hände an den Steuerknüppeln des *Bishamon* zitterten. Er zwang sich, tief durchzuatmen, und versuchte, sich weit genug zu beruhigen, um zu verarbeiten, was er gerade gehört hatte.

»Die Novakatzen haben unsere Landungsschiffe auf dem Raumhafen festgesetzt«, wiederholte Tai-sa Miyazaki. »Chu-i Taiga hat mich gerade von der Situation in Kenntnis gesetzt. Sie haben Zweifel an unserem Versetzungsbefehl und wollen ihn über ihre eigene Befehlskette verifizieren. Sie bitten uns höflich, achtundvierzig Stunden außerhalb des Raumhafens zu warten, während sie unsere Befehle überprüfen.«

Yoshio wusste, dass Tai-sa Miyazaki nicht weniger wütend war als er selbst, aber er bewunderte dessen Fähigkeit, Haltung zu bewahren. Beide Männer waren sich sehr bewusst, wie viel von der Einhaltung des Zeitplans abhing. Selbstverständlich würde das VSDK-Oberkommando ihren Befehl, Yamarovka sofort zu verlassen, niemals bestätigen, weil es einen derartigen Befehl nie gegeben hatte. Falls das Yamarovka erreichte, bevor die Rächer abgeflogen waren, war alles verloren. Sie mussten binnen vierundzwanzig Stunden starten oder nie.

»Warum sollten sie jetzt misstrauisch werden?«, fragte Miyazaki. »Die Novakatzen haben unsere Befehle noch nie zuvor angezweifelt und haben sich ausgesprochen locker gezeigt, was unseren Sprungschiffsverkehr durch ihre Systeme betrifft. Natürlich bewachen sie all ihre Systeme mit ihren Kriegsschiffen, aber was hat sie plötzlich veranlasst, unsere Bewegungen zu überprüfen?«

Er sprach die Anklage nicht aus, aber Yoshio hörte

sie trotzdem. Sein Bataillon hielt sich am längsten auf Yamarovka auf, und es war bekannt, dass er beträchtliche Zeit in der Gesellschaft bestimmter Novakatzen-Krieger zugebracht hatte, insbesondere in der von MechKrieger Zane.

Während er den Mech um ein besonders unzugängliches Stück Gelände herumsteuerte, versuchte Yoshio sich an irgendeine Gelegenheit in den letzten Monaten zu erinnern, bei der es zu einem Bruch der Geheimhaltung gekommen sein konnte. Doch ihm fiel nichts ein. Alles war völlig routinemäßig gelaufen, ohne die geringsten Besonderheiten.

»Ich habe nicht die geringste Ahnung, Tai-sa. Soweit ich mir dessen bewusst bin, wurde absolute Geheimhaltung gewahrt. Es hat keine Unbedachtheiten gegeben.«

»Das ist noch nicht alles. Chu-i Taiga meldet, dass der Drachenkatzen-Sternhaufen am Eingang der Rossebenen gegen uns aufmarschiert ist, während der Rest der Provisorischen Galaxis Zeta um den Zeta-Kommandobereich in Verteidigungstellung ging. Was halten Sie davon?«

»Noch einmal, Tai-sa, mir ist kein Bruch der Geheimhaltung bewusst. Warum bereitet sich nur ein einzelner Sternhaufen darauf vor, uns anzugreifen? Das kann ich auch nicht erklären.«

Plötzlich fragte Yoshio sich, ob dafür irgendwie Zane verantwortlich war. Seit über einer Woche hatte der Clanner versucht, sich mit ihm in Verbindung zu setzen. Obwohl Yoshio einen Großteil dieser Zeit auf Yamarovka gewesen war, hatte er ein Gespräch vermieden, um seine Entschlossenheit, die Mission zum Abschluss zu bringen, nicht gegen das seltsame Band zu testen, das er mit Zane teilte. Plötzlich fiel ihm eine Unterhaltung mit dem Clansmann auf dem Flug zurück von Irece Wochen zuvor ein. Zane hatte einen

Ebenholzdrachen erwähnt und Yoshio damit so erschreckt, dass er sich seine Überraschung einen Augenblick lang hatte anmerken lassen. Es schien kaum glaublich, dass diese winzige Unachtsamkeit genügt haben sollte, Zane misstrauisch zu machen. Aber der Gedanke nagte an ihm. Warum sonst sollte nur der Drachenkatzen-Sternhaufen sich bereitmachen, das Regiment am Besteigen der Landungsschiffe zu hindern?

»Ich wiederhole es noch einmal, Tai-sa: Ich weiß von keinem Bruch der Geheimhaltung. Warum nur ein Sternhaufen? Dafür habe ich keine Erklärung.«

»Ich auch nicht. Aber wir müssen unseren Zeitplan einhalten. Wir könnten zwar verlorene Zeit wettmachen, indem wir mit höherer Beschleunigung zu den Sprungschiffen fliegen. Aber ganz egal, ob wir angreifen oder die achtundvierzig Stunden warten, Sie wissen so gut wie ich, welche Antwort die Novakatzen auf ihre Anfrage erhalten werden. Wenn die Katzen dumm genug sind, uns nur einen Sternhaufen in den Weg zu stellen, werden wir geradewegs hindurchbrechen und abfliegen. Allerdings können wir dafür nicht unsere ganze Streitmacht in den Kampf werfen. Ich traue dem Frieden der Zeta-Galaxis nicht. Sie werden angreifen. Die Frage ist nur wann. Kommen Sie zu einer Besprechung des Befehlsstabs zu Raster Z33E. Bis dahin erwarte ich einen praktikablen Angriffsplan.«

»Hai, Tai-sa.« Yoshio unterbrach die Verbindung und starrte leer geradeaus. Wie hatten sie das wissen können? Er würde es wohl nie erfahren. Mit einem Kopfschütteln machte er sich an die Arbeit, den Untergang der Krieger zu planen, an deren Seite er monatelang trainiert hatte. Selbst für die Rächer Alshains, die das ganze verstrichene Jahrzehnt dem Widerstand gegen die Clans gewidmet hatten, würde es nicht leicht werden. Er war nicht der Einzige, der Respekt für die Novakatzen entwickelt hatte.

Ein Lichtblitz zuckte durch die Dunkelheit und zerriss das Gefüge des Universums. Eine leuchtende Kugel aus Energie dehnte sich in dem namenlosen Sonnensystem und fiel jäh in sich zusammen. In ihrem Innern wurde ein Sprungschiff der *Starlord*-Klasse sichtbar. An seinem Bug prangte das rote Drachenmon des Draconis-Kombinats, und dicht daneben, noch feucht glänzend, so frisch war die Farbe, ein anderes Emblem, das ein unter der Weltkugel von Alshain loderndes Feuer darstellte.

Das mit sechs Landungsschiffen voll ausgelastete Schiff war aus dem Courchevel-System der Präfektur Albiero in dieses unbewohnte Sonnensystem an der Grenze zwischen dem Kurita-Raum und dem Geisterbären-Dominium gesprungen. Der letzte Sprung vor dem Eindringen in den Geisterbären-Raum erforderte etwa zweihundertzehn Stunden Ladezeit: Das Zentralgestirn dieses Systems war ein roter Riese der Spektralklasse M, der nur sehr wenig Energie abstrahlte. Das Schiff würde fast neun Tage hier bleiben.

Ein Lichtblitz zuckte durch die Dunkelheit und zerriss das Gefüge des Universums. Eine leuchtende Kugel aus Energie dehnte sich im Meilen-System der Präfektur Buckminster und fiel plötzlich in sich zusammen. In ihrem Innern wurde ein Sprungschiff der *Starlord*-Klasse sichtbar. Am Bug zeigte es das rote Drachenmon des Draconis-Kombinats, und dicht daneben, noch feucht glänzend, so frisch war die Farbe, ein anderes Emblem, das den von einem Feuerkranz umgebenen Planeten Alshain darstellte.

An der Backbordseite des *Starlord*, in knapp zwei Kilometer Entfernung, hing der gedrungene Rumpf eines zweiten Schiffes. Auf den ersten Blick hätte man es für ein Landungsschiff halten können, bis das sich langsam entfaltende Solarsegel sichtbar wurde, mit dem es die Lichtenergie der Systemsonne einfangen wollte, um den Sprungantrieb aufzuladen. Mit seinen einhundertfünfundachtzig Metern war der Zerstörer der *Tatsumaki*-Klasse zwar weit kürzer als der riesige *Starlord*, doch er hatte mehr als die doppelte Masse des Transportsprungschiffs, und die den ganzen Rumpf spickenden Geschütze ließen keinen Zweifel an seiner tödlichen Bestimmung. Nach fünf Tagen Ladezeit würden beide Schiffe in ein namenloses System hart an der Grenze zum Geisterbären-Raum springen, um vor der letzten Transition ins Zielsystem noch einmal die Triebwerke aufzuladen.

Ein Lichtblitz zuckte durch die Dunkelheit und zerriss das Gefüge des Universums. Eine leuchtende Kugel aus Energie dehnte sich im Dumaring-System der Präfektur Buckminster und fiel plötzlich in sich zusammen. In ihrem Innern wurde ein Sprungschiff der *Invasor*-Klasse sichtbar. An seinem Bug glänzte das rote Drachenmon des Draconis-Kombinats, und dicht daneben, noch feucht von frischer Farbe, ein anderes Emblem, das ein aus einem Flammenmeer aufsteigendes Schwert darstellte.

Das Schiff warf augenblicklich die Schubtriebwerke an und entfernte sich vom Eintrittspunkt. Exakt eine Stunde verging, während der *Invasor* sich an eine Position fast zwei Kilometer entfernt bewegte. Dann riss die Materialisation eines zweiten Sprungschiffs ein neues Loch in den Weltraum, und ein Schiff der *Händler*-Klasse nahm Gestalt an. Es trug dieselben Embleme wie das erste Schiff. Beide würden fünf Tage hier bleiben und ihre Triebwerke aufladen, bevor sie sich erneut durch den Hyperraum in ein namenloses Sonnensystem katapultierten, ihren letzten Aufenthalt vor der Überquerung der Grenze ins Geisterbären-Dominium.

So fing es an.

26

Rossebenen, Neu-Circe, Yamarovka
Präfektur Irece, Militärdistrikt Pesht,
Draconis-Kombinat

1. Oktober 3062

Heftige Sturmböen trieben den Regen waagerecht über die Rossebenen. Das Gewitter tobte seit drei Stunden und es gab keine Anzeichen für ein baldiges Nachlassen. Riesige Gewitterwolken türmten sich hoch am Himmel, und Blitze zerrissen das Halbdunkel nahezu pausenlos in einer titanischen Lightshow, wie sie weder die Novakatzen noch die Draconier je erlebt hatten. Der sintflutartige Regen hatte den von den Präriegräsern der Ebenen nur locker befestigten Boden in ein Meer von Schlamm verwandelt. Als die Sonne unterging, war die Dunkelheit über der Ebene vollständig, und nur das Zucken der Blitzschläge lieferte noch eine gespenstische, abgehackte Beleuchtung.

Während Mensch und Tier sich ängstlich vor der Gewalt des Sturms kauerten, stampften die Avatare des Krieges menschlicher Technologie unbeeindruckt vom Wüten der Natur über die geisterhafte Landschaft. Zane feuerte die PPK auf den *Raubvogel* unter seinem Fadenkreuz, und der donnernden Entladung des künstlichen Blitzschlags folgte kurz darauf der nicht minder lautstarke Einschlag. Kinetische Energie und extreme Hitze zerstörten den rechten Arm des draconischen Mechs, verzehrten ihn vollständig und verdampften, was an Panzerung auf dem rechten Torso noch existierte. Das bereits rußgeschwärzte Regimentsemblem eines flammenden Kurita-Drachens löste sich zusammen mit der Panzerung auf, die es getragen hatte. Dann schlug der letzte Rest der Energiewelle einwärts und legte sich um die Interne Struktur der

Maschine. Dem *Raubvogel* blieben nur noch Sekunden. Er hatte keine Hoffnung mehr auf ein Entkommen.

Zane steuerte den *Rudeljäger* neben dem Alshain-Mech her und schwenkte den Mechtorso nach rechts, um die auf der Schulter montierte Partikelkanone erneut auf den flüchtenden Mech zu richten. Der Pilot war ein Könner. In dem Versuch, seinem Verfolger zu entkommen, steuerte er den *Raubvogel* in einem Zickzackkurs, der einen Treffer erheblich erschwerte. Doch Zane schien es, als wäre seinem Kampfkoloss plötzlich ein Feuerleitcomputer gewachsen, so sicher war er sich des Treffers.

Das grüne Lämpchen auf der Konsole blinkte. Die Waffe war fertig aufgeladen. Er streichelte den Feuerknopf auf dem Steuerknüppel und suchte auf dem Sekundärschirm bereits nach dem nächsten Opfer. Der elektrisch blaue Energiestrahl fand das Ziel mit traumwandlerischer Sicherheit, bohrte sich in den Rücken des fliehenden *Raubvogel*. Der Mech löste sich förmlich auf. Der Pilot war tot, noch bevor ihm bewusst wurde, dass sein Leben vorbei war.

Plötzlich explodierte der Boden unter Zanes Füßen. Schlamm wurde hoch in die Luft geschleudert und trommelte gegen die Beine des Mechs, bevor der Regen ihn ebenso schnell wieder abwusch. Er stampfte auf die Pedale und löste die Sprungdüsen des *Rudeljäger* aus. Während er in den tobenden Himmel jagte, versuchte er vergeblich herauszufinden, von wo der Schuss gekommen war. Soweit er feststellen konnte, war er mit einem Gaussgeschütz attackiert worden und konnte von Glück sagen, dass nur Schlamm über die Ebene gespritzt war. Die von einer Serie kreisförmiger Elektromagneten abgefeuerten, wassermelonengroßen Nickeleisenkugeln eines Gaussgeschützes erreichten Überschallgeschwindigkeit, und ihre kinetische Energie war so gewaltig, dass ein einziger Treffer unter Umständen schon tödlich sein konnte. Das Gaussgeschütz war eine der stärksten Mechwaffen überhaupt, und Zane hatte kein Verlangen, den Panzerschutz des *Rudeljäger* gegen derartige Gewalten auf die Probe zu stellen.

Das Schlachtfeld wurde urplötzlich in grelles Licht getaucht, als ein weiterer Blitzschlag den Himmel spaltete. In dem kurzen Moment bläulich weißer Helligkeit tauchte ein gigantischer Kampfkoloss aus der Dunkelheit auf, dessen beide Arme in den klaffenden Mündungen eines Gaussgeschützlaufs endeten. Es war ein *Kanonenboot*, ein halsloser Mech mit so komplett abgerundeter Panzerung, dass es am Rumpf so gut wie keine gerade Linie gab. Der Pilot versuchte Zane bereits wieder anzuvisieren. Er hatte den rettenden Sprung seines Opfers bemerkt. Aber Zane hatte Glück, denn zufällig trug sein Sprung ihn aus dem Schussfeld seines Gegners. Dennoch, als er den fünfundachtzig Tonnen schweren Koloss sah, der seinem Mech an reiner Masse fast um das Dreifache überlegen war, wusste er, dass ein einzelner Sprung nicht ausreichen würde, diesem Gegner zu entkommen.

Als der *Rudeljäger* sich wieder zu Boden senkte, löste er einen kurzen Feuerstoß der Sprungdüsen aus, um ihn abzubremsen. Dann brachte er *Ebenholzdrache* in einer so sanften Landung hinunter, wie sie kaum ein MechKrieger fertig gebracht hätte. Heute war ihm, als wären die Mythen wahr geworden und er mit seinem Mech zu einem einzigen Wesen verwachsen. Er bewegte sich und feuerte, als wäre der dreißig Tonnen schwere Metallriese sein eigener Körper. Ohne einen Augenblick des Zögerns löste er den nächsten Sprung aus und stürzte in die Dunkelheit davon.

Es war der dritte Vorstoß gegen die rechte Flanke der anrückenden Rächer Alshains heute Nacht, und Zane wusste, sein Sternhaufen hatte dem Gegner ernste Verluste beigebracht. Mit ihren Angriffen aus dem

Schutz der Dunkelheit, maximaler Gewaltanwendung und dem schnellen Rückzug, bevor der Feind Gelegenheit hatte, sich zu organisieren, hatten sie bewiesen, wie erfolgreich ihre Ausbildung in Kampftaktiken der Inneren Sphäre gewesen war.

Beim ersten Angriff hatte er Trauer über den Ehrverlust durch den Bruch der Zellbrigen-Gefechtsregeln der Clan-Kultur empfunden und mit Gewissensbissen gekämpft, die in offenem Widerspruch zur neu gefundenen Loyalität zu seinem Sternhaufen und Clan standen. Doch die Gefahr, die von diesem draconischen Regiment ausging, war einfach zu groß. Zane hatte sich geschworen, es aufzuhalten.

Auch im zweiten Vorstoß hatte er noch Probleme gehabt, nachdem er gemeinsam mit Samuel in dessen *Supernova* das Feuer auf eine unglückselige *Speerschleuder* konzentriert hatte. Und wieder hatte er sich zusammengerissen und getan, was er tun musste.

Jetzt, beim dritten Ausfall, auf dem er den *Raubvogel* überrascht und vernichtet hatte, ohne seinen Piloten zum Duell aufzufordern, schwieg sein Gewissen still. Das Einzige, das heute Nacht zählte, war der Sieg seines Clans.

Als er dem Funkverkehr der Krieger seines Trinärsterns lauschte, bemerkte er, dass Sterncommander Kol von AngriffsStern Cäsar und MechKrieger Barril von AngriffsStern Alpha sich nicht mehr meldeten. Die Drachenkatzen fügten dem Gegner tatsächlich schwere Verluste zu, aber mit jedem Vorstoß verloren sie ebenfalls Krieger. Und in einer Materialschlacht gewann grundsätzlich die zahlenmäßig überlegene Seite.

Zane preschte weiter in Richtung Sammelpunkt. Ihnen blieb nur eines: Sie mussten die Front halten.

Der von dem Wolkenbruch aufgeweichte Boden gab unter dem enormen Gewicht nach. Als er das rechte

Vorderbein des *Bishamon* wegrutschen spürte, kippte Yoshio den vierbeinigen Mech nach hinten, während er zugleich am Boden kauerte und das gefährdete Bein vom Boden hob. Seine Steuerkünste, verbunden mit der von vornherein überlegenen Balance eines Vierbeiners, gestatteten Yoshio, die Maschine aufrecht zu halten. Vorsichtig setzte er das Bein wieder auf, und der *Bishamon* erhob sich erneut zu voller Größe.

»Tai-i Sanders, wiederholen Sie. Ich wiederhole: Letzte Meldung wiederholen«, rief er über die Funkverbindung. Von der plötzlichen Unsicherheit seines Mechs abgelenkt, hatte er den letzten Teil der Mitteilung seines Untergebenen nicht gehört.

»Hai! Die Novakatzen scheinen erneut unsere rechte Flanke angegriffen zu haben. Chu-i Takada hat …«

»Sie scheinen uns erneut angegriffen zu haben?«, unterbrach Yoshio. »Steht noch eine andere Einheit auf diesem Planeten, von der wir nichts wissen? Hat die weiße Hexe ein Regiment gegen uns in Marsch gesetzt, um sich dafür zu rächen, dass der Drache sich den Lyons-Daumen geholt hat? Oder vielleicht hat dieses infernalische Gewitter eine Armee von Nebelparder-Geistern beschworen, die Vergeltung an denen üben, die sie ins Jenseits befördert haben? Reden Sie Klartext, Tai-i! Wo und wie, und exakt wie hoch sind unsere Verluste?«

»Sumimasen, Chu-sa. Eine Gruppe Novakatzen-Krieger vom Ausmaß einer verstärkten Kompanie, nach ihren Begriffen ein Trinärstern, hat vor acht Minuten unsere äußerste rechte vordere Flanke angegriffen. Nach Vernichtung des Flankenschutzes ist sie wieder im Gewitter untergetaucht. Ich habe noch keine bestätigten Zahlen, aber erste Berichte geben einen Verlust von fünf Mechs an. Chu-i Takada hat in Anbetracht des letzten Desasters auf eine Verfolgung verzichtet.«

Yoshio verzog unwillkürlich das Gesicht. Das Desaster, auf das sein Tai-i anspielte, war der Verlust von vier Mechs in einem Angriff der Novakatzen und weiterer drei Maschinen, als die kläglich unvorbereitete Halbkompanie den scheinbar flüchtenden Clannern Hals über Kopf hinterhergerannt war. Was für ein Fehler, den Novakatzen die Taktiken der Inneren Sphäre beizubringen. Jetzt würde es erheblich kostspieliger werden, sie vom Boden des Kombinats zu vertreiben. Zusätzlich zu ihrer überlegenen Technologie und erstklassigen Kriegern verfügten sie nun auch noch über eine ganze Latte von Tricks, die den Nebelpardern nicht zur Verfügung gestanden hatten.

Er warf einen Blick nach rechts und sah das noch brennende Wrack eines abgeschossenen Clan-OmniJägers. Sein Blick fiel auf eine Tragfläche mit abgeknickter Außenspitze und doppeltem Höhenruder. *Möglicherweise ein* Batu. Dann bemerkte er, dass die komplette Frontpartie des Jägers – von der Stelle knapp hinter dem Kanzeldach ab – fehlte, vom Aufprall vollständig abgerissen. Dass die Maschine in diesem sintflutartigen Regen immer noch brannte, war erstaunlich.

Yoshio konnte einen Moment der Bewunderung nicht unterdrücken, als er den Jäger betrachtete. Die Piloten von JägerStern Cäsar, die zusammen mit seinem 11. Alshain-Luft/Raum trainiert hatten, waren geradewegs in das Unwetter geflogen und hatten Bedingungen getrotzt, die sein Geschwader am Boden gehalten hatten. Fünfzehn Mechs waren ihnen zum Opfer gefallen, bevor seine Leute sich genug im Griff hatten, um drei Jäger abzuschießen. Und trotzdem war es nur das Wetter gewesen, dass den Attacken der Clan-Jäger schließlich ein Ende bereitete hatte, dessen war sich Yoshio nur zu bewusst. Ihm schauderte bei dem Gedanken, wie viel Schaden sie hätten anrichten können, hätte sich das Gewitter nicht zu diesem Sturm ausgeweitet.

»Holen Sie den Flankenschutz näher heran«, befahl er. »Die Clanner sind beweglicher als wir, und sie kennen unsere Marschroute genau. Sie können uns aus allen Richtungen angreifen. Wir müssen ihnen die Gelegenheit nehmen, einzelne Maschinen abzuschießen, indem wir ihnen eine breite Front bieten. Ich glaube nicht, dass sie ein viertes Mal aus derselben Richtung zuschlagen werden. Warnen Sie die linke Flanke, dass sie einen Angriff zu erwarten hat. Verstanden?«

»Hai, Chu-sa. Es wird sofort erledigt.«

Yoshio schob den Fahrthebel nach vorne, und wieder stakste der spinnenähnliche *Bishamon* über das Schlachtfeld, ungeduldig auf eine Gelegenheit wartend, den Störangriffen der Novakatzen ein Ende zu machen.

Fünf zu zwei. Das Zahlenverhältnis garantierte förmlich den letztendlichen Sieg der Rächer, aber sie mussten damit rechnen, dabei über ein Bataillon an Mechs zu verlieren. Sie hatten jetzt schon zwei komplette Kompanien verloren und im Gegenzug nur ein halbes Dutzend Clan-Mechs und drei Jäger aus dem Weg geräumt. Wenn es so weiterging, würden sie einen Pyrrhussieg erringen, der ihnen nichts für den Einsatz gegen die Geisterbären ließ.

Ungefragt drängte sich ein Gedanke in Yoshios Bewusstsein. *Wo steckst du, Zane?*

»Wo steckst du, Yoshio?«, flüsterte Zane, und die Worte hallten durch seinen Neurohelm. Er konnte die unerklärliche Verbindung nicht mehr abstreiten, die ihn an den draconischen Offizier fesselte, aber sie würde ihn nicht daran hindern, gegen ihn zu kämpfen, wenn es sein musste. Und um der Wahrheit die Ehre zu geben: Er wünschte sich diesen Kampf. Vor so langer Zeit, dass es ihm inzwischen als Teil eines früheren Lebens erschien, hatte das Kampfgeschick sie in jener unvergessenen Manöverübung getrennt und ihn um den Sieg betrogen.

An jenem Tag hätte er Yoshio bezwingen können, und der Krieger in ihm forderte die Gelegenheit, zu Ende zu bringen, was er angefangen hatte. Und trotzdem war er seit jenem Tag weit genug gekommen, um zu verstehen, dass das Überleben des Clans Vorrang hatte. Obwohl er darauf brannte, sich noch einmal mit Yoshio zu duellieren, hielt er sich an den Plan, den Samuel ihm erklärt hatte.

Nach dem dritten Ausfall vor einer Stunde hatte Jal Steiner die verbliebenen Novakatzen-Krieger in neue Sterne eingeteilt. Sehr zu Zanes Überraschung war sein *Rudeljäger* trotz einer Höchstgeschwindigkeit von fast einhundertzwanzig Stundenkilometern der langsamste Kampfkoloss in seinem neuen Stern. Ihre Befehle machten den Grund für diese Aufstellung schnell deutlich. Der Sterncolonel wollte die Rächer gleichzeitig an der linken und rechten Flanke angreifen. Nach drei Attacken von rechts war er sicher, dass der Feind den nächsten Angriff von links erwarten würde. Die Novakatzen griffen wieder von rechts an, während ein Stern abgestellt wurde, um die linke Flanke des Gegners zu überfallen, während dessen Aufmerksamkeit abgelenkt war. Die eigenen Kräfte im Angesicht des Feindes aufzuteilen, war eine riskante Taktik, aber die Lage war verzweifelt genug, das zu rechtfertigen.

Der gegen die linke Flanke der Rächer in Marsch gesetzte Stern bestand aus Zane in *Ebenholzdrache*, MechKriegern Jacqil und Jason in *Incubi*, MechKriegerin Pela in einem *Jenner III* und MechKriegerin Killian in ihrem reparierten *Gletscherfuchs*. Während das Gewitter die Landschaft weiter in Regen und Dunkelheit hüllte, waren die fünf Mechs durch die Nacht geprescht. Sie waren hinter dem Feind vorbeigerannt und erst weit über dessen linke Flanke hinaus zurück in Richtung Neu-Circe geschwenkt. Für dieses Umgehungsmanöver hatten sie den größten Teil der vergangenen Stunde benötigt, und sie waren gerade in Stellung, als bunte Energiestrahlen in rund zehn Kilometer Entfernung die Unterseite der Wolkendecke zum Leuchten brachten. Kurz darauf fingen die Außenlautsprecher ihrer Mechs das Krachen der Detonationen und das Stakkatofeuer der Autokanonen auf.

Zu Zanes großer Überraschung hatte Jal Steiner ihm den Befehl über den Stern gegeben. Er würde sich nach der Schlacht in einem Positionstest dieser Aufgabe als würdig erweisen müssen ... falls er es überlebte.

»Der Angriff läuft«, stellte er fest, obwohl ihm klar war, dass seine Sternkameraden das Schauspiel ebenso deutlich sahen wie er. Die fünfzehn Minuten, die sie warten sollten, verstrichen mit nervenaufreibender Zähigkeit. Sein ganzer Körper war angespannt und wartete darauf, den *Rudeljäger* in Bewegung zu setzen. Es kostete Zane seine ganze Willenskraft, sich am instinktiven Griff nach dem Fahrthebel zu hindern. Die letzten Sekunden tickten vorbei, dann war es soweit.

»Los!«, schrie er. Sein Stern preschte auf die Flanke des Gegners zu. Seine PPK suchte bereits nach dem ersten Ziel. Jetzt brauchte er sich nicht mehr zurückzuhalten.

In seinem Hinterkopf ließ ein Gedanke nicht locker. *Werden wir uns heute Nacht gegenübertreten?*

27

**Rossebenen, Neu-Circe, Yamarovka
Präfektur Irece, Militärdistrikt Pesht,
Draconis-Kombinat**

2. Oktober 3062

Yoshio fasste den Steuerknüppel fester und feuerte eine Salve Mittelstreckenraketen in einen Schwarm Elementare, der gerade einen leichten *Owens*-Omnimech ausgeschaltet hatte. Weil er wusste, welche Gefahr diese gengezüchtete Superinfanterie darstellte, feuerte er, während er sich im Rückwärtsgang aus ihrer Nähe entfernte. So sehr er seinen vierbeinigen Mech auch aus den verschiedensten Gründen schätzte – dass er dessen Waffen nur gegen Ziele im Frontschussfeld einsetzen konnte, hatte gewisse Nachteile.

Der Einschlag der Raketen pulverisierte den Gefechtspanzer eines Elementars und verstreute den Rest der gepanzerten Infanteristen, unterstützt von den Druckwellen der Detonationen, in alle Himmelsrichtungen. Sie erinnerten ein wenig an riesige Besoffene, wie sie durch die Dunkelheit rollten und taumelten, kamen aber schnell wieder auf die Beine und griffen mit weiten, von ihren Sprungtornistern ermöglichten Sätzen weiter an.

Rubinrote Lichtpfeile flackerten von Yoshios linker Seite heran, schnitten einen Elementar entzwei und fegten noch mehrere andere vom Himmel. Er grinste zufrieden, als ein Rächer-*Komodo* neben den *Bishamon* trat. Der durch das vorgestreckte Cockpit seltsam bucklig wirkende Mech war eigens für den Kampf gegen die gepanzerte Clan-Infanterie entwickelt worden, und spezielle Manschetten um seine Unterarme enthielten je fünf mittelschwere Laser. Yoshio zog sich weiter zurück und überließ diese Aufgabe gerne einem Mech, der eben darauf spezialisiert war.

Nach mehreren hundert Metern brachte er den *Bishamon* mit einem Seitschritt schräg vorwärts, ein Manöver, das nur in einem vierbeinigen Mech möglich war. Von hier aus konnte er den nur wenig mehr als zwei Kilometer entfernten Raumhafen sehen. Der Regen ließ allmählich nach, und die Wolken im Westen glühten im Licht des bevorstehenden Sonnenaufgangs. Der Anblick der wartenden Landungsschiffe seines Regiments war wie der Blick auf das Gelobte Land nach vierzig Jahren Wanderschaft durch die Wüste. Diese Nacht hatte sich ohne Zweifel wie vierzig Jahre *angefühlt*, dachte er düster.

Der letzte Angriff hatte sein Bataillon fast zerschlagen, und nur die Ankunft des 1. Bataillons hatte ihren Sieg noch gerettet. Die Novakatzen hatten ihre schweren und überschweren Mechs bis zum letzten Moment zurückgehalten und dann in einem Schlag losgelassen. Der schwere Sturmstern hatte aus zwei *Supernovas*, zwei *Novakatzen* und einem Mech bestanden, den Yoshio als einen *Highlander IIC* zu identifizieren glaubte. Die fünf Kampfkolosse hatten die Mechs seiner Frontlinie beiseite gefegt und waren durch die plötzlich aufklaffende Lücke mitten in die Formation vorgestoßen. Dann waren die Clan-Mechs nach links abgedreht und hatten die gesamte rechte Flanke seiner Linie von hinten aufgerollt. Ihre massierte Feuerkraft war größer als die einer kompletten Kompanie seiner Truppen gewesen. Innerhalb der dreißig Sekunden nach dem Durchbruch der Clanner hatte er eine zweite Lanze Mechs verloren.

Als Yoshios rechte Flanke sich auflöste, waren die restlichen Novakatzen auf dieser Seite umgeschwungen und hatten die linke Flanke attackiert. Die ganze Frontlinie hatte vor dem Zusammenbruch gestanden, und Yoshio hatte hilflos zusehen müssen, während seine Leute schneller starben, als er sie zählen konnte.

Zum ersten Mal in dieser Höllennacht hatte er es für möglich gehalten, besiegt zu werden. Dann hatten die leuchtenden Energiebahnen und flackernden Treibsätze Hunderter durch den allmählich aufhellenden Himmel herabstürzender Raketen die Ankunft zweier zusätzlicher Kompanien des 1. Bataillons angekündigt. Die Novakatzen-Krieger kämpften wie Dämonen und nutzten ihre legendäre Fähigkeit, ihre Energiewaffen punktgenau zu zielen, mit tödlicher Effektivität.

Den einen verbliebenen Mech jenes Sturmsterns hatte Yoshio immer noch inmitten eines Felds zertrümmerter Mechwracks stehen sehen. Es war ein Anblick, der ihn bis zu seinem Tode nicht loslassen würde. Im von unten kommenden Licht der brennenden Trümmer hatte die *Novakatze* versengt und pockennarbig auf dem Schlachtfeld gestanden, der zertrümmerte linke Arm nur noch an mehreren Kabeln vom Rumpf hängend. Ein schneller Blick auf die IR-Anzeige hatte bestätigt, dass die Maschine gnadenlos überhitzt war. Yoshio konnte nicht fassen, dass der Pilot auch nur diese Hitze überlebt hatte, geschweige denn in der Lage gewesen war, den Mech weiter kampfbereit zu halten. Aber er hatte weitergefeuert, mit den beiden Lasern im rechten Arm. Yoshio hatte es bis jetzt noch nie mit den neuen Ultralasern der Clans zu tun bekommen, aber für eine so furchtbare Verwüstung, wie sie diese ungewöhnlich dicken Energiestrahlen anrichteten, war keine andere Erklärung möglich. Der *Novakatze*-OmniMech, der Stolz des Novakatzen-Toumans, hatte entschlossen gewirkt, alle Feinde der Clans auszulöschen. Aber auch er war schließlich gefallen.

Jetzt, den fernen Raumhafen vor Augen, fühlte Yoshio sich wieder sicher, dass sie den Sieg erringen würden. Doch um welchen Preis? Er hatte Meldungen über den bestätigten Abschuss von dreiundzwanzig Novakatzen-Mechs. Aber sein Bataillon war dezimiert und das Regiment hatte das Doppelte an Maschinen verloren. Ein wahrhafter Pyrrhussieg.

»Bist du heute Nacht gefallen, Zane?«, flüsterte er. Er streckte die Hand aus, um die Kommleitung zu den Schiffen zu öffnen, als er etwa vierhundert Meter zu seiner Linken einen BattleMech sich einen Weg durch die rauchenden Trümmerhaufen bahnen sah. Er glaubte das Modell zu erkennen und schaltete den Sichtschirm auf Vergrößerung.

Das Bild eines zerbeulten *Rudeljäger* flog auf ihn zu.

Zane benutzte die Sprungdüsen *Ebenholzdraches,* um dichter an den Gegner heranzukommen, nach dem er schon die ganze Nacht gesucht hatte. Er setzte den Mech etwa vierhundert Meter vor dem *Bishamon* auf und öffnete einen Breitbandkanal, um von allen gehört zu werden. Er hatte sich nie ausgemalt, wie es zu diesem Augenblick kommen würde, aber jetzt, als er seinem Feind auf dem von Tod und Vernichtung übersäten Schlachtfeld gegenüberstand, wusste er, dass es nur *einen* wahren Weg gab, ihren Konflikt zu lösen.

»Ich bin MechKrieger Zane vom Clan Novakatze. Ich steuere den einzigen *Rudeljäger* im gesamten Drachenkatzen-Sternhaufen. Ich beanspruche hiermit Zellbrigen und fordere Chu-sa Yoshio, den Piloten des *Bishamon,* zu einem Duell der Krieger. Niemand mische sich in diesen Ehrenhandel ein!«

Nur Schweigen beantwortete seine Herausforderung.

Die wenigen draconischen und Novakatzen-Krieger, die noch in Kämpfe verwickelt waren, wurden davon so überrascht, dass ihre Schusswechsel zum Erliegen kamen – und alle Augen richteten sich auf den Herausforderer.

Yoshio starrte den trotzig auf dem Schlachtfeld stehenden *Rudeljäger* an, dessen Panzerung nur unbedeutende Brandflecken und Risse zeigte. Er konnte die Bewunderung für diesen Gegner nicht unterdrücken. Er schob den Fahrthebel vor und brachte den *Bishamon* bis auf dreihundert Meter an die Clan-Maschine heran. Dann stoppte er und öffnete ebenfalls einen Breitbandkanal.

»Ich bin Palmer Yoshio, Chu-sa des 3. Bataillons, 11. Rächer Alshains der Vereinigten Soldaten des Draconis-Kombinats. Fünf Generationen meiner Familie haben in den Diensten des Drachen das Schwert geführt, und in den einunddreißig Jahren meines Lebens habe ich auf mehr als einem Dutzend Welten gekämpft und geblutet. Ich nehme die Herausforderung an und verbitte mir jede Einmischung Dritter.«

Obwohl es keine traditionelle Samuraiformel für die Annahme einer Herausforderung gewesen war, fühlte Yoshio sich sicher, dass seine Worte diesen Zweck erfüllten.

Zane antwortete nur mit einem einzigen Wort. »Seyla.«

Als er diesem tapferen Krieger gegenüberstand, wusste Yoshio, dass er seinen Tod betrauern würde. Doch die Sekunden dehnten sich zu einer ganzen Minute, als die Mechs sich schweigend über die dreihundert Meter Distanz gegenüberstanden. Der Regen hatte endlich aufgehört und der Wind trieb die Wolken langsam nach Osten. Jenseits der Ebene sah er einen goldenen Lichtschimmer. In wenigen Minuten würde die Sonne über den Horizont treten.

Zane starrte über die Entfernung, die seinen Mech von dem Yoshios trennte und wusste, was er zu tun hatte. Noch immer erfüllte ihn dieselbe Euphorie, und er war sich sicher, dass er Yoshio besiegen würde. Trotzdem hatte er noch keinen Finger geregt. Etwas nagte an ihm, eine letzte, unbeantwortete Frage.

»Warum, Yoshio?«, fragte er über die Breitbandverbindung.

»Warum was? Warum haben wir heute Nacht gekämpft? Ich habe auch eine Frage, Zane. Wie?«

Zane verstand. Yoshio wollte wissen, wie die Novakatzen vom Plan der Rächer Alshains erfahren hatten. Er entschied, ihm die Wahrheit zu sagen. »Du wirst die Antwort nicht glauben, aber ich gebe sie dir trotzdem. Es war die Vision, die ich auf dem Berg Tengoku hatte. Es hat mich Wochen gekostet, das Rätsel ihrer Bilder zu entschlüsseln, aber schließlich habe ich die Bedeutung erkannt und gesehen, dass die Rächer Alshains die Geisterbären angreifen würden. Und selbst wenn es mein Leben kosten mag und bereits das Leben vieler meiner Eidgeschwister gekostet hat: Wir mussten euch aufhalten.«

Yoshio antwortete nicht.

»Hast du auch nur die geringste Vorstellung davon, was ihr angerichtet hättet, Yoshio? Ich habe euch mit Respekt vom Clan Geisterbär sprechen hören. Und trotzdem deutet ihr seinen Widerwillen, sich in die Machtkämpfe einzumischen, die sich außerhalb seiner Grenzen abspielen, oder sein Machtgebiet auszudehnen, als ein Zeichen von Schwäche. Begreift ihr das Wesen des Bären nicht? Er verbringt Monate im Winterschlaf, aber wehe dem, der ihn aufweckt! Der Zorn des Bären, ist er einmal entfacht, ist gnadenlos. Während der Invasion haben die Geisterbären sich nicht sonderlich hervorgetan, aber sieh sie dir jetzt an. Stark und unversehrt, wo andere zerschlagen und vernichtet wurden.«

»Wir kennen die Stärke des Geisterbärenclans genau!«, schleuderte Yoshio wütend zurück. »Deswegen sind wird nur eines der Regimenter, die auf dem Weg sind, unsere Heimatwelt zurückzuerobern. Wir wissen, wozu die Geisterbären fähig sind, aber das spielt keine Rolle. Die Höhle, in der sie schlafen, war unser, lange bevor euer Nicholas Kerensky gezeugt wurde! Deshalb haben wir heute Nacht gekämpft. Wir müssen die draconischen Welten zurück in draconische Hände holen und uns von den Clans säubern!«

Zane saß sprachlos in seinem Cockpit, zu schockiert, um die obszöne Beleidigung des Gründers ernsthaft wahrzunehmen. Nahezu der gesamte Drachenkatzen-Sternhaufen war umsonst in den Tod gegangen. Die 11. Rächer Alshains waren nur eines der Regimenter, die einen Angriff auf die Geisterbären planten. Wie konnten sie so blind sein? Ein Angriff auf Alshain würde den schlafenden Bären wachrütteln, und er würde einen hohen Blutzoll dafür fordern.

Yoshios Hände bebten vor Zorn. Zanes Worte hatten seinen ganzen alten Hass auf die Clans und die Schande wieder geweckt, die der Koordinator dem Kombinat zugemutet hatte. Es spielte keine Rolle mehr, dass die Novakatzen bewunderungswürdige Krieger waren. Es lag nichts Böses darin, seinen Gegner zu respektieren. Sein Ninjo, sein Mitgefühl, sagte ihm, dass sein Verhältnis zu Zane eine Rolle spielte. Aber Yoshio war ein Samurai des Draconis-Kombinats … des *wahren* Draconis-Kombinats …, und er kannte seine Giri, seine Pflicht. Das Kombinat musste von allem reingewaschen werden, was seine Ehre befleckte.

Plötzlich zeigte ihm das Wissen über die Gebräuche der Clans, das er sich in seiner Zeit unter den Novakatzen angeeignet hatte, einen Weg, Ninjo und Giri zu verbinden.

»Um die Kameradschaft zu ehren, die uns verbindet, biete ich dir Hegira an«, sagte er. Er wusste, dass das Clanritual der Hegira einem Gegner gestattete, sich ohne weiteren Kampf und ohne Ehrverlust vom Schlachtfeld zurückzuziehen.

Würde Zane es auch so sehen?

Zane schloss die Augen und dachte an den sinnlosen Tod seiner Kameraden. Er wartete auf den Zorn, der in ihm hätte aufsteigen müssen. Aber da war nichts. Sein Geist kehrte zu dem Wachtraum von sich und Yoshio als Gegnern auf verschiedenen Seiten eines Spiegels zurück, die sich beide gegen dieselbe Barriere stemmten. Statt Zorn fühlte er Trauer. Yoshio glaubte, so wie Zane es lange getan hatte, dass sein Clan nicht wachsen und gedeihen konnte, wenn er nicht von allen Fremdeinflüssen gereinigt wurde. Aber dieser Weg war ein Irrtum. In Wahrheit ging es darum, sich selbst zu reinigen. Und wenn es dazu nötig war, seinen schlimmsten Feind als Wegbegleiter anzunehmen, dann war das der Preis, der bezahlt werden musste.

Obwohl ihm klar war, dass er damit nichts ändern würde, öffnete er das Mikro. »Ich habe mich selbst gereinigt, Palmer. Schließe dich mir an.«

Zum ersten Mal verwendete er Yoshios Vornamen. Vielleicht würde der Schock dieser vertraulichen Anrede den draconischen Krieger aufwecken. Was Zane betraf, er hatte endlich Frieden gefunden. Er war auf dem richtigen Weg.

Kashira Hohijo Goshikis Tränen rannen über Wangen – heiß vor Scham. Er war in einem streng nach den Prinzipien der Samurai geführten Haushalt aufgewachsen und hatte angewidert mit ansehen müssen, wie das Draconis-Kombinat seine Reinheit und Ehre verkaufte. Die Mitgliedschaft in den Rächern Alshains und der Gesellschaft vom Schwarzen Drachen war für ihn nur natürlich gewesen. Sie alle hatten Jahre darauf gewartet, gegen die Untermenschen der Clans zurückzuschlagen. Der Befehl, der die Rächer zum gemeinsamen Training mit den Novakatzen gezwungen hatte, war sein schlimmster Albtraum gewesen, und er hatte jeden wachen Moment auf dieser verfluchten Welt mit dem Versuch verbracht, jede Infizierung durch diese Wilden zu vermeiden.

Als die beiden Seiten in dieser Nacht zu den Waffen gegriffen hatten, war er voller Begeisterung über die Gelegenheit gewesen, es denen heimzuzahlen, die seinem Haus so viel genommen hatten. Aber die Nacht hatte Schrecken für ihn bereitgehalten, auf die er nicht vorbereitet gewesen war, und er war der Einzige seiner Kompanie, der überlebt hatte. Er hatte zugesehen, wie die erbärmlichen Katzen aus dem Hinterhalt angegriffen, seine Freunde und Kameraden niedergemetzelt hatten. Sein eigener *Totschläger* hatte einen Arm und den größten Teil der Panzerung verloren. Der Hüftaktivator des rechten Beins hatte sich festgefressen und nur noch eine einzige seiner Waffen funktionierte.

Jetzt starrte er in einer Mischung aus Wut, Hass und Schmerz über die fünfhundert Meter Distanz zu diesem Novakatzen-Krieger hinüber, der so arrogant dastand und es wagte, Chu-sa Yoshio zum Duell zu fordern.

Die Tränen strömten, als er das Wort »Hegira« hörte. Selbst er wusste, was es bedeutete, und er konnte nicht fassen, dass sein Kommandeur diesem Untermenschen erlauben wollte, unversehrt abzuziehen. Halb blind vor Wut zog er das Fadenkreuz der einen ihm noch verbliebenen Waffe über den *Rudeljäger*. Das Training eines ganzen Lebens in diesen Augenblick bündelnd, drückte er den Feuerknopf.

Eine anderthalb Meter lange Stichflamme schlug aus der Mündung der Autokanone. Die Granaten aus abgereichertem Uran donnerten in die rechte Schulter des Clan-Mechs und wanderten von dort zum Kopf. Er kämpfte mit der ganzen Kraft seiner Wut gegen den Rückstoß der Waffe und hielt das Fadenkreuz über dem Ziel. Als er das Ergebnis seiner Salve sah, lächelte er. Der Novakatzen-Mech kippte enthauptet zu Boden.

Yoshio starrte starr vor Entsetzen auf den stürzenden *Rudeljäger*.

»Was hast du getan?«, schrie er. Er war noch dabei, den *Bishamon* in Richtung des draconischen Mechs zu wenden, der das Duellritual verletzt hatte, als Stimmen aus dem Funkgerät drangen.

»Chu-sa«, meldete sein Tai-i. »Wir zeichnen zahlreiche Mechs, die den Verteidigungskordon um den Zeta-Kommandobereich verlassen. Mindestens zwei Sternhaufen sind im Anmarsch auf unsere Position. Geschätzte Ankunftszeit in weniger als zehn Minuten. Sie müssen diese gesamte Auseinandersetzung mitverfolgt haben.«

Yoshio war sich sehr bewusst, was dieser Bruch des Zellbrigenrituals für Folgen haben würde. Galaxis Zeta griff an. Er ignorierte die Meldung und stürmte mit seinem Kampfkoloss auf den schwer beschädigten *Totschläger* zu.

Er öffnete eine Verbindung zu dem Piloten des Mechs. »Du Narr, hast du nicht begriffen, dass wir gewonnen hatten? Was hätte es ausgemacht, wenn *ein* Krieger entkommen wäre?«

Ohne auf eine Antwort zu warten, feuerte er eine Breitseite aller Waffen seines BattleMechs ab. Die flackernden grünen Energiebolzen der Impulslaser, die glutheißen Lanzen rubinroter Lichtenergie, eine volle Salve aus zwanzig Raketen hämmerten auf den *Totschläger* ein, pulverisierten ihn geradezu, töteten seinen Piloten augenblicklich. Yoshio verspürte keinen Hauch von Bedauern.

»Alle Einheiten, zurückziehen. Ich wiederhole, zurückziehen.« Obwohl er Trauer über Zanes Tod empfand, verlangte seine Giri, dass er den bevorstehenden Feuersturm überlebte.

Während er mit seinem Mech zurück über den Boden jagte, den sie teuer erkämpft hatten, konnte er den

Gedanken nicht abschütteln, dass es so zum Besten war. Wenn man einen Feind zum Freund gewann, wie konnte er ein Feind bleiben? Und für Yoshio war klar, dass die Clans der Feind waren, wie auch immer sie aussahen, was auch immer sie sagten.

Trotzdem, als er einen letzten Blick auf den am Boden liegenden *Rudeljäger* warf, der aus dieser Entfernung wie ein schlafender Krieger wirkte, kam ihm eine Frage in den Sinn. *Hat Zane nicht doch gewonnen?*

Darauf wusste er keine Antwort.

28

Im freien Fall über Alshain
Geisterbären-Dominium

18. Oktober 3062

Der Mech stürzte. Durchgeschüttelt von der unter lautem Heulen verdrängten Luft stürzte er mit Endgeschwindigkeit durch den düsteren Himmel eines verregneten Nachmittags auf Alshain hinab. Der nur fünf Kilometer entfernte Boden raste auf die stürzende Maschine zu. Es schien fast unvermeidlich, dass sie zerschellen würde. Eingeschlossen im Cockpit des Mechkopfes, der dem des mythischen Dämons nachgebildet war, der dem Kampfkoloss seinen Namen gab, erfuhr Chu-sa Jennifer Kiyaga, was Angst bedeutete. Eine pulsierende, Mark und Bein durchdringende Erfahrung, die ihr ganzes Dasein einschloss und drohte, jeden anderen Sinneseindruck zu blockieren.

Es war nicht der Gefechtsabwurf, der ihr Angst machte. Sie hatte schon eine ganze Reihe von Halborbitalabwürfen mitgemacht, in denen ihr AKU-1X *Akuma* aus dem Hangar eines Landungsschiffs gestürzt war. Der Abwurfkokon beschützte ihn vor der Hitze des Eintritts in die planetare Atmosphäre und der Mech konnte sicher mit Hilfe von Sprungdüsen aufsetzen, ob diese nun Teil seiner Konstruktion oder speziell für den Abwurf als gigantischer Sprungtornister angepasst waren. Es war ein gefährliches Manöver, aber sie war zuversichtlich, dass sie in der Lage war, ihren Mech unbeschadet auf der Oberfläche Alshains zu landen. Ihr Entsetzen speiste sich aus dem, was sie in den letzten Stunden gesehen hatte.

Als Kommandeurin des 2. Bataillons der 14. Rächer Alshains hatte sie schon vor dem Abflug von Courchevel fast vier Wochen und mit kaum unterdrückter Erregung auf diesen Augenblick gewartet. Beim Eindringen in die Geisterbären-Besatzungszone – für sie würde dieser Raum niemals das Geisterbären-Dominium sein – hatte sie gewusst, dass sich die endlose Ausbildung der Rächer-Regimenter endlich auszahlen würde. Nach zehn langen Jahren würden sie die Clan-Invasion zuletzt doch rächen und ihre Heimatwelt befreien. In dem Wissen, dass ihnen ein furchtbarer Kampf bevorstand, aber zugleich überzeugt davon zu siegen, hatte Jennifer, wie alle Krieger der Rächer, die erzwungene Untätigkeit des Raumflugs gehasst und sich danach gesehnt, den ahnungslosen Geisterbären die Hölle heiß zu machen.

Dann hatte der lang ersehnte Traum sich in einen Albdruck verwandelt. In dem Wissen, dass die Geisterbären Kriegsschiffe an den Nadir- und Zenithsprungpunkten stationiert haben würden, hatten die Rächer ihre perfekten Kenntnisse des Systems dazu benutzt, einen Piratenpunkt zu berechnen. Die normalerweise neun Tage dauernde Flugstrecke vom Sprungpunkt zum Planeten wurde dadurch auf gerade einmal zwei Tage reduziert. Die exakte Planung des Einsatzes hätte alle Regimenter innerhalb weniger Stunden eintreffen lassen müssen.

Der erste Schock hatte sie getroffen, als die 11. Rächer Alshains nicht wie vorgesehen am Rendezvouspunkt erschienen waren. Als nach drei Stunden Wartezeit keine Spur oder Nachricht ihrer Kameraden eingetroffen war, konnten die drei übrigen Regimenter nicht länger riskieren, geortet zu werden, und hatten ihren Hochgeschwindigkeitsflug nach Alshain aufgenommen.

Mit einer Luft/Raumjägereskorte aus einem kompletten Regiment von einhundert Jägern und dem erhebenden Anblick des *Tatsumaki*-Klasse-Kriegsschiffs *Letzte Träne des Drachen* an ihrer Seite, waren die drei kombinierten Regimenter mit gnadenlosen 2G Andruck durch das System gebraust, um so schnell wie möglich ihr Ziel zu erreichen.

Die draconischen Invasoren waren überrascht gewesen, als die Geisterbären auf den Angriff nicht mit einem Batchall reagiert hatten, der nach den Clan-Regeln der Kriegsführung verlangten Kampfaufforderung. Entweder hatten die Geisterbären die Einhaltung der Clan-Regeln aufgegeben, was wenig wahrscheinlich war, oder Alshain war für derartige Höflichkeiten einfach zu wichtig. Das hatte die Zweifel geweckt.

Als sie sich dem Planeten näherten, waren Schwärme von Luft/Raumjägern aus der Atmosphäre aufgestiegen, um die anfliegenden Invasoren in der tödlichen Stille des Weltraums zu stellen. Dicht hinter ihnen waren Clan-Landungsschiffe gekommen und hatten weitere Jäger und ihre eigenen Geschütze ins Spiel gebracht. Die *Letzte Träne des Drachen* hatte so kleine Ziele wie die Luft/Raumjäger nicht anvisieren können, aber mit den Landungsschiffen hatte sie kurzen Prozess gemacht, und sie waren davongestoben wie Sprotten vor einem Wal.

Dann war der zweite Schrecken des Tages über dem Horizont Alshains in Sicht gekommen. In ihrem Abwurfkokon hatte Jennifer zusammen mit den anderen Bataillonsführern die Kamerabilder der angreifenden Landungsschiffe gesehen. Die Vergrößerung hatte einen Anblick auf ihren Sichtschirm gespeist, wie sie ihn nie zuvor gesehen hatte, und eine volle Minute hatte Totenstille auf der Kommleitung geherrscht. Nur das gedämpfte Wummern auftreffender feindlicher Schüsse und das Donnern der Bordgeschütze ihres Landungsschiffs hatte die Stille unterbrochen.

Über Alshain hing eine Raumwerft, die wenige Jahre zuvor noch nicht existiert hatte. Die riesige Anlage erreichte locker die Größe der draconischen Wakazashi-Raumwerft über Chatham. Aber weniger die Größe der Werft machte die Invasoren sprachlos, als das in der offenen Dockanlage – die sich über die ganze Länge der Werft erstreckte – liegende Schiff.

Das offene Metallgerüst des Docks wirkte wie der Brustkasten eines monströsen mechanischen Ungeheuers, jede einzelne Rippe dicker als der Größte der anfliegenden Luft/Raumjäger, teilweise sogar dicker als ein Landungsschiff. Die draconischen Krieger hatten einen ungehinderten Blick auf das größte Kriegsschiff, das die menschliche Spezies je gebaut hatte. Es hatte Gerüchte und Spekulationen über die *Leviathan*-Klasse gegeben, von der angeblich nur zwei Schiffe existierten. Das Schiff sollte eine Länge von unfassbaren eins komma sechs Kilometern haben. Noch erschreckender war seine Masse. Die ISA war nicht in der Lage gewesen, vollständige Daten zu beschaffen, aber es hieß, der *Leviathan* habe eine Masse von fast zwei komma vier Millionen Tonnen. Nur waren dies alles jetzt keine Gerüchte mehr. Das hier war eine Tatsache.

Jennifer hatte wie betäubt auf den Raumgiganten gestarrt und versucht, den fantastischen technologischen Vorsprung und die militärischen Möglichkeiten eines derartigen Schiffes zu fassen. Die *Tatsumaki*-Klasse, der Stolz der draconischen Flotte, schrumpfte im Vergleich zur Bedeutungslosigkeit.

Was die tranceartige Ehrfucht der Bataillonsführer schließlich beendet hatte, war die Feststellung, dass an der sichtbaren Seite des Raumschiffskolosses riesige Teile der Panzerung fehlten und den Blick ins höhlenartige Innenleben des Schiffes freigaben – und die plötzliche Erleichterung, dass dieses Schiff nicht gegen sie zum Einsatz käme. Warum ein so neues Schiff nach so kurzer Zeit bereits eine so tiefgreifende Reparatur benötigte, war Jennifer völlig unerklärlich.

Dann hatte ein anderes Kriegsschiff den Blick auf die Raumwerft blockiert, ein Schiff, das sehr viel näher war und sich mit hoher Geschwindigkeit den draconischen Angreifern näherte. Die *Letzte Träne des Drachen* drehte auf den anfliegenden Gegner zu und schob sich zwischen das näher kommende Clan-Schiff und die Landungsschiffe der Rächer.

Jennifer war das Herz in die Hose gerutscht, als der Kapitän des Landungsschiffes das sich nähernde Kriegsschiff vergrößert hatte. Im Gegensatz zu dem *Leviathan*, den bis zu diesem Zeitpunkt niemand im Kombinat zu Gesicht bekommen hatte, war dieses Schiff bekannt. Das Schlachtschiff der *Nightlord*-Klasse war mehr als doppelt so groß wie die *Tatsumaki*-Klasse, und für Jennifer stand der Ausgang dieses Gefechts fest. Sie hatte nur beten können, dass das Opfer der *Letzte Träne des Drachen* den Landungsschiffen die letzten Minuten erkaufen würde, die sie für den Gefechtsabwurf brauchten.

Die 15. Rächer hatten die Abwurfzone zuerst erreicht und begonnen, so schnell wie möglich ihre Mechkokons auszuschleusen. Genau drei Minuten später hatte Jennifers 14. Regiment den Abwurf gestartet. Für mehrere Minuten völlig von der Außenwelt abgeschnitten, war sie taub, stumm und blind auf den Planeten hinabgestürzt, unfähig, irgendeinen Einfluss auf die Schlacht zu nehmen.

Als ihr *Akuma* schließlich die oberen Luftschichten hinter sich hatte, war er aus dem auseinander fliegenden Abwurfkokon geradewegs in eine Albtraumszenerie eingetaucht. Ringsumher machten Clan-Maschinen Jagd auf die herabstürzenden Alshain-Mechs und zerstörten viele von ihnen noch in den Kokons. Obwohl die Rächer-Luft/Raumjäger heldenhafte Anstrengungen übernahmen, die Clan-OmniJäger fernzuhalten, schätzte sie mit geübtem Blick, dass die Geisterbären keine Stunde brauchen würden, um sich die Lufthoheit zu sichern.

Der letzte Schock war schließlich der von einem Donnerschlag begleitete lodernde Absturz der *Letzte Träne des Drachen* in die Lufthülle Alshains. Der *Tatsumaki*-Zerstörer hatte in diesem Kampf der Titanen nie eine Chance gehabt, aber mit ansehen zu müssen, wie das elegante Schiff außer Kontrolle durch die Atmosphäre stürzte und auseinander brach – dies trieb ihr die Tränen in die Augen. Sie trauerte um den Verlust des Schiffes und die zweihundertvierzig Krieger an Bord, die ihr Leben für den Versuch gegeben hatten, diese Welt aus den Pranken der Geisterbären zu befreien.

Schlimmer noch war das Wissen, dass sie umsonst gestorben waren. Jennifer, als Mechpilotin bestenfalls Mittelklasse, war durch ihre besonderen strategischen Fähigkeiten zur Bataillonskommandeurin und stellvertretenden Regimentsführerin der 14. Rächer Alshains aufgestiegen. Mehrere Aspekte der Planung Operation Batsus gingen auf ihre Vorschläge zur möglichen Verbesserung der ursprünglichen Pläne zurück.

Als sie jetzt durch einen von flammender Vernichtung erfüllten Himmel auf Alshain hinabstürzte, wurde ihr klar, dass sie die Bedeutung dieses Systems für die Geisterbären schwer unterschätzt hatten. Angesichts einer solchen Raumwerft und eines Schlachtschiffs im Orbit um den Planeten war für sie kein Zweifel möglich: Am Boden erwartete sie eine komplette Galaxis, wenn nicht sogar zwei, von Elite-MechKriegern der Clanner.

Gemeinsam hätten alle vier Alshain-Regimenter möglicherweise eine kleine Chance gehabt, den drohenden Untergang noch in einen Sieg zu verwandeln. Aber die 11. Rächer waren aus unerfindlichen Gründen nicht aufgetaucht, und der Clan-*Nightlord* hatte die Hälfte der 8. mitsamt ihrer Landungsschiffe vernichtet, noch bevor sie abgeworfen werden konnten. Damit war an einen Sieg hier und heute nicht mehr zu denken.

Trotzdem würde sie kämpfen und sterben wie eine echte Samurai. Wenn sie heute umkommen sollte, würde sie zumindest so viele Geisterbären mit in den Tod nehmen, wie sie nur konnte. Sie konnte nur hoffen, dass ihre Niederlage nicht zu einem katastrophalen Vergeltungsschlag gegen Haus Kurita führte.

Chu-sa Jennifer Kyaga schob alle sie bedrängenden Sorgen beiseite und befreite sich von der Angst, indem sie ihr Todeshaiku dichtete. Im Cockpit ihres *Akuma* sprach sie die Worte laut aus, wie sie in ihren Geist traten:

Blauweiße Kälte
Drache schläft in Dämmerung
Erwache, Wildheit

Dann lächelte sie. Vielleicht würde dieser Tag der Beginn eines großen Erwachens werden. Vielleicht würden auch andere Krieger des Kombinats, wenn sie vom letzten Opfer der Rächer Alshains erfuhren, sich daran erinnern, dass der Drache dazu bestimmt war, über die gesamte Innere Sphäre zu herrschen.

Ja, sie würde sterben wie eine Samurai.

29

Einheitspalast, Imperial City, Luthien
Präfektur Kagoshima, Militärdistrikt Pesht,
Draconis-Kombinat

1. November 3062

Theodore Kurita, Koordinator des Draconis-Kombinats und Erster Lord des Neuen Sternenbunds, sah sich zum zweiten Mal in diesem Jahr in eine Situation gedrängt, in der die Umstände sein Handeln diktierten. Es war eine Lage, die er abgrundtief hasste. Er stand im Schwarzen Raum tief im Innern des Einheitspalastes und starrte auf die Holoprojektion des Draconis-Kombinats, auf der bläulich-weiße Linien aus dem Geisterbären-Dominium nahezu alle Grenzsysteme einschlossen. Er verstand nicht, wie es dazu hatte kommen können. Operation Bulldog war erst vor drei Jahren zu Ende gegangen, und schon stand das Kombinat wieder im Krieg gegen einen Clan! Es war zu früh.

»Wie ist das möglich, Ninyu?«, fragte er.

Nicht nur ganze Systeme liefen Gefahr verloren zu gehen, und zahlreiche Einheiten standen am Rande des Vernichtung, dies war auch eine politische Katastrophe. Theodore hatte seine Kriegsherren gegeneinander ausgespielt, um den Novakatzen eine Heimat im Kombinat zu geben, ohne einen neuen blutigen Krieg heraufzubeschwören, den sich weder sein Militär noch sein Volk leisten konnte. Er hatte es sogar geschafft, die draufgängerischen Tai-shus an der Kandare zu halten, die darauf bestanden hatten, Haus Kurita müsse die Geisterbären angreifen, um seine verlorenen Systeme zurückzuerobern. Es war ihm ein Rätsel, warum er als Einziger sah, wie verhängnisvoll in der momentanen Situation ein Krieg für das Kombinat wäre, erst recht ein Krieg gegen die riesige Militärmaschinerie der Geisterbären. Seine Kriegsherren argumentierten, dass das Draconis-Kombinat niemals auch nur den Versuch einer Koexistenz mit den Clans hätte machen dürfen, und sie benutzten die Geisterbären-Invasion als Vorwand, die Unzufriedenheit über das Bündnis mit den Novakatzen zu schüren.

Als die Clans 3050 in die Innere Sphäre eingefallen waren, hatte keiner von ihnen mehr als fünf Galaxien mobilisiert, und trotzdem hatten sie dank ihrer überlegenen Technologie jeden Widerstand hinweggefegt. Viele seiner Kriegsherren erklärten heute, dass die Fortschritte in der Militärtechnologie der Inneren Sphäre des letzten Jahrzehnts diese Lücke geschlossen hatten und jetzt der Zeitpunkt gekommen sei zurückzuschlagen.

Aber was diese Militärs nicht erkannten oder schlichtweg ignorierten, war der Bericht der ISA, dass die Geisterbären nahezu ihre gesamten Territorien im Clan-Raum aufgegeben und ihre gesamte Bevölkerung und Streitkräfte in die Innere Sphäre verlegt hatten. Die volle Macht der Geisterbären belief sich auf dreizehn Galaxien. Dreizehn Galaxien! Und jetzt war der Bär erwacht.

»Wie Ihr wisst«, stellte Ninyu fest, »haben wir Anfang des Monats eine Prioritäts-HPG-Nachricht von Khan West der Novakatzen erhalten, in der er um Bestätigung des Verlegungsbefehls für die 11. Rächer Alshains bat. Er hat uns in dieser Nachricht mitgeteilt, dass die Rächer behaupteten, neue Befehle erhalten zu haben, die ihre sofortige Abreise von Yamarovka verlangten. Aus noch nicht näher bekannten Gründen hat der Drachenkatzen-Sternhaufen den Rächern den Abflug nicht gestattet, und es kam zu einer Schlacht, an deren Ende die gesamte Provisorische Galaxis Zeta in den Konflikt hineingezogen wurde. Die Berichte sind noch lückenhaft, aber soweit ich es erkennen kann, haben beide Seiten schwere Verluste hinnehmen müssen, und die Überreste der 11. führen momentan einen Guerillakrieg gegen die Novakatzen.«

»Das weiß ich alles«, unterbrach Theodore ihn ungeduldig. »Die Kämpfe haben den Widerstand meiner Kriegsherren gegen die Novakatzen noch weiter geschürt. Ich habe Takura Migaki bereits angewiesen, dass die Stimme des Drachen das Desaster mit aller Macht im bestmöglichen Licht darstellen soll. Darf ich davon ausgehen, dass du mir längst bekannte Nachrichten wiederkäust, weil wir endlich wissen, was aus dem Rest der Alshain-Regimenter geworden ist? Konntest du bestätigen, dass es die Alshain-Truppen waren, die das Geisterbären-Dominium angegriffen haben?«

»Hai, Tomo. Um genau zu sein, berichten meine im Dominium arbeitenden Agenten, dass alle drei Regimenter Alshain überfallen haben.«

Theodore schüttelte verzweifelt den Kopf. Die Rächer hatten nicht nur das Kombinat verraten, sie hatten die Zentralwelt des Dominiums angegriffen. Kein Wunder, dass die Geisterbären auf voller Front zurückschlugen!

»Wie war das möglich?«

»Tai-shu Toshimichi Uchida hat die Befehle abgezeichnet.«

Theodore fixierte Ninyu mit starrem Blick. Falls dahinter noch etwas anderes steckte, wollte er es jetzt erfahren.

Ninyu neigte leicht den Kopf, dann sprach er weiter. »Ich glaube nicht, dass Uchida über die Möglichkeiten oder das Personal verfügte, um eine derartige Operation vorzubereiten und so lange geheim zu halten. Unsere Kriegsherren haben in derartigen Angelegenheiten eine beträchtliche Autonomie, aber hätte er allein gehandelt, wäre irgendwann etwas bekannt geworden.« Er pausierte kurz, wie um seine Gedanken zu ordnen. »Es gibt deutliche Hinweise auf eine Beteiligung der Schwarzen Drachen. Inzwischen erscheint es sogar offensichtlich, dass Tai-shu Uchida und ein Großteil der Rächer Mitglieder der Gesellschaft waren. Ich bin auch sicher, dass sie hochrangige nichtmilitärische Unterstützung erhalten haben. Es gibt keine andere Erklärung dafür, wie vier VSDK-Regimenter zu Verrätern werden und eine ausländische Macht angreifen konnten, ohne dass wir etwas davon ahnten.«

Theodore starrte seinen engsten Berater weiter an, während er in Gedanken verschiedene Szenarien durchspielte. »Herzog Ricol«, sagte er schließlich.

»Hai.«

»Du glaubst, er ist Mitglied in der Gesellschaft vom Schwarzen Drachen?«

»Wir beide kennen seine Vergangenheit. Er verdankt seine jetzige Stellung als Herzog des Alshain-Distrikts der Tatsache, dass er dem Kombinat den Gray-Death-Kernspeicher beschafft hat. Angesichts seiner Bestrebungen in der Vergangenheit halte ich es für sehr wahrscheinlich, dass er eine Führungsposition in der Gesellschaft übernommen hat.«

»Gibt es Beweise?«, fragte Theodore, obwohl er die Antwort darauf bereits kannte. Der Rote Jäger war schon immer für seine Vorsicht bekannt gewesen.

»Iie, Tomo. Nichts, was ihn mit irgendeinem dieser Vorfälle in Verbindung brächte.«

»Dann können wir vorerst nicht gegen ihn vorgehen.« Theodore drehte sich wieder zu der Holokarte um. »Bei Tai-shu Uchida ist das anders. Konnten wir feststellen, ob er an den Kampfhandlungen teilgenommen hat?«

»Iie.«

»Er muss gefunden und in die Verbannung geschickt werden. Auf keinen Fall darf er die Möglichkeit erhalten, im Kampf zu fallen oder Seppuku zu begehen. Das würde ihn nur zu einem Märtyrer für die Sache der Aufrührer machen. Was die Alshain-Regimenter betrifft, lässt sich nicht feststellen, wie weitgehend sie infiziert sind. Falls irgendeines der drei Regimenter den Angriff auf Alshain überlebt hat, sind alle seine Mitglieder hinzurichten.«

Theodores Stimme war hart und kalt. Es war eine brutale Entscheidung, eine Entscheidung, wie sein Vater sie ohne einen weiteren Gedanken gefällt hätte. Aber Verrat dieser Art gefährdete das ganze Reich. Er konnte ihn nicht dulden. Die verseuchten Gliedmaßen mussten abgehackt werden, um den Leib zu retten.

»Ist diese Projektion korrekt?«, fragte er. »Alle diese Systeme sind angegriffen worden?«

»So weit wir das verifizieren konnten, werden Najha, Kiesen, Meilen, Dumaring, Kiamba, Mualang, Courchevel, Schuyler, Nykvam, Idlewind und Richmond Ziel von Geisterbären-Invasionen. Ich bin ebenfalls davon überzeugt, dass Yamarovka, Itabaina, Labrea und Caripare in der Präfektur Irece noch vor Ende der Woche angegriffen werden. Diese Systeme liegen noch mehr als einen Sprung außerhalb des Dominiums.«

»Glaubst du, die Bären werden sich mit diesen Systemen zufrieden geben, oder werden sie weiter vorstoßen?«

»Ich kann Euch meine Meinung dazu sagen, Tomo, aber ich bin kein Militär. Möglicherweise kann Euch einer Eurer anderen Berater eine genauere Analyse der Invasion liefern.«

»Hai, du hast Recht«, stimmte Theodore ihm zu. »Aber ich brauche keinen meiner Berater, um zu sehen, dass wir nicht genügend Truppen an der Grenze haben, um eine Großoffensive zurückzuwerfen. In unserem Versuch, Victor an unserer VerCom-Grenze zu helfen, haben wir uns selbst geschwächt, möglicherweise katastrophal geschwächt sogar.«

Theodore betrachtete die Projektionen der draconischen Systeme, *seiner* Systeme, und er wusste: Es gab nur eine Antwort.

»Ich muss die Geisterregimenter zurück an die Dominiumsgrenze verlegen und hoffen, dass sie schnell genug eintreffen. Ich werde Victor im Hohen Rat des Sternenbunds an Unterstützung geben, was in meiner Macht steht, aber die Sicherheit meines Reiches hat Vorrang. Ich habe das unangenehme Gefühl, dass dieser Krieg gerade erst angefangen hat.«

Es stimmte Theodore traurig, Victor Steiner-Davion, der in den vergangenen Jahren ein guter Freund geworden war, nicht so beistehen zu können, wie er es sich gewünscht hätte. Es konnte keinen Zweifel geben, dass der junge Victor in den schweren Tagen, die ihm bevorstanden, jede Hilfe hätte gebrauchen können. Theodore wünschte ihm alles Gute, aber es sah ganz danach aus, dass der Prinz des Vereinigten Commonwealth sich seinen Thron aus eigener Kraft würde zurückerobern müssen.

Viele Lichtjahre entfernt vom Palast auf Luthien, und noch weiter entfernt von den draconischen Welten, auf denen die Geisterbären gelandet waren, saß der alte Mann friedlich auf seiner Lieblingsbank im Friedenspark von Dieron. Vor ihm waren die elfenbeinfarbenen Shogisteine auf einem rotschwarzen Duraplastspielbrett aufgebaut, das in die Platte des grauen, pilzförmigen Steintisches eingelegt war. Er strich sich über den gestutzten weißen Bart, während er das Brett betrachtete. Die blühenden Bäume, gepflegten Rasenflächen und kunstvoll gestutzten Sträucher ringsum bildeten eine sichere, geruhsame Zuflucht vor der Welt außerhalb des Parks.

Er sah aufs Brett und stellte fest, dass die meisten seiner Steine verloren waren, während sein Gegner noch über den Großteil der seinen verfügte. Das machte ihm keine Sorgen. Er befasste sich schon zu lange mit diesem Spiel, um sich vom Verlust seiner Steine aus der Ruhe bringen zu lassen. Er nahm mehrere Fusteine aus der Ablage und hielt sie in der Hand, als wiege er sie.

Als er die Finger um die Fusteine schloss, wusste er, dass auch die Menschen in seiner Umgebung nur Bauern waren. Genau wie sein Gegner verstand er, dass das Spiel niemals vorbei war und man immer neue Bauern finden konnte.

Ein Lächeln spielte um seine Lippen. Die Herausforderung, eine so verlustreiche Niederlage zu überwinden, war besonders reizvoll.

Eine neue Phase des Spiels hatte begonnen.

EPILOG

Sichtweisen-Park, Neu-Barcella, Irece
Präfektur Irece, Militärdistrikt Pesht,
Draconis-Kombinat

20. Dezember 3062

Lange Minuten waren verstrichen, seit die zwanzig Trommelschläge, mit denen die Schlachtenchronik eröffnet wurde, verklungen waren. Der Scheiterhaufen knallte, wild tanzten die Flammen, und noch immer stieg Minoru Novakatze nicht zu der Plattform hinauf, die über den donnernden Flammen aufragte. Das trockene Gebüsch, mit dem es entzündet worden war, verging in einem Aufzucken von Hitze und Licht. Große Flocken brennender Asche flogen durch die Luft und drohten, das Gras der Umgebung in Brand zu setzen.

Minorus Platz war hier, aber seine Gedanken wanderten. Ganz egal, wie entschieden er den Teil seines Lebens verdrängt hatte, der Minoru Kurita gewesen war, die schockierenden Ereignisse der letzten Monate hatten die sorgfältig aufgebauten Schutzmauern wie eine Kompanie Sappeure durchbrochen.

Hinter sich spürte er die Größe des Genetischen Archivs der Novakatzen, und rings um sich die Synergie der zu einem Geist verbundenen Krieger. Minoru empfand Scham, dass er sich von der Sorge um das Kombinat hatte ablenken lassen, aber zugleich erkannte er, dass noch ein langer Weg vor ihm lag. Er war ein Mitglied der Novakatzen geworden und hatte sich vier Jahre lang pausenlos bemüht, sein Ziel zu erreichen und das Amt des Eidmeisters zu erringen. Jetzt sah er, dass es nur ein Zwischenstopp war, ein Plateau. Der

Berg ragte noch immer vor ihm auf, sein Gipfel verborgen im Nebel der Zukunft.

Minoru war zu einem lebendigen Glied in der Allianz der Novakatzen mit dem Kombinat geworden, doch seine Arbeit war noch nicht beendet. Jetzt brauchte der Drache die Kraft des Clans, um zu überleben, und wenn Minoru dazu alles opfern musste, was er wusste und was er war, dann musste das halt sein.

Er blickte in die Flammen, aber das Feuer, das er sah, loderte in seinem Herzen. Plötzlich zeigte es ihm, was er zu tun hatte. Er war von den Novakatzen adoptiert worden, in ihre Kriegerkaste aufgenommen worden, aber sie würden ihn nie wirklich akzeptieren, solange er keinen Blutnamen besaß.

Eidmeister zu werden, genügte nicht. Das war überhaupt nur möglich gewesen, weil die Novakatzen einer der wenigen Clans waren, bei denen ein Blutname keine zwingende Voraussetzung für dieses Amt bedeutete. Auch wenn er einen Blutnamen errang, würde das nicht allen Widerstand gegen seine Rolle im Clan ausräumen, aber es würde eine große Hilfe sein. Und er würde ihn ohne die Unterstützung irgendeines hochrangigen Clanmitglieds erringen, als letzten Beweis seiner Legitimität als Novakatze.

Jetzt, da der ganze Zorn des Geisterbären wütete, würden sich reichlich Gelegenheiten ergeben, einen Blutnamen zu gewinnen. Schon hatte der Bär viele der draconischen Systeme erobert, die er vor einem Monat angegriffen hatte, und seine Offensive ausgedehnt.

Auch die Novakatzen hatten ein System an die Geisterbären verloren. Yamarovka, dessen Verteidigung durch den Kampf der Provisorischen Galaxis Zeta gegen die letzten Rächer Alshains geschwächt worden war, hatte einer Invasionsstreitmacht aus Elementen der Geisterbären-Galaxien Sigma und Omega kaum etwas entgegensetzen können. Sie hatten den Überlebenden Zetas keine Hegira angeboten, sondern sie gezwungen, ehrlos die Flucht zu ergreifen. Wieder zeigte die Abschwörung ihre hässliche Fratze. Wie die anderen Clans schienen auch die Geisterbären nicht bereit, die geringste Gnade zu zeigen.

Aber selbst während dieser düsteren Gedanken ließen sich alte Loyalitäten nicht völlig verdrängen. Seine Gedanken hätten sich um die Zukunft des Clans drehen sollen, aber er konnte die Angst um das Kombinat nicht unterdrücken.

Erst diese Woche hatte er von Khan Santin West erfahren, dass Arthur Steiner-Davion einem Attentat zum Opfer gefallen war. Die Spannungen zwischen Steiner- und Davion-Loyalisten hatten monatelang immer mehr zugenommen, und der Mord an Arthur konnte leicht der Funke werden, der den Flächenbrand eines offenen Bürgerkriegs entfachte. Seit im vergangenen Sommer offene Kämpfe auf den Straßen von Solaris City ausgebrochen waren, hatte es immer wieder Gerüchte und Meldungen über Aufstände und Gefechte zwischen Steiner- und Davion-Einheiten auf verschiedenen Welten gegeben.

Viele Hardliner im Kurita-Raum würden diese Wendung der Ereignisse hocherfreut zur Kenntnis nehmen, obwohl es kein Geheimnis war, dass Arthur alles andere als ein Freund des Kombinats gewesen war. Tatsächlich hatte der junge Mann gerade eine eindeutig kuritafeindliche Rede gehalten, als er erschossen worden war.

Außer in den vergangenen zehn Jahren hatten die Vereinigten Sonnen und das Draconis-Kombinat jahrhundertelang Krieg gegeneinander geführt. Selbst das Bündnis, das sie gegen die Clans geschlossen hatten, war nicht genug gewesen, um diese schwärende Wunde zu heilen. Im Chaos des VerCom-Bürgerkriegs würde es genügend Einheiten in der Mark Draconis geben, für die Arthurs Ermordung Rechtfertigung genug für Vergeltungsschläge gegen den alten Feind war. Schläge, die vernichtende Wirkung haben konnten, solange Haus Kurita gezwungen war, die überwiegende Mehrheit seines Militärs an die Grenze zum Geisterbären-Dominium zu werfen. Es würde Wochen, wenn nicht Monate dauern, bis nennenswerte Truppenkapazitäten bereitstanden, um die VerCom-Angriffe zurückzuschlagen. Im Augenblick stellten die Geisterbären die weit größere Gefahr für das Überleben des Kombinats dar.

Der gellende Schrei eines Wanderfalken zerschnitt die Nacht wie ein Schwert und riss Minoru aus seinen Gedanken. Er hörte das Knistern der Flammen, roch den schweren Duft des brennenden Holzes, fühlte den kühlen Nachtwind auf der bloßen Haut, wo sie nicht von der zeremoniellen Ledermontur bedeckt war. Ringsum warteten die versammelten Krieger darauf, dass er zur Plattform hinaufstieg und die rituelle Erinnerung an die Schlachten und Siege der Novakatzen eröffnete.

Und immer noch wanderten seine Gedanken. Die tanzenden Schatten des Feuers trugen ihn zurück in eine andere dunkle Nacht, in der Minoru hoch auf einem einsamen Bergplateau einem wütenden und verwirrten Krieger gegenübergestanden hatte. Weil er seine Vergangenheit abgestreift und die Notwendigkeit akzeptiert hatte, zugleich mehr und weniger zu sein als er einmal gewesen war, hatte Minoru sich diesem jungen Krieger überlegen gefühlt. Und doch hatte er tief in dem Mann einen Funken wahrgenommen, der ihm eines Tages ermöglichen mochte, weiter zu sehen als bis zu seiner Nasenspitze.

Den Berichten über die Kämpfe auf Yamarovka zufolge hatte MechKrieger Zane tatsächlich gelernt, den Weg, den sein Clan eingeschlagen hatte, voll und ganz anzunehmen. Er hatte alles, was in seiner Macht stand – und noch mehr – getan, um einen Krieg mit den Geisterbären zu verhindern. Obwohl es ihm nicht gelungen war, den Angriff der Rächer Alshains auf die Geisterbären-Zentralwelt zu verhindern, hatte er etwas weit Bedeutenderes erreicht. Es war ein Sieg, den der Eidmeister der Novakatzen zu einem Erbe schmieden würde, das die Wunden des Clans heilte und ihm die Möglichkeit bot, den zerbrechlichen Sternenbund zu bewahren und die Innere Sphäre vor der Vernichtung zu beschützen.

Mit plötzlichem Schwung schritt Minoru zum Fuß der Plattform und stieg die hölzernen Stufen hinauf. Zane, der den ganzen Schrecken durchlebt hatte, den die Abschwörung der Novakatzen mit sich brachte, hatte über seine Zweifel und Ängste triumphiert. Minoru würde dafür sorgen, dass alle Novakatzen dies erfuhren, besonders diejenigen, die noch immer daran zweifelten, dass der Clan den richtigen Weg eingeschlagen hatte.

Zane war kein Blutnamensträger gewesen, und sein genetisches Erbe würde niemals die Ehre haben, in das Zuchtprogramm der Novakatzen einzufließen. Aber Minoru schwor sich, dass Zane einen noch größeren Sieg über den Tod erringen würde, als ihn selbst das Eugenikprogramm des Clans bot. Er würde in der *Erinnerung* als ein wahrer Held verewigt werden, und bis zum Ende aller Zeiten würden die Novakatzen wissen, dass Zane seinen Weg des Ruhms gefunden hatte.

Auf der Plattform angekommen, eingehüllt von der Hitze des riesigen Scheiterhaufens, fühlte Minoru, dass er den Schlüssel gefunden hatte, um den Clan der Novakatzen zu einen und so den Drachen zu retten. Er atmete tief ein, so tief, dass die Hitze für einen kurzen Augenblick seine Lungen versengte, und begann zu sprechen.

GLOSSAR

Rangsystem der Novakatzen	*Offiziersränge der VSDK*
Khan	Tai-shu (Kriegsherr)
saKhan	Tai-sho (General)
Galaxiscommander	Sho-sho (Brigadegeneral)
Sterncolonel	Tai-sa (Oberst)
Sterncaptain	Chu-sa (Oberstleutnant)
Sterncommander	Sho-sa (Major)
Strahlcommander	Tai-i (Hauptmann)
MechKrieger	Chu-i (Leutnant)

ARROW-IV-RAKETENARTILLERIESYSTEM: Das Arrow IV ist ein autarkes Lafettensystem, darauf ausgelegt, Raketensalven zur Unterstützung konventioneller Artilleriegeschütze wie *Long Tom*, *Sniper* und *Klopfer* abzufeuern. Der Hauptvorteil des Arrow IV ist sein relativ geringes Gewicht verglichen mit anderen Artilleriesystemen. Allerdings ist seine Munition äußerst teuer. Dies gilt besonders für die Clan-Version dieser Waffe, die noch kostspieliger ist als die der Freien Inneren Sphäre.

Das Arrow-IV-System benutzt zwei Grundtypen von Raketen. Die häufigere und (etwas) billigere Version ist die Standard-Arealeffektrakete, die nicht auf ein bestimmtes Ziel abgefeuert wird, sondern auf ein Zielgebiet, in dem sie jedem Objekt in einem Umkreis von 45 Metern um den Explosionspunkt massiven Schaden zufügt. Der zweite Raketentyp ist die Ziel suchende Rakete, die sich auf ein spezifisches Zielobjekt richtet, das von einer auf dem Schlachtfeld befindlichen vorgeschobenen Beobachtereinheit mit Zielerfassungssystem markiert wird. Zielsuchende Raketen richten außer bei ihrem Zielobjekt kaum Schaden an.

ARTEMIS-IV-FEUERLEITSYSTEM: Das Artemis-IV-Feuerleitsystem erhöht die Treffsicherheit normaler Raketenlafetten. Das in einer seitlich an der Lafette montierten Kuppel untergebrachte Artemis-FLS erfasst ein Ziel, markiert es mit einem Infrarotstrahl und feuert eine Raketensalve ab. Entsprechend den durch die Infrarotmarkierung errechneten Daten wird der Flug der Raketen konstant über eine Mikrowellenstrahlverbindung korrigiert, sodass eine größere Anzahl von Raketen das Ziel trifft.

AUTOKANONE: Eine automatische Schnellfeuerkanone. Leichte Fahrzeugkanonen haben Kaliber zwischen 30 und 90 mm, während eine schwere Mechautokanone ein Kaliber von 80 bis 120 mm oder mehr besitzen kann. Die Waffe feuert in schneller Folge Panzer brechende Hochexplosivgranaten ab.

BATAILLON: Ein Bataillon ist eine militärische Organisationseinheit der Inneren Sphäre, die in der Regel aus drei Kompanien besteht.

BATCHALL: Batchall ist der Name für das Clanritual der Herausforderung zum Kampf. Der Verteidiger kann verlangen, dass der Angreifer etwas aufs Spiel setzt, dessen Wert vergleichbar mit dem ist, was der Verteidiger zu verlieren riskiert.

BATTLEMECH: BattleMechs sind die gewaltigsten Kriegsmaschinen, die je von Menschen erbaut wurden. Diese riesigen humanoiden Panzerfahrzeuge wurden ursprünglich vor über 500 Jahren von terranischen Wissenschaftlern und Technikern entwickelt. Sie sind schneller und in jedem Gelände manövrierfähiger, besser gepanzert und schwerer bewaffnet als jeder Panzer des 20. Jahrhunderts. Sie ragen zehn bis zwölf Meter hoch auf und sind bestückt mit Partikelprojektorkanonen, Lasergeschützen, Schnellfeuer-Autokanonen und Raketenlafetten. Ihre Feuerkraft reicht aus, jeden Gegner mit Ausnahme eines anderen BattleMechs niederzumachen. Ein kleiner Fusionsreaktor liefert ihnen nahezu unbegrenzt Energie. BattleMechs können auf Umweltbedingungen so verschieden wie glühende Wüstenei und arktische Eiswüsten eingestellt werden.

BEAGLE-SONDE: Die Beagle-Sonde ist eine wertvolle Systemerweiterung für Scouteinheiten, da sie es ermöglicht, selbst abgeschaltete und getarnte Einheiten auf weit größere Entfernung zu entdecken und zu identifizieren, als dies mit normalen elektronischen Spürgeräten möglich ist.

BINÄRSTERN: Eine aus zwei Sternen (10 Mechs, zwanzig Luft/Raumjägern oder 50 Elementaren) bestehende Einheit der Clans.

BISHAMON: Ein nicht sprungfähiger vierbeiniger BattleMech der mittelschweren Gewichtsklasse von 45 Tonnen Masse und einer Höchstgeschwindigkeit von 119 km/h. Er ist bestückt mit je einem mittelschweren Extremreichweiten-Laser und einem mittelschweren Impulslaser im linken und rechten Torso sowie einer 20-rohrigen Mittelstrecken-Raketenlafette im rechten Torso. Der *Bishamon* ist eine draconische Neuentwicklung und zur Zeit nur bei Truppen Haus Kuritas im Einsatz.

BLAKES WORT/COMSTAR: Das interstellare Kommunikationsnetz ComStar wurde von Jerome Blake entwickelt, der in den letzten Jahren des Sternenbunds das Amt des Kommunikationsministers innehatte. Nach dem Zusammenbruch des Bundes eroberte Blake Terra und organisierte die Überreste des Sternenbund-Kommunikationsnetzes in eine Privatorganisation um, die ihre Dienste mit Profit an die fünf Häuser weiterverkaufte. Seitdem hat sich ComStar zu einem mächtigen Geheimbund entwickelt, der sich jahrhundertelang in Mystizismus und Rituale gehüllt hat, bis es nach der Entscheidungsschlacht gegen die Clans auf Tukayyid unter Prima Sharilar Mori und Präzentor Martialum Anastasius Focht zur Reformation des Ordens und Abspaltung der erzkonservativen Organisation Blakes Wort kam.

BLITZ-KURZSTRECKENRAKETEN: Blitz-KSR enthalten Zielsuchgeräte, die ein Abfeuern erst gestatten, wenn die in die Lafette geladenen Raketen ein Ziel erfasst haben. Ist dies einmal geschehen, treffen die Raketen das Ziel automatisch.

BLUTNAME: Als Blutname wird einer der ursprünglich achthundert Familiennamen jener Krieger bezeichnet, die während des Exodus-Bürgerkrieges auf Seiten von Nicholas Kerensky standen. (Derzeit existieren nur noch 760 dieser Namen. Vierzig Namen wurden nach dem Hochverrat eines der ursprünglich zwanzig Clans getilgt.) Diese achthundert waren die Basis des ausgedehnten Zuchtprogramms der Clans.

Das Recht, einen dieser Nachnamen zu tragen, ist seit Einführung dieses Systems der Wunschtraum jedes ClanKriegers. Nur jeweils fünfundzwanzig Krieger dürfen gleichzeitig einen bestimmten Blutnamen tragen. Stirbt einer von ihnen, wird ein Wettbewerb abgehalten, um einen neuen Träger zu bestimmen. Ein Anwärter muss zunächst anhand seiner Abstammung sein Anrecht auf den Blutnamen nachweisen und anschließend eine Abfolge von Duellen gegen seine Mitbewerber gewinnen. Nur Blutnamensträger haben das Recht, an einem Clankonklave teilzunehmen und zum Khan oder ilKhan gewählt zu werden. Die meisten Blutnamen waren im Laufe der Zeit einer oder zwei Kriegerklassen vorbehalten. Es gibt jedoch einzelne, besonders angesehene Blutnamen, zum Beispiel Kerensky, die dadurch ihren genetischen Wert bewiesen haben, dass sie von herausragenden Kriegern aller drei Klassen (MechKrieger, Jagdpiloten und Elementare) getragen wurden.

Blutnamen werden matrilinear vererbt. Da ein Krieger nur über seine Mutter erben kann, besteht nie ein Anrecht auf mehr als einen Blutnamen.

CASE (ZELLULARES MUNITIONSLAGER): Das zellulare CASE-Munitionslager ist eine Schadenskontrollvorrichtung, mit deren Hilfe die Druck- und Hitzewellen interner Munitionsexplosionen durch speziell verstärkte Seiten- und absprengbare Rückpaneele aus dem Innern des Mechs geleitet werden, sodass sich der Schaden dadurch begrenzt.

CLANS: Beim Zerfall des Sternenbundes führte General Aleksandr Kerensky, der Oberkommandierende der Regulären Armee des Sternenbundes, seine Truppen beim sogenannten Exodus aus der Inneren Sphäre in die Tiefen des Alls. Weit jenseits der Peripherie, mehr als 1300 Lichtjahre von Terra entfernt, ließen Kerensky und seine Leute sich auf fünf wenig lebensfreundlichen Welten nahe eines Kugelsternhaufens nieder, der sie vor einer Entdeckung durch die Innere Sphäre schützte. Innerhalb von fünfzehn Jahren brach unter ihnen jedoch ein Bürgerkrieg aus, der drohte, alles zu vernichten, für dessen Aufbau sie so hart gearbeitet hatten.

In einem zweiten Exodus führte Nicholas Kerensky, der Sohn Aleksandrs, seine Gefolgsleute auf eine der Welten im Innern des Kugelsternhaufens, um dem Krieg zu entfliehen. Dort, auf Strana Metschty, entwarf und organisierte Nicholas Kerensky die faschistoide Kastengesellschaft der Clans.

DIVISION: Eine von der Mechkampfstärke in etwa dem Regiment entsprechende, aber Truppen verschiedener Waffengattungen umfassende Einheit der ComGuards, des militärischen Arms ComStars, und der BlakeGuards, des militärischen Arms von Blakes Wort.

DEZGRA: Eine Kampfeinheit, die Schande auf sich lädt, wird als Dezgra-Einheit bezeichnet. Der Name wird auch für das Ritual verwendet, mit dem die betreffende Einheit bestraft oder gekennzeichnet wird. Jede Einheit, die einen Befehl verweigert, unter Feindbeschuss in Panik gerät oder eine unehrenhafte Handlung begeht, gilt als dezgra.

DONNER-LANGSTRECKENRAKETEN: Donner-LSR erzeugen Streuminenfelder. Die ›Donner‹-Kennzeichnung ist die in der Freien Inneren Sphäre gebräuchliche Bezeichnung für FA- (Feldartillerie-)Streuminen-Gefechtsköpfe. Die Clans benutzen praktisch identische Gefechtsköpfe.

DOPPELTER WÄRMETAUSCHER: Doppelte Wärmetauscher leiten Wärme durch eine spezielle Kühltechnik doppelt so schnell ab wie Standardwärmetauscher und kühlen einen BattleMech erheblich effektiver ab. Sie haben dasselbe Gewicht wie Standardwärmetauscher, sind aber erheblich wuchtiger gebaut und beanspruchen dadurch im Innern eines BattleMechs mehr Platz. Auf Grund dieser sperrigen Bauweise können doppelte Wärmetauscher nicht wie Standardwärmetauscher in den Beinen eines Mechs montiert werden.

EIDMEISTER: Der Eidmeister ist der Ehrenwächter bei allen offiziellen Clanzeremonien. Die Position entspricht der eines Ordnungsbeamten in der Freien Inneren Sphäre, erheischt jedoch mehr Respekt. Der Eidmeister nimmt alle Schwüre ab, während der Lehrmeister sie festhält. Die Position des Eidmeisters gebührt in den meisten Clans dem ältesten Blutnamensträger (sofern er diese Ehre annimmt) und ist in diesem Fall eine der wenigen Positionen, deren Träger nicht durch einen Kampf ermittelt wird.

ELEMENTARE: Die mit Kampfanzügen ausgerüstete Eliteinfanterie der Clans. Diese Männer und Frauen sind wahre Riesen, die speziell für den Einsatz der von den Clans entwickelten Rüstungen gezüchtet werden.

DIE *ERINNERUNG*: Die *Erinnerung* ist ein noch nicht abgeschlossenes Heldenepos, das die Geschichte der Clans von der Zeit des Exodus bis zur Gegenwart beschreibt. Die *Erinnerung* wird ständig erweitert, um neuere Ereignisse einzubeziehen. Jeder Clan verfügt über eine eigene Version dieses Epos, in der seine speziellen Meinungen und Erfahrungen verarbeitet sind. Alle ClanKrieger können ganze Passagen dieses riesigen Gedichtes aus dem Gedächtnis zitieren, und es ist durchaus nicht ungewöhnlich, Verse auf OmniMechs, Luft/Raumjägern und sogar Rüstungen zu finden.

ENDOSTAHL: Endostahl wurde speziell für den Bau von Mechskeletten entwickelt. Mit Hilfe von Null-g-Produktionstechniken, die eine gleichmäßige Vermischung von hoch verdichtetem Stahl mit Titan und Aluminium ermöglichen, wurde auf Kosten erhöhten Platzbedarfs ein Material mit der doppelten Belastbarkeit üblicher Mechskelette hergestellt. Die Clans haben die Endostahlproduktion weiter verfeinert, während die Nachfolgerstaaten beim Einsatz von Endostahl durch den Mangel an Orbitalfabriken stark behindert werden.

EXTREMREICHWEITEN-LASER: Bei diesen Waffen handelt es sich um verbesserte Versionen des normalen Lasers, mit überlegenen Fokussier- und Zielerfassungsmechanismen. In der Clan-Ausführung haben diese Waffen eine deutlich größere Reichweite als normale Laser und erzielen einen etwas höheren Schaden. Allerdings verursachen sie dabei eine um 50% höhere Abwärme. In der Freien Inneren Sphäre befindet sich die ER-Lasertechnologie noch im Entwicklungsstadium. Bisher machen Umfang und Größe der benötigten Ausrüstung eine Anwendung nur bei schweren Lasern möglich. Zudem erreicht der schwere ER-Laser der Freien Inneren Sphäre zwar eine größere Reichweite als ein schwerer Normallaser, der Reichweitengewinn ist jedoch geringer als bei entsprechenden Clan-Waffen, und die Schadenswirkung ist nicht höher als bei einem gewöhnlichen S-Laser. Die Wärmeentwicklung ist jedoch ebenso groß wie bei einem schweren Clan-ER-Laser.

EXTREMREICHWEITEN-PPK: Ebenso wie bei den Laserwaffen haben die Clans auch eine erheblich verbesserte Version der Partikelprojektorkanone entwickelt. Diese Extremreichweiten-PPK ist kleiner, leichter und leistungsfähiger als die Normalversion, mit größerer Reichweite und höherer Durchschlagskraft. Allerdings ist auch die Wärmeentwicklung erheblich größer, was beim Einsatz dieser Waffe zu einem Problem werden kann. Die Freie Innere Sphäre besitzt ebenfalls eine ER-Version der PPK; diese Waffe ist jedoch weniger hoch entwickelt. Größe und Gewicht entsprechen denen einer Normal-PPK, ebenso wie die Schadenswirkung, während Reichweite und Abwärme in etwa denen der Clan-Version entsprechen.

FERROFIBRIT: Ferrofibritpanzerung ist eine verbesserte Version der normalen BattleMech-/Fahrzeugpanzerung, die aus verwobenen Ferrostahl- und Ferrotitanfasern gefertigt wird. Ebenso wie für Endostahlskelette gilt jedoch, dass Ferrofibrit sperriger ist als die Standardpanzerung desselben Gewichts.

GALAXIS: Die größte Militäreinheit der Clans, bestehend aus drei bis fünf Sternhaufen.

GAUSSGESCHÜTZ: Ein Gaussgeschütz benutzt eine Reihe von Elektromagneten, um ein Projektil durch den Geschützlauf in Richtung des Ziels zu beschleunigen. Obwohl sein Einsatz mit enormem Energieaufwand verbunden ist, erzeugt das Gaussgeschütz nur sehr wenig Abwärme, und die erreichbare Mündungsgeschwindigkeit liegt doppelt so hoch wie bei einer konventionellen Kanone.

GESCHKO: Eine Gruppe von Kindern (GESCHwisterKOmpanie) des Zuchtprogramms der Clan-Kriegerkaste, die von denselben Genspendern abstammen und gemeinsam aufgezogen werden. Während sie aufwachsen, werden sie ständig getestet. Bei jedem Test scheiden Mitglieder der Geschko aus und werden in niedrigere Kasten abgeschoben. Eine Geschko besteht zunächst aus etwa zwanzig Kindern, von denen beim abschließenden Test noch etwa vier oder fünf übrig bleiben. Diese Tests und andere Erlebnisse binden die überlebenden ›Geschkinder‹ so eng aneinander, dass sie häufig lebenslanges Vertrauen und Verständnis füreinander zeigen. Untereinander bezeichnen Geschkomitglieder sich auch als ›Kogeschwister‹.

GLETSCHERFUCHS: Ein nicht sprungfähiger, vierbeiniger leichter Clan-Mech von 20 Tonnen Masse und einer Höchstgeschwindigkeit von 127 km/h (172 km/h mit MASC). Er ist bestückt mit je einem leichten Extremreichweiten-Laser im linken und rechten Torso und einem mittelschweren Extremreichweiten-Laser in der Torsomitte. Außerdem verfügt er über Myomerakzelerator-Signalcodierung (MASC). Der *Gletscherfuchs* ist eine Entwicklung des Clans Gletscherteufel und wird hauptsächlich von dessen Truppen eingesetzt, taucht aber gelegentlich auch in den Einheiten anderer Clans auf.

HEGIRA: Gelegentlich gestatten siegreiche ClanKrieger dem besiegten Gegner Hegira. Dies erlaubt ihm, sich ehrenhaft vom Schlachtfeld zurückzuziehen, ohne weiterem Beschuss ausgesetzt oder anderweitig belastet zu werden.

IMPULSLASER: Ein Impulslaser verwendet einen Hochfrequenz-Hochenergiepuls zur Erzeugung gepulster Laserstrahlen. Der Effekt ist vergleichbar mit MG-Feuer. Diese Konstruktion erhöht die Trefferwahrscheinlichkeit des Laserangriffs und erzeugt einen größeren Schaden pro Treffer, allerdings unter Inkaufnahme erhöhter Hitzeentwicklung und verringerter Reichweite.

INNERE SPHÄRE: Mit dem Begriff ›Innere Sphäre‹ wurden ursprünglich die Sternenreiche bezeichnet, die sich im 26. Jahrhundert zum Sternenbund zusammenschlossen. Derzeit bezeichnet er den von Menschen besiedelten Weltraum innerhalb der Peripherie. Der nicht von den Clans besetzte Teil der Inneren Sphäre wird auch als ›Freie Innere Sphäre‹ bezeichnet.

JENNER IIC: Ein leichter Clan-BattleMech von 35 Tonnen Masse und einer Höchstgeschwindigkeit von 151 km/h sowie einer Sprungreichweite von 240 Metern. Er ist bestückt mit zwei sechsrohrigen KSR-Lafetten an Stelle der Arme und einer leichten vierschüssigen Blitz-KSR-Lafette in der Torsomitte. Der *Jenner IIC* wird von allen Clans eingesetzt, ist aber bei den Novakatzen besonders beliebt. Dieser Clan setzt als Einziger auch Varianten dieses Modells mit anderer Bewaffnung ein.

K³-COMPUTER: Das K³-Computersystem (Kommando/Kontrolle/Kommunikation) steht nur Einheiten der Freien Inneren Sphäre zur Verfügung. Es ist für den Einbau in Befehls- oder Scout-Mechs bzw. -Fahrzeuge vorgesehen und soll den Einheitskommandeur bei der Koordination von Aktivitäten auf Lanzen- und Kompanieebene unterstützen, indem es angeschlossenen Einheiten gestattet, das Zielerfassungssystem einer beliebigen anderen Einheit des K³-Netzwerks zu benutzen.

KASTE: Die Clangesellschaft ist streng in fünf Kasten unterteilt: Krieger, Wissenschaftler, Händler, Techniker und Arbeiter. Jede dieser Kasten umfasst zahlreiche Unterkasten, die auf Spezialisierungen innerhalb eines Berufsfeldes basieren. Die Kriegerkaste pflanzt sich unter strenger Kontrolle des genetischen Erbes durch ein systematisches Eugenikprogramm fort, bei dem Genmaterial angesehener und erfolgreicher lebender und toter Krieger verwendet wird. Andere Kasten sorgen durch strategische Heiraten innerhalb der Kaste für einen hochwertigen Genfundus.

KHAN: Jeder Clan wählt zwei Khane. Einer der beiden fungiert als höchster militärischer Kommandeur und Verwaltungschef der Clans. Die Position des zweiten Khans ist weniger klar umrissen. Er ist der Stellvertreter des ersten Khans und führt dessen Aufträge aus. In Zeiten großer innerer oder äußerer Bedrohung, oder wenn eine gemeinsame Anstrengung aller Clans notwendig ist, wird ein ilKhan als oberster Herrscher aller Clans gewählt.

KOMPANIE: Eine Kompanie ist eine militärische Organisationseinheit der Inneren Sphäre, die aus drei BattleMech-Lanzen oder bei Infanteriekompanien aus drei Zügen mit insgesamt 50 bis 100 Mann besteht.

KRÖTEN: Die in der freien Inneren Sphäre übliche Bezeichnung für mit Kampfanzügen ausgerüstete Eliteinfanterie, eine zuerst bei den Clans entwickelte Waffengattung. Diese so genannten Elementare sind wahre Riesen, die speziell für den Einsatz der von den Clans entwickelten Rüstungen gezüchtet werden. Die freie Innere Sphäre ist bei der Entwicklung ähnlicher Gefechtsanzüge deutlich im Hintertreffen, nicht zuletzt, da als Träger dieser Anzüge nur normale Menschen zur Verfügung stehen.

KSR: Abkürzung für ›Kurzstreckenrakete‹. Es handelt sich um ungelenkte Raketen mit hochexplosiven oder Panzer brechenden Sprengköpfen.

LANDUNGSSCHIFFE: Da Sprungschiffe die inneren Bereiche eines Sonnensystems generell meiden müssen und sich dadurch in erheblicher Entfernung von den bewohnten Planeten einer Sonne aufhalten, werden für interplanetare Flüge Landungsschiffe eingesetzt. Diese werden während des Sprungs an die Antriebsspindel des Sprungschiffes angekoppelt. Landungsschiffe besitzen selbst keinen Überlichtantrieb, sind jedoch sehr beweglich, gut bewaffnet und aerodynamisch genug, um auf Planeten mit einer Atmosphäre aufzusetzen bzw. von dort aus zu starten. Die Reise vom Sprungpunkt zu den bewohnten Planeten eines Systems erfordert je nach Spektralklasse der Sonne eine Reise von mehreren Tagen oder Wochen.

LANZE: Eine Lanze ist eine militärische Organisationseinheit der Inneren Sphäre, die in der Regel aus vier BattleMechs besteht.

LASER: Ein Akronym für ›Light Amplification through Stimulated Emission of Radiation‹ oder Lichtverstärkung durch stimulierte Strahlungsemission. Als Waffe funktioniert ein Laser, indem er extreme Hitze auf einen minimalen Bereich konzentriert. BattleMechlaser gibt es in drei Größenklassen: leicht, mittelschwer und schwer. Laser sind auch als tragbare Infanteriewaffen verfügbar, die über einen als Tornister getragenen Energiespeicher betrieben werden. Manche Entfernungsmessgeräte und Zielerfassungssensoren bedienen sich ebenfalls schwacher Laserstrahlen.

LB-X AUTOKANONE: Die LB-X (Large Bore-Extended, Großkaliber-erweiterte Reichweite) Autokanone ist eine verbesserte Version der gewöhnlichen Autokanone, bei der durch den Einsatz leichter, Wärme ableitender Legierungen Gewicht und Wärmeentwicklung reduziert worden sind. Die eingesetzten Materialien machen die Waffe teurer als eine gewöhnliche Autokanone, aber die Vorteile wiegen die höheren Kosten auf. Die LB-X kann Bündelmunition abfeuern, die sich mit Schrotmunition im BattleMechformat vergleichen lässt. Nach Verlassen des Laufs zerfällt eine Bündelgranate in kleinere Geschosse. Dadurch wird die Chance auf einen Glückstreffer erhöht, gleichzeitig jedoch der erzielte Schaden über das gesamte Zielgebiet verteilt statt auf einen Punkt konzentriert. Bündelmunition kann nur in LB-X Autokanonen eingesetzt werden.

LSR: Abkürzung für ›Langstreckenrakete‹, eine zum indirekten Beschuss entwickelte Rakete mit hoch explosiven Gefechtsköpfen.

MSR: Abkürzung für ›Mittelstreckenrakete‹, eine von draconischen Wissenschaftlern während des Clan-Kriegs entwickelten Raketenversion mit der Durchschlagskraft von Langstreckenraketen, aber einer geringeren Reichweite und reduzierten Treffsicherheit, die durch eine geringere Größe und die dadurch erreichte Möglichkeit, mehr Raketen pro Salve abzufeuern, ausgeglichen wird.

MYOMERAKZELERATOR-SIGNALCODIERUNG (MASC): MASC gestattet einem BattleMech kurze Sprints mit normalerweise nicht erreichbarer Geschwindigkeit, was allerdings die Beinaktivatoren in Gefahr bringt. Beim Einsatz der MASC werden die Signale an die künstlichen Myomermuskeln der Mechbeine verstärkt, so dass diese sich schneller an- und entspannen als im Normalfall möglich. Dies erhöht die Geschwindigkeit, aber die Belastung der Aktivatoren und Myomerfasern kann zu einem Totalausfall führen, besonders nach längerem MASC-Einsatz. Die Myomerakzelerator-Signalcodierung wirkt ausschließlich auf die Beinmuskulatur.

NACHFOLGERFÜRSTEN: Die fünf Nachfolgerstaaten werden von Familien regiert, die ihre Herkunft von einem der ursprünglichen Lordräte des Sternenbunds ableiten. Alle fünf Hausfürsten erheben Anspruch auf den Titel des Ersten Lords. Sie kämpfen seit Ausbruch der Nachfolgekriege im Jahre 2786 gegeneinander. Ihr Schlachtfeld ist die riesige

Innere Sphäre, bestehend aus sämtlichen einstmals von den Mitgliedsstaaten des Sternenbunds besetzten Sonnensystemen.

NACHFOLGERSTAATEN: Nach dem Zerfall des Sternenbunds wurden die Reiche der Mitglieder des Hohen Rats, die sämtlich Anspruch auf die Nachfolge des Ersten Lords erhoben, unter dem Namen Nachfolgerstaaten bekannt. Die Nachfolgerstaaten bestehen aus derzeit fünf Herrscherhäusern: Haus Kurita (Draconis-Kombinat), Haus Liao (Konföderation Capella), Haus Steiner-Davion (Lyranische Allianz/Vereinigtes Commonwealth) und Haus Marik (Liga Freier Welten). Zusätzlich existieren zur Zeit zwei kleinere Staaten, der am Ende des 4. Nachfolgekriegs von der Konföderation Capella abgespaltene St. Ives-Pakt Haus Allard-Liaos und die einige Jahre später zwischen dem Lyranischen Commonwealth (der heutigen Lyranischen Allianz) und dem Draconis-Kombinat unabhängig gewordene Freie Republik Rasalhaag Haus Magnussons. Hinzu kommen die seit wenigen Jahren in zahllose Klein- und Kleinststaaten zerfallenen Chaos-Marken zwischen Terra und der Konföderation Capella. Die Clan-Invasion unterbrach die Jahrhunderte des Krieges seit 2786 – die Nachfolgekriege – einstweilen. Die Nachfolgerfürsten setzten ihre Streitigkeiten aus, um der Bedrohung durch den gemeinsamen Feind, die Clans, zu begegnen. Die trügerische Ruhe seit Abschluss des Waffenstillstands von Tukayyid hat diese Solidarität jedoch inzwischen sehr brüchig werden lassen, und im Jahre 3057 brechen die Kämpfe innerhalb der freien Inneren Sphäre wieder aus.

NARC-RAKETENBOJE: Das NARC-Raketenbojensystem, kurz auch einfach als NARC-Boje bezeichnet, ist eine weitgehend umgebaute Raketenlafette, die spezielle – als NARC-Module bezeichnete – Raketen abfeuert. Diese verfügen über eine hinter einem Magnetkopf untergebrachte leistungsstarke Funkbake. Trifft die Rakete ihr Ziel, beginnt diese Bake ein Peilsignal für Raketen auszustrahlen, die auf das NARC-Signal eingepegelt sind. Wie das Artemis-IV-System erhöht auch die NARC-Boje die potentielle Zahl von Raketentreffern. Das NARC-System ist dem Artemis IV insofern überlegen, als eine einmal erfasste Zielpeilung nicht mehr verloren gehen kann. Die Peilbake sitzt am Ziel fest und kann nicht zerstört werden.

***NIGHTLORD*-KLASSE:** Eine Kriegsschiffklasse der Clans Jadefalke und Geisterbär. Die Schlachtschiffe der *Nightlord*-Klasse haben eine Länge von 1100 Metern und eine Masse von 1,2 Millionen Tonnen, bei einer Besatzung von 830 Mann. Sie sind mit Lithiumfusionsbatterien und Lamellar-Karbonstahlpanzerung ausgerüstet und können 20 Luft/Raumjäger und 4 Landungsschiffe transportieren. Sie verfügen über 70 Geschütze.

NOVA: Eine aus einem Mechstern (5 Mechs) und einem Elementarstern (25 Elementaren) bestehende Einheit der Clans.

NOVAKATZE: Ein in der Primärkonfiguration nicht sprungfähiger, schwerer OmniMech von 70 Tonnen Masse mit einer Höchstgeschwindigkeit von 65 km/h. Er ist in der Primärkonfiguration bestückt mit zwei Extremreichweiten-PPKs im rechten Arm, und drei schweren Extremreichweiten-Lasern im linken Arm. Die *Novakatze* ist eine Entwicklung des gleichnamigen Clans und damit ein sogenannter Totem-Mech.

PERIPHERIE: Jenseits der Grenzen der Inneren Sphäre liegt die Peripherie, das weite Reich bekannter und unbekannter Systeme, das sich bis in die interstellare Nacht erstreckt. Die einstigen terranischen Kolonien in der Peripherie wurden durch den Zerfall des Sternenbundes technologisch, wirtschaftlich und politisch verwüstet. Derzeit existieren in der Peripherie drei größere Nationalstaaten, die an der Grenze zwischen dem Draconis-Kombinat und dem Vereinigten Commonwealth gelegene Außenweltallianz Haus Avellars, das zwischen dem Vereinigten Commonwealth und der Konföderation Capella gelegene Tauruskonkordat Haus Calderons und das zwischen der Konföderation Capella und der Liga Freier Welten gelegene Magistrat Canopus Haus Centrellas. Der Rest der Peripherie ist größtenteils Zufluchtsort für Banditenkönige, Raumpiraten und Ausgestoßene.

POLARWOLF: Ein nicht sprungfähiger, humanoider mittelschwerer Clan-BattleMech von 40 Tonnen Masse und einer

Höchstgeschwindigkeit von 119 km/h. Er ist bestückt mit je zwei sechsrohrigen KSR-Lafetten im linken und rechten Torso und je einer sechs- und einer vierrohrigen KSR-Lafette in beiden Armen sowie einer NARC-Raketenboje. Der *Polarwolf* wurde vom Clan Wolf im Exil entwickelt und soll zum Vorläufer einer geplanten OmniMech-Baureihe werden.

PPK: Abkürzung für ›Partikelprojektorkanone‹, einen magnetischen Teilchenbeschleuniger in Waffenform, der hoch energiegeladene Protonen- oder Ionenblitze verschießt, die durch Aufschlagskraft und hohe Temperatur Schaden anrichten. PPKs gehören zu den effektivsten Waffen eines BattleMechs.

RAKETENABWEHRSYSTEM: Ein Raketenabwehrsystem ist ein Schnellfeuerflak-MG, das anfliegende Raketen selbsttätig verfolgt, unter Beschuss nimmt und vernichtet. Der Hauptnachteil dieses sehr effektiven Defensivsystems ist sein hoher Munitionsverbrauch. Dies gilt für Clan-Anlagen ebenso wie für solche der Freien Inneren Sphäre. Allerdings benutzen die Clans Schrapnellmunition, was die Anzahl der Salven pro Tonne Munition verdoppelt.

REGIMENT: Ein Regiment ist eine militärische Organisationseinheit der Inneren Sphäre und besteht aus zwei bis vier Bataillonen von jeweils drei oder vier Kompanien.

RUDELJÄGER: Ein humanoider leichter Mech von 30 Tonnen Masse und einer Höchstgeschwindigkeit von 119 km/h sowie einer Sprungreichweite von 210 Metern. Er ist bestückt mit einer Extremreichweiten-PPK auf der rechten Schulter. Der *Rudeljäger* wurde von Clan Wolf im Exil entwickelt und wird in geringer Zahl auch von der Söldnereinheit Kell Hounds eingesetzt.

SAVASHRI: Ein Clan-Fluch.

SBVS: Die Sternenbund-Verteidigungsstreitkräfte SBVS waren der größte Militärapparat aller Zeiten. Zur Hochzeit des alten Sternenbunds umfasste die Reguläre Armee fast 15.000 Regimenter, die Raumflotte ebenso viele Kriegsschiffe und Transporter. Die SBVS waren die unangefochtene Macht hinter den Gesetzen des Sternenbunds. Mit Neugründung des Sternenbunds 3058 wurden – hauptsächlich für den Kampf gegen die Clans – auch die SBVS wieder gegründet, allerdings bestehen sie in ihrer neuen Inkarnation nur über Einheiten, die von den Mitgliedsstaaten auf Verlangen des Hohen Rats und/oder des Ersten Lords an den Sternenbund abgestellt werden.

SCHATTENKATZE: Ein mittelschwerer OmniMech von 45 Tonnen Masse und einer Höchstgeschwindigkeit von 97 km/h (130 km/h mit MASC) sowie einer Sprungreichweite von 180 Metern. Er ist in der Primärkonfiguration bestückt mit einem Gaussgeschütz im linken Arm und je einem mittelschweren Extremreichweiten-Laser im rechten Arm und rechten Torso sowie einer Beagle-Sonde. Die *Schattenkatze* wird nahezu ausschließlich von den Clans Novakatze und Stahlviper eingesetzt.

SCHWARM-LANGSTRECKENRAKETEN: Schwarm-LSR sind Raketen mit Ziel suchenden Mehrfachsprengköpfen, die sowohl das anvisierte Primärziel als auch in dessen Nähe befindliche Einheiten angreifen.

SEYLA: Dieses Wort ist ungefähr gleichbedeutend mit ›Einheit‹. Es handelt sich um eine rituelle Antwort, die bei bestimmten Clan-Zeremonien gefordert wird. Ursprung und exakte Bedeutung des Wortes sind unbekannt, doch es wird nur mit äußerstem Respekt und Ehrfurcht verwendet.

SPLITTERKAPSEL: Splitterkapseln sind gerichtete Minen an den Unterschenkeln eines BattleMechs – also genau dort, wo Infanterie-Mechabwehrtruppen angreifen, um Sprengladungen an den empfindlichen Aktivatormechanismen anzubringen. Wird eine Splitterkapsel ausgelöst, stößt sie eine Schrapnellwolke mit einem effektiven Radius von 15 Metern aus. Der Effekt gegen Fußtruppen, die sich im Augenblick der Explosion im Wirkungsbereich der Splitterkapsel aufhalten, ist verheerend.

SPRUNGSCHIFFE: Interstellare Reisen erfolgen mittels sogenannter Sprungschiffe, deren Antrieb im 22. Jahrhundert entwickelt wurde. Der Name dieser Schiffe rührt von ihrer Fähigkeit her, ohne Zeitverlust in ein weit entferntes Sonnensystem zu ›springen‹. Es handelt sich um ziemlich unbewegliche Raumfahrzeuge aus einer langen, schlanken Antriebsspindel und einem enormen Solarsegel, das an einen gigantischen Sonnenschirm erinnert. Das gewaltige Segel besteht aus einem Spezialmaterial, das gewaltige Mengen elektromagnetischer Energie aus dem Sonnenwind des jeweiligen Zentralgestirns zieht und langsam an den Antriebskern abgibt, der daraus ein Kraftfeld aufbaut, durch das ein Riss im Raum-Zeit-Gefüge entsteht. Nach einem Sprung kann das Schiff erst weiterreisen, wenn es durch Aufnahme von Sonnenenergie seinen Antrieb wieder aufgeladen hat.

Sprungschiffe reisen mit Hilfe ihres Kearny-Fuchida-Antriebs in Nullzeit über riesige interstellare Entfernungen. Das K-F-Triebwerk baut ein Raum-Zeit-Feld um das Sprungschiff auf und öffnet ein Loch in den Hyperraum. Einen Sekundenbruchteil später materialisiert das Schiff am Zielsprungpunkt, der bis zu 30 Lichtjahre weit entfernt liegen kann.

Sprungschiffe landen niemals auf einem Planeten und reisen nur sehr selten in die inneren Bereiche eines Systems. Interplanetarische Flüge werden von Landungsschiffen ausgeführt, Raumschiffen, die bis zum Erreichen des Zielpunktes an das Sprungschiff gekoppelt bleiben.

STERN: Eine aus fünf Strahlen (5 Mechs, 10 Luft/Raumjägern oder 25 Elementaren) bestehende Einheit der Clans.

STERNENBUND: Im Jahre 2571 wurde der Sternenbund gegründet, um die wichtigsten nach dem Aufbruch ins All von Menschen besiedelten Systeme zu vereinen. Der Sternenbund existierte annähernd 200 Jahre, bis 2751 ein Bürgerkrieg ausbrach. Als das Regierungsgremium des Sternenbunds, der Hohe Rat, sich in einem Machtkampf auflöste, bedeutete dies das Ende des Bundes. Jeder der Hausfürsten rief sich zum neuen Ersten Lord des Sternenbunds aus, und innerhalb weniger Monate befand sich die gesamte Innere Sphäre im Kriegszustand. Dieser Konflikt hielt drei Jahrhunderte, bis zum Überfall durch die Clans, an. Die Jahrhunderte nahtlos ineinander übergehender Kriege werden in toto als die ›Nachfolgekriege‹ bezeichnet. Erst die Gefahr durch die Clan-Invasion führte 3058 bei der ersten Whitting-Konferenz auf Tharkad zur Neugründung des Sternenbunds und zur auf vier Jahre befristeten Wahl des capellanischen Kanzlers Sun-Tzu Liao zum neuen Ersten Lord. Sein Nachfolger in diesem Amt wurde 3062 auf der zweiten Whitting-Konferenz der draconische Koordinator Theodore Kurita.

STERNHAUFEN: Eine aus zwei bis fünf Binärsternen, Trinärsternen, Novas oder Supernovas bestehende Einheit der Clans.

STRAHL: Die kleinste Militäreinheit der Clans, bestehend aus einem Mech, zwei Luft/Raumjägern oder fünf Elementaren.

SUPERNOVA: Eine aus einem Mechbinärstern (10 Mechs) und zwei Elementarsternen (50 Elementaren) bestehende Einheit der Clans.

SUPERNOVA: Ein überschwerer Clan-BattleMech von 90 Tonnen Masse und einer Höchstgeschwindigkeit von 54 km/h sowie einer Sprungreichweite von 90 Metern. Er ist bestückt mit je drei schweren Extremreichweiten-Lasern in beiden Armen. Die *Supernova* wird nahezu ausschließlich von Clan Novakatze eingesetzt, mit vereinzelten Exemplaren in Garnisonssternhaufen der Exilwölfe, Wölfe und Geisterbären.

***TATSUMAKI*-KLASSE:** Eine draconische Kriegsschiffklasse. Die Zerstörer der *Tatsumaki-* (Drachenodem) Klasse haben eine Länge von 585 Metern und eine Masse von 514 000 Tonnen, bei einer Besatzung von 240 Mann. Sie sind mit Lithiumfusionsbatterien und Karbonstahlpanzerung ausgerüstet und können 18 Luft/Raumjäger und 2 Landungsschiffe transportieren. Sie verfügen über 122 Geschütze.

TRINÄRSTERN: Eine aus 3 Sternen (15 Mechs, 30 Luft/Raumjägern oder 75 Elementaren) bestehende Einheit der Clans.

TOUMAN: Das Militär eines Clans wird als dessen Touman bezeichnet.

ULTRA-AUTOKANONE: Mit einem kurzen, glatten Lauf, einem modifizierten Kammermechanismus, einer Schnellladevorrichtung und spezieller Munition ist die ursprünglich von den Clans entwickelte und erst seit kurzem auch in der Freien Inneren Sphäre eingeführte Ultra-Autokanone eine weit vielseitigere Waffe als die üblichere normale AK. Die Clans besitzen Ultra-Autokanonen in allen Standardgrößen, die sämtlich in Gewicht und Hitzeentwicklung den

Standardmodellen entsprechen, aber ein verbessertes Leistungsprofil besitzen, das zu reduzierter Minimal- und erhöhter Maximalreichweite führt und das Feuern mit normaler oder doppelter Feuergeschwindigkeit gestattet. Die Ultra-AK-Modelle der Nachfolgerstaaten sind weit effizienter als eine Standard-AK, aber bei weitem nicht so technisch fortgeschritten wie die Clan-Waffen.

ULTRALASER: Die ursprünglich von den Wissenschaftlern des Clans Sternennatter entwickelten Ultralaser sind das Ergebnis ständigen Drängens durch die Krieger der Kreuzritter-Clans nach höherer Feuerkraft für ihre Mechs. Sie besitzen eine drastisch erhöhte Lauf- und Kristallgröße bei verbesserter Hitzeentwicklung und Leistung. Das Ergebnis sind schwere, mittelschwere und leichte Laser, deren Reichweite im Gegensatz zu normalen Clan-Waffen nur den Lasergeschützen der Inneren Sphäre entspricht, die jedoch den doppelten Schaden anrichten. Diese erhöhte Leistung hat allerdings ihren Preis. Aufgrund schlecht abgeschirmter Komponenten führen schwere Laser bei jedem Einsatz zu Störungen in der Elektronik des Mechcockpits.

WÄCHTER-ECM-STÖRSENDER: Der Wächter-ECM-Störsender ist eine Breitband-Stör- und ECM-(Electronic Countermeasure) Phalanx, darauf ausgerichtet, die Wirkung gegnerischer Langstreckenortungs- und -überwachungsapparaturen zu reduzieren.

WEGWERFLAFETTEN: Gelegentlich sind Fahrzeuge und BattleMechs mit Wegwerfversionen einer Standardraketenlafette ausgerüstet. Solche Lafetten benötigen keinen Munitionsvorrat, da sie bereits fertig geladen montiert werden und keinen Nachlademechanismus besitzen. Sie entsprechen in allen sonstigen Leistungsmerkmalen normalen Systemen der betreffenden Version und Munition.

XL-(EXTRALEICHT-)REAKTOR: Fortschritte in der Abschirmungstechnologie für Fusionsreaktoren haben es möglich gemacht, Standardreaktoren nachträglich mit neuen, leichteren Abschirmungen zu versehen, die das Reaktorgewicht erheblich verringern. Allerdings sind diese extraleichten Reaktoren weit sperriger als die kompakter gebauten Standardmodelle und dadurch bei einem Bruch der Torsopanzerung anfälliger für Beschädigungen. Die Clan-Versionen der XL-Reaktoren sind jedoch deutlich kleiner als die bisher in der Freien Inneren Sphäre entwickelten Maschinen.

ZUG: Ein Zug ist eine militärische Organisationseinheit der Inneren Sphäre, die typischerweise aus etwa achtundzwanzig Mann besteht. Ein Zug kann in zwei Abteilungen aufgeteilt werden.

Deutsch-Englische Namensliste

Da im neuesten Spiel der auf dem BattleTech-Universum aufbauenden MechWarrior-Computerspielreihe sowie in den neueren im Verlag Fantasy Productions zum BattleTech-Universum erscheinenden Spielen und Spielhilfen in Abkehr von der früheren Praxis durchgängig die englischen Typennamen erscheinen, folgt als Verständnishilfe eine Liste der entsprechenden deutschen und englischen Typenbezeichnungen aller uns derzeit bekannten Maschinen.

BattleMechs der Freien Inneren Sphäre

ADL-2M Adler	EGL-2M Eagle
AKU-1X Akuma	AKU-1X Akuma
ALB-3U Albatros	ALB-3U Albatross
ALI-1A Alliance	ALI-1A Alliance
AMB-3M Amboss	ANV-3M Anvil
SA-AS Ansturm	SA-OS Onslaught
APL-1M Apollo	APL-1M Apollo
AS7-D/-K Atlas	AS7-D/-K Atlas
ATN-21/-23 Attentäter	ASN-21/-23 Assassin
AV1-O Avatar	AV1-O Avatar
BLT-5N/-7M Ballista	TBT-9E/-7M Trebuchet
BNDR-01A Bandersnatch	BNDR-01A Bandersnatch
BNC-3E/-5S Banshee	BNC-3E/-5S Banshee
BGS-1T Barghest	BGS-1T Barghest
BEO-12 Beowulf	BEO-12 Beowulf
BRZ-A3 Berserker	BRZ-A3 Berserker
BSN-3K Bishamon	BSN-3K Bishamon
BKW-7R Black Watch	BKW-7R Black Watch
BTZ-3F Blitzschlag	BTZ-3F Blitzkrieg
BBD-010 Bombarde	BMB-010 Bombard
BMB-12T Bombast	BMD-12D Bombardier
BRS-3Z Brandschatzer	PLG-3Z Pillager
BD9-R/-S/-O Brandstifter	FS9-H/-S/-O Firestarter
BSW-X1 Bushwacker	BSW-X1 Bushwacker

CES-3R Caesar	CES-3R Caesar
CTF-1X/-3D Cataphract	CTF-1X/-3D Cataphract
CN9-A/-D Centurion	CN9-A/-D Centurion
CR-V2 Cerberus	MR-V2 Cerberus
CTS-6Y Cestus	CTS-6Y Cestus
CGR-SB Challenger	CGR-SB Challenger
CLN-7V Chamäleon	CLN-7V Chameleon
CHP-1N Champion	CHP-1N Champion
CDA-2A/-3M Cicada	CDA-2A/-3M Cicada
CLNT-2-3T/-3U Clint	CLNT-2-3T/-3U Clint
CL-P3 Colossus	CL-P3 Colossus
CRK 5003-1/-2 Crockett (auch: Katana)	CRK 5003-1/-2 Katana (Crockett)
DAD-3C Daedalus	DAD-3C Daedalus
DAI-01 Daikyu	DAI-01 Daikyu
DMO-1K Daimyo	DMO-1K Daimyo
DW-6M/-7D Derwisch	DV-6M/-7D Dervish
DST-2 Destruktor	DVS-2 Devastator
DON-1L Donner	THR-1L Thunder
DNR-1A Donnerfalke	SCR-1A Screaming Hawk
DNR-5S/-7MD Donnerkeil	TDR-5S/-7MD Thunderbolt
DOR-N Dorn	THE-N Thorn
DGR-3F Drachenfeuer	DGR-3F Dragon Fire
DRC-1N Dracon	DRG-1N Dragon
D9-G9 Duan Gung	D9-G9 Duan Gung
DKF-2L/-5M Dunkelfalke	SHD-2H/-5M Shadow Hawk
END-6Q Enfield	END-6Q Enfield
Epimetheus	Epimetheus
EXC-B1 Excalibur	EXC-B1 Excalibur
EXT-4D Exterminator	EXT-4D Exterminator
FNR-5 Fafnir	FNR-5 Fafnir
FLK-4E/-4P Falke	FLC-4N/-4P Falcon
FKN-8R Falkner	FLC-8R Falconer
FLB-3L/-5M Fallbeil	GLT-3N/-5M Guillotine
FNG-5W Fang	TLN-5W Talon
FNG-1 Fangeisen	WFT-1 Wolf Trap
FBL-7D Feuerball	ALM-7D Fireball
FBZ-P2 Feuerblitz	FLS-P2 Flashfire
FFK-1/-3M Feuerfalke	PXH-1/-3M Phoenix Hawk
FUR-FK2 Feuerfalken-FLUM	PHX-HK2 Phoenix Hawk LAM
P1-FS Feuersturm	P1-WF Wildfire
FRT-8L Feuerteufel	FLS-8K Flashman
FLO-4/-17 Floh	FLE-4/-17 Flea

FBT-3R Freibeuter	BCN-3R Buccaneer
GAL-1GLS Gallowglas	GAL-1GLS Gallowglas
GRM-01A Garm	GRM-01A Garm
GFT-9K Giftzahn	SDR-9K Venom
GFZ-2G/-3E Giftzwerg	IMP-2E/-3E Imp
GLD-3R Gladiator	GLD-3R Gladiator
GOL-1H/-3M Goliath	GOL-1H/-3M Goliath
GHR-5H/-5J Grashüpfer	GHR-5H/-5J Grasshopper
GRF-1N/-3M Greif	GRF-1N/-3M Griffin
GRM-S-TR29 Grimmer Schnitter	GRM-R-PR29 Grim Reaper
DRC-5K Großdracon	DRG-5K Grand Dragon
GRS-S-01-KRZR-T Großkreuzritter	GRN-D-01-CRSD-R Grand Crusader
T-IT-N10M Großtitan	T-IT-N10M Grand Titan
HBFK-9K Habichtsfalke	FNHK-9K Falcon Hawk
HMR-3M Hammer	HMR-3M Hammer
HTM-27T Hatamoto-Chi	HTM-27T Hatamoto-Chi
HA1-O Hauptmann	HA1-O Hauptmann
HS-1 Heckenschütze	HM-1 Hitman
HEL-3D Helios	HEL-3D Helios
HRK-LS-9000 Herkules	HRC-LS-9000 Hercules
HER-1S Hermes	HER-1S Hermes
HER-2S/-5S Hermes II	HER-2S/-5S Hermes II
HSC-1K/-3M Heuschreck	LCT-1V/-3M Locust
HGN-732 Highlander	HGN-732 Highlander
HOL-N3 Holländer	BZK-F3 Hollander
HOP-4C/-4D Hoplit	HOP-4C/-4D Hoplite
HRN-3S/-5M Hornisse	STG-3R/-5M Stinger
HRN-F5 Hornissen-FLUM	STG-A5 Stinger LAM
HML-151/-171 Hummel	HNT-151/-171 Hornet
HUR-O4L Hurone	HUR-WO-R4L Huron Warrior
HSR 200-D Husar	HSR 200-D Hussar
MPR-6A Imperator	EMP-6A Emperor
INI-02 Initiat	INI-02 Initiate
JM6-S/-DD JägerMech	JM6-S/-DD JagerMech
JM6-D3 JägerMech III	JM6-D3 JagerMech III
JR7-D/-K Jenner	JR7-D/-K Jenner
JN-G8A Jinggau	JN-G8A Jinggau
SA-JG Juggernaut	SA-JG Juggernaut
KBO-7A Kabuto	KBO-7A Kabuto
KM-K305 Kampffalke	BH-K305 Battle Hawk
KP-HD-02FC Kampfhund	WR-DG-02FC War Dog
KMS-3Z/-5M Kampfschütze	RFL-3N/-5M Rifleman

KMT-1N/-3M Kampftitan	BLR-1G/-3M BattleMaster
KNB-1OOT Kanonenboot	GUN-1ERD Gunslinger
KPLT-C1 Katapult	CLPT-C1 Catapult
KLE-1B Keule	CDG-1B Cudgel
KTO-19/-20 Kintaro	KTO-19/-20 Kintaro
KOM-2D/-5S Kommando	COM-2D/-5S Commando
KMO-2 Komodo	KIM-2 Komodo
KBE-02 Königskobra	CBR-02 Cobra
KGK-000 Königskrabbe	KGC-000 King Crab
K-SK1 Kosak	C-SK1 Cossak
KT-P2 Koto	KT-P2 Koto
KRB-27 Krabbe	CRB-27 Crab
KRZ-3R/-5M Kreuzritter	CRD-3R/-5M Crusader
KGB-1N Kriegsbeil	AXM-1N Axman
KHM-6R/-7M Kriegshammer	WHM-6R/-7M Warhammer
KPR-KP-002 Kupferkopf	CPR-HD-002 Copperhead
LNC 25-01 Lancelot	LNC 25-01 Lancelot
LR1-O Läufer	SR1-O Strider
LTB-4D Lichtbringer	PTR-4D Penetrator
LND-5M Lindwurm	WVE-5N Wyvern
LGB-8C/-OW Longbow	LGB-8C/-OW Longbow
LUC-5S Luchs	LYN-5X Lynx
MSK-6S Mackie	MSK-6S Mackie
MTR-5K Mahlstrom	MTR-5K Maelstrom
SA-MN Mantis	SA-MN Mantis
MAR-3D/-5D Marodeur	MAD-3R/-5D Marauder
MAR-4A/-5A Marodeur II	MAD-4A/-5A Marauder II
MHL-X1 Marshal	MHL-X1 Marshal
MER-2S Merkur	Mercury (Hermes-II-Variante)
MRS-97/-99 Merkurius	MCY-97/-99 Mercury
MLN-1A Merlin	MLN-1A Merlin
MR-P1 Morpheus	MR-P1 Morpheus
MUN-66 Mungo	MON-66 Mongoose
NTF-2Q Nachtfalke	NTK-2Q Night Hawk
NTS-4S Nachtschatten	NGS-4S Nightsky
NSR-9J Nachtstern	NSR-9J Nightstar
NG-C3A Naginata	NG-C3A Naginata
SLT-1R Nainokami (gelegentlich: Schlagetot)	MAL-1R Mauler
NXS-1A Nexus	NXS-1A Nexus
NDA-1K No-Dachi	NDA-1K No-Dachi
KW1-NP2 No-Pasaran	KW1-LH2 Lineholder
OBK-M10 O-Bakemono	OBK-M10 O-Bakemono

MS1-O Men Shen	MS1-O Men Shen
ON1-K/-M Orion	ON1-K/-M Orion
OSR-2C/-2D Ostroc	OSR-2C/-2D Ostroc
OTT-7J/-7K Ostscout	OTT-7J/-7K Ostscout
OTL-4D/-5M Ostsol	OTL-4D/-5M Ostsol
OW-1 Owens	OW-1 Owens
PLD-4N/-5M Paladin	QKD-4G/-5M Quickdraw
PNT-9R/-10K Panther	PNT-9R/-10K Panther
P1 Perseus	P1 Perseus
PFL-3S Pfeil	DRT-3S Dart
PRS-3F/-5M Pirscher	STK-3F/-5M Stalker
PF1 Polarfuchs	AF1 Arctic Fox
PST-04 Posten	SNT-04 Sentry
Prometheus	Prometheus
QSM-4D/-5M Quasimodo	HBK-4G/-5M Hunchback
RAB-1X/-3L Rabe	RVN-1X/-3L Raven
RJN 101-A Raijin	RJN 101-A Raijin
RAK-1A Rakshasa	MDG-1A Rakshasa
RBV1-O Raubvogel	RTX1-O Raptor
RTS-M2 Rittersmann	PAL-2A Paladin
RD-1R Roadrunner	RD-1R Roadrunner
SA-RN Ronin	SA-RN Ronin
SLM-5S Salamander	PPR-5S Salamander
SQS-TH-001 Sasquatch	SQS-TH-001 Sasquatch
SH-KL-1532 Schakal	JA-KL-1532 Jackal
SRC-3C Schirokko	SRC-3C Sirocco
SLG-11E Schläger	THG-11E Thug
SCL-1E Schlange	SNK-1V Snake
SLC-1D Schleicher	STH-1D Stealth
SHT-2Z/-4M Schütze	ARC-2R/-4M Archer
SW6-RTR Schwarzer Ritter	BL6-KNT Black Knight
SFKU-O Schwarzfalke-Ku	BHKU-O Black Hawk-Ku
SHG-2E/-2F Shogun	SHG-2E/-2F Shogun
ST-8A Shootist	ST-8A Shootist
SJA-7D Shugenja	SJA-7D Shugenja
SGR-2A Sieger	VQR-2A Vanquisher
SKB-9A Skarabäus	SCB-9A Scarabus
SKP-1N/-10 Skorpion	SCP-1N/-10 Scorpion
SP1-O Spalter	SD1-O Sunder
SPT-N1 Spartaner	SPT-N1 Spartan
SPR-10R/-10P Speerschleuder	JVN-10N/-10P Javelin
SPR-5F Spector	SPR-5F Spector
SPN-5V/-7M Spinne	SDR-5V/-7M Spider

SP1 Spuk	TR1 Wraith
ST-K60/-K63 Stadtkoloss	UM-R60/-R63 UrbanMech
STP-6W/-7D Steppenwolf	WVR-6R/-7D Wolverine
STY-3C Sternenkiller	STY-3C Starslayer
STL-4A Stilett	STO-4A Stiletto
STX-7T Streitaxt	BTX-7K Battleax
STR-1R1/-3K Streitross	CGR-1A1/-3K Charger
STR-3M Sturm	TMP-3M Tempest
STF-7X Sturmfalke	TDK-7X Thunder Hawk
STW-2C Sturmwind	STC-2C Striker
TSH-7S Tai-Sho	TSH-7S Tai-Sho
TRN-1L Tarantel	ZPH-1A Tarantula
TLR1-0 Templer	TLR1-0 Templar
TSN-1C Tessen	TSN-1C Tessen
TL-1 Teufel	TZ-1 Devil
TSG-9H Ti Ts'ang	TSG-9H Ti Ts'ang
TDS-8T/-9M Todesbote	AWS-8Q/-9M Awesome
TMH-3F/-5S Tomahawk	HCT-3F/-5S Hatchetman
TG-1/-2/TG2-O Totschläger	BJ-1/-2/BJ2-O Blackjack
TYM-1A Toyama	TYM-1A Toyama
TRP-1 Trooper	TRP-1 Trooper
TS-P1 Tsunami	TS-P1 Tsunami
VLK-QA/-QD Valkyrie	VLK-QA/-QD Valkyrie
VRN-1R/-2A Vernichter	ANH-1A/-2A Annihilator
VTD-1R/-3L Verteidiger	VND-1R/-3L Vindicator
VTR 9B/-9K Victor	VTR 9B/-9K Victor
VOL-4R/-5D Vollstrecker	ENF-4R/-5D Enforcer
VOL-6M Vollstrecker III	ENF-6M Enforcer III
VL 2-T/VL-5M Vulkan	VL 2-T/VT-5M Vulcan
WCH-4M Wachmann	WTC-4M Watchman
WCT-3R/-3M Wächter	STN-3L/-3M Sentinel
WTS-1B Weitschuss	LNG-1B Longshot
WRW-LF-004 Werwolf	WRW-LF-004 Werewolf
WSP-1A/-3M Wespe	WSP-1A/-3M Wasp
WSP-105 Wespen-FLUM	WSP-105 Wasp LAM
WTH-1/-2 Whitworth	WTH-1/-2 Whitworth
WKG-2F Wikinger	VKG-2F Viking
WLF-1/-2 Wolfshund	WLF-1/-2 Wolfhound
YMN-6Y Yeoman	YMN-6Y Yeoman
Y-H9G Yu Huang	Y-H9G Yu Huang
ZCK-4A/-4B Zecke	FFL-4A/-4B Firefly
ZEU-6S/-9S Zeus	ZEU-6S/-9S Zeus
ZP 10-C/11-A Zyklop	CP 10-Z/11-A Cyclops

Clan-Mechs

Zur leichteren Auffindung sind Mechs mit einem separaten FIS-Codenamen sowohl unter ihrer Clanbezeichnung als auch unter diesem Codenamen aufgeführt, wobei der jeweils andere Name in einfachen (Clan) bzw. eckigen [FIS] Klammern folgt.

Armbrust	Crossbow
Blutaspis	Blood Asp
Bluthund (Geier)	Mad Dog (Vulture)
Blutmilan	Blood Kite
Canis	Canis
Corvis	Corvis
Daishi [Höhlenwolf]	Daishi [Dire Wolf]
Donnerross	Thunder Stallion
Drescher	Thresher
Dunstadler (Habicht)	Mist Hawk (Goshawk)
Eismarder (Fenris)	Ice Ferret (Fenris)
Eissturm	Icestorm
Eisteufel	Hellion
Eisvogel	Kingfisher
Feldeggsfalke	Black Lanner
Felsrhino (Koloss)	Stone Rhino (Behemoth)
Fenris [Eismarder]	Fenris [Ice Ferret]
Feuerfalke	Fire Falcon
Feuerskorpion	Fire Scorpion
Feuervogel (Sprinter)	Fire Moth (Dasher)
Frostfalke [Uhu]	Peregrine [Owl]
Füchsin [Incubus]	Vixen [Incubus]
Galahad [Glasspinne]	Galahad [Glass Spider]
Galeere [Gargoyle]	Man O'War [Gargoyle]
Gargoyle (Galeere)	Gargoyle (Man O'War)
Geierfalk	Night Gyr
Geier [Bluthund]	Vulture [Mad Dog]
Gladiator [Henker]	Gladiator [Executioner]
Glasspinne (Galahad)	Glass Spider (Galahad)
Gletscherfuchs	Snow Fox
Grauluchs (Koshi)	Mist Lynx (Koshi)
Grendel	Grendel
Grizzly	Grizzly
Ha Otoko	Ha Otoko
Habicht [Dunstadler]	Goshawk [Mist Hawk]

Hankyu	Hankyu
Henker (Gladiator)	Executioner (Gladiator)
Heuler (Pavian)	Howler (Baboon)
Höhlenwolf (Daishi)	Dire Wolf (Daishi)
Höllenbote (Loki)	Hellbringer (Loki)
Höllenfeuer	Hellfire
Höllenhund [Magicker]	Hellhound [Conjurer]
Incubus (Füchsin)	Incubus (Vixen)
Jagdspinne	Stalking Spider
Kampfdämon	Cauldron-Born
Kampfkobra	Battle Cobra
Katamaran [Waldwolf]	Mad Cat [Timber Wolf]
Kobra [Schwarzpython]	Viper [Black Python]
Kodiak	Kodiak
Koloss [Felsrhino]	Behemoth [Stone Rhino]
Koshi [Grauluchs]	Koshi [Mist Lynx]
Krake [Ruin]	Kraken [Bane]
Kriegsfalke (Masakari)	Warhawk (Masakari)
Libelle [Viper]	Dragonfly [Viper]
Loki [Höllenbote]	Loki [Hellbringer]
Magicker (Höllenhund)	Conjurer (Hellhound)
Mandrill	Mandrill
Masakari [Kriegsfalke]	Masakari [Warhawk]
Matador	Matador
Naga	Naga
Natter (Puma)	Adder (Puma)
Nemesis (Thor)	Summoner (Thor)
Nobori-Nin	Nobori-Nin
Nova (Schwarzfalke)	Nova (Blackhawk)
Novakatze	Nova Cat
Pavian [Heuler]	Baboon [Howler]
Phantom	Phantom
Piranha	Piranha
Polarwolf	Arctic Wolf
Puma [Natter]	Puma [Adder]
Raubkojote	Savage Coyote
Raubtier	Predator
Rotfuchs (Uller)	Kit Fox (Uller)
Rudeljäger	Pack Hunter
Ruin (Krake)	Bane (Kraken)
Ryoken [Sturmkrähe]	Ryoken [Stormcrow]
Schattenkatze	Shadow Cat
Schwarzfalke [Nova]	Blackhawk [Nova]

Schwarzpython (Kobra)	Black Python (Viper)
Schwergewicht	Linebacker
Silberlöwe	Cougar
Springteufel	Pouncer
Sprinter [Feuervogel]	Dasher [Fire Moth]
Sturmkrähe (Ryoken)	Stormcrow (Ryoken)
Sturzfalke	Stooping Hawk
Supernova	Supernova
Teufelsdrache	Great Wyrm
Thor [Nemesis]	Thor [Summoner]
Turkina	Turkina
Uhu (Frostfalke)	Owl (Peregrine)
Uller [Rotfuchs]	Uller [Kit Fox]
Ursus	Ursus
Viper (Libelle)	Viper (Dragonfly)
Waldwolf (Katamaran)	Timber Wolf (Mad Cat)

Clan ProtoMechs

Gorgo	Gorgon
Harpyie	Harpy
Hydra	Hydra
Minotaurus	Minotaur
Rok	Roc
Satyr	Satyr
Sirene	Siren
Zentaur	Centaur

Luft/Raumjäger

AHB-443 Ahab	AHB-443 Ahab
AD-11 Adler	Eagle
Avar	Avar
Bashkir	Bashkir
Batu	Batu
CHP-W5 Chippewa	CHP-W5 Chippewa
DRZ-4K Dreizack	TRN-3T Trident
DR-7 Drossel	TR-7 Thrush
DRV-G4 Donnervogel	Thunderbird

Dschengis	Jengiz
ESN-BS1 Eisenbeiss	IRN-SD1 Ironsides
FRC-63 Francesca	THK-63 Tomahawk
F-10 Gepard	F-10 Cheetah
GTHA-500 Gotha	GTHA-500 Gotha
HMR-HI Hammerhai	HMR-HD Hammerhead
HL-C6 Hellcat	Hellcat
HCT-213B Hellcat II	HCT-213B Hellcat II
Jagatai	Jagatai
KL-15 Killer	SL-15 Slayer
Kirghiz	Kirghiz
KSR-V12 Korsar	CSR-V12 Corsair
LGT-G4 Lightning	Lightning
LZF-R15 Luzifer	LCF-R15 Lucifer
MSG-606 Mauersegler	SWF-606 Swift
MT-13 Missetäter	TR-13 Transgressor
OP-9 Optio	Centurion
RPR-100 Rapier	RPR-100 Rapier
SB-30 Sabre	Sabre
Sabutai	Sabutai
F-500 Schnitter	F-100 Riever
Scytha	Scytha
SYD-21 Seydlitz	SYD-21 Seydlitz
SL-17 Shilone	SL-17 Shilone
SL-21 Sholagar	SL-21 Sholagar
SPD-502 Spad	SPD-502 Spad
SPR-B5 Sperber	SPR-H5 Sparrowhawk
F-90 Stingray	F-90 Stingray
STR-133E Streuner	RGU-133E Rogue
STU-K5 Stuka	STU-K5 Stuka
Sulla	Sulla
TR-10 Transit	TR-10 Transit
Turk	Turk
V12M Wüstenfalke	Sand Hawk
Vandal	Vandal
Visigoth	Visigoth
ZRO-114 Zero	ZRO-114 Zero

Landungsschiffsklassen

Achilles	Achilles
Breitschwert	Broadsword
Claymore	Claymore
Excalibur	Excalibur
Festung	Fortress
Freibeuter	Buccaneer
Gazelle	Gazelle
Hamilcar	Hamilcar
Hannibal	Hannibal
Herkules	Hercules
Kondor	Condor
Konföderation	Confederate
Kuan Ti	Kuan Ti
Leopard	Leopard
Leopard JT (Jägertender)	Leopard CV (Carrier Vessel)
Leviathan	Behemoth
Löwe	Lion
Lung Wang	Lung Wang
Mammut	Mammoth
Maultier	Mule
Miraborg	Miraborg
Modell 97 ›Oktopus‹	Model 97 ›Octopus‹
Monarch	Monarch
Nagumo	Nagumo
Noruff	Noruff
Okinawa	Okinawa
Overlord	Overlord
Overlord-C	Overlord-C
Rächer	Avenger
Rose	Rose
Sassanid	Sassanid
Störenfried	Intruder
Sucher	Seeker
Titan	Titan
Träger	Carrier
Triumph	Triumph
Union	Union
Union-C	Union-C
Vergeltung	Vengeance
Zorn	Fury

Sprungschiffsklassen

Aar	Eagle
Ægis	Aegis
Agamemnon	Agamemnon
Befreier	Liberator
BEM	Bug-Eye
Cameron	Cameron
Chimeisho	Chimeisho
Comitatus	Comitatus
Eroberer	Conqueror
Dante	Dante
Essex	Essex
Fox	Fox
Feng Huang	Feng Huang
Fredasa	Fredasa
Gigantic	Leviathan
Händler	Merchant
Impavido	Impavido
Inazuma	Inazuma
Invasor	Invader
Jäger	Hunter
Kirishima	Kirishima
Kongress	Congress
Kyushu	Kyushu
Lola	Lola
Magellan	Magellan
McKenna	McKenna
Monolith	Monolith
Nightlord	Nightlord
Odyssee	Odyssey
Potemkin	Potemkin
Schwarzer Löwe	Black Lion
Scout	Scout
Sowjetski Sojus	Sovetskii Soyuz
Starlord	Star Lord
Suffren	Suffren
Tatsumaki	Tatsumaki
Texas	Texas
Thera	Thera
Tramp	Tramp
Vincent	Vincent
Wirbelwind	Whirlwind

Wolga	Volga
York	York
Zechetinu	Zechetinu

Gefechtsfahrzeuge der Freien Inneren Sphäre

Alacorn (Schwerer Panzer)	Alacorn
Bandit (Schwerer Schwebepanzer)	Bandit
Beagle (Leichter Scoutschweber)	Beagle
Behemoth (Schwerer Panzer)	Behemoth
Beschützer (Abfangjäger)	Guardian
Blizzard (Schwebetransporter)	Blizzard
Brutus (Sturmpanzer)	Brutus
Bulldog (Panzer)	Bulldog
Bumerang (Spähflugzeug)	Boomerang
Burke (Schwerer Panzer)	Burke
Cavalry (Kampfhubschrauber)	Cavalry
Challenger X (Kampfpanzer)	Challenger X
Chaparral (Artillerieraketenpanzer)	Chaparral
Chevalier (Leichter Panzer)	Chevalier
Cyrano (Kampfhubschrauber)	Cyrano
Dachs (Truppentransporter)	Badger
Dämon (Panzer)	Demon
Drillson (Schwerer Schwebepanzer)	Drillson
Frettchen (Leichter Flugscout)	Ferret
Fulcrum (Schwerer Schwebepanzer)	Fulcrum
Fury (Schwerer Panzer)	Fury
Gabriel (Leichter Scoutschweber)	Gabriel
Galleon (Leichter Panzer)	Galleon
Gladius (Panzer)	Gladius
Goblin (Schwerer Schützenpanzer)	Goblin
Habichtsmotte (Kampfhubschrauber)	Hawk Moth
Harasser (Fahrbare Raketenlafette)	Harasser
Hetzer (Sturmgeschütz)	Hetzer
Hi-Scout (Drohnenträger)	Hi-Scout
Horndämon (Panzer)	Horned Demon
Hunter (Raketenpanzer)	Hunter
J. Edgar (Leichter Schwebepanzer)	J. Edgar
Kampfrichter (Schwebepanzer)	Regulator
Kanga (Schwerer Sprungpanzer)	Kanga
Karnow (Transporthubschrauber)	Karnov

Klopfer (Artillerie)	Thumper
Kondor (Schwerer Schwebepanzer)	Condor
Kröte (Panzerspähwagen)	Skulker
Landhecht (Sturmgeschütz)	Pike
Leguan (Spähflugzeug)	Chameleon
Lightning (Schwebepanzer)	Lightning
Long Tom (Mobile Artillerie)	Long Tom
Mantikor (Schwerer Panzer)	Manticore
Mantis (Leichter Kampfhubschrauber)	Mantis
Maultier (Truppentransporter)	Maultier
Maxim (Schwerer Truppentransporter)	Maxim
MechKiller (Kampfflugzeug)	MechBuster
Melchior (Schwerer Schützenpanzer)	Magi
Monitor (Patrouillenboot)	Monitor
Myrmidon (Panzer)	Myrmidon
Nachtschatten (Gefechtsscouthelikopter)	Nightshade
Neptun (U-Boot)	Neptune
Ontos (Schwerer Panzer)	Ontos
Packratte (Langstreckenspähwagen)	Packrat
Padilla (Schwerer Artilleriepanzer)	Padilla
Partisan (Schwerer Flakpanzer)	Partisan
Patton (Panzer)	Patton
Pegasus (Scoutschwebepanzer)	Pegasus
Pilum (Schwerer Panzer)	Pilum
Pinto (Kampfhubschrauber)	Pinto
Plainsman (Schwebepanzer)	Plainsman
Planetlifter (Transportflugzeug)	Planetlifter
Po (Schwerer Panzer)	Po
Puma (Schwerer Panzer)	Puma
Rhino (Schwerer Panzer)	Rhino
Ripper (Truppentransporthubschrauber)	Ripper
Rommel (Panzer)	Rommel
Rotunda (Scoutwagen)	Rotunda
Saladin (Gefechtsschwebepanzer)	Saladin
Saracen (Schwebepanzer)	Saracen
Savannah Master (Luftkissenboot, auch: Savannenkönig)	Savannah Master
Scimitar (Schwebepanzer)	Scimitar
Sea Skimmer (Tragflügelboot)	Sea Skimmer
Schiltron (Artilleriepanzer)	Schiltron
Schreck (PPK-Sturmgeschütz)	Schrek
Schukow (Schwerer Panzer)	Zhukov
Scorpio (Leichter Panzer)	Scorpion

Sniper (Artillerie)	Sniper
Sprint (Scouthubschrauber)	Sprint
Stechinsekt (Kampfhubschrauber)	Yellowjacket
Striker (Leichter Panzer)	Striker
SturmFeuer (Schwerer Panzer)	SturmFeur
Taru (Fahrbare Artillerielafette)	Marksman
Tausendfuß (Scoutwagen)	Centipede
Thor (Fahrbare Artillerielafette)	Thor
Tokugawa (Schwerer Panzer)	Tokugawa
Turmfalke (Transporthubschrauber)	Kestrel
Taifun (Straßenkampfpanzer)	Typhoon
Vedette (Panzer)	Vedette
Von Luckner (Schwerer Panzer)	Von Luckner
Wanderfalke (Kampfhubschrauber)	Peregrine
Warrior (Kampfhubschrauber)	Warrior
Wieselflink (Scoutwagen)	Swift Wind
Zephyr (Schwerer Schwebepanzer)	Zephyr
Zerstörer (Schwerer Panzer)	Demolisher

Gefechtsfahrzeuge der Clans

Anhur (Transportflugzeug)	Anhur
Ares (Panzer)	Ares
Asshur (Artilleriescout)	Asshur
Athena (Scharfschützenpanzer)	Athena
Donar (Kampfhubschrauber)	Donar
Epona (Jagdpanzer)	Epona
Hachiman (Artilleriepanzer)	Hachiman
Huitzlopochtli (Sturmpanzer)	Huitzilopochtli
Indra (Truppentransporter)	Indra
Ishtar (Schwerer Artilleriepanzer)	Ishtar
Ku (Radsturmpanzer)	Ku
Mars (Sturmpanzer)	Mars
Mithras (Leichter Panzer)	Mithras
Odin (Scoutpanzer)	Odin
Oro (Schwerer Panzer)	Oro
Shamash (Erkundungsfahrzeug)	Shamash
Swantowit (Schützenpanzer)	Svantovit
Zorya (Leichter Panzer)	Zorya

Gepanzerte Infanterie (Elementare/Kröten)

Achiläus	Achileus
Faultier	Sloth
Gnom	Gnome
Grenzgänger	Infiltrator
Kanazuchi	Kanazuchi
Läuterer	Purifier
Longinus	Longinus
Nighthawk	Nighthawk
Salamander	Salamander
Sylphe	Sylph
Undine	Undine

DANKSAGUNG

Die Liste ist zwar lang, aber ohne die folgenden Menschen wäre ich nicht der, der ich nun einmal bin, es wäre nie zu diesem Buch gekommen und meine Träume wären nicht wahr geworden. Trotzdem werde ich sicher irgendjemanden vergessen, der oder die hier eine Erwähnung verdient hätte. Ich entschuldige mich schon im Voraus.

Meine Familie: Jay und Shirley, wahre Vorbilder unerschütterlicher Treue zum Herrn; meine Geschwister Keith, Lisa, Craig, Kevin und Suzanne, für ihre Liebe, Freundschaft und grenzenlose Unterstützung. Mein Bruder Kevin – mein Zwilling, mein bester Freund, mein Vorbild … danke!

Meine ›anderen‹ Familien: Barbie und Leroy Liddle und Lola und Alan Dean, die für mich da waren, wenn ich Ersatzeltern brauchte.

Meine neue Familie: Arlene und Ron Stalzer, die immer da sind; Alan und Carol Lewis, die mir die Hand ihrer Tochter gaben; Christy, David, Geoff und Jennifer, die den »Bartheini« ertragen müssen.

Alle meine Lehrer – in Schule, Kirche und Leben –, die mir so viel beigebracht haben.

Den ursprünglichen Sieben: Chad ›God‹ Dean, Tony ›White Truffle‹ Liddle, Denby ›The Man‹ Cluff, Jeff ›Highlander‹ Morgan, Scott ›Druid‹ Crandall und Manu ›Cow‹ Sharma. Wir haben diese Reise vor einem Menschenalter gemeinsam angetreten, und zu meiner großen Überraschung ist kein Ende in Sicht. Ihr seid eher Brüder für mich als nur Freunde. Danke für alles: Verners, Pringles, Rock'n'Roll, Schokohasen, Spielsitzungen bis in den frühen Morgen und Erinnerungen, die mir endlos Material liefern.

Die Freunde, die unterwegs dazugestoßen sind: Dan ›Flake‹ Grendell, Steve ›Xai‹ Pitcher, Troy ›Trashborn‹ Allen, Michael Jackson, Larry Yanez, Jared und Heather. (Selbst unter Freunden hätten viele nicht so viel getan wie du, Heather. Danke!)

Cluff, Angie Dean, Kate Liddle, Tracy Cluff, Jeff Mink, Jim ›Bob‹ und Brook Lloyd, Jessie und Jaime Foster, Gavin und Emily Duckworth, Jason und Kathy Hardy, Vance und Kim Mellon (ihr bringt mir noch ›Kultur‹ bei!), die Daemonhorde (ihr wisst schon, wer), die BC Legion (für alle oben nicht Erwähnten!), MechForce UK (ihr habt mir auf der anderen Seite des Großen Teichs ein Zuhause gegeben) – von Arizona nach Illinois und England habt ihr mein Leben bereichert und mehr.

Die Autoren, die mich ermutigt und mir eine Richtschnur gegeben haben, an die mich halten konnte, und die dabei zu Freunden wurden: Loren (und bevor ich sie womöglich vergesse, Heather) Coleman, Christoffer ›Bones‹ Trossen, Chris Hartford, Michael Stackpole und Jason Hardy.

Der FASA-Stab, einschließlich Ehemaliger: Bryan Nystul, Mike und Sharon Mulvihill, Robert Boyle, Mort Weisman, L. Ross Babcock III, Mike und Stacy Nielsen, Jim Nelson, John Bridegroom, Fred Hooper, Rett Kipp, Joel und Tammy Biske, Diane Piron-Gelman und Jill Lucas (wo auch immer du jetzt bist, ich hoffe, dir ist klar, welchen Anteil du daran hattest, dass dieses Buch fertig geworden ist. Danke!), für eure Freundschaft und die Erlaubnis, mit solchen Talenten zusammenzuarbeiten.

Donna Ippolito bei FASA, die mir diese Chance gegeben und meine Verspätungen ertragen hat, und Annalise Raziq, die so hart gearbeitet hat, damit mein erster Roman lesbar wird.

All meine Freunde im Laufe der Jahre – die bereits erwähnten ebenso wie alle anderen: Ich hoffe, ihr wisst es bereits, aber es gibt nichts, was mir wichtiger wäre als eure Freundschaft.

Und schließlich meine eigene Familie, Tara Suzanne und Bryn Kevin, für ihre bedingungslose Liebe und die Kraft, die mich durch den Tag bringt.

Randall Bills

BATTLETECH®

Vom Battletech®-Zyklus erschienen in der Reihe
HEYNE SCIENCE FICTION & FANTASY

DIE GRAY DEATH-TRILOGIE:

William H. Keith jr.: Entscheidung am Thunder Rift · 06/4628
William H. Keith jr.: Der Söldnerstern · 06/4629
William H. Keith jr.: Der Preis des Ruhms · 06/4630

Ardath Mayhar: Das Schwert und der Dolch · 06/4686

DIE WARRIOR-TRILOGIE:

Michael A. Stackpole: En Garde · 06/4687
Michael A. Stackpole: Riposte · 06/4688
Michael A. Stackpole: Coupé · 06/4689

Robert N. Charrette: Wölfe an der Grenze · 06/4794
Robert N. Charrette: Ein Erbe für den Drachen · 06/4829

DAS BLUT DER KERENSKY-TRILOGIE:

Michael A. Stackpole: Tödliches Erbe · 06/4870
Michael A. Stackpole: Blutiges Vermächtnis · 06/4871
Michael A. Stackpole: Dunkles Schicksal · 06/4872

DIE LEGENDE VOM JADEPHÖNIX-TRILOGIE:

Robert Thurston: Clankrieger · 06/4931
Robert Thurston: Blutrecht · 06/4932
Robert Thurston: Falkenwacht · 06/4933

Robert N. Charrette: Wolfsrudel · 06/5058
Michael A. Stackpole: Natürliche Auslese · 06/5078
Chris Kubasik: Das Antlitz des Krieges · 06/5097
James D. Long: Stahlgladiatoren · 06/5116
J. Andrew Keith: Die Stunde der Helden · 06/5128
Michael A. Stackpole: Kalkuliertes Risiko · 06/5148
Peter Rice: Fernes Land · 06/5168

BATTLETECH®

James D. Long: Black Thorn Blues · 06/5290
Victor Milan: Auge um Auge · 06/5272
Michael A. Stackpole: Die Kriegerkaste · 06/5195
Robert Thurston: Ich bin Jadefalke · 06/5314
Blaine Pardoe: Highlander Gambit · 06/5335
Don Philips: Ritter ohne Furcht und Tadel · 06/5358
William H. Keith jr.: Pflichtübung · 06/5374
Michael A. Stackpole: Abgefeimte Pläne · 06/5391
Victor Milan: Im Herzen des Chaos · 06/5392
William H. Keith jr.: Operation Excalibur · 06/5492
Victor Milan: Der schwarze Drache · 06/5493
Blaine Pardoe: Der Vater der Dinge · 06/5636
Nigel Findley: Höhenflug · 06/5655
Loren Coleman: Blindpartie · 06/5886
Loren Coleman: Loyal zu Liao · 06/5893
Blaine Pardoe: Exodus · 06/6238
Michael Stackpole: Heimatwelten · 06/6239
Thomas Gressman: Die Jäger · 06/6240
Robert Thurston: Freigeburt · 06/6241
Thomas Gressman: Feuer und Schwert · 06/6242
Thomas Gressman: Schatten der Vernichtung · 06/6299
Michael Stackpole: Der Kriegerprinz · 06/6243
Robert Thurston: Falke im Aufwind · 06/6244

DIE CAPELLANISCHE LÖSUNG:

Loren Coleman: Gefährlicher Ehrgeiz · 06/6245
Loren Coleman: Die Natur des Kriegers · 06/6246

Thomas Gressman: Die Spitze des Dolches · 06/6247
Loren Coleman: Trügerische Siege · 06/6248
Loren Coleman: Gezeiten der Macht · 06/6249
Stephen Kenson/Blaine Lee Pardoe/Mel Odom:
Die MECHWARRIOR-Trilogie · 06/6250
Blaine Lee Pardoe: Die erste Bürgerpflicht · 06/6251
Peter Heid: Phoenix · 06/6252
Randall Bills: Der Weg des Ruhms · 06/6253